杀无赦
NO MERCY

【美】约翰·吉尔斯特拉普　著

朴逸　译

北方文艺出版社

黑版贸审字 08-2017-065 号

图书在版编目（CIP）数据

杀无赦 /（美）约翰·吉尔斯特拉普
（John Gilstrap）著；朴逸译 . —— 哈尔滨：北方文艺
出版社，2018.5
　书名原文：no mercy
　ISBN 978-7-5317-4204-3

　Ⅰ .①杀… Ⅱ .①约… ②朴… Ⅲ .①长篇小说 – 美
国 – 现代 Ⅳ .① I712.45

　中国版本图书馆 CIP 数据核字（2018）第 042549 号

杀无赦
SHA WU SHE

作　者 / ［美］约翰·吉尔斯特拉普　　　　译 者 / 朴　逸

责任编辑 / 路　嵩　富翔强　　　　　　　装帧设计 / 琥珀视觉

出版发行 / 北方文艺出版社　　　　　　　网　址 / www.bfwy.com
邮　编 / 150080　　　　　　　　　　　　经　销 / 新华书店
地　址 / 黑龙江现代文化艺术产业园 D 栋 526 室

印　刷 / 北京凯达印务有限公司　　　　　开　本 / 880×1230　1/32
字　数 / 357 千　　　　　　　　　　　　印　张 / 13.5
版　次 / 2018 年 5 月第 1 版　　　　　　 印　次 / 2018 年 5 月第 1 次印刷

书　号 / ISBN 978-7-5317-4204-3　　　　 定　价 / 45.00 元

四月二十日

1

　　皎洁的一轮满月让事情变得更为麻烦。稀薄的云彩给月亮披上了一道面纱，却无法遮掩一泻而下的银色光亮，月光给地面投下的影子与白日的阳光几乎没有两样。乔纳森·格雷夫严严实实地裹着一身黑色装束，只是兜帽上露着一双眼睛，如同一个黑色的精灵在静谧的深夜里出没。蟋蟀、林蛙还有数不清的其他许多夜间噪音制造者们为乔纳森提供了一定的掩护，然而只靠这种掩护是远远不够的。这类行动事实上从来也不会得到足够的掩护。乔纳森提醒自己，他不过是来印第安纳州盛产大豆的乡间对付一小撮蠢笨透顶的敌手，但是他很快记起了过去由于轻视敌手而遭受过的惩罚。

　　乔纳森监听了20分钟，发现帕特瑞兄弟俩一直在争吵。乔纳森依靠塞进左耳的无线耳机，还有他塞进这幢房子前窗缝隙中的一只微型无线送话器，清楚地听得到他们争吵的每一句话。在过去几个小时里开展的粗略调查，已经让乔纳森得出了结论——帕特瑞兄弟是一对无名鼠辈，是来自西弗吉尼亚州的两个一事无成的家伙。目前尚不清楚他们从事绑架的动机是什么，但是在乔纳森眼里这倒不是非常要紧的事情。

　　实施绑架的紧张与不安越来越厉害地煎熬着这两个家伙。他们原本指望托马斯·休斯的父母很快就付出赎金，可现在他们搞不懂究竟出了什么岔子。

"我可不想和这小子耗下去了。"莱昂内尔说道。他是两人当中的哥哥，脾气很暴。"斯蒂芬森·休斯那个老东西需要见到更多的证据。也许我们应该在托马斯身上切下一块儿什么，装在信封里给他老爸送去。"

乔纳森加快了节奏。他跪到露水打湿了的草坪上，卸下肩上的帆布背包，拉开了包上的拉链。戴上夜视镜后，周围的景物在他眼里变得像白昼一样清晰，只是全都罩上了一层绿色。

"你不是当真的吧。"弟弟巴里这样说。他的语调里隐含着一种恳求。弟弟是个和平主义者。乔纳森喜欢和平主义者，他们会活得更长久些。

"你瞧我的就是了。"

哥哥莱昂内尔在屋里继续咆哮着。乔纳森从包里取出一盘导爆索，又从左肩下部刀鞘中抽出了卡巴军刀。他割下约一英尺长的导爆索，把军刀放回了刀鞘，接着用电工胶带把导爆索固定在这幢房子专用的配电箱上，最后连接了起爆器。导爆索堪称是世上最棒的东西了，用它对付一只配电箱也许有点大材小用，不过万无一失是肯定的。

"克里斯告诉我们要继续等下去。"巴里对哥哥说。

乔纳森按下了凯夫拉战术背心中央部位的通话按钮，悄声说道："他们的头儿名叫克里斯。"三天来搜集的情报中，始终就缺少这么一条内容。

熟悉的声音在耳机里响起了："明白。有什么关于他的线索吗？"

"我还想问你呢，"乔纳森低语道，"我这里目前只有两个朋友。"他们从目击者口中已经知道，鲍尔州立大学的学生托马斯·休斯是在赤身裸体的状态下，半夜从他自己的公寓里被三个戴着面罩的人拖走的。绑架者团伙中至今还有一个人去向不明，这可不是乔纳森喜欢的一种局面。

兄弟两人争吵的声调和语速表明，他们的挫折感已经转化成了不惜孤注一掷的危险情绪。乔纳森的节奏更快了。

"事情全都搞砸了，不可救药了。"莱昂内尔说，"也许克里斯已经被警察抓走了。"

"也许你只是太紧张了，所以才这么想。"巴里宽慰他。

乔纳森到了后院——就像他估计的那样，房子背后没有窗户——来落实向里面发起突袭的入口问题。帕特瑞兄弟把托马斯·休斯关在了地下室。地下室是用石头砌筑的，有一道门通往房子的后院。两扇结实厚重的门板，门槛下面有一道小缓坡。时机一到，这道门就是乔纳森进攻的入口。

乔纳森早已把意大利面条般粗细的光纤摄像仪插在了门缝当中。他从背心口袋里掏出手机，打开翻盖，屏幕上立刻出现了地下室里的景象。那里只有一盏昏暗的灯泡，凭着这点光亮乔纳森很难辨清任何细枝末节，不过还是看见了他需要看见的东西。他将要取走的那份"贵重物品"在过去的半个小时里一直没挪地方。这位音乐专业的大四学生光着身子躺在水泥地面上。他的双手和双腿都被胶带捆得死死的，嘴巴也被胶带封住了。

"再挺会儿吧。"乔纳森自语道。这个小伙子还不明白，再过一阵他就会获救了。然而即使获救，这四天的可怕经历造成的创伤是永远不能抚平的。遭到绑架前的那个托马斯·休斯已经不复存在了。许多年后他也许能重新感受到生活的快乐，然而他对其他人的警惕和戒备大概要伴随今后的一生。

右耳的耳机——不是用来监听帕特瑞兄弟的那只耳机——响了起来。"头儿，请通报情况。"这是乔纳森的搭档鲍莱恩·冯·穆勒贝洛克，人们通常叫他"鲍克瑟[①]"。此刻他正在天上飞行着。距离他们两人上次的通话显然是正好过了两分钟。按照他们实施此类行动的标准程序，现在他需要乔纳森通报新的情况。他们用一个加密的无线频道来通话，不必担心有人会偶尔听到什么。

"我马上就要破门而入了。"乔纳森说道。

继续借着夜视镜的帮助，乔纳森从背包里取出了三枚GPC通

---

① 鲍克瑟为 boxers 的音译。该词有拳击手、拳师犬等含义。

用炸弹，其中的两枚分别和右边那扇门的上下两副合页贴在一起，还有一枚放在了两扇门中间那把又沉又大的挂锁上。这种炸弹是用C4塑胶炸药制成的，带着一节可适时引燃的导爆索。它能像橡皮泥一样随意揉捏，性能可靠，威力巨大。当它们一会儿对着下面这间小小的地下室掀起爆炸气浪的时候，所说的"震慑"理论①就可以得到一种更权威的解读了。

耳机传来莱昂内尔的声音："让我们把这小子的蛋蛋割下来。"

乔纳森感觉心头一沉。

"什么？"最起码巴里的叫声里充满了惊骇，这还算是多少令人宽慰的兆头。

"你听见我说了什么。我们割下他的睾丸，把照片给他的老爸发过去，看他还敢不敢和我们玩花样。"

"这太过分了。"巴里说。

"有什么过分的？反正他也活不下去。"

"别这么说。"

乔纳森再次按下胸前的通话按钮，问道："还没发现那个叫克里斯的朋友在哪儿吗？我这里再不动手就不行了。"

耳中的声音说："对不起，头儿，我还什么都没发现。距离你那儿最近的车灯在三公里之外，而且是朝着相反的方向行驶。"

"明白了。"乔纳森说，"先别为第三个家伙操心了。"

莱昂内尔正在对弟弟晓之以理。"你当真以为我们会让他活下去吗？我们为什么要让他活下去呢？"

"因为他们付赎金呀。"

莱昂内尔笑了："怪不得奶奶总是最喜欢你，你从来就是人见人爱的小天真。"

爆炸装置已经就绪，各炸点的起爆依次相隔半秒钟。乔纳森从门前向后退了几步，再次看看手机屏幕中的影像。托马斯·休斯已

---

① 震慑（shock and awe）理论是美国军界于1996年正式提出的。它主张集中、立体使用各种震慑手段，摧毁敌方意志，瘫痪对手的抵抗能力，以最少量的部队和最少量的伤亡来实现最大的作战效果。

朝镜头这边侧过了身子。他的两只膝盖仍然并排绑在一起，在绑架者发到托马斯家人手中的所有照片里，他就是现在这副样子。乔纳森不禁皱起了眉头。如果小伙子在这四天里始终没得到活动腿脚的机会，过会儿转移他的时候就别指望他走得很快了。

"你还不明白吗，小弟弟？"莱昂内尔继续在说教。乔纳森似乎用耳朵也能看到他那变态的笑容，只听他说道："犯了绑架罪被抓住，他们就会把你一辈子关在牢里，即使再添上谋杀罪，也不过是给你的终身刑期再加判两年，这有什么要紧？我不想让这种富家子弟有机会站在法庭上指证我，我不能冒这个险。我们拿到钱就杀了他，埋掉他的尸体，然后我们消失得无影无踪。"

"没任何人讲过需要我们来杀人。"巴里反驳道。

"那是因为没人知道你是这样的一个白痴。"

"那为什么还要给他拍照，玩这种骗人的把戏？"

莱昂内尔笑了好久，也笑得很响。"让你说着了，这一切都是把戏。他的家人怀疑我们会杀掉他，所以他们一再坚持让我们发去最近的、最新的照片。就是说，在钱没到手之前我们不得不让他活下去。明白了吗？"

乔纳森的面部抽搐了一下。不断索要照片是他的主意——以让对方提供人质活着的证据为手段，换取时间，查明托马斯的下落。他决定回到房前，试试利用窗子偷偷观察一下里面的情况，想办法更好地对付这两个情绪极不稳定的家伙。

"嗨，你知道吗？"莱昂内尔的声音降成了鬼鬼祟祟的低语，"也许我们无论如何也逃不掉关进监狱的命运。也许克里斯已经跑到警察那里吐露了一切。我敢打赌，警察现在就站在这幢房子外面呢。"乔纳森的耳机里响起了脚步声，紧接着位于他左前方的房门砰的一下打开了，莱昂内尔走出来站到了房子的前门廊。

"该死。"乔纳森咒骂了一句。他此刻就站在房前的一侧，没有任何东西遮挡。好在他的全身罩在月光投下的房子阴影里，如果他站着不动，也许就不会被人注意，而要低下身子隐蔽自己肯定是来不及了。他把吊在战术枪带上的 M4 突击步枪举到了肩膀。他不想在房外撂倒对手，可是他也不想让自己挨上一枪。

"你们这些混蛋真的来这儿了吗？"莱昂内尔挥着一支手枪大声喊道，"你们为什么不上来逮捕我？"他说着就向夜空放了两枪。乔纳森听出这是一支点380。

巴里压低声音急切地喊道："你这是在干什么？你会让全县的人都听到的。"

"你以为我还在乎吗？"

他们两个人都到了前廊，全部进入了乔纳森的视野。乔纳森担心巴里成为莱昂内尔枪下的第一个牺牲品。他计算着距离和风速，将手指滑进扳机扩圈，静观事态的发展。

"这件事让我受够了。"莱昂内尔喊叫道，"我他妈的实在是受够了。"

"我们快要成功了。"巴里安慰道，"我们已经做到了现在这一步，这很不容易。我不想把这一切搞砸了——"

"你还没明白吗？已经没剩下什么担心搞砸的东西了。我们被人抛弃了，小弟弟。"

"你这纯粹是瞎猜。不过是谈判的进展不像他们原先预想得那么顺利罢了。"

"你这才是瞎猜呢！"不论找什么碴儿，莱昂内尔恨不得立刻打上一架。兄弟俩站在那里，互相瞪眼望着。终于，莱昂内尔点点头说："算了吧。"

乔纳森看出巴里的肩膀松弛了下来。

"你说得对，巴里。这就是个谈判的问题。"莱昂内尔转身朝屋里走去。仅从他大跨度迈出的第一步，乔纳森就明白事情并不算完。"那么，就让我们做点什么来加快他们谈判的进度吧。"莱昂内尔这样说。耳机里专来连续的脚步声。

巴里急忙跟在他后面。"你要干什么？"他的声音里重新充满了恐惧。

"去干我早就该干的事情。"莱昂内尔说。

"天啊，你拿它干什么？"

"你明白我要干什么。"

乔纳森低声诅咒着。他的摄像设备不具备同时监控两处场景的能力，而此时他希望镜头对准的不是地下室，而是这两个家伙所在的一楼前厅。

"我们不能这么做，"巴里乞求道，"现在还不行，我们不能。"

乔纳森急速赶回房后通向地下室的那道入口。局面开始失控了。帕特瑞兄弟与送话器在空间上拉开的距离，使得他们的声音变得含混，听不清楚。可是他们却突然进入了摄像画面，乔纳森看见他们正在一前一后迈下地下室的石砌阶梯。兄弟俩的相貌与他们驾驶执照上的照片没有什么区别。乔纳森按下通话键："这里马上就揭锅了。"

"明白，头儿。我飞得近一点儿，听到你的命令就降落。"

乔纳森没功夫答复他。眼前的事态发展太快。

莱昂内尔首先迈进了地下室，巴里紧跟在他后面说道："在克里斯回来之前，我们不该擅自行动。"他似乎以为只要反复陈述自己的想法就能够改变局面。

"去他妈的克里斯。"莱昂内尔厉声吼道，"把他的两腿掰开，给我牢牢按住他。"

躺在地板上的托马斯·休斯狂乱地拱起脊背抖动全身，为了躲避，为了逃离或者至少是为了做出点什么而徒劳地挣扎着。莱昂内尔朝男孩的侧身狠狠地踢了一脚，换来的是对方加倍猛烈的挣扎。莱昂内尔举起了一把修剪粗大树枝用的长柄大剪刀。

是时候了。

乔纳森把突击步枪挂回枪带上，抽出了自己的点45手枪，身体紧贴在墙壁上。

"放松点，"莱昂内尔笑着说，"会有一点点疼，和生孩子——"

为了减轻耳膜的震荡，乔纳森用握枪的手捂住自己的右耳，另一只手在手机上敲了三个数字，按下了发送键。

按照乔纳森的设置，全部爆破过程由各自独立的四次起爆组成。但是对地下室里边的人们而言，它全然只是一声昭示世界末日的霹雳。最先的爆破当即切断了电源；接下来的三次爆破使右边的门板完全飞离了门框。它朝里边飞去，躺倒在楼梯上面，形成了通向地下室的一道滑梯。乔纳森飞速顺着它滑跑下来，落在了地下室水泥地面上。

"不许动！"他喝道，"动一动就打死你们！"不论是绑架者还是被害者都处在伸手不见五指的黑暗之中，而乔纳森却能透过一层绿色看清周围的一切细节。握在芳纶阻燃手套牛皮掌面里的柯尔特1911手枪，是乔纳森的老朋友。他从来不用它的准星瞄准——没这个必要。如果他扣动扳机，目标就会死亡。"把你们的双手举到我能看见的地方！"

接下来发生的事情是可以预见的，也是不可避免的。莱昂内尔既怒火中烧，又惊恐万状，这两种情绪的组合是最致命的。他把修树枝的大剪刀扔到一旁，从牛仔裤的腰带上抽出手枪，朝着乔纳森发出声音的方向开了一枪。子弹射偏了一英尺还多。

乔纳森却没有射偏，没等莱昂内尔的枪声消逝，他就连开了三枪，两颗子弹射进了对方的胸部，一颗子弹射进了前额。莱昂内尔重重地倒了下去。原本就躺在地上的托马斯·休斯蜷缩成了胎儿的形状，恨不得有个地缝儿钻进去。

巴里惊惧万分地叫道："莱昂内尔！"他的两手在黑暗中向前摸着，仿佛是个拙劣的盲人模仿者。

"他死了，巴里。"乔纳森说，"而且我也会杀死你，除非你按我说的做。举起你的双手，张开你的手指。"

"你骗人。"巴里说。

"向后退两大步，举起你的手来。"乔纳森的口气不软也不硬，却有一种不容置疑的威力，不给对方任何讨价还价的余地。

"你是谁？"巴里喊道。恐惧使他的声音出现颤抖。

"举起手，巴里，别让我朝你开枪。"

巴里·帕特瑞早就晕头转向了。乔纳森从他茫然无措的神情中看得出，他不清楚眼前的哪部分是现实，哪部分是幻影。他的目光胡乱地四下逡巡，两个瞳仁在红外线光束的照射下显得魔鬼一样可怖。

托马斯被封住的嘴发出咕噜咕噜的声音。

"托马斯，静下来，你已经安全了，事情就要收场了。巴里，我需要看到你的两只手。"

"你是谁？"巴里重新问道。他的脑筋好像卡住了，得不到这个问题的答案就无法运转。他哭叫着，没头苍蝇般来回乱转，似乎是由于惊吓而精神有些失常。

"我不会再等下去了。"乔纳森说，"如果我朝你的膝盖开枪，你就会栽倒在地上，难道这就是你希望的吗？你自己决定吧。"

巴里狂乱地摇起了脑袋，同时不由自主地向左侧迈了两步。不，他不想让膝盖挨枪子儿。他脚上的运动鞋忽然碰到了他哥哥的尸体，紧接着在血泊里打了个滑，使他差点摔倒在地上。"这是什么？"他蹲下身子在黑暗中摸索。"噢，上帝啊，这是莱昂内尔吗？"巴里的手摸到了哥哥的肩膀，然后又触到他露个大洞的脑袋。

"站起来，马上！"乔纳森命令道。

巴里发出了野兽样的吼叫，半是悲鸣，半是狂号，声音在墙壁间久久回荡。"你杀了他！"他泣不成声道，"是你杀了他！"

乔纳森注意到了他脸上歇斯底里的神情。

"他让我别无选择。"乔纳森的语调客观冷静，没有和对方争辩的意味。"你不要犯同样的错误。"

仿佛乔纳森说的是无人能懂的斯瓦西里语，巴里不做反应，只是蹲在地上两手抱住膝盖恸哭，一遍遍地重复道："你杀了他，你杀了他——"

在不到一米远的地方，托马斯挣扎着试图跪起来。

"待着别动，托马斯！"乔纳森命令道。他绝不能让什么东西挡在自己的枪口和目标之间。"躺在地上躲远点，你不想受伤吧？"

巴里·帕特瑞抬起了头。乔纳森意识到他已打定了主意要做蠢事。巴里直勾勾地盯着乔纳森的方向，依然重复着已重复过十多遍的那句话："你杀了他。"

"别做一个白痴，巴里。你手里没什么牌可打——"

巴里突然倒在水泥地面上，向左翻身，从右侧裤袋里掏出了一把短筒左轮手枪。然后他一个肩滚翻跪到地上，举枪在黑暗中瞄准。乔纳森朝旁边连挪了两小步。他明白，右手持枪的枪手击发时枪口容易偏向自己的左侧。

巴里开枪了。子弹击碎了乔纳森右边的水泥墙面。

"立刻放下枪！"乔纳森吼道。巴里不必非死不可，妈的。莱昂内尔是个疯子，巴里还不是。

这一次，巴里顺着乔纳森的声音瞄得很准了。没办法了。

乔纳森的手指凭着纯粹的本能向后收缩，枪身抖动了两下。

巴里惨叫了一声。两粒点45口径的子弹顺着一个弹洞穿进胸膛，击碎了他的心脏。没等挨上第二粒子弹，巴里实际上已经死了。

"该死的。"乔纳森骂道。什么样的赎金值得他们干这种事情？他退出了用过的弹夹，取出新的弹夹换上，把旧的插回子弹带里空出的地方，又把手枪插回枪套，击锤一如既往地处在待击状态。他随后按下了胸前的通话键："屋子已打扫完毕。两个朋友都已入睡。五分钟后转移。"

鲍克瑟回答："明白，五分钟后见。"

托马斯·休斯拼命在叫喊，可是嘴上的胶带使他喊不出什么像样的动静来。尽管如此，乔纳森听得出他发音的重点在硬辅音，而专家们说过这种情况多半是在骂脏话。乔纳森小心翼翼地来到这个年轻人身旁，因为他不想被对方踢到身上，更重要的是他不想在蔓延的血泊中不必要地留下自己的脚印。

"托马斯，安静点。"他说，"你安全了。我是来带你回家的，他们两个都死了，而你会好起来的。你听懂了吗？听懂了就点点头。"

托马斯迟疑片刻，接着便点起头来。他这么做显然是经过了考量的。他的眼睛里仍然存着恐惧，但是他不想由于自己错误的应对而使这位新来的袭击者产生别的想法。

"我要给咱们弄点亮光。"乔纳森解释道。他摘下夜视镜，把手伸到脖后，从背包侧袋里取出一支发光棒，掰去它的一端晃了晃。发光棒亮了起来，屋里重新蒙上了一层绿色，不过这次他们

012

两个人都能看见彼此了。

看到乔纳森罩得严严实实的脸，托马斯立时显得更害怕了。乔纳森尽力让自己的目光透出和善。"我将解开你的这些胶带，"乔纳森说，"这意味着我必须动刀子。你看见刀子别害怕。"

用高碳钢锻造的卡巴军刀刀身有二十厘米长，刀刃像剃刀片一样锋利。这种刀在每个细节上都追求最大的杀伤力和实用性，外形看着也令人胆寒。乔纳森不希望这个男孩由于胡乱扭动而被军刀割伤皮肉。他小心地把刀插进小伙子的脚踝之间割断胶带，先解放了两只脚，然后是膝盖，最后是手腕。

"你自己把嘴上的胶带撕下来吧。"乔纳森说。他估计胶带已经同男孩子嘴边的皮肤粘得很结实了。

托马斯·休斯想用指甲剥开胶带，发现原来并不容易。乔纳森没再管他，转而去收拾他那支手枪的子弹壳。所有五枚弹壳都散落在龟裂的水泥阶梯下面的一个角落里，彼此相距不远。他把弹壳装进了裤袋里。

托马斯终于抠开了胶带的一个边角。伴随着一声痛苦的呻吟，胶带从嘴上被扯了下来。

"你疼吗？"乔纳森问。

"他们想割掉我的睾丸。"托马斯用充满恐惧和不可思议的口吻说道，"你是警察吗？"他转动着脑袋想在房间里找出其他的人，"你刚才是在和谁说话？"

乔纳森没理会这个问题。在位于房间角落的水槽边上，他找到了一卷纸巾。他把软纸在拳头上缠了好多圈，扯断后拧开自来水龙头浇了浇，然后把这团泡得湿乎乎的东西递给了托马斯。

小伙子狐疑地望着他。乔纳森用下巴朝托马斯肮脏的大腿和私处指了指，说："我猜你也许愿意把自己弄干净点。"

托马斯有些难为情地接过了纸巾。为了给小伙子保留一些体面，乔纳森把脸转向了别处。他走到莱昂内尔的尸体旁边蹲下来翻检死者的口袋，嘴上说道："等你擦完了身子，我需要你以最快速度扒下这家伙的衣服穿在自己身上。他们这帮混蛋中还有一个目前不在这个地方，我可不想等他回来撞见我们。"

"不会的，"托马斯说，"只有这两个人。"

"你说的不对，相信我，另外还有一个家伙。来吧，抓紧行动起来。"在莱昂内尔身上，乔纳森只搜到了一只钱夹。他又挪到了巴里的尸体旁，结果也是一样，仅是一只钱夹。他把两只钱夹放进背包侧面的袋子里拉上了拉链。托马斯仍然没动弹。"快点，孩子，除非你是想光着屁股从这儿出去。"

托马斯蹲了下来，开始摸索着解开莱昂内尔的鞋带。

"再快点，"乔纳森催促道，"我们没有时间磨蹭。"

"如果不是警察，那你是什么人？"

乔纳森受够了。"我上楼去看看周围情况。等我回来时，你得给我穿好衣服，明白了吗？不管你穿好没有，我们三分钟后离开这里。"

他严厉地盯着这个小伙子看了一会儿，然后边转身边说道："还剩两分五十秒。"

2

比起地下室来，这幢农舍主层的气味也没好到哪里去。尽管天气很暖，帕特瑞兄弟却一直没开窗户。起居室里倒是有台小空调，可是乔纳森的炸药已经把电断掉了。房间里弥漫着疾病和衰朽的味道。乔纳森估计，这种味道是去世不久的房主老祖母在留给后辈房产的同时一并留下的。每把椅子的坐垫和扶手垫上都罩着装饰巾。窗帘是条纹棉布材料的，下边有一圈流苏。

乔纳森在镁光袖珍手电的光亮下搜寻文件、笔记等各种可能暴露托马斯·休斯身份的东西。人们或迟或早总会发现兄弟俩的尸体，而乔纳森不想给他们留下其他线索。

厨房的餐桌是塑料贴面的，上面摆着咖啡杯和喝光了的易拉罐，还有曼西城、布卢明顿和芝加哥等地的报纸。乔纳森分析是恐慌心理驱使帕特瑞兄弟找来这些报纸，了解托马斯的家人是否向媒体泄露了绑架消息。他还在烤炉旁边发现了一沓《纽约时报》，兄弟俩曾用这些报纸作为背景拍摄照片，证明托马斯仍然活着。

这些东西对乔纳森一点用处都没有。

不过，压在报纸下面的一册螺旋装订笔记本倒是有用的。两兄弟在上面记录了近几天发生的各种事情，标明了日期、具体时间和他们所提要求的主要内容。他们的笔迹幼稚好笑，不是一种流畅的书写，而像是一笔一笔费力地描上去的。

乔纳森把这些东西一股脑儿地装进了背包，甚至包括报纸，因为他担心那两个家伙没准儿在空白纸边上记下了什么。

觉得满意后，他返回了地下室。

实际已过了五分钟，可是托马斯这边却没什么进展。他还光着身子，只不过从莱昂内尔那里挪到了巴里的尸体旁。听见乔纳森的脚步声，他像个淘气时被人撞见的孩子一样蹦了起来。"他身上的血少一点。"托马斯指着巴里说。

乔纳森叹了口气说："你的话不无道理。"事实表明，在这类行动中，被害者本人往往是最容易带来麻烦的环节。"你上次吃东西是什么时候？"他问道。托马斯显得消瘦，看来是营养不良造成的。

"你是问我什么时候来这儿的吗？从被他们绑到这个地方，我就什么都没吃过。"

"你已经四天没吃饭？"

"给我喝了点水，但是没有食物。"

并不令人意外，可这不是乔纳森喜欢听到的。饥饿的人动作迟缓，容易疲倦。他的手伸进背包的又一个口袋，掏出了一袋果塔饼干，夹着樱桃酱的那种。"吃了它，"乔纳森说，"这些碳水化合物能让你支撑一阵子。"

托马斯盯着饼干，却没伸出手。

"没有毒药，"乔纳森说，"我要想害你，早就动手了。"为了强调自己的说法，他朝地上的尸体瞥了一眼。

托马斯接过点心，撕开了包装。"谢谢。"

趁着小伙子咀嚼的功夫，乔纳森动手去扒巴里的衣服。托马斯面对尸体迟迟下不去手，乔纳森从心里是理解的。他自己也不愿干扒死人衣服这种事，不过这早就不是他的第一次了。

"蒂芙妮怎么样了？"托马斯问。他看来很需要与人交流。

"谁是蒂芙妮？"

"蒂芙妮·巴恩斯，我的女朋友。他们去绑架我的时候，我和她在一起。他们把她打得很重。"

巴里的两只鞋已脱下了，乔纳森又伸手到尸体的腰间对付那条牛仔裤。他解开纽扣，拉开拉链，往下褪裤子。"我不知道，我从来没听说过有关蒂芙妮·巴恩斯的事情。"

"这么说你的确不是警察。"

这句评论不禁让乔纳森抬头看了他一眼。

"如果你是警察，你就会听说蒂芙妮的情况。"

乔纳森停住手，小臂搭在膝盖上说："有时候找警察并不是最好的选择，"他说，"一旦报告了他们，大概也就等于向媒体做了通报。"裤子拽下来了，巴里的脚跟砸落到水泥地上。他把裤子递给托马斯。"穿上吧。"

小伙子迟疑地接过了裤子，却说："我不想穿他的衬衫，血太多了。"

"你需要穿上衬衫。"

"我不穿。"托马斯一副不容商量的样子。

乔纳森叹口气。"好吧，先把裤子穿上，还有鞋。我马上就回来。"他直起了身。

"你去哪儿？"

"快穿，托马斯。"

乔纳森一步两个台阶跑上了楼梯。用来照明的还是镁光手电，而这次他走进去的是卧室。他在那里找到一件T恤衫，一把抓过来又返回了地下室。他离开的时间是三十秒，托马斯这功夫已穿上了巴里的裤子。尺码看起来足足大了三号，不过这比小三号还是强多了。

"嗨，"乔纳森把T恤衫扔给他说，"这一件上没有血。"

托马斯闻了闻它，皱起了眉头，不过还是套在身上了。"我穿好了。"他说。

"怎么没穿鞋？"

托马斯晃着脑袋说："鞋太大了，我还是光着脚吧。"

"天啊，托马斯，你能不能别和我拧着来？光脚绝对不行，要不了一会儿你就会明白。我不管这鞋是多大号的。这不是时装秀。"

托马斯终于照做了。"他们怎么办？"他望着帕特瑞兄弟俩问道。

"他们都死了。"乔纳森边说边朝着通向后院的那道已被炸坏的房门走去。

"可是我们不能就这样——"

乔纳森攥住小伙子的上臂，把他拖了过来。用力猛得足以让托马斯明白，他在此刻并没有什么话语权。"你先别忙着为他们难过，好好记住他们对你打的是什么算盘。"

托马斯挣开身子问道："你想把我带到哪儿去？"

"回家。"乔纳森的眼睛露出了笑意，小伙子放松下来了。经历过有家难回的痛苦的人，才会懂得"家"这个字眼是多么的珍贵。

突然，乔纳森从耳机里听道："中止行动，中止行动，你有客人了。"

"该死。快说。"

"怎么了？"托马斯问道，"快说什么？"

"没你事。"

鲍克瑟答道："有辆车开进了通往你那儿的车道。前灯亮着，车速正常。我相信你还没做好迎接客人的准备。"

"一定是克里斯，那第三个家伙。"乔纳森对着麦克风说，"拉升高度，飞远一点。我不想吓着客人。"接着他又对托马斯强调，"你就待在这里。我们还有一个家伙需要对付。"

"可是我早就说了，他们只有两个人。"托马斯提出了异议。

乔纳森不禁吼叫道："现在我明白他们为什么给你的嘴巴贴上了胶带。老实待在这里别动。"他转身跨上楼梯闪进了外面的树丛，全部动作连贯流畅，一气呵成。这次他没拉下头上的夜视镜。面对打亮的车前灯，戴上它只会弄花了自己的眼睛。

在将近一分钟的时间里，除了夜色他什么也没发现。不过很快他就透过环绕着这片农庄的树林看到了驶近的灯光，同时听见发动机嘎嘎作响的轰鸣和同样刺耳的减震器失灵的动静。

乔纳森的计划是，等在地下室外面的草地上，看看克里斯对这幢房子陷入了黑暗这一事实做出什么样的反应。如果他惊慌失措甚至企图逃跑，就完全能说明问题了。在离车道尽头的停车坪还有三四米远的地方，这辆厢体没有侧窗的小货车猛然刹住了，还关掉了前灯。乔纳森已经得到了答案。

他拉下夜视镜罩住双眼，按下通话键："我看到它了。"

那个司机仿佛听见了他的话似的，突然迅速地向左打舵，想来个180度的大转弯，发动机轰然发出了更加难听的吼声。乔纳森不能允许他这么干，他最无法容忍的就是让一个坏蛋逃之夭夭。完全凭着本能的动作，他把M4突击步枪的枪托顶在肩胛上，瞄准汽车前格栅的左侧快速射出了六发子弹，枪声如同是在这个闷热潮湿的夜里响起的几声炸雷。这两组三发点射，乔纳森用的都是穿甲弹，他希望在发动机缸体上打穿两个洞。果然是立竿见影，那辆车停在路面上一动不动了。从夜视镜里看得清楚，有两股热气柱已经从车体上冒了出来。

依然保持着随时可以击发的持枪姿势，乔纳森朝那辆趴窝的小货车迂回过去。

耳机响起了声音："我用红外线看到了你和那辆车，车的另一侧有人移动。他已经跨出了车，正向北面树林转移。他在用那辆车为自己提供掩护。"

乔纳森没有费心去答复，不过有鲍克瑟在空中照应的感觉很不错。按照直觉，他想撇下这辆车不管，径直去追击那个坏人，然而这不合规矩。车上也许还有第二个人，他在追击前面那个家伙的时候，绝不能让自己的身后再跟上一个坏蛋。

副驾驶一侧的车门朝着他的方向，窗子关着，玻璃没有破碎。乔纳森右手继续举着突击步枪，左手在胸前的装备袋里取出了一根金属伸缩棒。他绕了一个弧度接近了车的尾部。小货车的后门关着，上面的玻璃也是完整的。

"小心点，莽撞的牛仔。"鲍克瑟在耳机里叮嘱，"你现在是孤身一人。"

乔纳森在车后边蹲了下来。他把突击步枪挂在枪带上，从装备袋的右侧掏出一枚催泪瓦斯手榴弹，攥住手柄，拔下保险栓，站起身用金属伸缩棒用力砸碎窗玻璃，向车厢里投进了手榴弹。当毒气瞬间升腾的时候，乔纳森已转移到车的前部，砸碎了副驾驶一侧的玻璃窗。他朝里瞥了一眼，确认了里边没有人。那个逃跑了的司机是单独一人来这里的。

"车辆清理完毕。我的目标在哪里？"

稍停片刻，耳机又响了起来："对不起，头儿。我只顾盯着你了，没注意他的去向。他不会跑得很远。"

他可真行。"只有找到他，我们才能撤离。"

"明白。仪表对我说时间够用。"这话翻译过来就是，飞机的油料足够他在空中盘旋很长时间。

有什么东西在车厢里噼啪作响。乔纳森立即转身，手中端起了突击步枪，却只见厢体后门破碎的窗子里正在冒出浓烈的黑烟。刚才那枚手榴弹看来是抛到了某种易燃品上面。

"你的车起火了，头儿。"

乔纳森退回房子这头，与那辆车拉开了较远的距离。你永远不知道人们会在车厢里装些什么。他在哥伦比亚看到过，形状再普通不过的厢式卡车或是面包车却突然炸飞到空中，原因是这些车已改装成了袖珍毒品实验室，他们为了制造出赚钱的东西，在车里不停地对各类化学品进行奇异的组合。他再次挪开了夜视镜，周围的夜景由闪亮的绿色回到了黑白灰的搭配。

耳机又响起声音："你有伴儿了，在你身后死角，从那幢房子里出来的。"

糟糕。乔纳森立刻转身单膝跪地形成了标准的射击姿势，同时也是要缩小自己在对方火力下的目标。夜视镜重新归位，目标马上变得清晰：托马斯·休斯。这个熊孩子。这种时候乔纳森就后悔只带着鲍克瑟一人执行任务了。如果是他的团队集体出动的话，就会有人守在这孩子身旁，看住他不做蠢事。"快卧倒！"乔纳森喊道。

托马斯原地停住了。"别开枪！是我！"

"卧倒！"

"这是我！"小伙子紧张万分。

乔纳森向托马斯狂奔过去，只用五秒钟就消除了两人间近30米的距离。他伸开胳臂揽住小伙子的胸部，猛一转身将他摔趴在湿漉漉的草地，紧接着把自己的肢体全部压在了托马斯身上。"我没问你是谁，"乔纳森喘息着说，"我是在命令你卧倒。我向上帝发誓，如果你再不听话，我自己就要开枪撂倒你。"

"我听见了枪声，"压在背部的重量使托马斯好不容易撑着嘟囔道，"还看到了火光，我害怕极了。"

"所以你就迎着子弹和火光出来散步？"

托马斯挣扎着想摆脱身上的重量。"别压着我。"

乔纳森挪开身子，重新观察周围，寻找克里斯的迹象。

"我从地下室出来，是因为我担心你可能受伤了。"

乔纳森凝视了他一眼。"那么，我谢谢你。"他说，"我让你待在里面，是因为那辆小货车的司机不是我们的朋友，而且他目前还没被我收拾掉。"他们必须远远地离开这辆车子，在烈火的光亮下，他们很容易成为敌手瞄准的目标，而且他的夜视镜也无法发挥作用。乔纳森对着麦克问道："你看到什么了吗？"

"汽车的火势很大，没看到更多别的——等等，我发现有什么在动——"

乔纳森也看见了。与此同时枪声响起了，乔纳森很不自在地感觉出，子弹就在离他脑袋不远的地方飞了过去，第二颗子弹钻进了他胳膊肘不远处的泥土里。

托马斯在喊什么，乔纳森压根儿没想去听，他忙着呢。"趴在地上别动！"他吼道，又把M4抵在了肩窝上。

枪手继续在射击。枪口喷出的火焰为乔纳森提供了他需要的一切视觉信息。对方的位置离燃烧的小货车不到20米，从姿势上看他是在用手枪射击。考虑到射击距离和弹着点，应该说他的枪法还不坏。乔纳森扣动了扳机，三连发。他瞄的是敌手的躯干。他知道第一枪肯定是命中了，因为他看到对方向后摔了出去。他对第二颗子弹也很有把握，至于第三颗就只有天晓得了。看到对方似乎还在动弹，他又补了两枪。

四周陷入了静默，只有托马斯还在叫喊。他用双手捂着耳朵，喊着让枪声停下来。他的尖叫出自一种原始的恐惧。

"嗨！"乔纳森冲他吼道。

托马斯吓了一跳，两只胳膊下意识地举起来试图阻挡他人的袭击。

"你伤着了吗？"

"发生什么了？"托马斯喊道。

"你伤着了吗？"

男孩子摇摇头，结结巴巴地说："没——没有，我——我没觉得我受——受伤了。"

"那你就闭上嘴，老实待着别动。"

只有经过证实的毙敌，才是确凿无疑的胜利。乔纳森撑起身子站立起来，开始朝那片树林移动。他绕过小货车燃烧的火团在地面跳荡的影子，奔向枪手刚才倒下的地点。"说说情况。"他命令鲍克瑟。

"没有太多的东西。我看见了枪口喷射的火苗，我觉得他倒下去了，可是不能完全确定。我没发现他有移动的迹象。"

乔纳森要掌握的，就是目标有没有移动的迹象。他明白对手至少已经伤得很重了。现在需要的不是隐蔽接近敌人以求稳妥，而是争分夺秒大胆出击。乔纳森以奥林匹克径赛运动员的速度（他的确曾是一位奥运选手）跨过灌木丛向前冲刺，突击步枪保持在随时可以瞄准击发的状态。不到眨眼的功夫，乔纳森就看到了躺在地上的枪手。伤情看来是致命的，可是枪手还没断气。"不许动。"乔纳森喊着，凑近了枪手。

这一瞧，乔纳森不禁大吃一惊。

3

枪手是个女人。她仰面躺在野草丛中手捂着腹部，月光下颜色发黑的鲜血正在从手指缝往外汩汩流淌。她的另一只胳膊已经废了，看来是第二颗子弹造成的。子弹击中了胸口上方又从后肩穿出，钻开了鲜血奔涌的一孔泉眼。根据她肚子上的弹孔位置和惊人的出血量，乔纳森判断自己击穿了她的肝脏。她活不过几分钟了。她的双腿姿态奇特而且纹丝不动，表明子弹同时打断了她的脊髓。

他对鲍克瑟说："另外那个朋友正在睡过去。"

"明白。我这里一切就绪，等你下令。"

"做好着陆准备，我们五分钟后撤离。"

女枪手身旁的草地上扔着一支昂贵的贝雷塔9毫米手枪。乔纳森把枪踢到了她够不到的地方。她穿了一条任何一个父亲都不会赞成的牛仔布低腰超短裤，上身是一件价格大概在一百多美元的阿伯克龙比T恤衫。

乔纳森审慎地绕开了鲜血汇成的小溪。他收起枪，夜视镜再次推到额头上方，单膝跪在女枪手的肩头旁边，拨开了遮在她脸上的浓密的茶褐色头发，同时下意识地把对方的一只手攥到了自己戴着手套的掌心里。高高的颧骨，丰满的嘴唇，她完全可以做一个时装模特。想到如此美丽的一条生命将要断送在自己手里，乔纳森心头不禁纠结。"你是什么人？"他问道。

她的眼里露出的只是恐惧。"救救我。"她说，"太疼了。我的两条腿没有了知觉。"

"我知道，"乔纳森答道，"你被子弹击中了。你是克里丝吗？"直到此时他才意识到，本以为"克里斯"是个男人的名字，实际上它有可能是克里丝蒂娜的昵称。

"我觉得我快要死了。"

乔纳森点了点头，以十分温和的语调说："是的，你挺不过很久了。你是最后一个吗？或者是别的什么地方还有你们的人？"

有那么片刻功夫，她似乎想回答，可是转瞬间目光又变得坚决了。

"回答我。"乔纳森盯住不放，又说，"我会始终守在你的身旁，直到这一切结束为止。"

她的瞳仁反射着月光，显现出一种超乎寻常的明亮。"去你妈的。"她说。

乔纳森露出了微笑，轻轻地捏了一下她的手。他见证过许许多多人的死亡，而他从来都佩服那些勇于直面命运的人。天堂里的位置是给那些在最后关头仍然保持勇气的人们预留的，不论他们是好人还是坏人。

他继续握住她的手，掏出袖珍手电掰动了开关。白色的光亮十分刺眼。他用牙齿叼住手电，用空出的那只手搜查对方的衣服。"让我看看你什么地方疼。"他说。

"你是谁？"女孩呻吟着问道。

鲜血已经浸透了牛仔短裤的裤腰。乔纳森在前面的裤袋里找到了一张印第安纳州的驾驶执照。"你叫克里丝蒂娜·贝克。"乔纳森大声读了出来。在夜色中很难判定驾照的照片和倒在地上的这个女孩是否相似。"这是你的真实姓名吗？"

乔纳森没指望对方回答，也的确没有得到回答。他在另一只裤袋里找到了一共23美元的现金。他把钱放回她的裤袋，注意力集中到了她的脸部。女孩的嘴里也开始流出了鲜血。

这种猎杀让乔纳森感到有点歉疚，他太精通这种枪战了，对手很难有招架之功。他觉得自己至少有义务庄重地注视着这些濒死者的眼睛，直到他们咽下最后一口气。他怀念军队的时光，在那些日子里他的子弹并非射向真正的人类。他们是敌人，只有让他们死去，他和战友们才能活下来。他喜欢战争状态下的简洁明了。

克里丝的呼吸越来越艰难了。乔纳森忍不住想扭过脸不看她，但是克制住了自己。他捋着克里丝的头发，悄声说："马上就要结束了。"

她已经说不出完整的话语了，眼神里的那份顽强重新变成了恐惧。

伴随着一声宣战似的长长喘息，克里丝的胸膛完成了最后的一次起伏。她的目光呆滞了。她死了。

他身后的树丛里有某种响声。乔纳森迅速持枪，膝盖拧转方向，手指搭进了扳机护圈。

"噢，天哪！"是托马斯在叫喊，他的双手举在空中来回晃动。"别开枪。是我，是我。"

"真他妈的该死。"乔纳森骂了出来。

"我是担心你别出什么事。"

好家伙，差点就真的出事。乔纳森放下枪，气得直摇头。

"噢，上帝啊！你干了什么？"托马斯看到了地上的那具尸体，倒吸了一口气。他拨开乔纳森，在克里丝蒂娜的另一侧蹲了下来。"我的上帝，这是蒂芙妮。"

乔纳森不由得张开了嘴巴。"你的女朋友蒂芙妮？"

托马斯伸手去触摸克里丝蒂娜的脸庞，却被乔纳森一把拦住了。"不行，你会留下痕迹的。"

"你应该救救她呀！"

乔纳森摇头说："太晚了，她已经死了。"

"是你杀了她？"托马斯用难以置信的，也是义愤填膺的语气喊道。

"因为她打算杀死你。"

托马斯摇着头,在尸体旁挺直了身子说:"不,这不可能。我们彼此相爱。"

"托马——"这时乔纳森听见了鲍克瑟那架直升机在空中抵近的声音。

"不!我知道你是怎么想的,可是你错了。我们彼此相爱,他们闯进来绑架我的时候,我们两个人正在做爱呢。我们应该马上送她去医院。"

"没用,托马斯,她已经死了。"乔纳森扭头向上瞥了一眼,发现熄灭了所有灯光的阿古斯塔·韦斯特兰直升机已经在空中悬停着准备降落。在小货车燃烧的火光映照下,它就像是染在夜幕上的一块钢笔水渍。"我们该离开了。"

托马斯僵在原处。也许是由于恐惧,也许是由于悲伤或是愤怒,反正是一动不动。

"托马斯!"

这位大学生像个迷了路的小娃娃。

耳塞噼啪作响:"即将着陆。"

乔纳森拍一下通话键表示知道了,然后柔和地对托马斯说:"是她向我们开的枪,托马斯,现在这一切都结束了。"他看出小伙子的愤怒几乎达到了沸点,便又强调:"我们在这儿没什么事了,托马斯。让我送你回家。"

小伙子已经崩溃了。尽管很同情他,然而乔纳森的耐心也快耗尽了。枪击和爆炸还有直升机的轰鸣,都为人们拨打911报警电话提供了最好的由头,而在警灯闪亮、警笛嘶鸣之际,乔纳森希望他们自己早已销声匿迹。托马斯在十秒钟之内肯定是要离开这里的,不论是以什么样的方式。乔纳森已经有许多次将不想离开——由此也变得不省人事的"贵重物品"挪送到了安全地带,再多一次这样的经历对他算不得什么。

就在他马上要采用手段的时候,托马斯站了起来。他一言不发,弯下身子跟在乔纳森后面,向那架将带他回家的直升机跑去。乔纳森在跑动中掏出手机滚动屏幕,找到事先设定的一个号码拨了出去。那边的铃声一响，托马斯的父亲就会知道儿子得救了。

乔纳森需要的任何东西都不缺乏提供者，关键是要有足够的信用和足够的关系。这架阿古斯塔·韦斯特兰直升机采用了最先进的航空电子技术，配有红外夜视热成像仪和导弹侦测反制装置，而且飞行噪音很低。乔纳森通过鲍克瑟认识了这架飞机的主人，说来难以置信的是，他有一个为公众所熟悉的名字——奥斯卡·梅耶。愿意支付租金的话，奥斯卡先生不反对任何人使用这架直升机，只不过要求用户事先交上600万美元的押金。万一出了什么问题，他就用这笔钱更换一架新的飞机。谁弄坏了它，谁就得买下它，一点不能含糊。

鲍克瑟很喜欢动用这架直升机来执行任务，因为从来都是他独自享受驾机的乐趣。乔纳森也专门接受过紧急状态下的飞行训练，但是他不去充当飞行员，而是在机舱里照看转移出来的"贵重物品"。你绝不能把"贵重物品"单独留下。在中美洲国家待过的几年中，乔纳森处理过很多的绑架事件。遭到劫持的特殊经历，使得被绑架者们很难保持清醒和理智，有时甚至出现了视营救者为敌的情形。被劫持者对劫持者产生好感的所谓斯德哥尔摩综合征，听起来很荒诞，可现实中的确是存在的。所以，放松对这些刚刚获得自由、依然陷于狂乱和恐慌之中的人们的管控，绝对不是什么好主意。

乔纳森向上攀爬的时候就觉察出直升机在轻微起伏。机轮虽然着地了，但是它仍然处于最低限度贴地悬停的状态。托马斯刚坐进座位，还没等乔纳森给他扣上安全带，鲍克瑟一加油门，直升机便轻盈地从地面拔了起来。飞转的旋翼搅动着漆黑的夜空，爬升的铁鸟载着他们离开了帕特瑞农庄和倒在那里的三具尸体。

乔纳森没有沉浸于解救成功的喜悦，却为行动中草率马虎的地方而自责。在仓促的撤离中，他没去收集自己那支M4突击步枪射出的弹壳，在现场留下了证据。当代的司法取证手段越来越先进，哪怕是一丁点微小的证物都有可能成为暴露他的线索。

乔纳森同时还为沉郁颓丧的托马斯·休斯担忧。他刚刚为托马斯夺回了宝贵的性命，可是托马斯却缩在直升机的后舱为克里丝蒂娜·贝克的死亡而伤心欲绝。乔纳森知道这时应该让这个小伙子自己慢慢想明白，然而他还是忍不住要发表一些自己的看法。

"嗨，托马斯。"他向小伙子打招呼说。乔纳森注意到，从大公司借来的这架时尚豪华的航空器与平时载着他和他的团队飞来飞去的那些直升机有一个重大的区别，这就是它的发动机声音仿佛是悦耳的低吟浅唱，人们在机舱里不用大声喊叫，完全可以正常地进行交谈。"不要再折磨自己了。你没做错什么事情。她打算杀了你，而开枪打死她的是我。"

这并不是托马斯愿意听的东西。

"她并不爱你，托马斯。"乔纳森仍然毫不客气地说，"好好听我说，她就是把你劫持到地下室的那个团伙当中的一员。"

"别再说了，行吗？你根本就不明白你在说些什么。"

乔纳森叹了一口气。什么时候他才能学会不再掺和这种事呢？但是，他还是坚持说道："听着，事情不像你想的那样。让我猜猜吧，你是在酒吧里或者是咖啡厅遇到她的，对不对？肯定是某种公共场合。"

"是在图书馆。"托马斯说。

"我说的对吧？那是个公共场合。估计一开始是她表现得对你有兴趣，可是呢，当你鼓起勇气去接近她的时候，她又找借口躲开了。也许第一次遇到她时，你都没能同她搭上话。"

托马斯惊异困惑的目光证明乔纳森说中了。这类事情的路数就是这样子的，连中央情报局招募特工也总是按这套脚本演戏。如果表现得太迫切，合适的应征者就跑到别处去了。你得让对方主动来求你。

乔纳森继续说："可是突然间你在很多地方碰巧都能遇上她。你们都注意到了这一点，也都觉得这种偶遇很有趣。于是你们出去看看电影，去寻点开心，却一直没做什么出格的事情。她也许对你说一切都要等到结婚才行。"

"她说她有个男朋友。"托马斯的愤慨开始转为了困惑。

"那也差不多。可是，后来你们终于开始正式约会了。当她答应对你以身相许的时候，我估计地点是她选的。去你的住处，而不是去她那里。她说她希望让你感觉更放松自在点。"

"这些你是怎么知道的？"

"这种事都是照这个模式来的。后来，你们两人到了你住的地方。你们宽衣解带，刚要做成好事，突然间就有坏蛋闯进来了。结果是，你被绑在了一间地下室，嘴巴也让他们封上了。"

托马斯的脸耷拉下来了，体能和情感的耗竭使他一下子显得比实际年龄老了十多岁。"可是她的许多看法和我心里想的完全一样。"他说，"我觉得我们两人是心心相映的伴侣。"

乔纳森有点迟疑，最后还是为这口情感的棺材砸进了最后一枚钉子。这个可怜的小家伙还以为他得到爱神的眷顾了呢。"你在Facebook的网页上谈论过你的那些想法吧？"

男孩子不禁张开了嘴巴。"你怎么知道的？"

"我接到这个活儿后做的第一件事，就是上谷歌去搜索，没几分钟就找到了你的网页，进去浏览了20分钟，我就了解到了你的一切。克里丝蒂娜，或者说是蒂芙妮，大概也做了同样的功课。"

托马斯向后靠在了皮椅子上，问道："但我还是不明白。为什么？"

"为了钱。"

"那就不该绑架我。"托马斯反驳道，"我们家没什么钱。我父亲为了养家糊口不得不没日没夜地工作。"

乔纳森皱起了眉头。雇得起他，就说明他们应该有钱啊。

"说来说去你到底是谁？"托马斯问道，"我明白是你救了我的小命，不过你叫什么名字呢？"

"不用操心我叫什么，"乔纳森说，"知道的越少对你才越好。"

托马斯被这几天——仿佛是几个星期——所经历的一切弄得头晕目眩。当然了，他非常饥饿——果塔饼干不是太顶用——也非常疲惫和恐惧。但是，此刻最主要的问题是他的脑袋陷入了一片混乱。

想到差点就可能发生的灾难，想到要动手割掉他的睾丸的那个家伙疯狂的神情，托马斯担心胃里的果塔饼干会返到喉咙上来。他究竟做了什么，竟然招致他们如此残忍的对待？而这两个全副武装的夜袭者又是什么人？上帝会保佑他们，可是这些人为什么要为他冒这么大的风险？他不过是个无名鼠辈。若以为是他的双亲富贵以至于值得做这笔生意，就更显得荒诞不经。

　　他被一种全然摸不着北的感觉所支配，犹如某天早晨醒来后，发现天空是棕色的，草木是紫色的，小狗在说话，小猫在狂吠。生活中的许多事情本来是按照固有的逻辑运行的。每一个中午天上都有个太阳，万有引力使你能够躺在床上而不是漂浮在空中。同样的道理，陷入爱河应该是一件符合人性的好事情。两个人终于赤身相见共享鱼水之欢，应该是一种十分珍贵的人生体验。蒂芙妮本应是他刻骨铭心的第一次，可是转瞬间一切都化为了血腥的暴力。

　　直升机在航行中仍然关闭着所有的灯光。银色的月光下显现的各种地物地貌对托马斯没有别的意义，只是证明了他们在飞行。没等到眼睛完全适应黑暗，托马斯就观察到飞行员戴了一副夜视镜。

　　他们的航程持续了不到半个小时。托马斯只知道他们降落的地方是一个人迹罕至的隐秘地带。旋翼几乎仍是以全速飞转着，托马斯身旁的那位夜袭者解开安全带，以半蹲半站的笨拙姿势立了起来。他往前迈出半步，伏在飞行员耳边说了点什么。飞行员点点头，还竖起了大拇指。他回头对托马斯说：

　　"听好了，托马斯。你不要解开安全带，就坐在这里等我回来。我们在这儿有辆车。"

　　"为什么我不能和你一起去？"

　　"因为我想确保最后阶段的万无一失。如果有什么不对劲的地方，我就通知飞行员，他会带着你从这里像火箭一样窜出去。所以我说你要继续坐好，不能解开安全带。你很快就到家了。"他一边说着，一边打开了舱门。伴随着旋翼的轰鸣声，他拿起武器，跨进了舱外的夜色之中。舱门关闭后重新出现的寂静令人觉得压抑——尽管舱里也并不能实现绝对的寂静。

托马斯无法忍受这种寂静。"原谅我打扰，"他大声喊道，"飞行员先生？"

飞行员转过了身，面孔同样像是染在夜幕上的一团墨迹。

"现在是什么情况？"托马斯问道。

"你到现在还没弄明白是什么情况？"飞行员说，声音里有种打趣的味道。

"没有，我什么都没弄明白，我完全糊涂了。"

飞行员笑道："那不应该呀。正像人们希望的那样，你得救了。"

乔纳森在六个小时前把租来的一辆福特探险者藏在了这家农场地势起伏的田野深处。他们是仔细研究地图后最终选定这个地方的，因为这里十分隐蔽，交通又比较方便，而且直升机的出入也不会造成什么惊动。

为了尽快发现和应对可能存在的埋伏，乔纳森重新戴上了夜视镜。他接近那辆车的动作完全符合有关教程的要求：谨慎稳健，循序渐进。小心无大错，他的角色随着场景的转换而变化，由出手凌厉的夜行者变成了循规蹈矩的普通人①。他移动到汽车尾部，打开了后备箱。没有随之亮起来的灯光，因为他早就对车灯做了处理。两只带拉链的行李袋仍然在原处摆着，看上去像是两只撒了气的大气球。他的突击步枪和背包放到了其中一只袋子，另一只袋子里装进了战术背心、弹药袋和夜视镜，还有他的黑色连衣裤、面罩和靴子等。换装只用了三分钟。

乔纳森现在的样子可以说成是任何一种人——也许是一个农场工人，正在进城的路上。一个牛仔夹克里的枪套上插着点45手枪的农场工人。他拉上行李袋的拉链，关好后备箱，走回直升机停靠的地方。打开舱门后，他宣布道："好了，一切就绪，我们去

---

① 《夜行者》(Night Stalker)：美国多部影视作品的名字。《循规蹈矩的普通人》(Regular Guy)：美国一个知名的广播专题节目。

坐车吧。”

托马斯没动地方，脸上露出惊惧的神情。

乔纳森皱眉问道："又怎么了？"

"你把面罩摘掉了。"托马斯的声音听着很恐慌。

坐在前面的鲍克瑟笑了起来："一个人要是在高速公路上戴着面罩开车，就会惹人怀疑了，是不是？"

"但是看到你的长相，对我可不是什么好事。"

乔纳森喜欢他的坦诚："放心吧，托马斯。我们是好人。"

4

驾驶福特探险者离开这里，可远不如乘坐直升机进入时那样顺畅。乔纳森转换成四轮驱动方式，挂上低挡缓缓行驶，警惕着不让汽车陷进刚刚犁过的松软泥土里。开上沥青路面的公路后，他看了看仪表盘上的时间。将近凌晨四点。

"你需要给我一个名字，"托马斯突然间开口说道，"我和你说话总得有个称呼才行。"

乔纳森笑了。"看到我的面孔你得害怕，还要我的名字干什么？"

"也许是因为你救了我的命？我毕竟要知道是谁救了我。"

乔纳森听他的话觉得挺高兴。"这么说吧，你可以称呼我猛蝎。"

托马斯皱眉说："像是一种虫子？"

"是啊，一种虫子。攻击速度快，模样还挺吓人。"

"这不是你真实的名字。"

"你要明白，它和它真实的名字没什么两样。"

"好吧，那就叫你猛蝎好了。我能问你个问题吗？"

"随便你问，不过你别指望一定会得到答案。"

"有人早晚会发现那些尸体，"托马斯说，"结果会如何呢？警察会怎么想？"

乔纳森朝他的乘客的侧影瞥了一眼，问道："你说呢？"

"他们会不会认为这是一起凶杀案？"

乔纳森点点头说："连杀三人的凶杀案。"

"你对此不感到担心吗？"

"没什么需要担心的。"乔纳森意识到自己的声音有些生硬，"听着，我们是站在天使一边做事的，对不对？我明白我们的行动可能超出了法律许可的范围，但是我们从来没有站在坏人一边做过事。人们会发现那些尸体，认为这是一起凶杀案，不过这并不能改变事情的本质。我的良心不会为此而受到责备。"

"那你为什么不使用你的真实姓名呢？"

"我说的是我站在天使那一边，并没说我站在了白痴那一边。"乔纳森知道自己是在白费唇舌。他过去的一位指挥官总是强调，在解救人质行动中一定不要同当事人进行交谈。行动的结局不会由于你说了什么而变得更好，你的话语只会给人带来更多的困惑。乔纳森感到，他应该更留心地铭记这一教诲才是。

托马斯却不想就此罢休。"警方可不知道你是和天使站在一道的。他们要做的只是寻找证据，然后他们就会发现——"

"他们发现不了什么。"乔纳森打断道，"警方无法查明真相。他们不会知道你曾遭到绑架，不会知道赎金这类的事情。他们根本想不到你竟然差一点——"他用大拇指和食指比画出一英寸的距离说"——就被人杀死。他们能够得出的全部结论不过是，有几个人死在了一场枪战当中。"

"为什么不待在那里向警方说清真相呢？不然他们终归会把你当成一个凶手的。他们四处追查你的时候该怎么办？"

怎么会和他聊起了这些？"那些警察只会落个垂头丧气的结局。他们找不到任何线索。"

"如果他们找到了线索？"

"他们找不到。"

"如果他们找到了线索？"

路面上有个挺深的坑，福特探险者重重地颠簸了一下。"你觉得警察都是电视剧里那种逢案必破、为民除害的样子，是不是？你认为他们会立马找到坏蛋的踪迹，砸开门一拥而入，让好人安然无恙获得解救，是不是？噢，这并不都是真实的，因为有一些荒唐可笑的规矩束缚了他们的手脚。如果我也像警察和检察官那样，迈过一道道沟坎，把各方面情报搜集在一起，制定出一个计划，得到批准后再行动，那你早就没命了。警方如果能找出我的下落，他们就会把我送进监狱，罪名是我营救了你。不是因为行动的结果，是因为我这种做事的程序不符合法律。而我做的那些事情已经远远超出了你目前所了解的程度。"

"你至少会留下一点微量物证吧？"

乔纳森笑了，这个星球上如今人人都在观看电视剧《犯罪现场调查》。"相信我，我明白我在干什么。做这种事，我百分百是个无迹可寻的人。"

"可我不是，我是有迹可寻的。"

乔纳森赞同道："你说的有一定道理。所以我才不让你碰那个姑娘，以防你把纤维物质或是指纹什么的留在克里丝——蒂芙妮的身上。"不知道哪个名字让这个小伙子听着更好受点。

即使是在黑暗当中，乔纳森也看见了小伙子的一脸沉郁。"这件事我们必须报警！"托马斯说。

"想都别想。不管怎样，我是不会报警的。"

托马斯在座椅上转过身来，用十分认真的口吻说："假如我们现在给警察打电话，他们会明白我们干的这一切都是正当防卫。可是如果不打电话，他们就会得出错误的结论，到头来我只好被他们抓进监狱。"

"没人会把你抓进监狱，托马斯，别这么夸张。我们不报警，就是这话。"

托马斯还不算完。"我认为你还没明白，猛蜥。我想我很难守得住这样的秘密，我会对别人说起这事的。不是说我去寻求心理专家的帮助，尽管这大概是必要的，只是说发生了这种事情后，遇上我和朋友们在一起，喝下几杯啤酒，我的嘴巴可能就说出去了。"

乔纳森耸了耸肩说："那就说出去吧，你可以对任何人说出任何事情。你又没做错什么，上天知道，你是个受害者啊。你在所有事情上都不需要有什么负罪感。丢掉一切忧愁和烦恼，重新去享受你的自由吧。"

托马斯开了口，可是又咽下嘴边的话重新考虑了一下，然后说道："这么说你的意思是，我去报警也不要紧，但是你不会去。如果我想报警，是可以的。"

"在我看来完全可以。"乔纳森说。他引导着这场对话朝着自己希望的方向发展，就像他过去常常做的那样。"一会儿我把你送到地方下了车，你的生活就由你做主了，你想怎么做就怎么做。我不关心你给谁打电话，也不在意你对他们说什么。"

托马斯咕哝了一声，在椅子上转回身子，望向车窗前方，似乎是觉得满意了。

"只是应当明白，按你说的去作，恐怕就要伤害到那个雇我来干这事的人。由于我做的事情很自然地时常会产生一些不好预料的后果，所以对雇主们造成的影响未必都是很好的。"

"你这是什么意思？"托马斯锐利地问道。

"哦，你刚才实际上表明了一种观点，就是说应该选择正确的方式去做每一件特定的事情。人们不是经常警告我们，如果超越法律而自行充当执法者会有多么危险吗？大家都认为警方是最可信赖的破案人，除非有一天他们自己的亲人被绑架了，而且人家威胁说如果报告警察就要撕票。这种情况下，公民不得越过法律行事这种无比正确的说法就不得不打点折扣了。当你的亲人被绑架的时候，你需要的是采取行动，而不是去履行程序，所以人们才来寻找我这样的人。对你的父母来说，最重要的是把你带回家来，而不是找到当局立案后上法庭起诉那些绑架者。我认为他们的选择是明智的。要想把你带回家，我首先需要搞清你的下落。而为了找到你，我就不得不想法走点捷径。"

"什么捷径呢？刑讯逼供之类的事情吗？"

乔纳森没有理会他的问题，继续说道："警方关心的是定罪，托马斯。你难以想象的是，对于警察来说，解救好人往往成了第二位的事，给违背法律的人定罪才是最重要的。你现在去找警察的话，他们也许会放过你，因为你是受害者。然而那些没将此事报告警方而擅自采取了行动的人，当他们在法庭上指控绑架者取得胜诉之后，还要面临针对他们自己的另外一场官司。警方在找不到我的情况下——他们肯定是找不到我的——就会去追究雇请我的人。”

托马斯领会这番话是费了一点功夫的。“你是指我的父母。”

“他们在指控绑架者的法庭审理上取得胜诉是没有问题的。”

他听懂了其中的意思。“噢，天哪！”

“突然间遇到的新问题太多了，是不是？”乔纳森说，“如果我是你的话，我就会这么想——游走在法律的边缘外面那么一点点，可是活了下来，这总比循规蹈矩却死掉了要强。你再琢磨琢磨吧。”

在带着他的团队共同行动的时候，他只管救出好人，制服坏蛋，至于心理沟通的事情自有专家来负责。他不喜欢沉溺于人性方面的分析。在他看来，如果营救人质仅仅是个行动计划的实施问题，而与卷入其中的具体人物没有更多关联，那是最理想不过了。坏人是打击目标，被害者是“贵重物品”，这么区分就足够了，也简单多了。

托马斯·休斯还是个孩子。诚然他也有22岁了，乔纳森同比他还年轻，却已饱经战火洗礼的士兵们一道战斗过。然而托马斯对于这个世界的认识还没有彻底脱离童年时代的目光。只要看一看他在黑暗中闪动着的眼睛，只要听一听他的声音里掩饰不住的那份紧张，你就不难明白他还没有充分长大。这个孩子需要有人和他谈谈，不过乔纳森不需要承担更多这种职责了。

余下的45分钟他们是在沉默中度过的。根据托马斯呼吸的韵律，乔纳森判断他睡着了。

他们到达了汉密尔顿。这是离曼西城50多公里的一个小镇。乔纳森凭着记忆开过尚未苏醒的街道，拐到布莱莫派克街和老桥路转角的一家药房停了下来。药房的牌匾上注明24小时不间断营业，尽管门前空荡荡的停车位表明，改成正常的营业时间也许对这家店要更好些。

"嗨，"乔纳森说，"醒醒吧，我们到了。"见小伙子没反应，乔纳森伸手拍了拍他的肩膀。

托马斯惊醒了。"怎么了？我们这是在哪儿？"

"我把你送到地方了。"乔纳森微笑着说，同时掏出自己的钱包，抽出一张50美元的纸币递给了小伙子。"进到药房里等一会儿。开往芝加哥的灰狗巴士6:23到达这里，7:15左右能开到曼西城。车票大约要15块钱。你在曼西城汽车站下车后再打个的士回家。如果交通顺畅，你到家能赶上吃早饭。"

托马斯吃惊地问道："就这样了？"

乔纳森微笑的嘴角咧得更大了。"你还需要什么？"

"你不和我一道去吗？"

"不行。让人家看见我们在一起是不明智的。别担心，你到了这里就安全了。你该考虑如何把今后的生活过得更好了。"

小伙子仍然坐在那里不动，说道："我还是搞不准我能不能保住所有这些秘密。"他的目光显得有点悲戚。

乔纳森微微耸了一下肩。"你只能尽力而为。"

"你会怎样呢？"托马斯问。

"我已经说过了，他们是找不到我的。"

这不是托马斯要问的。"如果我说出去了，你会回来找我并且——嗯，你知道我的意思。"

乔纳森发出一声疲惫的叹息。"我不是一个职业杀手。别给你自己的生活增添那些没必要的烦恼和担忧，而且你从此再也见不到我了。"

托马斯有点紧张地笑着说："除非有一天你来敲我家的门，否则我就不用担心，对吗？"

乔纳森笑出了声。"说得对。现在下车吧。"

托马斯仍然不情愿离开车里，他低头看着膝盖，寻思着再说点什么。

"不会再有事了。"乔纳森确信地说。

男孩子点点头，向乔纳森伸过手去。"谢谢你。"

乔纳森微笑着握住了他的手。"不用客气，以后我们彼此就见不到了。"

托马斯打开了车门。乔纳森坐在车里望着小伙子走向药房那道双层的玻璃门。他喜欢自己这份工作的原因就在这里，他不惜一再把自己置于险境的理由就在这里——那份神情，当这些"贵重物品"终于确信摆脱了噩梦之后脸上露出的那份神情。这种时候，乔纳森觉得自己似乎变成了独行侠约翰·瑞德[①]。

他一直看着托马斯走到药房的门口，然后挂上了前进挡。

驶离路边的时候，乔纳森按下了手机的一个快捷拨号键。

---

① 约翰·瑞德是美国电影《独行侠》（The Lone Ranger）的主人公。

5

　　她的头儿出去执行任务的时候，维妮丝·亚历山大夜里总是睡不好觉。不论她怎样努力，在告知行动成功的那个电话响起之前，维妮丝就是无法踏实地进入梦乡。说来也许有悖常理，她甚至希望他们目前执行的是那种规模和危险更大的任务，这样她就可以守在办公室的电脑和电话旁边，直接参与被他们这些人故作轻松地称为"一盘小菜"的人质救援行动。再加上她手下那些同事正在处理的其他十来宗调查案的压力，维妮丝今夜连闭目假寐一会儿的可能也没有了。

　　维妮丝翻身下床，把脚伸进了一双高档舒适的拖鞋里。她身上穿的是一件卡兰·纽伯格睡袍,11岁的儿子罗曼总是说玩具泰迪熊就是用这种睡袍的材料做出来的。维妮丝知道，妈妈炸的鸡块并没有全部端上晚餐的饭桌。就此刻而言，一只放凉了的炸鸡腿似乎是镇静安神的最好处方了，哦，还要加上一杯热柠檬水。她抓起床头柜上的手机放进睡袍口袋，沿着廊道走向了楼梯。

　　"这么晚了还不睡。"维妮丝刚推开厨房的门，妈妈就在里边说道。

　　维妮丝吓了一跳。"天哪！"

　　"别一惊一乍的。"妈妈责怪道。这位圆胖的黑女人坐在椭圆形的长桌旁边，面前的一只盘子里堆着鸡块和青豆，与她们晚餐时吃掉的那盘几乎一样多。

维妮丝走到橱柜前拉开门，给自己取出了一只白色的康宁餐盘，回来坐到了妈妈的对面。"我饿了。"她说着抓起了盘子里的最后一只鸡腿。

维妮丝的脑海里没有关于父亲的记忆。她的父亲是个警察，没等到她出生就在一次执勤时被人杀害了。这件事给维妮丝造成了始终无法克服的痛苦。从她懂事起，她就一直在想象父亲说话的声音和身上的气味会是什么样子。妈妈梳妆台上摆放的照片使她记住了父亲的长相，然而她将永远猜不出父亲是用怎样的嗓音来讲话的。而且维妮丝感到十分歉疚，因为她又把失掉父爱的痛苦传承给了儿子罗曼，尽管是出于迥然不同的原因。如果罗曼什么时候想查明他的父亲的下落，维妮丝会支持他的。她最后听到的消息是，前夫勒罗伊去了阿富汗的什么地方。

妈妈每一天都为失去心爱的丈夫查尔斯而哀痛。在临近她的68岁生日的时候，她一再说害怕自己一个人孤独地死去。"不会的，"维妮丝对妈妈说，"你的生命和复活者家园紧紧联系在一起，所以你不会孤独地死去。"她说的复活者家园是一所成立不久然而前景看好的寄宿学校。它位于渔人湾繁华街区的中心位置，与圣凯瑟琳天主教堂相邻，占地近一万平方米，是城里最为壮观和漂亮的一幢建筑。这栋不规则形状的维多利亚式风格的楼房，一直是妈妈居住的地方，改造为寄宿学校后她们一家依然住在这里。除了法院和医院大楼以外——严格说来这两家只是坐落在渔人湾镇，实际都是属于威斯特莫兰县的非公司机构——这座小城就再没有面积和体量比复活者家园更大的建筑了。

直到五年前，这所学校的大楼和院子还是乔纳森·格雷夫度过了童年时光的家宅。根据至今没人完全弄懂的有关规定和程序，法院判定由乔纳森从依然活着的父亲手里继承这一房产。乔纳森认为自己并不需要它，便签下一纸协议，用一美元的价格将它转让给了圣凯瑟琳教区。他在转让协议中提出的条件是，这幢房产必须永远地用于为父母在监狱服刑的那些孩子提供正规的学校教育。他还要求，亚历山大老妈将继续居住在这里直至终身，而且只要她愿意，她就可以一直担当学校辅导员的职务。

大楼改造办学的费用和教工的薪酬以及每年高达六位数的维护资金，都是乔纳森从自己兜里掏钱支付的。乔纳森在转让中提出的又一个条件是，永远不得向公众披露他对复活者家园做出这些投入的情况。这一纸面的规定事实上并没有太大的意义，因为人们知道的只是，这些费用都由一家称作"保护家庭基金会"的机构来提供。实际上，这家非盈利机构是乔纳森用他的许多伪装身份当中的一个在多年前建立起来的。

"乔纳森还没消息？"妈妈的直觉是敏锐的。

维妮丝避开她的目光，说道："我要操心的事情挺多的。"

"我猜他又执行任务去了。"妈妈的语气流露出了明显的不赞成。

"妈妈，我不想谈论这种事，你也不该谈论。迪格①的安全取决于保密。"

妈妈不喜欢女儿这番话，不过她也没生气，只是说："我讨厌你们称呼他迪格。我用不着打听什么细节就知道你现在焦急不安，从你的脸上就看得出来。"

维妮丝叹了口气。"他早就该打电话报个信儿了。"

"超出预定时间多久了？"

维妮丝再也没法故作镇定。"都两个小时了。"

两个人一时间静默不语。

"他以前也有过没按时来电话的情况。"维妮丝后来加了一句。

"但是今晚的情况不同，是吗？"

维妮丝的手机发出了唧啾的鸣叫，她连忙伸出手让妈妈安静。这个世界上只有两个人给她的这部手机打电话，其中一个目前正在楼上的卧室里睡觉呢。第二声铃响时，她按下了应答键。"迪格？"她听得出自己声音里掩饰不住的焦虑，也明白对方会不以

---

① 迪格（Digger）：人们给乔纳森起的外号，有挖掘机、挖掘工、掘土派嬉皮士等含义。

为然地摇起脑袋。

"早晨好。"这是乔纳森，是的，而且维妮丝知道他正在微笑着。"一切都很顺利。"

如释重负的欣慰持续了两秒钟，却迅速被油然而生的恼恨所替代。"你为什么不来电话？"

"这不是保密线路。"乔纳森警告说，提醒她注意从来都存在的通话安全问题。假如人们知道手机的通话量在多大程度上被侦听和监控——大体上是所有的通话——那么他们对于通话时说些什么就会慎之又慎了。"因为太晚了，我不想吵醒你。"

"你不来电话我还能睡得着吗？连妈妈都没睡。"

乔纳森的声音变低了。"对不起。我刚刚才交出货物，马上就往回走了。"

"鲍克瑟和你在一起吗？"

"目前还没有，一小时以后吧。下午四点半接站好吗？"

"我会的。"她说。

"你最棒了，维妮丝。还有一件事，"维妮丝应该明白，乔纳森不会仅仅对她个人做出评价就完事了，"既然你还没睡，你能帮我查查一个女孩吗？有关她的一切。她叫克里丝蒂娜·贝克，或者是蒂芙妮·巴恩斯。"

维妮丝迅速在橱柜抽屉里找出一支笔，把名字记在了餐布上。"她是哪里人？"

"不清楚，但是她曾经在鲍尔州立大学晃悠过一段时间。"

"曾经是什么意思？她死了？"

"这不是保密线路，维妮丝。"

这意味着不会提供更多细节了，至少眼下不会了。"好吧，我尽力去查。"她说。

维妮丝合上了手机。她又有工作要做了，而她现在可真想睡一会儿啊。

6

门口的一串小铃铛通报了托马斯的到来。希姆斯药房仿佛在努力复原20世纪50年代电影里的场景。一侧有个酒吧间，绿色软罩面的旋转吧凳，镀铬板镶边的高脚吧台，都是托马斯过去没见过的风格。二十多排货架上密密实实地摆放着护发用品、糖果、感冒药等名目繁多的东西。四周的墙壁挨着天花板也有一圈高高的货架，上面陈列了另外一些杂七杂八的商品，从婴儿塑料戏水池到式样至少过了三年的自行车，应有尽有。

托马斯走进去的时候，那双从别人脚上扒下来的皮鞋在淡棕色的硬木地板上踢踏作响。还有一个小时需要消磨，他打算找一本无须动脑筋的杂志来忘却这个血雨腥风的夜晚。但是他的脑海里依然不停地闪现着莱昂内尔抄起大剪刀的可怕场景，还有在猛蝎的手电筒刺眼光亮下蒂芙妮那张表情空洞的脸庞。

应该给家里打个电话，他这样想。可是，他很快又放弃了这个念头。猛蝎让他等巴士，如果他的双亲希望他打电话，他们的行动计划就会包含这样的内容。托马斯再不相信世上会有什么可以一览无余或是一眼望穿的东西了，不过他唯一确信无疑的事情丕是有的，这就是，猛蝎早就把有关问题考虑得很周密很透彻了，没有理由在目前这个阶段就背离猛蝎原定的计划。

有个男人从货架一端的后面走出来迎接他。托马斯惊得猛然一颤，把对方也吓得够呛。恐惧是瞬间即可传染的。不过，他们两人后来都不由得笑了。

这个人穿着药房员工的工作服，胸前的名牌表明他的名字是艾尔。他大约有60岁，上这种夜班显得年纪大了点。"我能帮你做点什么？"他问道。

"你都要把我吓尿裤子了。"托马斯只是想陈述事实，可是话出口却带着火气。

艾尔的脸色沉了下来。"我不大喜欢你说话的方式。"

托马斯脸红了。"对不起，"他说，"我来这里是等开往芝加哥的公交巴士。大约还有一个小时，对吗？"

就这样，敌意化解了。艾尔看看手表说："如果它正点的话，还有一小时十分钟。要我看按一个半小时做打算才靠谱。不想一边等车一边吃点东西吗？来点冰激凌怎么样？"

一提到食物，托马斯的胃肠顿时恢复了感觉。"那太棒了。你们这时候还供应吃的？"艾尔微笑着向吧台走去，示意托马斯跟过来。"通宵营业就是通宵营业，年轻人。烧烤需要生火，我看就算了吧。从冰箱里取点东西用微波炉热一热，是没有问题的。"他半路上停下了，转过来伸出了手。"我叫艾尔·伊利文斯。"他说，"我是后半夜的值班经理。我哥哥是这儿的老板。"

"托马斯·休斯。"托马斯和他握手，心里嘀咕报出自己的真实姓名会不会是个错误。

"你的样子看起来很饿，果真如此吗？"艾尔接着往前迈步，嘴里问道。

"我想比饥饿更严重的是我很疲倦。"

他们来到酒吧间，艾尔掀起一块台板走进去站到了吧台后面，托马斯一屁股坐在了吧凳上。

"这就对了，"艾尔说，"让你自己放松点儿。"

这里的灯光比门口更亮一点。托马斯发现这位店员的表情有点奇怪。他看了托马斯一眼，很快把目光移开了。

"来一份热狗好吗？"

"请给我来两份，行吗？再来份大号杯的雪碧。"

"你想来多少都行。"艾尔说着，又快速瞥了托马斯一眼，接着做出全神贯注的样子开启法兰克福香肠的包装袋。"对了，"他仍然回避着眼神的交流，说道，"如果你想洗把脸，店里的后面有卫生间。"

听起来这主意不错。趁着微波炉在加工食品，托马斯走进了卫生间。只看了一眼镜子，他就得出了全部答案。他的身上污秽不堪，镜子里的这副尊容比上次他在镜子里看到的样子老了不知多少岁。头发像一丛乱蓬蓬的杂草，两只大眼袋让他想起了他的一位60多岁的大伯。他脱下T恤衫打算冲洗上身，发现胸部的一根根肋骨清晰可辨。

他放出热水，用一团纸巾堵住排水孔给水盆蓄水，又从墙上的分液器里连着泵出了六次清洁剂。他关上水龙头，两手掬起混沌发泡的液体，朝着水盆哈下腰，把脸庞埋进了手掌。

就在这一刻，他的情感受到了强烈的冲击。掺着皂液的热水——身处文明社会的一种标志——爱抚着他的皮肉，使他突然间意识到自己能活下来是多么的幸运。他明白，当他即将在折磨中死去的关头，多亏有那两个陌生人冒着生命危险把他救了出来。

水从指缝淌出去了。依然用双手紧紧捂住脸庞，托马斯恸哭了起来。

"还以为你陷进马桶里了呢。"看见托马斯回到吧台，艾尔打趣地说道，可是他的笑容立刻止住了。"你没事吧，孩子。"

托马斯知道他现在的模样实在是惨不忍睹。"我还行。"他点点头说。

艾尔似乎想追问下去，不过放弃了。"那就好。"

托马斯坐下来吃东西。盘子里是两只裹着纸的热狗。他用极快的速度抹上番茄酱和芥末，仅仅咬了三口就吞下了一只热狗。他从来没遇到过这么好吃的东西。接下来是雪碧，他扬起脖子咕嘟咕嘟一气儿喝干了。他把杯子放回吧台，忍住嗝，有点羞愧地笑了笑。

"你好久没吃东西了，是不是？"

他的吃相显然是太可怕了。"我是挺饿的。"

艾尔经过斟酌，终于问道："你遇到什么麻烦了吗，孩子？"

托马斯尽力做惊讶状。"麻烦？没有啊。"

"没有冒犯你的意思，不过我不能相信你。"艾尔的话里不带一丝威胁的语气，托马斯甚至觉得艾尔说不准会建议他去床上躺一会儿。"你看着糟透了，你差点把盘子都吃掉，而且你这么早就跑来等巴士。要我看，你这是在逃亡的路上。"

托马斯笑出声说："我已经22岁了，早就过了离家出逃的年龄。"

"不是说你做了什么坏事后正在逃跑，不是。嗯，看你也不太像是个罪犯，不过你似乎是很像一个应该去找警察谈谈的家伙。"

托马斯试图挤出笑容，不过艾尔的话已经太接近事实了。他的确需要找个警察一吐为快，把这么大的秘密藏在心里实在太难受了，而且他已经筋疲力尽，很难说还有没有力气继续伪装下去。

"我很好。我不需要去找任何人谈谈。"托马斯希望自己的语调听起来足够轻松。猛蝎刚刚为他做出了那样的付出，他怎么能这么快就去背叛猛蝎呢？

艾尔并未信服他的话。"你肯定你不要紧吗？要知道，没人能在这儿伤害你。你愿意的话我可以带你到后面的屋子里躲起来，然后我们给警察打个电话。"

"我说的是实话，我没事，真的没事。我这是在回家的路上。"

"你的家在哪儿？"

这个问题让托马斯有点不知所措。"在别的州，"他临时编了个瞎话，"肯塔基州。"

艾尔露出夸张的笑容说："肯塔基的什么地方？我非常喜欢肯塔基。"

托马斯感到恐惧涌上了他的嗓子。"路易斯维尔。"他回答，因为这是他此刻唯一能想到的肯塔基的一个小镇。

托马斯从对方眯起来的眼睛中看出，这位药房经理知道他是在撒谎。但是艾尔不想让他太尴尬。"我从没去过肯塔基州的那一带。"艾尔说。

两个人对视着，谁也没做声。后来，托马斯把盘子推到一旁，前额垫着交叉的双臂趴在了吧台上。没过两秒钟，周围的世界便消失了。

"嗨，托马斯，快醒醒。"

声音听起来混沌和空洞，像是通过一排镀锌管传进了托马斯的耳朵。

"快醒醒，托马斯。"这一次不仅是口头的指令，他的胳膊也被实实在在地推了一把。肢体的接触陡然唤醒了这几天的经历带给他的警惕，托马斯在吧凳上迅速挺直身体，摆出了还手的架势。

艾尔不禁朝后退了一步。"哇，这孩子。你的巴士到了，它不会停很久的。"

托马斯盯着对方，听清了他的话语，却摆脱不掉疲惫造成的一头雾水。

"我是说你必须动身了。"

巴士，开往芝加哥的，他记起来了。"我睡了多久？"他发现吧台上的盘子杯子都清理干净了。

"一个小时还多。你睡得根本就不省人事了。"

天啊，这是有史以来过得最快的一个小时。托马斯跳下吧凳，站到了地上。"谢谢叫醒了我。"他顿了一下，又问道，"你没有——嗯，就是我们刚才说的事——"

"你是说给警察打电话？"艾尔摇头道，"没有。我仍然觉得应该打个电话给他们，但是你也这么大了，遇到麻烦心里会有数的。我不想打探别人的事情。"

话音刚落，电话铃响了起来。艾尔不由得看一眼手表说："这个时候来电话，一定是谁家的孩子闹病了。"他走进吧台里接电话，同时对托马斯说："一路平安。"

"谢谢，"托马斯说，"真是太谢谢了。"

艾尔友善地挥挥手，对着听筒说道："这里是希姆斯药房。"

托马斯隔着药房的前窗玻璃，看到银色和蓝色相间的巴士停在了路的对面。朝门口走去的时候，他有一种赤身裸体的感觉。即使没有行李箱，他也应该拎点什么，至少是把学校的大书包背在肩上。

"嗨，托马斯！"艾尔喊道。托马斯不过才往外迈出了几步。他转回了身。

"电话是一个叫朱莉·休斯的女人打来的，她说是你的妈妈。如果你不想接就算了。"

妈妈的电话，世上再没有托马斯比这还想听到的声音了。"我当然要接电话。"他说着急忙朝电话奔过去。巴士在外面按响了喇叭。"你能请司机等等我吗？"

艾尔递过听筒，两人交换了站立的位置。"我可以去告诉他，不过不敢说他会不会等你。他们在等候旅客的时间上是很苛刻的。"艾尔说。

托马斯把听筒贴到了耳旁："妈妈？"

"托马斯！"妈妈喊道，"我真担心电话找不到你。"

"差一点就来不及了。巴士已经到了。"

"别上那辆车。"她命令道，"不管怎样，你不能乘上那辆巴士。我马上过去接你。"

"你怎么知道我在这儿？"他压低声音问道，"是猛蝎告诉你的吗？"

"你说谁？"

"天——算了。"

"我知道你要乘坐一辆巴士，它的终点站是芝加哥。我挨个给沿途的车站打电话，终于找到你了。你怎么样？"

"我还好。"即使他失去了一只脚，托马斯也会这样来回答。

"你受伤了吗？"

"有点青肿的地方，不过问题不大。"

"噢，你哪儿都不要动，明白吗？我这就去接你。"

实在令人费解。"为什么不让我坐巴士呢？"

"有大麻烦了，托马斯。我们所有人都面临着危险。"

在店里的另一头，艾尔喊道："托马斯，他们该撇下你不管了。"

托马斯竖起食指请求他再等等。他转身对着听筒悄声问道："我们面临危险是什么意思？我现在自由了，我已经被人救出来了。"

"我知道。"妈妈说。电话那头不论正在忙什么，托马斯听出妈妈的动作越来越快了。"我没法说更多，在手机上不行。到那儿以后我会告诉你的。我现在上路了。到你那儿要多长时间？一个小时？"

"我也不知道。妈妈，我不明白——"

"托马斯！再有五秒钟车就开走了。"艾尔的嗓音由于焦急变得粗声粗气。

托马斯顾不上理他。"我疲倦得不行了，妈妈。我正好可以在巴士上睡一觉，等我到了家——"

"不行！"她悄声喝道，"说的就是这个，我们不能回家了，永远也回不去了。所以我要过去接你。"

"天啊，妈妈，你到底在说——"

"别再说了。什么也不要做，哪儿都不要去。到了我会解释的。"她挂掉了电话，留下托马斯呆呆地盯着听筒，似乎它会重新响起妈妈的声音。当他把听筒放回叉簧的时候，觉察到艾尔从后面走了过来。

"咳，他们开走了。我想让他们再等会儿，可是那个司机说——"一看到托马斯的神情，他把话咽了回去。"噢，老天爷，你没事吧？"

这个问题太棒了，托马斯希望自己有个答案。

7

　　对于县警长盖尔·博纳维莉而言，今天这个日子是十足的一场噩梦。

　　印第安纳州桑松县从被标注到地图上面之后，也算是经历了漫长的岁月——准确说是153年——而这个偏僻的小地方迄今就没有发生过谋杀案，这是完全足以向世人夸耀的。自杀事件，呃，那是有的，还有过打猎时的一些偶发事故，但是在桑松这块土地上从未有人蓄意谋害过他人的性命。可是，你能想象得到吗？他们在这一天终于创纪录地遇到了第一起谋杀案，而且竟然是连杀三人的重案。天刚破晓的时候，为了丰富早餐桌而去河边捕鱼的两个男孩子在途中偶然撞见了一具年轻女人的尸体。她的腹部伤口流出的鲜血染红了身旁的一大片草地。孩子们自然是魂飞魄散，立即拨打了电话。第一个报警电话后不过20分钟，盖尔就赶到了现场。可不知怎么搞的，她觉得全县的人们似乎都抢在她的前头聚集到了这里。

　　盖尔估计，再不会有什么事情会像凶杀案的流言那样，能把这么多人从家里的餐桌聚拢到这个地方。除了那具尸体之外，现场还有一辆烧毁的小货车残骸。

　　上帝保佑奥利弗·爱德斯汀。作为最早到达现场的警察，他为了把人群隔离在犯罪现场之外，已经把吃奶的劲儿都使出来了。

不过当你知道星期天去教堂还要遇到这些居民的时候，想对他们吹胡子瞪眼也不是一件容易的事。现场目前倒还没有遭到破坏，但是盖尔对保护现场的要求几乎到了吹毛求疵的地步。因为她知道，如果警方在凶杀案取证过程中存在着一丁点疏漏，罪犯的辩护律师们就说不定会演出什么样的闹剧来。现场出现的几个多余的脚印，也完全可能被他们用来提出所谓的"合理怀疑"。

就在盖尔警长全神贯注地忙碌于户外的现场侦查时，又传来了在一幢农舍的地下室里发现了另外两具尸体的消息。税务登记表显示这家房产的主人是碧翠斯·帕特瑞。不过她已经死亡，所以房子应该是空着的。然而邻居们指出目前有两个小伙子住在这里。敲门无人回应，负责入户调查的警官有点好奇，就在房子外边仔细看了看。这一看不要紧，他在前门的廊柱旁发现了一粒子弹壳，而它的口径明显和那具女尸身上的弹洞不吻合。这位警官的好奇心不禁大增，便又转到了房子后面，结果发现了被炸的七零八落的门板和失去了功能的配电箱。

警官当即用对讲机进行了呼叫，场面顿时更热闹了。

桑松这么个无名小县竟然出现了惊天的凶杀大案。警局的一切休假安排立即取消，在外地的所有警官都得到了紧急召回的命令，州警察局也派人来介入了。盖尔还听到传言说，联邦调查局的当地机构正在四处嗅闻，打起了与警方争夺案件管辖权的主意。

如果说还有点好消息的话，那就是，与被焚烧的小货车周边的露天地带不同，帕特瑞家的农舍作为罪案现场仍然保持着一个原始的面貌。除了夜里的带班警官杰西·克莱尔和那位最早发现这一现场的调查警官，到目前还没有其他人在这里出入。连盖尔本人也注意保持着现场的观察距离，以便州警察局的那些取证专家能够获得第一手的证据。

空间逼仄的地下室一览无余地展示着暴力的无情和死亡的惨烈。两个人都是在枪下毙命的。令人毛骨悚然这样的形容未必最贴切，不过盖尔面对着这两具尸体一时没想出别的词汇来。

"有什么见解吗，警长？"杰西问道。盖尔一直搞不太懂，他那闪烁着缝隙很宽的牙齿的笑容究竟包含着什么含义。

"我确实有了点想法。"盖尔说。

"那就让我们先从为什么其中一个人仅仅穿着内衣说说吧。"在去年11月围绕县警长这一职位展开的竞选中，杰西本来也是一个竞争者，但是后来在印第安纳州民主党的要求下退出了。民主党对于在这个乡村地区选举出一位女性警长怀有极大的热情。盖尔·博纳维莉有FBI的工作阅历，是法学院的毕业生，具有刑事司法专业的博士学位。当地人对杰西·克莱尔更为熟悉，所以民主党不想冒险让他继续参选，担心他会夺走最好是属于盖尔的职位。盖尔对自己由于人为操纵而取得的胜选始终怀有负疚感。然而也是由于彼此的这种过节，盖尔一直难以充分地信任杰西。他是有足够的动机给盖尔的工作使点绊子的。

尽管心里戒备，盖尔却没有任何确凿的证据来怀疑杰西的忠诚。"我不知道他为什么只穿着内衣。"盖尔答道。两个小伙子当中的一个显然是被人把外衣扒走了，他的内裤是歪斜的，有一侧朝下褪去了一大截，两只袜子差点就从脚上完全拽出去。"但是我知道我们现在面对的是两个绑架者。"

杰西的眉毛爬上了前额。"哇，这可是个令人吃惊的看法。你根据什么这么说？"

盖尔耸了耸肩。细想想就会明白，这不算是多么了不得的发现。她蹲到了地上。"看看这些胶带，"她用笔指着水泥地上的那些灰白色的胶布条说，"这个像不像是曾经绑在了什么人的手腕上？而这个是不是用来捆脚脖子的？"

杰西点点头。胶带是一层层重叠缠绕的，但是被人齐刷刷割开了。仔细观察还可以看到，胶带上涂了胶剂的那一面粘着一些短而卷曲的毛发。"有人给这个人松了绑。从这些毛发判断，被捆绑的人肯定不是个女士。"

"我就是这么想的。"盖尔说。

杰西用手臂在尸体的上方扫了一下，问道："他们俩会不会一个是好人，一个是坏蛋呢？是不是彼此拔枪对射，最后同归于尽？"

盖尔摇头。"我不这么看。尸体的角度不对。你再看看。"她转身指着两具尸体说,"他们都有武器,但是他们的子弹命中的都是这边。"她又指向了炸毁的门边石墙上星状的弹痕。"我认为他们不是相互朝对方开枪,他们是为了保住自己的性命而对另外的人开枪。"

"另外的人?"

盖尔等待他把这些线索串在一起。

杰西瞪圆了眼睛问道:"你认为这件案子还有第三方的参与?"

盖尔微笑着点点头。"你看过那道门了,是吗?"

杰西摆出夸张的表情说:"这还用问吗?"

"哦,你看得仔细吗?"

"我看到的是一堆碎木头,看来是有人使用了炸药。"

"差不多。FBI的人质救援队在攻入现场时使用的就是这种手段。"她站起身,带着杰西来到破碎的门板旁边。"瞧瞧这儿,"她指的是门板一侧曾经连接折叶的部位,那里已经凹陷成了近乎完美的半月形,仿佛是被人用工具凿出来的。"我估计这就是他放置炸药的地方。等到这两个家伙都聚到地下室后,他就按下了引爆开关。"

杰西轻声吹起了口哨。"他们的耳朵都该震聋了吧。"

盖尔笑笑说:"你想象去吧。我想你说到点上了,那个人突然炸开门,猛扑进来,占尽了出其不意的先机。"

杰西思索着,点点头说:"这么说,你认为这个枪手很专业,像是个执法人员,也许——反正他十分清楚他在做什么。"

"很可能是这样。这也就能够解释他为什么会有这么好的枪法。你看看,"她指着莱昂内尔的尸体说,"正好命中心脏,前额上也中了一枪。另一个也是,准确地击中了心脏。换了什么样的射手也不会比这打得更准了。"盖尔想想又说,"尽管如此,这里肯定也是经历了一场激烈的枪战,这两个年轻人都开了枪。"

盖尔觉得,刑事侦查工作最吸引人的地方——这也是她留恋紧张刺激的FBI生活的最重要的原因——就是罪案现场能够对你讲述它的故事。不论现场发生了什么事情，它总是以某种特定的方式发生的。探员的任务就是筛查经常是相互冲突的所有细枝末节，揭示案件的本来面目。由于物理学和生物学的规律，血液喷溅的形态会吐露一些重要的秘密；子弹的入口和出口同样能够说明一些问题，哪怕是一粒跳弹。在没有遭到昆虫和觅食动物破坏的情况下——这起案子目前肯定还没有这种迹象——凶杀现场凝固在那里，一丝不苟地保留着最后活下来的那个人离去时的场景。面对这样的现场，你难以有丝毫的怠慢和敷衍。

盖尔·博纳维莉总有这样的感觉，把现场被害者临终前的情景完整准确地予以再现，是她对这些死者负有的一种不可推卸的责任。对她来说，抓住作案的罪犯还不是她最关注的事情——当然这很重要，她同任何人一样祈盼正义得到伸张——她的激情主要源自于还原历史面目和事实真相的渴望。

"你有点走神了。"杰西的话使她的思绪回到了当下。

她的脸有点红了，答道："我有时候会这样。"桑松县里还无人知晓，芝加哥FBI的同事曾把她这种时而走神的样子命名为"博纳维莉的遐想"。

"你是想继续对我说说你的见解，还是不想？"杰西催问道。

盖尔微笑道："对不起。好吧，下面就是我刚才想到的。"她领头回到了死者旁，先指着莱昂内尔说："让我们称呼这个家伙为'一号尸体'。"

她接着说："现在看一看他的衣服口袋。它们从里到外被人掏了出来，又往回塞了塞。不论杀他们的人是谁，他搜了这家伙的口袋。为什么呢？"

"找点钱财？"

盖尔摇头说："我不这样想。如果他有实力来组织这样一次行动，那他是不需要死者兜里的那点零钱的。"

"那是怎么回事？"

她耸耸肩说道："也许是想查明死者身份？我说不好。不过在那么紧张的关头还没有忘记搜一下口袋，说明这个枪手是个非常镇定的家伙。我们再看看地上的这一处痕迹。"她指的是离莱昂内尔不远的一道蜿蜒伸展的污迹，有一圈割断的胶带抛在了它上面。"不想猜猜是怎么回事吗？"

杰西夸张的像只小狗来回嗅了嗅空气，故作神秘地低语："我闻到了死人的气味。"

盖尔被他模仿海利·乔·奥斯蒙特[①]的样子逗乐了，然后说道："尿。"

"什么？"

"你没闻到尿的气味吗？"

"所以我说闻到了死人的味道啊。血水、尿水，也许还有失禁的粪便。"

"我觉得那是尿的污迹。"

杰西皱眉说："这就是说你这位遭到绑架的受害者在这里待了一阵子。"

"而且当一个人像猪一样被胶带捆住的时候，也就无法用正常的方式去办该办的事了。"她忽然睁大了眼睛说道，"我的脑袋也是刚刚开窍，我明白'二号尸体'没穿外衣的原因了。"

杰西也明白过来了。"因为我们这位真正的受害者早把自己的裤子尿透了。可是，他的衣服在哪儿呢？"

"也许他根本就没有衣服。"

杰西一脸憎恶的表情。"他们就一直把他赤条条地绑着？"

"对了。"

"真是变态。"杰西的样子仿佛是尝到了他的词汇的苦涩味道。顿了片刻，他又补充道，"不过我认为你对现场的分析真是很有道理。"他的语气透出作为搭档的钦佩，没有虚与委蛇的成分。"你还发现了什么？"

盖尔张嘴想说却又停住了。她在这儿的根基还不牢，别做的过火了。如果她把自己的推测说得太多，以后又被证明是错的，

---

① 海利·乔·奥斯蒙特（Haley Joel Osment）：美国著名影视演员。

那就有好看的了。

管它呢。"嗯，还有一点。"她说，"数数弹壳吧。"

杰西把手电照到地面上。"这儿有一枚。"他说，"看起来是点38的。"

"正确，再看看这里。"她小心地绕开地上那些明显会成为证物的东西，来到"二号尸体"附近的左轮枪旁边。"点38特制手枪。"她拿起枪仔细端详枪口，又看看左轮枪的旋转弹膛。"开过一枪。"她转身把手电再次照到墙壁上，"一发子弹再加上一发，和墙上的两个弹洞是吻合的。"

杰西耸耸肩说："是啊——"他等着听盖尔的下文。

"其他的弹壳哪去了？那个枪手射击的弹壳呢？"

"也许他用的也是左轮手枪。"

盖尔坚决地摇摇头说："我对此表示怀疑。用一支左轮连着杀掉三个人是很不容易的。不，他有自动武器，是火力很强的那种。脑门上的那个洞至少要点44口径的子弹才行，或者是点45。那么，枪手的弹壳哪去了呢？"

杰西的神情表示出这不是个需要费很多脑筋的问题。"是不是他把弹壳拾起来了？"

"是的，他拾走了弹壳。除了专业杀手谁会这么干？为什么他只捡走他自己的弹壳呢？"

杰西抱着膀子只是微笑。他找不到答案，可是不愿承认这一点，因为这或许会让他的头儿心里舒坦。

盖尔说："我觉得他大概是希望我们在一定程度上了解真相。我觉得他是有意在现场留下了足够的证物，好让我们明白这不是一起随便发生的凶杀案。"

杰西的眉头重新皱了起来。"你认为是他有意把现场布置成了这个样子？"

"不，我不这样想。我认为是有人雇他来解救人质，不过在行动中出了岔，所以他开枪了。他留下了尸体、胶带还有对方的弹壳。我觉得他是想告诉我们，他是出于一种正当的理由才开枪的。"

"也许是希望我们就此停止调查。"

"或者，是至少不要穷追到底。"

杰西抬头望着盖尔。"他想错了，是不是？"

她微笑道："噢耶，现在早就不是西部淘金的年代了。你想伸张正义，你就应该来找警察。如果你不小心撞上了这样的事，造成了这样的结果，那你还是应该来找警察。最终还是要由陪审团来判定谁是好人，谁是坏人。"

8

　　乔纳森把福特车开进曼西城郊外的一个自储式仓库，出来锁好了门。在几个小时之内，一家更多是从事秘密修车业务的修配厂老板将来到仓库，检查车身上是否有弹孔或其他需要修复的地方。如果没发现什么，他就把车开出来交还给印第安纳波利斯机场的租车行。没人会想到这辆车夜里曾经参与过什么样的事件。

　　离开了仓储区后，乔纳森步行去了一家不知名的汽车旅馆，又从那里打了一辆出租车来到了印第安纳波利斯机场。他经历了漫长和危险的一天，然而在机场度过的15分钟才是最让乔纳森心里不踏实的。近来有权威人士在媒体上强调，美国的航空港目前成了恐怖分子最容易得手的目标，必须切实加大安全防范力度。所以这地方目前四处都是警察和警犬，还有许多电子监控的设备。乔纳森走动在机场里，感觉自己浑然像是训练警犬嘶咬的活器材，如一不留神惹来了哪只好事警犬的兴趣，就可能遭遇一番麻烦不已的盘查。尽管没有踏进主候机区，但是周边的安全布控也着实让他捏了一把汗。

　　转一圈出了机场，他直奔出租车停靠站。拉他的司机是个阿拉伯人，乔纳森的运气不错。911事件后，绝大多数的中东移民都尽可能减少与其他人的接触，特别是不愿与警方发生瓜葛。如果有哪个幸运的警察追寻到了乔纳森的踪迹，顶多追到机场也就断了线索，因为这位阿拉伯司机是不会多嘴多舌的。

对于行事审慎警觉的人，上帝都是要关照的。

他坐到了印第安纳波利斯的喜来登酒店，用现金付的车费。接着他又打了一辆车到了公交巴士站，还是用现金付款，乘长途巴士前往埃文斯顿。下了巴士后，又叫一辆出租车来到芝加哥奥黑尔机场。司机按要求在贝茜科尔曼大街的长时限停车场让他下了车。待到出租车完全驶出了视野，乔纳森步行穿过街道，开始了这次旅行的最后一段行程。

与圈外人的想象不同，任何一处私人飞机专用航站里边的装修和陈设都是很简单的，奥黑尔机场的私人飞机专用航站楼也是如此。如果不算上自助咖啡机，这里就没有任何商服设施了。而目前这台咖啡机吝啬地流淌的那点液体，大概很难注满一只杯子。拥有属于自己的飞机的人们，不需要在这里逛什么精品专卖店之类的地方。

而且，鲍克瑟已经在这里等着他呢。身高 1.96 米、体重 131公斤的鲍克瑟自然是个膀大腰圆的汉子。不明就里的人们也许以为他身上堆积了过多的脂肪，事实上他做仰卧推举用的杠铃重量比乔纳森多出了一倍，而且放下杠铃他又会谈笑自若地举起啤酒。在乔纳森认识的人当中，鲍克瑟是唯一的挨了一颗点 50 口径的子弹却还能生还并康复的家伙。他的不易被人察觉的微跛的步态，就是六英寸长的钛合金棒替换下被子弹击碎的股骨头的结果。除了块头大、意志坚强、对朋友忠诚等特点外，鲍克瑟还会驾驶任何一种带着翅膀或是旋翼的东西。有些地段如果是换了别人降落，飞机肯定会成为一团火球，可是他的着陆却总是安然无恙。

鲍克瑟和乔纳森·格雷夫的关系由来已久，非比寻常。

这位大块头的飞行员二话不说，把乔纳森的两只行李袋都拎在了手上。"你来晚了。"他走在通往出口的路上说道。

"我不记得你还着急去什么更好的地方。"乔纳森打趣说。

鲍克瑟领路走出候机室，来到了飞机跑道上。一架美观豪华的湾流喷气式公务机正在等待着他们。这架飞机是属于帕尔修斯食品企业集团董事长理查德·吕戴尔名下的，可是一段时间以来经常为乔纳森的行动提供服务。这位董事长有个30岁的女儿去哥斯达黎加从事基督教长老会的传教活动，不幸被恐怖分子绑架了。乔纳森答应率领四个人组成的救援队赶赴现场。作为酬劳的一部分，这家企业的私人飞机将以随唤随到的方式供乔纳森使用十年。那是一次极其出色的救援行动。两星期的筹划，七秒钟的枪战，人世间减少了11名制造祸害的恐怖分子，基督教界迎回了8位历经磨难的布道同仁。一家知名媒体引用"据可靠来源透露的消息"，指出实施救援行动的是海军海豹突击队的第六特种小分队。乔纳森至今想到此事依旧忍俊不禁。他从不在乎自己的隐姓埋名，然而他是陆军培养的，结果却被海军掠美，这不免让他有些愤愤不平。

他们用10分钟点燃了发动机,20分钟后飞机升入了空中。爬升到3000多米的高度后，鲍克瑟厌倦了沉默。"货物的递送还顺利吧？"

"那孩子有点神经质了。"乔纳森说。

"有负疚感？"

"有点关系，不过他主要是担心自己守不住这个秘密。"

"你对他怎么说的？"

"还是通常那些话——这种事如果被告发，受到伤害的首先不是我，而是他的亲人。我不知道他是否真的听进去了。"

鲍克瑟摇摇头，饶有兴味地问道："你认为这些人当真能够对自己被人绑架和得到营救的事情守口如瓶吗？"

乔纳森耸了耸肩。"我相信少数人是能做到的，而所有的人在一定时期内也都能做到。过了相当长的时间，有人会忍不住吐露他亲身经历的一点细节。到最后，他们恐怕就要合盘端出了。"

"哦，不管怎样，祝贺你，头儿。又有人被你救下来了。"鲍克瑟转过脸对乔纳森微笑着说，却发现对方的脸色不对头。"你不要紧吧？"

"嗯？噢，我没事。"

"你好像有心事。"

乔纳森斟酌了一下，在椅子上转过身望着大块头飞行员，说道："我想我大概是有点心事，是关于那个孩子说的一些话，事实上他说了不止一遍。他家里没什么钱。他们住在郊区，只是一般收入的家庭。他们用哪儿来的钱预付了我们的费用呢？"乔纳森搭救人质收取的费用最低为25万美元，而且是预先付款。加上行动的支出成本和一些其他开销，当事人通常要花将近50万美元。

"人是很难说的，"鲍克瑟有自己的看法，"你一定读过这样的消息，亿万富翁住在野猫乱窜的破房子里，别人做梦也想不到他是有钱人。也许他家也多少有点类似这种情况。"

"也许吧。"乔纳森用一种并不信服的口气应道。

"还有一种情况就是，孩子被人绑走了，当父母的明知自己没有钱，也想方设法筹措到了需要的资金。"

乔纳森点点头表示赞同这个看法，又问道："你对带着枪躲在林子里的那个女孩是怎么想的？"

"我想她应该扔掉那支枪，而不是用它来向你们射击。"

乔纳森笑了。鲍克瑟说话常常一针见血。沉默了一会儿，乔纳森从飞机副驾驶的座位上站起身，朝着后舱走去。"如果你不介意的话，我想我该去闭会儿眼睛了。"

鲍克瑟笑着说："仪表显示你有1小时42分钟的时间。"

9

将近下午五点的时候，乔纳森终于迈进了华盛顿杜勒斯国际机场的私人飞机航站楼。鲍克瑟还要处理湾流公务机的一些善后事宜，然后开着他自己那辆尼桑小卡车回家，而乔纳森则有车来接他。

维妮丝站在大厅，两只胳膊抱在胸前，全身像上满了的钟表发条一样绷得很紧。当她和乔纳森的目光聚焦到一起的时候，维妮丝仿佛是喘出了这一天的第一口气。乔纳森看到了她眼里的泪花。维妮丝素来以容易流泪而著称。

"欢迎到家，"她说，"我都担心死了。"

乔纳森允许自己接受了她的拥抱。"我不是一直都告诉你，你该忙什么就忙什么吗？"

维妮丝明白这是他表示谢意的一种方式。"我帮你拿背包吧。"

"不用，我自己来。你把那头怪物开来了吗？"

"它有名字，叫发光鸟。"维妮丝说着从手袋里取出了车钥匙，"而且今天我的停车位特别棒。"

按照任何男人的眼光来衡量，维妮丝·亚历山大都是一个极富魅力的女人。她的皮肤是奶油巧克力的颜色，她的笑容灿烂得足以让太阳黯然神伤。乔纳森从她的服饰中看得出，她正在为近来减去的体重而无比自豪。他们两人都明白，那些重量还会回到她的身上——以三年为周期循环往复的9公斤——但是至少在目前，见到她昂首踏步炫耀体态的模样，还是令人很愉悦的。

"对我说说，关于那个克里斯蒂娜·贝克你都调查出了什么？"当他们走近通往停车场的门口时，乔纳森性急地问道。

"她是什么人？"

乔纳森痛恨别人用问题来回答问题，不过仍然答道："昨夜里她让我大吃一惊。我们都知道帕特瑞兄弟，也知道还有第三个家伙。没想到她就是我们的第三个。"

门开了，美丽的春日景色迎接着他们。有了碧蓝的天空作为映衬，甚至连停车场也显出了盎然的生机。"嗯，你提供给我的不是独一无二的名字，"维妮丝谨慎地说道，"而且你发来的照片也不是很清楚。"

"闪烁其词。"

"我只是在说明我掌握的未必是确定无误的信息。不过就我搜集到的情况看，她是一个执着地为某种目标去奋斗的人。她由于参加各种抗议活动多次遭到过临时性的强制拘捕——主要是反战、反金融资本什么的。始终是一个字，反。"

乔纳森笑出了声。"抗议别人正在做的事情总比自己做点事更容易。"他们的面前出现了那头怪物——世界上肯定是唯一的一辆喷上了橘黄色闪光漆的马自达。

"嗯，她的背景资料里没有从事暴力活动的记录，"维妮丝继续道，"反正我是没发现。不过她看来是加入了一个叫作绿色旅的组织，它已经引起了FBI的关注。这是一个强烈主张保护鲸鱼、爱护树木、加强环保的激进组织，但是还未证实他们有明显的暴力倾向。"

乔纳森注意到了她的用语，重复道："还未证实？"

"凡是狂热分子聚集的地方，都潜藏着诉诸暴力行为的可能性，所以FBI正在睁大眼睛盯着他们。有人怀疑这个组织在几年前烧毁了一处正在建设的滑雪度假村，但是拿不出确实的证据。"她走近这辆难看极了的马自达，打开后备箱，请乔纳森把背包放进去。

"你就不能把悍马车开来吗？"

"我不喜欢驾驶那种又大又笨的东西。至于说它是一头怪物，如果你是想打一辆出租车，随便你。"

乔纳森不由得笑了起来。他常常说自己喜欢具有独立性的思考者，对于维妮丝而言，这样的评价则显然是太不够了。他把一只行李袋放进了后备箱，另一只袋子只能塞在马自达的车友们竟敢称之为车后座的地方，而车前排的座椅看着似乎还没有他穿的T恤衫宽松。

正在他安顿第二件行李的时候，停车场的另一侧响起了熟悉的喊声："乔恩①！"

他迅速地顺着一排排的车辆看过去，证实了自己没有搞错。他转脸对维妮丝露出了一丝愠色。

"哦，对了。"维妮丝的语气不像在谈论一个人，仿佛是说起身上长出的一个脓疮。"爱伦来过电话。她说她需要你的帮助。但是，迪格，我对上帝发誓，如果你又被她的花言巧语所迷惑——"

乔纳森示意她闭嘴，向正在穿越最后三排车辆的前妻迎了过去。他张开双臂做出拥抱的姿态。前妻听任自己被他揽在了怀里。

"多么不可思议的惊喜啊，"乔纳森用嘲弄的语调说，"你终于回到了我的怀抱。"

"噢，乔恩，我害怕极了。"

乔纳森结束了拥抱，双臂仍然扶住对方。"怎么了？"

她皱起眉头，越过乔纳森的肩头看看维妮丝，问道："她没告诉你？"

他也顺着前妻的目光望去。"谁？维妮丝？告诉我什么？"

"我从昨天开始就不停地找你。"

维妮丝听他们提到自己的名字，认为这是要她加入谈话的邀请，便走上前来。

---

① 乔恩（Jon）：乔纳森的昵称。

"这是真的吗？"乔纳森问道，"爱伦急着想和我联系？"

维妮丝把两只拳头架在腰间，说道："别用这种口气说话，你刚下飞机才五分钟。"

他回过头来问爱伦："那么，到底是怎么回事？"

乔纳森用眼角的余光看到，维妮丝的肢体语言在表示："你听听她的吧。"

"蒂伯失踪了。"爱伦说。

乔纳森笑道："由你本人亲自前来向我通报如此美妙的消息，你对我真是体贴入微啊。"

维妮丝发出窃笑，被另外那个女人狠狠地瞪了一眼。

"非得有她在这儿掺和吗？"爱伦厉声问道。

"我早就对她说了，"维妮丝解释道，"我们不可能扔下所有事情去寻找一个仅仅才失踪了一天的人。"

乔纳森等着前妻对这话的反应。

爱伦垂着双肩，眼神里充满了恳求。"帮帮我，乔恩。这件事的情况很特殊。"

蒂伯·罗斯曼是个不折不扣的大混蛋。他孜孜以求的就是给乔纳森的生活制造灾难。他不仅偷走了乔纳森依然深爱的女人，而且毫不气馁地制造了一场旷日持久的家庭财产官司，企图从乔纳森身上榨出更多的金钱来。如果蒂伯·罗斯曼遇到了什么麻烦，指望乔纳森对他施以援手可算是天大的笑话了。

然而，爱伦正在用她那双大大的褐色眼睛凝望着他。"也许你可以开车送我回家，"乔纳森提出了建议，"我们在车上谈谈这件事。"

维妮丝抗议道："迪格，你不能——"

乔纳森举起一只手止住她，温和地说："维妮丝，十分感谢你开车来接我。你一定不介意替我把行李送家去，是吧？把它们放在门厅里就行。"

不介意才见鬼了，而且该死的迪格对此完全明白，但是这里不是公开说出这些话的地方。"好吧。"维妮丝没好气地答应一声，噔噔噔踏着高跟鞋向那辆闪光鸟奔去了。

她的车驶出来时，乔纳森连忙让开了路。这辆马自达用它的与割草机类似的引擎所提供的最大速度，向停车场的出口疾驶而去。

"她不大喜欢我，是不是？"爱伦评论道。

"在她眼里你就是魔鬼的化身。"乔纳森说。维妮丝亲眼见证了他们的那一场离婚大战，而且从不讳言自己站在谁的一边。

他们走向爱伦的那辆崭新的S级梅赛德斯奔驰。车是黑色的，车里的装饰也都是黑色。乔纳森暗想，蒂伯肯定是依据他自己对这个世界的感觉才选择了这样的颜色。

"你的任务完成得顺利吗？"在他们出了停车位，驶入通往杜勒斯收费公路的车道时，爱伦这样问道。

乔纳森靠到了椅背上。"你说什么？"

"你的任务呀，"爱伦重复道，"你们不是总这么称呼你们做的事情吗？"

"爱伦，咱们是从不谈论我的工作的。"

他从副驾驶位置上仅能看到的那一只耳朵发红了。"我不是想打探你们的事。"她说。

他没再说什么。爱伦一直无法理解和接受乔纳森的那些秘密。即使在乔纳森为美国军方效力的时代，她也由于不能对朋友们说清丈夫究竟是干什么的而觉得委屈。当时他们夫妻只是对外人说，乔纳森是个陆军军人。乔纳森心里明白，遮掩他的身份的那些平淡无味的故事让爱伦觉得羞惭。当他离开部队，在平民世界里开创这番事业后，严守秘密变得比过去还要重要，而婚姻的裂缝也越来越大了。

"你知道吧，我只是为你担心。"爱伦柔声说道。车已经开进了费尔法克斯大道。这是开往通向南边的95州际公路的一条捷径。在每天的这个时分，任何缩短交通时间的做法都是值得赞赏的。

"我明白，那时我一直让你担心来着。"乔纳森说。谈话的走向令他有些不安。

"老实说，我现在仍然为你担心。我从来不清楚你究竟干些什么，可是那些时不时冒出来的伤疤和绷带已经很说明问题了。"

"我们说点别的吧，好吗？我记得我们是要谈谈蒂伯。"

她陷入了沉默。汽车随着变换的红绿灯走走停停，又行驶了几公里。乔纳森猜想她事先已经想好了应该怎么说。"我认为你永远也想象不出我有多担心。"她说，"你本来可以对我说点你的事情，我是不会把你出卖给苏联人的。"

乔纳森忍住没笑出声来。"我干这行的时候，苏联刚好已经垮了。"

"那么就是波斯尼亚人，或者是基地组织，你明白我的意思。"

"我明白你的意思，但是国防部调查局和联邦调查局可不会同意我与你分享这些事情。"

又在沉默中行驶了两公里。"我只是想让你理解我的感受。"爱伦说。

乔纳森对她阴郁的腔调感到不安，她的话听着甚至像是在告别。"你还好吧？"他问道。

她的声音是颤抖的。"我就是非常、非常害怕。"

"由于蒂伯？"

"我这时候早该收到他的音讯了，"她使劲吸了口气，想稳住自己的声音，"他在外面的时候总会给我来电话。"

"不是说还不到24小时吗？"

她看了看仪表盘上的时间说："已经过了，快30个小时了。"

乔纳森懂得这种关头要小心。他对蒂伯的憎恶是无以复加的，然而他不想让这种情绪影响自己的识别力。"他脱离你的视线才一天时间就把你吓成这样，你不觉得有点小题大做了吗？"

"我已经有三天没见到他了，"她又更正道，"几乎快四天了。"她转过来直视着乔纳森，说道："他对给我打电话有一种宗教式的虔诚。他每天都要和我通话，除了昨天，还有今天。"

乔纳森把目光移向前方，替她观察路况。"根据这个理由就断定他出事了？"

"你知道他的职业，他报道的消息有可能得罪很多人。"

"很难说他是从事新闻报道的，"乔纳森嘲讽地说，"他以毁灭别人的生活为主业，靠这个要得到普利策奖可不大容易。"

"我知道你不喜欢他——"

"你怎么估计都不过分。"

"不过他是个好人。"

"他是个窃贼和骗子。"

爱伦想反驳，可是忍住了。"我也得这么说你才能够帮助我，是吗？"她用央求的口吻说，"好吧，他是个窃贼，还是个骗子，是一个大坏蛋，而且我爱他。"

她的话造成的刺痛超出了乔纳森的想象。

"我知道这不是你想听到的，乔恩。我不想让你难过，可是我现在什么都顾不得了。"

"不管怎么说，好在他失联的时间还短。他去哪儿了？"

"采访一个线索。我不知道是哪方面的题材，或者说主题是什么。我从来不打听这些事。很显然，只有那些执意对我隐瞒他们生活的男人才能够吸引我。"

她的讥讽让乔纳森露出了笑容。"是这样的，爱伦，"他说了起来，暗自祈盼他的话听着很诚挚，也很有说服力，"成年人有权利享受属于他们自己的时间。只要他们不拖欠家里的账单，不抛弃自己的子女，他们就具有不经别人批准而独自延长假期的自由。一般说来，一个人由于失去联系而引起我们关注的时间，最低也要72个小时。"

"但是他不是去度假。"

"他是去工作，去采访。"

她用力地摇起了脑袋。"这次的情况不同，远远不止是这样。他很有——压力。"

乔纳森指了指前方说："你看到那些车的刹车灯了吧。"

爱伦没有减速，却转动方向盘挤进向右转弯的车道，为了抢在红灯之前还多少提了一点速。

"你是不是担心他犯了心脏病或是出了车祸什么的？"

爱伦惊骇地瞥了他一眼。

"如果是那样的话，他肯定就有下落了。他会住进某一家医院，或者是有人能够在街上发现他。"乔纳森一不小心冒出了后半句话。他知道爱伦绝不是一个迟钝的女人。"呃，我不想让你听着很粗鲁，不过这对寻找一个失踪的人来说是非常实际的。如果你担心的是健康方面的问题，他若是有事了，有关方面就会想方设法找到你的。"他抬起头盯着她的侧影问道，"而你担心的并不是这类的问题，对不对？"

她的体态变得有点僵硬。"你是在暗示什么吗？"

"我不过是在暗示一件再明显不过的事情。"乔纳森说，"对婚姻的忠诚恐怕不是他的长项。你们两人的关系就是他处心积虑破坏家庭婚姻的活生生的证明。"

爱伦那气喘吁吁的声音向来都令乔纳森难以自持。"破坏我们婚姻的不是他，乔恩，是你那种毫不珍惜婚姻的态度破坏了我们的婚姻。"

"嗨，至少我是非常忠贞的。"

她笑出声说："那是对你的团队，不是对我。"

他觉得两颊发热了。"我从来没和别的女人胡搞过。我永远都不会做那种事。"

爱伦又瞥他一眼，说道："忠贞不仅仅体现在性关系上，它还意味着感情和责任。"

乔纳森没有争辩下去。他们两人在很久以前分离的责任确实都在于乔纳森，他一直为此而感到愧疚。伤口好不容易有所愈合，动手撕去结痂并不是理智的。"我保留自己的观点。"他说，"事实证明，90%的成人失踪者都是出于离婚的打算。"

爱伦的口气也缓和了下来。"蒂伯不是这样的人，他不会就这么从我身旁一走了之。"

好一个圣徒蒂伯。"还剩下了什么样的可能性呢？"乔纳森问道，"如果他不会在感情上欺骗你，而且你也不担心他被撞死在路边的沟里，那你究竟在害怕什么？"

她没能抢在红灯前通过下一个路口，只好踩下刹车让梅赛德斯奔驰停了下来。"他最近有了些变化，也就是一周左右的时间。非常焦虑，我想可以这么说。"

"是一种企盼的焦虑还是一种惊恐的焦虑？"

"似乎两者都有。他为这篇报道投入了极大的心血。我问他是哪方面的内容，他只说这是个重大的题材，发表以后我会为他骄傲的。然后他就离开了家，再就消失了。他从办公室给我打来电话聊天，后来他走着去邮局寄什么东西，一路上还和我聊着。这时他接到了另外的电话，我不想干等着，就把电话挂了。等到他再给我打来电话时，他告诉我他要出城去一趟，但是他不想告诉我去什么地方。第二天晚上他来了电话，说他一切都好，可是我从他的声音里明白这不是真话。从那之后，我就再没有他的任何消息了。"

乔纳森承认情况有些蹊跷。"不过他失联的时间这么短，即便他正处在危机当中，人们也不知道应该去哪儿找他。"

"但是你能找出他的下落，不是吗？"

"那需要动用很多方面的力量，爱伦。假如结果证明是虚惊一场——"

"如果失踪的那个人是我，你会努力去做点事情吗？"爱伦提出的这个问题，仿佛是外科医生手里一把灵巧的激光手术刀，径直刺向了乔纳森的心灵。

"我来想想办法吧。"他说。

10

严格地说，地下室和院子外面分别是两处作案现场，至少目前是这样。州警察局的技侦人员已经赶来了，盖尔·博纳维莉尽量注意不去妨碍他们的手脚。也是为了透透气，她决定去那个女孩倒地的现场看看。

然而，悄无声息地闪在一旁做个看客，却从来不是盖尔的风格。在她的右边，有个技侦人员在罐子里搅拌石膏浆。他接着走到离那辆烧毁的小货车15米远的地方，准备在草地上浇注那罐石膏，看来是要获取地面车辙的模印。盖尔冲着他喊叫了起来。

捧着石膏罐的技侦人员明显是属于整天痴迷于电脑的那种年轻人。他生气地问道："怎么了？"

"你事先拍了轮胎印迹的照片吗？"

"当然了。"

"是高角度俯拍的还是低角度拍摄的？"

"两种都拍了。"他答道。

盖尔严厉地盯着对方，似乎是在判断他的回答的可靠程度。然后她点点头说："继续吧。"她提出的是一个存心找碴的问题，而对方的回答是没有毛病的。在过去那些年里，盖尔无数次见过由于取证不慎导致指纹、足印和车辙印等证据损毁的情况。在这种情况下，如果没有高质量的现场照片提供支持，警方就只有一筹莫展。

　　还有一点，印第安纳州警察局每逢遇到重大案件，就想从当地警方手里夺取案件的管辖权。盖尔明白，宁可让他们讨厌，她也必须不停地显示自己的存在，否则各自地盘的界限很快就会模糊不清。在 FBI 供职 13 年的经历早已让她懂得了案件管辖权的重要性。

　　他们已经查出，烧毁的这辆小货车的车主是莱昂内尔·帕特瑞。对照机动车管理部门的档案可以证实，地下室里有一具尸体就是车主本人。经调查，另外一具尸体是车主的弟弟巴里。小货车的车厢里弥漫着催泪瓦斯的难闻气味，一个技侦人员很快就找出了原因，显然是有颗催泪瓦斯手榴弹从破碎的车后窗玻璃飞了进来。

　　除了几卷胶带、尚未完全燃尽的快餐盒、烧得不成形状的五加仑装汽油桶等物品外，车里再没什么像样的东西了。现场勘查还在继续，可是经过烈火的这番吞噬，盖尔怀疑他们是否还能找到任何有意义的证物。据她估计，最有价值的线索应该在发动机的缸体，而且大火对于车体这个部分造成的损害也相对较小。尽管还要等待弹道学的分析结果，但是她初步认定，枪手在朝发动机射击时使用了带有穿甲功能的子弹。至少有两颗子弹击中了目标，造成了小货车当场趴窝。

　　与地下室的尸体不同，克里丝蒂娜·贝克看来是被长枪射杀的。她腹部的枪伤是贯通性的。技侦人员到目前仍未找到从体内穿出去的弹头，表明这是一颗高速率的子弹，而在院子里发现的 5.56 毫米弹壳进一步证实了这一点。还有一发子弹击中了姑娘的肩部，尽管血肉模糊不忍目睹，但仅就这处伤口而言，如果得到及时的救治也许还是不至于丧命的。这一切都符合盖尔的判断，杀手非常专业。而年轻的克里丝蒂娜·贝克却不是枪战的行家。

　　盖尔坐到路旁一棵倒地的枯树上，翻开了一本崭新的黑白斑点封皮的记事册。同事们都了解她习惯于携带这样的记事册，却不知道她从上小学就始终使用一模一样的这种本子，它是盖尔最喜爱的一种书写工具。如果你逛街时留点心，你就能在史泰博办公用品店或是欧迪文具商场用不到一美金的价格买到它，而且它非常结实耐用。她喜欢牢牢地缝在硬纸板封皮里的那些光滑的纸张，她更喜欢在宽宽的横线当中填进自己略显潦草的、明显还带有女孩子气的字体的那种感觉。

她的每一件案子，哪怕是很小的案子，都有特定的记事册，里边记载着与案件关联的所有人的姓名、电话号码，还有对于案情的记述和分析，包括那些完全是出于直觉做出的推论。有的案件写满了五六本记事册——她的最高纪录是七本，而那件案子至今未破——有的案件只记了几页纸。这些年来她已经积累了几十套用这种本子记载的案卷了。盖尔期望有一天写出有关她的破案经历的一本书，一旦她下决心动笔的时候，这些记事册就是最好的素材。她甚至给自己遇到的各种案子都冠上了具有悬疑惊悚色彩的名称。将来，它们可能会变成书里各个章节的标题，而其中最抓人眼球的案件名称就应该成为整本书的书名了。

盖尔想给这起案件配上《闯入桑松小镇的雇佣杀手》之类的标题。过早地得出是雇佣杀手作案的结论当然有风险，但是她确信自己的判断没有错。两个小伙子尸体上都有大口径子弹射入的创口，却找不到相应的子弹出口，这种现象只能更加证实盖尔的判断。业余者使用大口径武器时，通常都会在对手身上造成严重的贯通伤。海豹突击队或是她在 FBI 人质救援队的战友们在这种场合使用的都是特制的弹药，弹头会停留在射击目标的体内，而不是穿出体外伤及他人。不然的话，在飞机机舱这类狭小的空间里，你怎么能保证既完成任务又不产生令人追悔莫及的后果呢？

四月的天气已经挺热了，大约有摄氏 26 度。她甚至想到案发现场如果在河边就好了，那样她就坐在什么地方把双脚插进水里踢来踢去。她用小臂拭去额头上的汗水，重新翻阅本子里已经写下的内容。同往常一样，她在记事册的开头几页列出的是原始的现场状况和主要证物。他们已经忙乎了将近五个小时，取得了不小的进展。

所有的证据都表明，有专业人质救援力量介入了这起案件。他们一般不会对绑架者只开一枪，尤其是在炸开房门突袭室内的情况下。其战术要义在于，趁着敌人一时间的蒙头转向，利用具有压倒优势的暴力手段，在最短的时间内解决问题。在大多数突袭中，所谓最短的时间意味的就是几秒钟。头两枪总是要射向对手身体的中央部位——胸部或是腹部，以消除其还击的能力，第三枪要射向头部，以防敌人身上穿了防弹衣。FBI人质救援队和其他那些组织突袭行动的圈里人，称这三枪为三保险。

"嗨，头儿。"后面传来熟悉的声音。

她抬起头，看见杰西·克莱尔走到了身边。他的脸上依旧是咧着大嘴的笑容，不过盖尔这会儿觉得这副笑脸里也不乏些许的真诚。"你在思考些什么？"他用下巴点了点她的记事册。

盖尔低头看了一眼本子，下意识地合上了它。她不愿别人看到自己未经加工提炼的笔记。"我想弄清楚我们遇到的这个家伙到底是非常精明还是非常愚蠢。"

杰西扬起脸说："我没明白你的意思。"

"关于点45手枪你了解多少？"她问道。

杰西微笑着说："看来盖尔·博纳维莉警长关于枪械历史学的讲座就要开始了。好啊，我洗耳恭听。我知道的只是，点45很有威力，能在人身上炸开一个大洞，可是后来军方用别的枪支取代它服役，原因是它的准确性不是很好。"

盖尔的脸有点红了，说道："严格讲，准确性倒不是问题，毛病在于它的后坐力。许多人第一枪都射得很准，可是在射击第二发子弹时就控制不好枪身了。军方用9mm手枪取代了它，因为这种枪用起来更顺手，而且符合实现北约各国弹药通用性的需要。"

她发现杰西脸上的表情半是窘困，半是无聊。

盖尔继续说道："对于惯用右手的人来说，点45曾是了不得的武器，至今仍然是了不得的武器。"

"可是还有弹匣的尺寸问题。"杰西语速很快，含有争强好胜的味道。"标准的点45手枪只能装7颗子弹。"

"8颗，枪膛里还有一颗。"盖尔纠正道。她止不住要这么做。"而困扰我的正是这个问题。我们这位杀手怎么会带着这么少的子弹冲进封闭的屋子里，给每个敌人都来了两到三枪？"

"他很有把握杀死他们？"杰西猜测道。

"他怎么知道那里边不会有四五个对手？"

杰西耸了耸肩。"他显然还带着另外的武器，一支突击步枪。那个女孩就是他用那支枪杀死的。点223口径，是不是？"

盖尔习惯于称点223为5.56毫米口径的子弹，两者是一回事。"那么，他在地下室里干嘛不用那支步枪？为什么用的是手枪呢？"

"看来他事先知道地下室里边的情况。"杰西说。

"说对了。这表明他一直在监视着那个地方。在闯进去之前，他就明白在里边会遇到什么。"

杰西再次耸耸肩，这些他实际上都想到了。"好吧，就是说他一直进行了监视。我们已经发现了被炸毁的光纤摄像仪，记得吗？"

盖尔点点头。"问题是，他当时都看到了什么呢？让我们想想扔在屋里的那把大剪刀吧。你认为它是用来做什么的？"她已形成了自己的见解，然而她愿意与他人做进一步的推敲。如果别人最后也能得出相同的见解，那么他们的结论就更靠谱了。

"我知道你不相信它是碰巧摆在那里的，"杰克说，"所以我不想说它是用来剪东西的一种工具，比如剪树枝什么的。"

盖尔笑了。

"你是不是认为那两个死去的家伙想用它把人质身上的某个部分剪下来？"

盖尔点头。"正是这样，而且那个杀手知道这一点。"

"因为他监视着地下室的动静，这我们都说过了。"

"从外部进行监视。我们知道这一点是因为他后来破门而入了，而且，就像你说的，光纤摄像仪的残骸证明了他事先用高科技的手段把里边的情况摸得一清二楚。你觉得这位好汉的本事怎么样？"

杰西逐渐跟上了她的思路。"他不是一个街头混混。"

"他是干这种事的行家里手。"

"我认为这同样也是我们早就得出了的结论。"

"原先我们只是做了这样的猜测。现在我想确定地说，我相信我们的猜测是正确的。"

"那么，那个女孩又是怎么回事？"

盖尔顿住了。林子里的那具尸体是她感到最为困扰的。"我不知道。"她说。

"想听听我的看法吗？"

盖尔抱起膀子，无意间强调了自己的乳沟。

"我认为那个女孩是杀手当时在等待的人。"杰西说。

盖尔一时没明白。

杰西稍弯下身子，让两人的目光保持在同一个水平线上。他为终于获得了话语权而兴奋，而他的兴奋反倒弱化了他通常在盖尔心理上造成的威胁感。"那个杀手当时一边在监视，一边在等待。他已经花了点时间安放好了爆炸物，他随时可以引爆炸药冲进地下室，如果他像你估计的那样是个行家的话，就更是没有一点问题。那幢房子里的证据显示，帕特瑞兄弟俩是楼上楼下到处乱窜的。为什么那个杀手没在楼上干掉他们呢？那样的话不是还可以免除误伤人质的危险吗？"

杰西大声提到"人质"，盖尔不由得皱起了眉头。"目前还不能让别人了解我们的这些看法，好吗？"她说着，转身朝后面看了看，担心有人听见。"媒体要是听到这种事，就该一窝蜂地上来了。而且如果现在就说出去，万一以后的事实证明我们是错的，那就被动了。"

杰西点头说："嗯，好吧。不过刚才的推论我觉得还是最有道理的，我一整天都在琢磨这件事。为什么杀手非要挑那么个非常差的时机来发动袭击呢？"

盖尔的脑海里渐渐构成了一幅场景。"这就涉及到那把大剪刀了。他们威胁人质，迫使那个人不得不动手了。"

"哦，我指的是在这之前。我也认为是用大剪刀伤害人质的危险使他不能再等下去了。然而我的问题是，为什么他一直等到了那个时候？"

盖尔朝女孩尸体所在的位置望了一眼。"他是在等她来。"

杰西拍了一下双手说："对了。这就是说，她也直接参与了绑架事件。"

盖尔认真地思忖着。

杰西的声音激动得有点发颤。"很显然，这个人做了他该做的功课，而且他获取情报的能力很强。他一直在监视，没有立刻动手，因为他等待着克里丝蒂娜的到来。当那两个年轻人要动大剪刀的时候，他无法再等下去了。咣，咣，他动手了。我猜就在这个时候，克里丝蒂娜·贝克小姐把车开到这里了。对她而言，回来的实在太不是时候。"

盖尔琢磨着他的话，不由得点了点头。她赞成这个推论。

杰西继续说了下去："从车道上的轮胎印迹看，我估计她突然意识到了危险，陷入了恐慌。她急忙打舵，想开车逃走。我们的这位枪手自然不容出现这种局面，结果就是发动机缸体上的那两颗子弹。于是那个女孩便开枪还击。"

"问题在于，她不算是个神枪手。"

"反正是比不上我们这位伙计。"杰西停顿了一下又说，"我不得不对你说，我越想越觉得这个家伙还真不是什么坏人。"

盖尔正色道："千万别这么说，杰西。这里不是亚利桑那州的墓碑镇①，现在也不是1870年。一下子死了这么多人，而且经过了充分的预谋，所以这是地地道道的凶杀案。据我目前所知，判定无辜还是有罪的权力只在于陪审团。我们的责任是找到这个家伙，并且给他提供一个机会，让他上法庭去讲他自己的道理。"

---

① 墓碑镇（Tombstone）：美国西部亚利桑那州的一个著名小镇，曾是该州最大的银矿产地，1870~1890年是最为繁荣的时期。目前着力发展旅游业，许多西部枪战大片都在这里拍摄。以真实事件为线索拍摄的美国《墓碑镇》，记述了著名枪手怀特·厄普及朋友在该镇以暴易暴、伸张正义的故事。

杰西的神态不大自然。"你强调的是他在自己动手之前应该给我们打电话——有事找警察嘛。"他眯起眼睛，压低声音说，"如果他找了我们，你真的认为我们能够干得像他这样漂亮吗？"

盖尔试图弄清她的助手说这番话的目的。她的目光变得严峻。不仅是警察局，就是联邦调查局也多有贻误战机或行动失手的时候。由于盖尔做过FBI人质救援队的一名特警，在她和杰西为竞选警长职务做最初辩论时，杰西还曾用联邦调查局的一些负面案例奚落过盖尔。

"我们需要做的是进一步查明这几个死者的情况。"她全然转换了话题，"如果我们的推测是正确的，我们就必须全力以赴找出被他营救出去的那个人质。而为了达到这个目的，我们需要查明克里丝蒂娜·贝克、帕特瑞兄弟与他们用胶带绑起来扔在地下室的那个人的联系。一旦找出了其中的联系，我们就有希望破案了。"

11

　　爱伦没有纠缠，把他送到家就开车走了，乔纳森对此心存感激。与她共享的每一分钟，对他而言都是痛苦的折磨。不是由于爱伦甩了他，而是由于永远失去了他原本坚信他们两个人可以共同实现的美好愿景。

　　同意对她施以援手之后，乔纳森花了整整半个小时与维妮丝通话，连哄带劝，请求她围绕蒂伯的去向做些前期调查。当着爱伦的面打这通电话不免有些尴尬——维妮丝完全明白并充分利用了这一优势，肆意做出了令乔纳森无法当场回应的各种评论——然而最后她还是让步了。在剩下的车程里他一直做的，就是让爱伦相信搜集相关信息大概需要几个小时，看来她只有等到明天早晨才可以从他这里听到蒂伯的情况。不论她是否满意，这已经是他们所能做到的最大限度了。

　　而在此刻，他终于到家了。

　　渔人湾是个宁静的小城，是居民外出时也许不用锁门的地方，尽管乔纳森相信不上锁的户数实际上不会很多。这座小城的主要产业是商业性捕鱼，还有为渔民和相关产业链的人们提供的服务业。由于这里的主产业依旧繁荣，人们都还有钱花，商场和饭馆都还有钱赚。离得最近的超级商场也有十五公里的距离，对于居民日常的购物活动来说还是太远了点。

小城紧傍波托马克河的一段宽阔水面，有三公里长的滨水地带，还有四座大型的商用码头。由于这样的原因，渔人湾近来忽然名声在外，成了周末观光休闲的一处颇有吸引力的地方，企图逃避华盛顿或是里士满的喧嚣，又不愿卷入那些著名景点的纷扰的人们正在大量地涌向此地。直到那些外来的游客来这里举起相机，大家才意识到自己的家乡也可以成为明信片的题材，乔纳森觉得这是很有趣的事情。

将烙刻着童年记忆的宅邸改造成复活者家园寄宿学校之后，乔纳森迁到了离河边只有一个街区的地方居住。这栋楼房坐落在第一街，曾经是全城最早的消防站，它的历史可以追溯到马拉水罐车和水龙带的年代。在乔纳森的孩提时代这里仍然是消防站，不过已经有了四跨梁的消防车停车间。乔纳森深深地热爱这栋红砖建筑的设计风格，还有它近五米高的房屋举架。

乔纳森生活中最珍贵的一些记忆是同这座消防站联系在一起的。他曾被消防员们视为是能够带来吉祥的消防站福娃。十岁的时候，瘦瘦的乔纳森已经学会了救生绳结的正确打法，并能用这根绳子从模拟起火的地下室安全地攀爬出来。当消防员在模拟车祸现场演练抢救时，小乔纳森充当过困在车里无法移动的娃娃，被人们设法从车后屁股拽了出来。等到十二岁的时候，他已经被消防员在所有可能出现的场景，利用所有想象得出的救生器材至少救出了十多次。作为回报，福娃乔纳森可以帮助擦试铜制的消防杆和其他器材，也获准抱住消防杆滑到楼下，就像真正的消防员一样。

亏得这些消防员——汉克·迪恩、大个子戴夫·米兰、菲飞·法依佛，还有其他的人——有了他们的引领，乔纳森没有沿着父亲的足迹走下去。他们对待乔纳森如同值得尊重的同队战友，而对他身上的毛病却毫不姑息。他们教会了他玩牌，但是要求乔纳森只能拿着属于他自己的钱做彩头。他们也从不对他故意让牌，乔纳森从牌桌上赢回的每一分钱都是堂堂正正的。

也许是命运的奇妙安排，正在乔纳森筹备签署协议，用自己度过了童年的家庭房产兴办复活者家园的时候，渔人湾镇的行政当局决定将消防站迁往靠近州际公路的一幢新建筑。乔纳森没做任何的讨价还价，马上就把老消防站买了下来。它的三楼用来做斯鲁森私人调查事务所的办公场地，余下的一千多平方米就作为了他的住所。更新空调和供暖设施等等又花费了不少钱，可是乔纳森无法想象他还能住到另外的什么地方去。

爱伦刚刚开车离开，乔纳森就听到了它狂奔而来的动静。乔纳森扭过头去，这条三十公斤重的拉布拉多猎犬已离他不过五米远，他来得及看到的只是一团疾飞而至的黑影。猎犬径直扑向了他的双膝，他被扑倒在老消防站的水泥停车位上，心中暗自感谢它没像经常做的那样冲着人的胯部撞去。乔纳森摔得不算轻，可是笑得十分开心。这条名叫乔的猎狗围着他连蹦带跳，像是腿上装上了弹簧。它还兴奋地叫着，用凉凉的鼻子和大大的舌头不停地爱抚乔纳森的脸庞和脖子。

乔纳森抚摸着它，直到它稍许安定了下来。"你好，乔。"他打招呼道。

听到乔纳森的声音，这条五岁的猎犬又抖擞精神，投入了新的欢乐庆典。它离开乔纳森的身边，笔直地奔到下个街口，一个急转弯飞跑回来，撞了撞他，又朝着相反方向的街区跑去，接着回到他身旁，重新开始一个这样的过程。狗的习性如此，乔纳森这样想。

乔纳森从未动过养狗的念头。这条狗不是他去找有关机构领养的，而是它自己在一天夜里闯入了他的生活。那是一个下雨的夜晚，它趴在乔纳森的门前呜咽。雨很大，足以上演迪士尼动画片的制作者们喜欢的场景——好心的主人开门把一只动物迎了进来。它当时大概有八个月大。自从在沙发上睡过第一晚之后，它就明确宣称了自己对于这片领土的神圣主权。后来它也去警长道格·克雷默那里做过客。道格称它是K-9警犬分队的一位编外成员。

在大狗乔跑来跑去的时候，乔纳森用钥匙打开了房门。向里没走几步，他差点被维妮丝已经放在了门厅的两只行李袋绊倒。其中的一只装的是武器和爆炸物，另一只里是换下来的衣物、战

082

术背心和引爆器等。空调送出的冷风扑面而来，其中夹杂着一丝新鲜油漆的气味。乔纳森亲自装修这幢老房子已经有好几年了。他不知道这项工程是否还有结束的可能，更不知道的是自己究竟是否希望它结束。锤子、墙腻子和电钻等都在他最喜爱的玩具名录中占有重要地位。

他弯身拎起两只行李袋，穿过宽敞的起居室，沿着走廊向前走去。走廊的右侧是镶嵌了深色木墙围的书房，左侧是大餐厅。在接近走廊尽头的地方，乔纳森拐入工具间，推开里面的一道铁门，来到了10米高的塔楼。当年的消防员在这里晾晒长长的水龙带，约10来米就折成一截搭在塔楼上。塔楼最里面角落里有通往地下室的一道门，那是许多年前的小乔纳森在这幢楼里唯一不敢进入的地方。

如今当然不一样了，何况还有猎狗乔在保护着他。这条狗早已跑上塔楼等着他打开这道门，门一开它就抢先挤入，踏着重重的脚步朝着地下室奔了下去。乔喜欢有人开门，喜欢跑在人的前面。乔纳森认为这同样是狗的习性。

这间石砌的地下室内部只有2米高，约有5米宽、9米长。乔纳森不靠目光寻找，只用肩头顶开了墙上的开关，棚顶的一盏日光灯立即发出了强烈的光亮。尽管乔纳森经常在暗处从事活动，回到家后他却不想仍然生活在一片朦胧晦暗之中。

他下到楼梯底部，向左转个U弯，走到了一只多年不用的300加仑的空油桶前面。他放下行李袋，把油桶推向一边。石墙上露出了一道厚实的木门，不过门上刷的油漆使它看着和旁边的墙体毫无二致。仿佛是凭着石块的任意形状杂乱堆砌起来的墙体实际上并非那般杂乱。乔纳森不假思索地挪动了其中一块石头，里边显出一个小型的电子键盘。乔纳森凭着记忆小心地键入了毫无规律的14位数的密码。他不惜在这上面多花点时间。按照他的设计，如果三次连续输入密码有误，这套系统将会永远关闭，任何人都没法再打开它。这样的安全措施实在有些过分了——更适合于瑞士银行的金库而不是小型的武器贮藏间——不过乔纳森对自己的玩具确实是无比珍爱。

事实上，乔纳森还设置了进入此处的另外一个无人知晓的入口。安全等级与眼前的入口是一样的——意思是，它们都使用同样一组密码——而这种密码系统在两边的入口同时被人破解和重复遭遇破坏的可能性，从统计学的角度看是微乎其微的。

输完密码，他按下键盘下方的红色键，立刻听到了液压锁的活塞移动的声音。沉重结实的木门静静地滑向一侧，出现在他面前的是一条地下通道。这是大狗乔无论如何也不愿进入的地方，刚才乔纳森挪动石块的时候它就朝楼上跑，把自己安顿在了起居室的沙发上。

这条地道穿过楼外停车场的地下，全长大约50米，另一端的出入口在圣凯瑟琳教堂的地下室。几年前有位承包商遇到了只有乔纳森这样的人物出手才能解决的一个难题，事过之后他作为回报修建了这条地道。为了防止霉菌的生长和小动物的掘入，地道里砌上了颜色和形状容易让人对纽约地铁站发生联想的瓷砖。沿着地道行进半程，右侧有一间8×8米的拱顶贮藏室，这就是乔纳森存放武器的地方。它的铁门是用钢筋加固的，设计上完全仿照了银行的金库门。乔纳森输入了六位数的密码后，这扇门自动向外开启，几乎把地道都堵死了。

贮藏室里排列着具有防火防爆功能的铁柜。很难想象在这个全部是用水泥和钢铁筑成的地方会发生火灾，然而乔纳森不希望自己收藏的这些高爆物品出现任何意外。假如发生爆炸，他很难提供令人信服的解释，同时将面对必不可免会殃及几幢邻家建筑的一个巨大的火山坑。

乔纳森乐意来这个地方。他享受在这里独处的感觉。如同有才华的画家和雕塑家喜爱颜料或是黏土的气味一样，乔纳森喜爱枪油和火药特有的气味。要做的第一件事是擦拭枪械。长短两把枪都开过火，这意味着它们的零部件都要拆卸下来重新上油。在下次使用之前，他还要重新校正它们的红外线瞄准器和枪管膛线。

占据贮藏室中央位置的是一个齐腰高的工作台。乔纳森刚刚在它前面的凳子上坐下来，就听见了通道里传来的脚步和口哨声。他明白来人是多姆①。乔纳森执行任务归来时，多米尼克·丹吉洛神父一般都要过来看看他。多姆都是从圣凯瑟琳教堂那边的入口进入地道，而且在里边行走时总要吹口哨。乔纳森估计他是不想冷不防吓着一个坐在火药堆上的人。

"听到你了，多姆。我不会朝你开枪的。"

"多么令人宽慰啊。"回答的声音来自近处。多姆笑着从门口走了进来，手里拿着六罐装的银子弹牌啤酒。他高高的个子，整洁的仪表，还披着一头黑发，足以令教区里一些对教义的笃信程度还有待提高的女居民心旌摇曳。"需要补充点水分了，我今天为教徒们奉献了好多脑细胞。"他拎起半打啤酒展示着，好像那是一串葡萄。

乔纳森笑了起来。"上帝一定会为你而自豪的。"他伸手从塑料圈里拔出了一罐啤酒。"我小时候怎么不知道你们有这种补水疗法？就是说，那时候的牧师可比你虔诚得多。"

"在教徒还没长大的时候，牧师是不会向他们泄露内情的，因为没长大就不会理解和欣赏这种事情。"多姆坐到了乔纳森的对面，口气变得严肃了。"维妮丝给我打电话了，我听说发生了激烈的枪战。我们都为你担心呢。"

"我自己也有点担心。"乔纳森说。他戴上一双乳胶手套，拔下M4的弹夹，顶出枪托固定销，准备彻底拆卸枪支。由于多年前做出的精心安排，任何一个数据库里都不存在他的指纹记录，但是戴上手套还是没什么坏处的。

"谈谈这事儿行吗？"多姆问道。

乔纳森耸耸肩说："当然了。"

"那你倒是说啊。"

乔纳森瞥他一眼问道："说什么？"

"发生什么了？"

乔纳森皱眉说："我冲进了里面，有两个坏家伙朝我开枪，我

---

① 多姆（Dom）是多米尼克（Dominic）的昵称。

没得选择。”

多姆笑笑说："我估计就是这种情况。"著名的威廉玛丽学院当年为一年级新生准备的宿舍是泰勒A楼。乔纳森·格雷夫和多米尼克·丹吉洛就是在搬进结构上似乎有点问题的这栋宿舍楼那天相识的。这两个年轻人性情都有点羞怯，虽然表现形式上或许有所不同。他们一见如故，成了形影相随的好友，一起读完了大学，又一起进入了美国陆军后补军官学院。在那里，多姆终于听从内心的召唤去做了牧师，而乔纳森则选择了更适合发挥自身才干的行当。

乔纳森把M4的部件摆在工作台上，第一次直视着朋友的目光说道："那里有个女孩儿，多姆，和两个小伙子是同伙。我原来没想到，她是最后一刻到现场的。我打趴了她的车，可是她立刻就向我开了火。"

多姆喝了一口啤酒，说道："那你属于自我防卫，对不对？"

"当然了，不过让我心里放不下的不是这个。这几个年轻人全都是生手。他们身上还带着自己的证件，遇到事情一点都不冷静。我把人质安全地送回去了，但是我们不知道这件事幕后的主使者是什么人。"

"我想只要救出了人质，你就可以宣告这次行动的胜利，好好喝你的啤酒了。"多姆阐明了他的看法。

乔纳森一口气喝下半罐啤酒，用小臂擦擦嘴，又把两肘支在台子上，探过身说："这次行动有许多蹊跷的地方。"

"说说吧。人们都说我是个很善于倾听的家伙。"

乔纳森思索着说："我们的顾客名叫斯蒂芬森·休斯。他是用通常的渠道，也就是说通过一个匿名的网站找到我的。他说自己的孩子失踪了，绑匪要求他付出巨额的赎金。我们花了很多力气追踪线索，终于找到了印第安纳州的一家小农庄，那个遭到绑架的孩子就在那里。"

"你把他送回了家人身边？"

"我送他到了事先约定的地方。"

多姆有点不解："这么说是个大团圆的结局啊，还有别的问题吗？"

"我猜我的不安来自于其中一些明显不合牙的地方。一方面，绑架策划得非常专业。可是另一方面，它又像是一场米老鼠的闹剧。"

多姆举起啤酒罐说："我要为那些可怜的生手干一杯。"

乔纳森笑了笑，却不带一丝真正的笑意。"还有件事，据我救出来的那个孩子说，他们家里根本就没人能付得起我的佣金。"

牧师耸耸肩说："孩子们并不了解父母的经济状况。"

乔纳森也耸肩道："我想是这样的。"

在即将进入他们已共同经历了无数次的那个阶段之前，两个人陷入了沉默。

"好吧，"多姆终于打破了沉默，"告诉我，总的算起来，我们这个星球如今又少了几个在它上面走动的家伙呢？"

乔纳森没有立刻作答。杀人从来不是一件令人愉悦的事情，今天的行动尤其是这样。"太多了。"他说。

多姆抬起脑袋，等着他说下去。

"三个。"乔纳森说，"那个女孩死得很痛苦。"

多姆用力地点点头。他们两人间早已不需要刻意的矫饰和烦冗的解释。乔纳森憎恶自己射出的每一枪，尽管他只会为了公理和正义才去杀人，但是这并不能减除他心头的沉重。由于他的出手，世上又有两位母亲永远地失去了她们的孩子。出于善良的动机而制造他人的不幸，这是战士永远也无法摆脱的一个魔咒。

多姆喝光了罐中的啤酒，快速地站了起来。"这件事就算结束了。"

这是乔纳森团队的所有人在行动结束后都要经历的一个仪式。多姆从裤袋里掏出一只小皮包，里边是叠成了正方形的一块紫色缎布。他用手一抖，缎料垂了下来，原来是一条牧师的圣带。多姆亲吻了它，又把它戴在脖子上，搬过凳子来到了乔纳森的身旁。

乔纳森在胸前画着十字，说："主啊，保佑我，宽恕我的罪过——"

12

  印第安纳州南部这片地带的景色是千篇一律的，州际公路的两侧都是绵延起伏一望无边的农田。如果去办公室，盖尔·博纳维莉面对的将是穷追不舍的记者、好奇不已的同事和无尽无休的琐碎事务，一个小地方的警长职务就是如此定义的。所以，她选择了回家。

  在桑松县，所谓"家"对盖尔而言就是那幢她很中意的独栋住宅。总计为七个三角形的坡屋顶和门楣，前脸和两面侧墙外宽宽的门廊，丛生的杂草尚未完全遮蔽后花园昔日的秀丽。透过长期缺乏修剪的黄杨树的枝叶，再加上一定的想象力，盖尔还能依稀分辨出园子里雕塑了小猪和乌龟。还有一头驴，也许是一只羊，反正是农庄里某些动物的雕像。

  等手里有点剩余的钱，盖尔计划要做的最重要的事情就是修缮这个花园，让它恢复往昔的荣光。紧紧排在其后的预算项目，就是为她的起居室、餐厅、书房和三间空荡荡的卧室添置必要的家具。

  盖尔的这幢房子被人们叫作佩特罗别墅，是按照1915年建造它的那个家族的姓氏来命名的。从20世纪90年代开始，作为这个古老家族后裔的纳塔莉·佩特罗对自己孩子们的吁请不再有足够的关注，而是对电视里的传教布道节目表现出了狂热的痴迷。等到她的子女不得不申请法庭来干预这种局面的时候，发现他们可以继承的遗产已经从当年的近千万美金缩水到了近乎不剩分文的境地。

在盖尔眼里，这幢房子恰好符合她的愿望，就像是《梦幻街奇缘》里的娜塔丽·伍德梦想的房子一样。她痛快地接受了卖主开出的价格，几天后就办完了购房手续。已经过去八个多月了，雇请的工人们还在为了让屋里的水暖和供电设施与20世纪接轨而努力着，至于进入21世纪，那就免谈了。

盖尔购置佩特罗别墅给喜欢传播闲言碎语的人们提供了绝好的话题。一个领取公务员薪水的单身女人怎么会掏得起55万美金买一幢大房子？以后的装修又得花多少钱？当然了，盖尔的政敌们在流言蜚语的基础上编排了一些难听的故事。不过，也没有多少人当真相信盖尔竟然偷偷出售在地下室里提炼的毒品，或者说她为了获取脏钱而在保护那些毒贩。

她没对别人做任何解释，因为这和他们一点也不相干。她的父亲带领他所经营的一家独立会计师事务所成功地进军某个投资领域，他去世的时候给盖尔留下了一笔遗产。父亲的钱足以使她在投身于心爱的执法生涯的同时，不必遭受大多数特工和警官无法逃避的财务上的窘困和尴尬。不仅如此，她还凭借自己的才干对FBI内部的大男子主义传统提出了挑战。她不是一个男人，连女汉子也谈不上，小时候甚至都没骑过自行车。但是，为了得到人们的尊重和肯定，她在事业上付出了比那些站着撒尿的同事们多出三倍的努力，而一旦获得了一点成就，她又需要拿出一半的精力来对付某些嫉妒小人的攻讦。

被癌症折磨了十年之久的父亲去世后，盖尔在难以忍受的心理压力下离开了FBI。她当时觉得此生即便和执法的徽章道个永别也是无所谓的事情。然而过了一阵她就意识到，追踪和打击罪犯已经成了她的DNA的一部分，而且她具备这方面的本领。她听说了这里的民主党人希望物色一个称职的女警长候选人，而余下的事情，嗯——就那样发生了。

方圆十个街区左右的地方可以算作是桑松县的繁华地带，它们的景象适合于拍摄二战前大都市生活的电影。乍看见主街上林立的商铺和用纳税人的钱盖起来的公用建筑，你会觉得这就是美国梦的生动体现。实际上，尽管基础设施已达到了中等城市的水平，这里却依然浓郁地散发着一个乡村小镇的气息。盖尔挺喜欢这里的居民，可是在这样一个小地方充当执法者，她就不能允许自己与周围的人们过分亲近。每一个居民都是她需要去服务的主人，然而他们中的任何一个人在某一天也都可能成为她的警棍需要制服的对象。在桑松这么个小地方，接受邻里帮助和获取当事人好处之间的界限是不大容易把握的，所以她注意与人们保持着适当的距离。

　　刚把车开进自家车道，盖尔的手机响了。"我是博纳维莉警长。"她应道。

　　"下午好，警长。"听筒里传来了乐呵呵的南部口音。"我是州警察局技术分析室的马克斯·曼托尔。你还好吗？"

　　盖尔露出了微笑。她当选警长后已经与马克斯有过两次颇为愉快的合作。"你们这些家伙要是能给我提供点过硬的分析结果，我就能过得更好一点了。"

　　马克斯大笑着说："我就是想让你的日子变得好过点儿。准备做点记录吧，好吗？"

　　盖尔把记事册翻到新的一页，按下了笔杆上方的压簧。"准备好了。"

　　"好啊，我们对你们送来的地面痕迹做了分析。我先说说足印，因为它们对你的帮助大概是最小的。它们都是标准的意大利伐柏拉姆的鞋底，你可以在几十种不同牌子的鞋上找到这种橡胶鞋底。看样是靴子，很可能如此。这类靴子你在任何一家户外运动设备的专卖店都能买得到。"

　　"在军警用品店也一样能买到吧？"

　　短暂的停顿表明马克斯未曾想过这一点。"你是指那些枪迷常去的地方？为了打猎去买雪警背心的那种商店？嗯，我想在那儿

090

也能买到这种靴子。怎么着，你认为这个家伙是个警察吗？"

"不，我只是随便问问。你还发现了什么？"

"哦，我再说说轮胎的痕迹。这可是有点怪怪的，你知道吗？我们只发现了压痕，却找不到车辙的轨迹，就是说它仿佛是个来无影去无踪的东西。那些压痕也不大寻常——不是通常的小车或是卡车的那种轮胎痕迹。"

盖尔感到胸膛里涌起一股兴奋的热流。"你是说那是一架直升机？"

"猜对了。而且从它的轮距和在目前气候条件下的压陷程度看，我们谈论的是个很大的家伙。"

"关于这个'大'能说具体点吗，马克斯？像是越南战争时那种休伊直升机吗？"

"噢，天啊，不是的，没那么大。更像是欧洲航空器材制造协会目前推出的那种时髦的玩意儿。还有，休伊直升机起降用的是滑撬。我有个朋友是飞机发烧友，我让他根据它的轮距对比一下有关数据，看看能不能确定究竟是什么型号的直升机。他对结果不抱十分乐观的看法，但是试一试毕竟没啥坏处。"

盖尔看了一眼手中的记事册，问道："子弹有分析结果吗？"

"是的，而且你对地下室墙上那些弹头的判断是正确的，是那两个年轻人分别开的枪。一个用的是点38左轮手枪，另一个是点380自动手枪。哦，也许你能猜到，前门廊的一粒弹壳同样有那支点380的膛线印记。"

盖尔做了一些笔记，又问道："射中他们的那些弹头有什么结论吗？"

"目前还不行，"马克斯说，"在我对弹头做出鉴定之前，必须有人先把它们取出来。尸检还没结束呢，这可是一天里解剖三具尸体啊。感恩节的时候在厨房切开这么多的火鸡也是要费一番功夫的。"

噢，这种比喻可超出了盖尔的想象力。"还有别的吗？"

"当然了，我们化验确认现场的尿渍和粪便是人体的排泄物，但是目前也只是确认到了这个程度。我们也提取了一些令人产生兴致的指纹，不过都隔着一层手套。你这位杀手很棒，警长。如果我喜欢打赌的话，我敢说他在离开现场之前已经做了一番清理。"

盖尔用玩笑的口吻说："怎么回事，马克斯？亏得我知道你是我们一伙的，不然我会发誓，我从你的语气里听着你像是挺赞赏那个家伙。"

"嗨，不论是什么人，只要在他的领域干得非常专业，我都是很赞赏的。我在地下室一个小伙子的衣服口袋上发现了一种残留的纤维，在那个克里丝蒂娜·贝克的口袋上也找到了同样的纤维，是芳纶混合阻燃布料的。这个线索也能让你联系到军警的特种部队。我对你提过那些指纹，我认为他戴的是弹道尼龙布手套。如果你能找到那副手套，那上面一定会有许多与现场死尸相匹配的血迹。"

盖尔不禁笑出声说："我觉得他绝不是一个蠢到能让我找到作案用的手套的家伙。你还发现了什么？"

"这就是女人啊。不论给了她们多少，她们永远都不会满足，总是在索取更多的东西。"

"掌握的情况越多越好，马克斯，你说呢？"

"嗯，关于爆破品的残余物，我提供不出什么好消息。看来是使用了C4塑胶炸药。导爆索也很寻常，是太安材料的。你同时递上五十美金和一个眼神，就能在你家附近的任何一家材料工具商店买到这种东西。"

盖尔准确地记下了这些信息，又问道："起爆器呢？"

"你的这位朋友懂得如何摆弄这些东西。我估计他使用了某种遥控装置，现场发现了像头发粗细的一根细丝，可能是接收讯号的天线。不过话又说回来，只要在电器商店里找到合适的元器件，一个有这方面兴趣的十二岁孩子都能拼装这种东西。"

她继续记录着，电话里出现了一时的静默。"就这些了？"

"目前为止就这些。对于杀手射出的那些弹头，有了分析结果后我马上就告诉你。"

"我先做点预测，五对一的赔率。"盖尔说，"你在那些弹头上肯定找不到半点有用的东西。"

"听起来你已经有了一些推论。"

"干我们这行的就靠推论活着呢，马克斯。"

她关掉了电话，脑子飞速运转了起来。这是一个本领高超的顶级杀手，盖尔对此已不存任何疑问。他不是意大利黑帮雇来袭击对手的那种亡命徒，当然更不是摆弄兵器图个新鲜的那种枪械发烧友。他在一进一出桑松县的过程中显示了外科手术般的精确性，完成了任务，消灭了目标。盖尔同时还相信，这个杀手的行为是出于正当的目的——从已躺倒在帕特瑞农庄的那些家伙的手中救出某个受害者。

她重新拿出手机，用快捷键拨出号码，等待着杰西·克莱尔接起电话。

"你好，警长。"杰西应道。

"喂，杰西。我交给你个活儿。我从州警察局技术分析室了解到，我们关于那个枪手有可能是动用了直升飞机的假设是正确的。我需要你去找到那架直升机。"

"知道它在哪儿吗？"

"当然不知道。如果我知道它在哪儿，我就会自己把它找出来，独吞所有的功劳了。"盖尔希望她的声音能把她的笑容也传导给对方。"不过，我觉得找到它也不是一件完全不可能的事情。首先，让我们假定这位枪手不是本地人。"

"我肯定希望他不是我们的邻里乡亲。"

"直升机的飞行距离是有限度的，所以他一定是在一个相对不很远的机场租来了这个东西。"

"你打算让我给这些机场打电话？"

"正是如此，不过你先和我一道把事情想明白。据马克斯·曼托尔说，那架直升机比那些标准的 Maverick 直升机要大，这是第一点。还有一点，就是他使用飞机的时间。航站记录上能有几个在半夜租飞机的？"

"不会多吧，很难想象会有很多这种情况。"杰西说，"就我所知，大多数的直升机都是长期包租的，几个月，几年，而不是按天来租。那些富翁乐意花钱雇个全职的飞行员，但是不喜欢自己买飞机。养护一架私用直升机的麻烦事挺多的。"

　　"就是说比较容易，是不是？发现这架直升机的踪迹应该不是很难的。"

　　"也许不太难，但是对你说实话吧，我觉得这么也未必就很容易。我们怎么能确定他没有自己的飞机，或者他没有从朋友手里借了一架呢？如果需要用一下午的拖拉机，我是不会找地方去租它的，借邻居家的用一用就是了。"

　　盖尔的心头又涌起一股兴奋的热流，杰西的话触发了她的想象力。"他可能是借用了整个一架飞机？"她顿住了，反复琢磨着这种可能性，接着说道，"如果这个枪手是外地人，对他来说唯一的可能就是乘飞机来这里，是不是？"

　　杰西并不支持这种看法。"他也可以驾车，或者是坐火车。"

　　"但是如果他是飞来的，他乘坐的肯定不是民用航空的飞机。"盖尔继续按照自己的思路说下去。

　　"带着那么多的枪支和炸药，他根本无法登上民航飞机。只要有条狗闻出点味道，他的计划就全泡汤了。所以对他来说，更合理的做法是驾车来到这里。"

　　盖尔的语气很坚决。"我不这样看。这么大的一个举动，完事后他一定希望离开此地越远越好，越快越好，难道你不这么想吗？"

　　"我还是认为你这种推论不是很把握，不过它是值得我们去验证的。"杰西说，"我会给方圆一百英里内所有的机场打电话，看看会有什么结果。"

四月二十一日

13

　　乔纳森·格雷夫认为自己是幸运的，因为他睡觉时几乎从来不做梦。上帝知道，乔纳森经历过的那些事情足够他做一辈子噩梦了，不过到目前为止噩梦还没有来打扰他。乔纳森觉得这要归功于作息方式必须服从军令要求的那些岁月。当你几个小时甚至是几整天在前不着村后不着店的旷野里等待作战命令的时候，你就学会了淋着大雨也能眯上一会儿的本事，而且那种感觉就像是在沃尔道夫大酒店里睡了一整夜。

　　然而多姆对此却有他自己的见解，他对乔纳森生活中的一切现象都有自己的见解。多姆认为，普通人是出于摆脱噩梦的需要而惊醒过来，开始乔纳森恰恰相反——他是为了躲避冷峻的现实才陷入了沉睡之中。

　　今夜的电话铃声显得分外刺耳。没等挪动身体，乔纳森就知道它带来的准不是好消息。不过认真回忆的话，乔纳森也想不起有哪一次的电话给他带来过什么好消息，特别是这种午夜时分的铃声，成倍地放大了令人惊惧的感觉。他转过去看床头柜上的时钟，昨晚喝下的第八或是第九瓶啤酒让他的脑袋眩晕不已。映入眼帘的是 LED 屏幕上闪亮的数字 9:10。噢，原来早就不是什么午夜时分了。

　　他抓起座机的听筒，怨声咕哝道："如果不是真的有什么紧急情况，你就瞧好吧。"

来电话的是维妮丝。"对不起，我知道你现在多么讨厌被别人打扰，可是我必须给你打这个电话。警察正在找你。"

以为此刻仍是午夜，显然是错了。然而判定这个电话不会带来什么好消息，倒是再正确不过了。"警察找我？我干什么了？"乔纳森的声音透出了更大的火气，其实他是以此来掩饰心头突然感受到的压力。尽管乔纳森曾向托马斯·休斯潇洒地表示警察永远也无法追寻到他的踪迹，可在事实上，他对于同警方打交道一直心存特殊的疑虑。

"你什么也没干。"维妮丝说，"是有关爱伦的事。警察正在她的家里，那儿发生了不大好的事情。"

仿佛是有人扳动了开关，乔纳森瞬间清醒了过来。"她怎么了？"

"我不知道，警察不对我讲。他们把电话打到了办公室，我答应他们一撂下电话就和你联系。我这里有他们的联系号码。"

乔纳森翻身下床，说道："你给他们回个话，说我正在去那儿的路上。如果不堵车，我一个小时内会赶到爱伦的家。"没等维妮丝应声，他已把听筒摔回了座机上。

罗斯曼的家——也是爱伦的家——位于弗吉尼亚州维也纳镇一处山坡的顶端，占地足有两万平方米，完美地展现着蒂伯·罗斯曼张扬自负的个性。用地约五百平方米的殖民复兴风格别墅的建筑布局十分巧妙。在长达百米、蜿蜒曲折的私家车道上，人们只能隐约看到这幢小楼的部分身影，没等把车开到楼前就已充分体会到了它的尊贵。每当来到这里，乔纳森都不由得对房前一万多平方米的大草坪暗暗发出赞叹——可就在这片草地上，目前停放着各种各样的警用车辆。在距离别墅最近的步行道上，停着一辆大型的面包车，车身上有"罪案现场勘查"几个醒目的红字，还有"费尔法克斯县警署"的蓝白字样。

有六七位警察在房外忙碌着。他们警惕地注视着乔纳森把宝马M6开到草坪上那些警车的旁边。看到他们的手不由地接近枪套的样子，乔纳森想起了自己在伊拉克驻防的日子。对于想在部队的路障前面玩点花样的家伙，他开起枪来是没有丝毫犹豫的。

"我是乔纳森·格雷夫。"他踏上草坪，对迎着他走来的穿制服的警察们说道，"警官威瑟比要求我立刻赶到这里。爱伦·格雷夫是我的前妻。"

这么说话，警察们似乎是不会反感的。"威瑟比探员在屋里呢，"一个警察答道，"我去把他喊来。"他说着转身离去。

乔纳森跟在了他的身后。

警察立即停下脚，明显不高兴地说："等在这里，先生。我会把威瑟比探员给你请过来。"

"她是我的妻子，警官。我有这个权利。"

警察强调地指了指地面："在这儿等着。"

乔纳森第一次意识到，他也许应该找一位律师了，因为不论发生了什么，警方都极有可能把他当作是嫌疑人。

一个圆滚身材、大脑袋、脸上肉嘟嘟的男人走出了前门。他皱起眉头听着那个穿制服的警察说话，又顺着警察的指点看过来，与乔纳森的视线相遇在一起。他略微点了一下头，走下了台阶。在离乔纳森两步远的地方，他伸出手说："我是威瑟比探员。"他的声音十分刻板，不带一丝热情。这么多年来，乔纳森遇到过无数这样的蠢货，他们从来不懂得职业需要的威严同该死的装腔作势究竟有什么样的区别。

乔纳森握了他的手，并不惊讶地领略了对方用几乎捏碎骨头的力量所提供的礼遇。"我是乔纳森·格雷夫。这里发生什么事了？"

"你就是那个丈夫？"

"前夫。爱伦还好吗？"

"你最后见到她是什么时候？"

乔纳森感觉自己的血压在飙升。"这样好不好，警官，我对上帝发誓我会回答你的一切问题。但是此刻我需要知道的是，她是不是受到了什么伤害？"

威瑟比思忖片刻，点点头说："是的，先生，你恐怕说对了。

看来是有人在夜里闯进了屋子，她伤得很严重。"

乔纳森的愤怒迅速转换成了恐惧。"伤得有多厉害？"

"我不是医生，所以我不知道该如何回答这个问题。"

"她还活着？"

"是的。"

"而且她会活下来，对吗？"

威瑟比躲开了他的目光。

乔纳森感觉天地在旋转。"天啊，她究竟怎么样了？"

探员斟酌着答道："她被打得很凶。屋子里也让人翻了个遍。"

"怎么着？是不是她撞上了闯进门的不速之客，那个窃贼慌不择路，就对她下了手？"

"准确地说，不是这样，先生，完全不是这样。在我看来，袭击者是专门冲着她来的，而且干这事的家伙们是在寻找什么东西，并认为这东西是在她的手里。"

乔纳森努力理清自己的思路。"你是说，她遭受了拷问？"

威瑟比仔细观察着他的表情，说道："是的，先生，我说的是这个意思。我无法提供更多的细节，剩下的你只好去医院打听了。"

乔纳森朝自己的车转过身去。"哪家医院？"

"喂！"威瑟比喝道，"现在还不行。你需要回答我的一些问题。"

"难道我成了一个嫌疑人吗？"

"当然是的。你是她的前夫。除了她现在的丈夫以外，你在嫌疑人的序列里是排在第一号的。我还想问问，蒂伯·罗斯曼先生目前在哪里？"

对于这位警官的坦率，乔纳森在一定程度上是欣赏的，但是威瑟比的话仍然让他很生气。他说："还轮不上我来关心罗斯曼的去向。"

"听你的口气，我猜你并不是很喜欢他？"

乔纳森嗤之以鼻："你真会轻描淡写。我受不了那个该死的混蛋。你去法院略微打听一下就知道了。"

威瑟比等着他说下去。

"这五年来我们一直在打官司。不知为什么，他竟然认为他有权利得到我继承的一笔财产。"

威瑟比蹙眉说道："这么说你们之间的关系不睦。"

"你有幸见过许多亲如兄弟的前任和现任丈夫吗，警官？我们之间的关系当然不好。不过我可以肯定地告诉你，我们之间还不到行凶杀害对方的地步。"

威瑟比眯起眼睛打量着眼前的猎物，随后朝着房门摆摆头说："你进来吧。"

如果是在其他的日子里，踏进罗斯曼别墅的访客首先注意到的，肯定是闪亮的硬木地板和护墙板上那些复杂的装饰嵌条。这幢房子的设计目标，就是让来访者目眩神迷，而它的确也没有辱没过自己这种使命。

然而，今天却不同。映入眼帘的不是精巧华美的建筑和装修细节，而是野蛮残酷的肢解和撕裂。进门后的左侧是蒂伯·罗斯曼的书房，所有的书籍，那些让罗斯曼骄傲和快乐的法文和英文首版收藏文学作品，都从书架上抛了下来，有些书页已经扯碎了。深色皮沙发的坐垫都被割开了，长长的裂口里冒出了羽毛和其他的填充材料。房子里的其他一切地方同样都遭到了剧烈的破坏，如同是有人把这幢小楼底朝上翻了过来，又拼命地对它进行了摇晃。

威瑟比领头走在前面，仿佛他是这里的主人。他带领乔纳森经过主走廊，进入厨房，又拐了个弯来到了餐厅。警方将临时指挥所设在了这里。威瑟比指了指一把考究的软垫椅子："坐下来稳稳神吧。"他说。

乔纳森没有坐下。这倒不是他要彰显自己的某种原则性，而是他需要站立着更好地观察屋里的状况。"你们是在什么地方发现爱伦的？"

"楼上，在卧室里。"

"我要去看看。"

"我不认为你应该这么做。"

101

威瑟比沉重的语调是很说明问题的。"上帝啊，警官，他们究竟对她做了什么？"

这位警官透过鼻孔长长地吸进一口气，说道："想象一下你能想象出的最糟糕的情景吧，而且那实际上也是远远不够的。我干了23年的警察，格雷夫先生，却没见过这么可怕的事情。很抱歉对你说这些，不过她还没断气倒真是让我非常吃惊。"

乔纳森控制不住强烈袭来的一阵眩晕。他能想象出的最糟糕的情景，都是十分可怖的。他的脑海里浮现出了被割下了乳房的卢旺达女人，还有阴户里被人插进了刺刀的克罗地亚女人。但愿威瑟比对所谓"最糟糕的情景"的判断不是这个级别的。"她被强奸了吗？"

威瑟比旋即移开的目光已给出了答案。"我想是的，很残暴，是反复的蹂躏。她还遭到了一些酷刑，具体的细节我最好是不再说了。她身上还有被刀刺穿的伤口。"

有点站不住了，乔纳森强挺着坐到了威瑟比刚才指给他的椅子上。"什么人能干出这样的事？"

"所以我们才把你找来了。"

"看在上帝的分上，警官，你绝不会认为我与这件事情有什么关系。"

威瑟比的神情显得有点和缓了。"就像我刚才说过的，我不得不把你当作是个嫌疑人。可是就我的直觉而言，不，我并不相信这是你干的。能对我说说昨晚你在什么地方吗？"

"我和一个朋友喝啤酒来着。准确地说，他是个牧师，多米尼克·丹吉洛神父，是渔人镇圣凯瑟琳教区的。那是挨着北内克的一个社区。"

威瑟比做了记录。多姆肯定要接受警方的问询，乔纳森凭记忆报出了多姆的电话号码。

"先生，你自己的职业是什么？"威瑟比问道。

"我是个私人侦探。我经营一家私人调查事务所，斯鲁森调查所。我身上没带名片，不过我们的事务所是正式注册的。我们的办公地点就在我家那栋楼里。"

威瑟比又做了记录。"我没见过很多有钱买得起这么大房子的私人侦探。"显然,威瑟比对乔纳森的话不大信服。

"我生在一个有钱人的家庭。"乔纳森说。

威瑟比皱起眉头听着。

"我母亲的财产很多。她去世后,我父亲的名字就出现在了户头上。"

"你母亲的财产来源呢?"

这个问题大概同这位探员的办案一丁点关系都没有,不过如果拒绝回答只会带来更多的麻烦。"我的外公是做拆解回收废旧物资生意的。我父亲本来是他的雇员,在外公去世后父母接过了他的生意。"

威瑟比露出微笑说:"废旧物资?就像电视剧《桑福德和他的儿子》演的那样,当旧物商店的老板?"

人人都做出这样的联想,其实他们都错了。"我父母的姓是格雷夫诺。我父亲是西蒙·格雷夫诺。"

他的话引起了威瑟比的注意。"就是那个西蒙·格雷夫诺?"

乔纳森点点头。他父亲许多年来一直游弋在华盛顿政治圈的黑幕之中,是联邦大陪审团和许多独立检察官开展司法调查的一个最重要的目标。

"你父亲的钱是开旧物商店挣来的?"

"是拆解回收废旧物资,不是开旧物商店,"乔纳森说,"这是有区别的。"他没有补充指出的是,这个生意只是他父亲用来遮盖财富真正来源的一件合法外衣。

"如果他是你爹地,为什么你们的姓氏不完全相同呢?"

"他不是我的爹地,警官,他是我的父亲。这同样也是有区别的。"

"这我就不明白了。"

乔纳森耸耸肩说:"我们不是来这儿谈论我的童年的。你说爱伦被人拷打了,这实在是没有道理。我没法相信她和能干出这种事的人们能有什么瓜葛。"

"也许那些人真正的目标并不是她。"威瑟比提供了新的看法，"关于蒂伯·罗斯曼，你都了解些什么？"

"除了知道他是个混蛋，我对他并不了解什么。"这件事和爱伦所担心的罗斯曼的失踪有关吗？

"我们和他工作的那家报社联系了，"威瑟比继续说道，"可是那儿没有人知道他这一段的行踪。你知道他可能去哪儿了吗？"

"就像你大概已经看出来的那样，我们之间没什么更深的交情。他是绝对不会向我通报自己的旅行日程的。"

"这么说你知道他是出门旅行了？"

乔纳森忍住了自己的微笑。任何地方的警察都是一个样子，他们喜欢在仿佛不经意的话题中暗藏机关，随时准备着实现电视剧里神探可伦坡那种灵光一现的重大突破。"我可没这么说，警官。你说了他没去报社上班，所以我就推测他出门了，就是这么回事。你认为罗斯曼手里可能掌握着那些袭击者所寻找的某种情报吗？"

"我的脑袋里是产生过这样的想法。我还想到，罗斯曼夫人昨天给你打电话也许就是为了查找他的下落。"威瑟比的后面一句话中又设下了机关，而且它几乎就要管用了。好在乔纳森是玩这种游戏的老手，不然就会失去提防了。

"事实上，爱伦没有给我打电话，她给我的办公室去了电话，同我的一个客户经理谈了谈。她来电话的时候，距离罗斯曼的失联还不到24小时，而且我对罗斯曼的下落如何也确实没什么兴趣。不过我吩咐维妮丝，我的那个客户经理，查查他的信用卡记录，看能不能发现一点线索。"

"结果呢？"

乔纳森耸了耸肩。"我不知道。我被电话唤醒后立刻就来这儿了，这一上午还没打听这方面的消息。"乔纳森本人从事的就是分析和综合各种信息的行当，他相信上述这些都是很容易查证的信息，因此说出来亦无大碍。即使他想遮遮掩掩，威瑟比用不了几个小时甚至是几十分钟就能把这些情况查明白。至于其他的事情——爱伦开车从机场送他回家——就和别人不相干了。

"你了解罗斯曼先生有什么敌人吗？"

乔纳森皱起眉头问道："你知道他是靠什么来谋生的吧？"

"我知道他从事写作。"

"可是你并不知道他都写什么东西？"

威瑟比摇摇头说："我读的基本就是报上的体育专栏。"

"哦，你在那里边是看不到蒂伯·罗斯曼的文章的。他是一个为多家报纸写作的专栏作家，是一个扒粪记者，是一个专门毁灭别人的职业生涯和前程的杀手。他称自己为'调查记者'，换句话说就是以合法身份出现的流言蜚语传播者。他想说什么就说什么，如果说得不对了，他又拿出宪法第一修正案的新闻言论自由条款作为自己的挡箭牌。如果你把出于各种理由希望伤害蒂伯的人们排列出来，我估计你需要花上三个星期才能把他们都询问一遍。"

"他热衷于政治吗？"

"哪个记者不热衷呢？每天早晨醒来，他们就声称自己是天下最聪明的家伙，你不同意他们的看法，他们就在专栏上诋毁你。"

威瑟比的眼睛眯缝了起来。乔纳森读懂了其中的潜台词。

"噢，先放松点，警官。我等于是坦率地承认了我自己也有伤害罗斯曼的动机，如果你再努点力，你也许还会发现我有下手的机会。只不过，我没有真想这么干的愿望。如果你想让我坦率地与你交谈下去，你就得暂时搁置一下你对我的怀疑。不然的话，我会打电话请来律师，什么也不对你说了。你看怎么好？"

威瑟比停了片刻，答道："你可以坦率地谈下去。"

乔纳森研究着对方的表情。威瑟比完全可能是言不由衷，不过这也没关系。警方无论如何都要核实他说的每一件事实。只要他的陈述大体上符合真相，他就不会有什么麻烦。而且他越是做出一副合作的姿态，他就能越快地离开这个该死的地方，去医院待在爱伦的身旁。"谢谢你。"他说道。

"让我问问你另外的事情吧，格雷夫先生。那些袭击这幢房子的人寻找的目标，会不会就是你呢？"

这个问题令乔纳森一惊。"我看不出怎么会有这种可能。"

威瑟比翘起二郎腿,说道:"呃,你从事的是趴墙根的业务,对不对?私人侦探?你们这种调查事务所不就是趴墙根的吗?"

这实在是一种无端的挑衅。"我的客户当中包括保险公司和一些福布斯500强企业,他们出于这样那样的理由需要依靠我们来搜集有关的情报和数据。我从来不认为这是什么趴墙根。你怎么样?你是不是认为你自己是个专杀儿童的枪手呢?"乔纳森的回击指的是最近发生的一起事件。有位下班后的警察开枪击毙了一个在烘饼店偷了几块钱后驾车逃离的孩子。威瑟比脸上泛起的颜色表明,他的回击奏效了。

乔纳森站起了身。"你明白吗,威瑟比?我们结束了,我该去医院看看爱伦了。"警官攥住乔纳森的胳膊,想拦住他。如果换了另一种场景的话,乔纳森就会一拳击碎对方的下巴。

"等一等,"威瑟比说,"我很抱歉。我不该那样来形容你的职业。我也不明白我怎么会冒出这种话来。"

乔纳森拽出了自己的胳膊。"你并不是在随口胡说八道,警官。你如此形容我的职业,是有意要激怒我。你现在又道歉,是为了看看我平息情绪需要多长时间。很显然你是觉得这里只有你一个人读过心理学的那些入门课本。我一直在坦诚地回答你的询问,可是你却在和我玩警察的这套鬼把戏。我这个人从来不吃这一套,就这一会儿工夫你已经让我受够了。"

让所有从事私人调查的人们普遍深感痛心的是,警方从来都不屑于对他们表示出哪怕是一丁点应有的尊重。尽管这个领域里确实有不少滥竽充数的家伙,但是大多数的私人侦探都具有良好的专业素质。乔纳森能够一气儿列举出十余起案例,在这些案件中警方或者是忽略了重要的证据,或者是从未想过围绕某个问题开展调查,或者是干脆就搞错了办案方向,后来都是多亏了乔纳森的事务所同事们的补救才保证了办案的顺利。警察对他们的敌意,乔纳森确信,是植根于这样一个事实:一个在县警署干了半辈子的警察和一个刚进入乔纳森事务所的新手,两者领到的薪水竟然都差不多。

威瑟比站了起来，为的是和乔纳森的目光处在一个水平线上。他说："你的意见已得到了充分的重视。可是，你还没有回答我的问题。"

"关于那些坏蛋的袭击目标会不会是我本人的问题吗？我估计这种可能性也是存在的。任何一场官司都会有输家，由于我们调查所的介入而输了官司的人肯定都会不高兴的。"

"我需要拿到你的客户名单。"威瑟比说。他把目光闪开了，表明他心里明白这是一个不可能实现的要求。

"绝对不成。"

两人的眼神恢复了交流，却无半点的愉悦传递在其间。

"客户保密原则。"乔纳森解释道，仿佛对面的警官真不明白似的。"在你费尽心思同我争辩之前，你最好还是想到我不会在这方面让步，不可能对外泄露客户的信息，我会不惜为此把官司打到联邦最高法院。还有别的什么事吗？"

威瑟比查看手里的笔记本，然后抬起了眯着的眼睛。"罗斯曼夫妇有孩子吗？"

乔纳森点头说："爱伦有过孩子，是在她的第一次婚姻中生下来的。我是她的第二任丈夫。那是个男孩，名字叫凯尔。活到现在应该是12岁了。"

"听你的意思是他已经不在了。"人们总是不愿意把"死"这个字眼同孩子联系在一起。

"他在五年前参加夏令营时溺水了。"

威瑟比又做了记录。"是和家人一起参加的吗？"

提到这起事故，乔纳森心里更加沉重了。"不，是童子军的活动。他们划独木舟，船翻了。凯尔陷进了旋涡，人们没能及时把他救上来，结局很悲惨。"乔纳森不愿提及他当时派驻在国外的战场，没能给爱伦提供任何慰藉。

威瑟比做记录的时间拖得比实际需要的长，也许是为了表示对死去的孩子的尊重吧。"你和罗斯曼先生打的是什么官司？"他

107

停下手问道。

乔纳森叹了口气。他不喜欢有人深入地探寻自己的私生活。"说来挺复杂。"他说。

威瑟比同情地点点头说："法律官司通常都是这样。"

真见鬼。"这事关系到我继承的家产。你也许知道，我并不是父母双亡的孤儿，我父亲西蒙·格雷夫诺目前仍在政府的司法机构里做客。知道了情况不妙，自己将被抓进监狱后，我父亲就把他的财产的大部分过到了我的名下。倒不是他多么喜欢让我拥有这些资产，而是他不希望它们落在政府的手里。"

威瑟比挑起一道眉毛问道："多少资产？"

"不少。"

"七位数？"

"九位数吧，确实不少。爱伦和我当时是夫妻。弗吉尼亚不是一个实行夫妻共同财产制的州，可是蒂伯·罗斯曼希望——"剩下的他就留给威瑟比自己琢磨了。

警官有点不解地问道："这么说是你的妻子为此提起了诉讼？"

乔纳森摇头道："不，完全是蒂伯一个人干的。他闻到金钱的气味就像是鲨鱼见到了血。他有足够的钱让官司撑下去，我也有足够的钱不让他在诉讼中得逞。这么长时间里，负责打官司的双方律师可乐坏了。"

威瑟比默默地又记下几行字，然后抬头问道："他们还有什么家人是我应该了解的吗？"

"蒂伯有亲人住在纽约州的北部，我想是的。"乔纳森说，"一个妹妹。我也记不得我怎么会知道这事，但是这肯定错不了。我从没见过他妹妹家的人。我可以走了吧？"

威瑟比目不转睛地盯着他，说道："我能打听一下你的意图吗？"

乔纳森不禁一愣："你的话是什么意思？"

"我有一种感觉，你在琢磨着如何靠你自己的力量来伸张正义。"

乔纳森觉得应该给这位警官加一分，他的这一拳打得又准又狠。"如果你是在关心我会不会围绕这个案子独立开展一些调查，那么我的回答是，这不关你任何事。"乔纳森一边说着，一边穿过满目疮痍的起居室走向房门。

"如果你干扰办案，我就会逮捕你。"威瑟比在后边喊道。

乔纳森没有回头，只是挥挥手说："谢谢你的警告。"如果是他首先抓住惨害爱伦的凶手，轮到后来人发现的就只会是一团齑粉。

停在门外的车辆变得更多了。从房前的台阶上看去，乔纳森觉得有一辆雪佛兰堵住了自己的车。走到近前，他发现人家还是给他的车留出了足够的空间。乔纳森本想砸碎雪佛兰车窗，弄瘪它的车胎的那股火也就消下去了。

他打开车门，刚要钻进宝马，却听到身后有人喊他的名字。他转过头，发现一个不到四十岁、骨瘦如柴、衣冠不整的家伙跨出了那辆雪佛兰。根据外表，乔纳森明白这家伙是个记者。等他走近前来，乔纳森问道："我认识你吗？"

"您是格雷夫先生？乔纳森·格雷夫？"

"有话快说。要想惹我，今天可不是个好日子。"

那人停下脚步，保持了一定的距离。"我是《华盛顿邮报》的威尔·乔伊斯。我是否可以问您几个问题呢？"

"你是蒂伯的朋友？"

"是他的同事，如果不能算是朋友的话。"蒂伯·罗斯曼的为人处世能够让熟人如此含糊地描述彼此间的关系，这真是有趣的事情。

"你是怎么知道我的？"乔纳森问道。

"您曾经和爱伦结过婚，对吗？"

乔纳森微微一笑说："你先回答。你怎么知道我？"

乔伊斯低头看着双脚，显然是内心有点矛盾。接着，他又显然是拿定了主意。"那好吧，"他说，"蒂伯提到过您。"

"在什么样的语境下提到我的？"

乔伊斯斟酌着词句说："让我们这么说吧，您算不得是他喜欢的一个人。"

"为什么你要在意这种事？"

"我在意的不是这个。我在意的是，到现在他早应该和我联系，可是我还没得到他的任何消息。我经过他的家，却发现了这一切。他是死在家里了还是怎么了？"

"没有，不过我的前妻被人伤害了。而蒂伯明显是已经下落不明了。"

乔伊斯露出了震惊的神色。"你不会是说他和这事有关吧？"

乔纳森只是耸了耸肩，然后他仰起头问道："为什么你惦记着听到他的消息呢？"

"他正在写一篇报道，明显是很吓人的那种东西。"乔伊斯迟疑着说，"事实上，他写的内容和您有点关系。"

"关于我的什么事情？"

乔伊斯摇头道："我只是几天前看到他在网上搜索您的情况。"

噢，这不是什么好事，乔纳森想。

"对我来说这可是一件新闻，乔伊斯先生。"乔纳森说。

"这么说您也不清楚这里发生了什么事情，是吗？"乔伊斯朝着房子点下头问道。

"我不是警察，你去问他们才对。我现在去医院看爱伦。"他不明白为什么要和对方分享这样的细节，他为自己这么做感到恼火。

乔伊斯把手伸进胸前的口袋，拿出了一沓名片。他抽出一张递给乔纳森说："如果你需要和我联系——"

"我不会的。"乔纳森说。

"不过，万一呢？"他一直举着那张名片，乔纳森别无他法，就把它一把抓过来，看也不看，塞进了衬衣口袋。乔纳森正要坐进车椅，就听乔伊斯补充道："希望她一切安好，格雷夫先生。"

乔纳森关上了车门。

14

　　弗吉尼亚州的费尔法克斯县是抢救濒危伤员的一个理想的地方，这在很大程度上要归功于非盈利机构艾诺瓦集团在这一地区推行的医疗保障系统。如果把这个系统比作一顶王冠的话，费尔法克斯医院就是它上面的一颗璀璨的明珠。坐落在离华盛顿特区咫尺之遥的盖洛斯大道上的这家医院里，聚集着医学所有专科的最优秀专家，从神经科到心脏科无不如此。而它的创伤中心令人称奇的治愈率，能和世界上任何一家顶级的医疗机构相媲美。

　　乔纳森·格雷夫明白这一切。他此刻坐在抢救室的门外，旁边还有十多个其他患者的亲友。大家都惊恐不安而迫不及待地想听到一点好消息，而结果却大多是相反的。在这种时刻，创伤中心以往的神奇治愈率也就显得没有了太大意义。这里的大多数医生看着仍然像是医学院的学生，说起印巴语来似乎比英语更自在，这也让人心里不是很踏实。

　　多姆在陪着他。乔纳森在车上给维妮丝打了电话，维妮丝又转告了多姆。三个小时过去了，手术团队依然在爱伦身旁实施抢救，没人有空来搭理他这个当前夫的。

　　"你怎么样？"多姆问他，声音低得简直成了耳语。

　　乔纳森只是用目光做了答复。他不相信自己的声音还会正常，他肯定也不相信血管里正在奔涌的热血不会失去控制。干出了这事的那些畜生将付出代价。昂贵的代价。他要对这些家伙穷追不舍，直至捕获和杀死他们。不，这还不够，他还要对他们鞭尸扬灰。

"丢掉你的那些念头，迪格。"多姆低语着，两只眼睛似乎要穿透乔纳森。"你不是个刺客，不是个以暴易暴的黑帮杀手。你自己说过这话有千万遍了。"他小心地控制住音量，不让近旁的其他人听出他在说什么。

乔纳森迎视着多姆的眼神。

"我知道你在想什么。你咬紧的牙关没说出来的东西，都通过你燃烧的眼睛说出来了。"

乔纳森打算保持沉默，到头来还是没忍住。"他们折磨了她，多姆。"

"是的，他们是这么干的。"

"我不能只是眼看着他们这么干。"

"可是你也无法改变已经发生了的事情。"

乔纳森愤怒地发出哼声说："我肯定有办法为她报这个仇。"

"你这是在气头上说话。"

"我在气头上干过一些最漂亮的事情。"

"不要胡扯了。"

乔纳森向后扬起身子，略带嘲弄的口吻问道："你对我干的工作知道多少？"

"我知道的足够我认定你很专业，而如同所有的专业人士一样，你也明白人们在情绪十分激动的时刻无法做出正确的决定。"

乔纳森靠在硬邦邦的椅子上，用手掌按着自己的眼眶。"我们换个时间再谈这些好吗？"

"打扰了，是格雷夫斯先生吗？"

乔纳森迅速转过脸去，看到一位医生正在朝他们走来。他穿着这种场合必不可少的一套绿色手术服，看上去岁数比乔纳森的那双鞋还要小。形容他的肢体语言的最准确的词汇，应该叫审慎。乔纳森站了起来，多姆紧紧地挨着他。

"我是格雷夫。"乔纳森纠正后问道，"您是爱伦的医生？"

"马尔姆斯特伦医生。"年轻人说着，目光转向多姆。

"这是我的朋友。他是一位牧师。"乔纳森说。

多姆自我证实道："多米尼克·丹吉洛神父。"

"很高兴见到您两位。请坐吧。"马尔姆斯特伦朝那些硌屁股的椅子做了个手势，自己则拉过其中一把转过来，倒着骑在椅座上，两臂交叉着搭在了椅背。这种姿势不是传递好消息的时候用的。

"她还活着？"乔纳森问道。

"是的，她活着。"马尔姆斯特伦答道，表情却一点也不轻松。"但是，她的伤势非常非常严重。我们对她实施了重症监护，不过对你们说实话，我真的不知道她挺过来的概率有多大。这在很大程度上取决于她的体能如何，同时也取决于她全身的失血点是否被我们完全止住了。我们觉得是做到了，不过她的浑身内外都有大量的出血，所以目前还很难说。"

乔纳森努力去理解医生的这些话语，同时感到愤怒正在自己的体内沸腾。"麻烦您从头说起吧，医生。麻烦列出她都受了哪些伤好吗？"

马尔姆斯特伦一边搜索着词句，一边向站在旁边的多姆瞟了一眼。"嗯，您知道她遭到了强奸，是不是？"

乔纳森点点头。"警察告诉我了。"

"哦，许多生理器官和组织被毁坏了，造成了大量的失血。"

多姆伸出手握住了乔纳森的臂膀。

乔纳森觉察出自己的脸变得滚烫。威瑟比判定"最糟糕的情景"的标准看来与他大体是一致的。他提到爱伦经受了拷打，事实上这些家伙是用魔鬼的手段蹂躏和折磨了她。"还有什么？"乔纳森问道。话刚出口，他就意识到自己并不愿听到答案。

"手指和脚趾都折断了，两腿的胫骨骨折，肝脏和肾脏遭到暴力击打严重受伤，多根肋骨骨折，伤处太多了，先生。"

"头部有创伤吗？"

马尔姆斯特伦移开目光，点点头说："是的，先生。头部遭到

113

了硬物的重击。"

"天哪！"乔纳森粗重地喘息着，用自责的目光掠了多姆一眼说，"我实在是无法想象。"

马尔姆斯特伦没有作声。这时候他们还能说什么呢？

"接着说吧。"

马尔姆斯特伦开始了长长的独白，详尽地说明了治疗方案和下一步继续开展手术的必要性。他比喻爱伦将在黑暗的隧道里滞留很长时间，穿过隧道无论如何需要几个星期。听着他的讲解，乔纳森的念头却转到了其他地方。该死的蒂伯·罗斯曼究竟干了些什么，竟然给自己的家里引来了这样一群恶鬼？

找到蒂伯，这是眼下的关键。乔纳森突然间希望这位医生尽快说完，以便他抓紧和维妮丝联系，看看她是否已有了什么发现。说来也巧，乔纳森的手机响了起来，来电的正是维妮丝。乔纳森接起电话，马尔姆斯特伦露出了被冒犯的不悦。

"喂，迪格，她怎样了？"

"很糟。"他说，"我们在这里了解到了她的具体伤情。"

"喔，一旦你在那儿能脱开身，就请你马上回到办公室来。"

"怎么了？"乔纳森不喜欢她的语气里透出的惊慌。

"不在电话里说了。"

"至少告诉我究竟是哪方面的事情好吗？"

维妮丝咕哝了一声，说出了她了解的情况。说得不多，但是足够了。

乔纳森按掉手机，站了起来。"医生，我必须离开了。"

马尔姆斯特伦仿佛是挨了一记耳光。"您说什么？"

多姆随着也站起来，却是一脸的迷惑。"是啊，你说什么？"

"我必须赶回事务所。出现了紧急情况，我得马上去处理。"

"现在吗？"多姆问道，为乔纳森的失礼而吃惊。

"就是现在。"乔纳森向医生伸出手说，"马尔姆斯特伦医生，这么匆忙地离开，我很抱歉，不过没有办法。谢谢您对爱伦的照料。我欠着您的。"他对多姆点点头，"也谢谢你，多姆。我很快会告诉你是怎么回事。"

多姆吃力地跟着乔纳森急促的步伐，轻声问道："你这是去哪儿？"

"我说过了。"

"你说有紧急情况。办公室能有什么样的紧急情况？"

乔纳森没有放慢脚步。"维妮丝发现了蒂伯·罗斯曼的下落。他死了。"

15

　　原消防站小楼的第三层全部属于斯卢森调查事务所。这里看上去与其他那些目前流行的办公区没什么两样，一块块隔开的格子间很像是兔笼子。乔纳森雇请的17位调查员——他们的名片上印的都是事务所的合伙人——每天在这些格子间里忙碌8到10个小时。他们各自都有一些助理，而在乔纳森眼里，这帮助理才是整个事务所里最辛苦的群体。资深调查员在宽敞一点并且靠近窗户的格子间办公，资历尚浅的调查员和助理们只能待在依靠日光灯照明的小隔间里。而有谁若想对着乔纳森来抱怨这种等级差别，那可是找错人了。

　　这里的行政主管办公套间是十分豪华和便利的，他对此没有丝毫的不安。

　　也许是由于长年在沼泽和沙漠经受过战火的洗礼，乔纳森喜欢豪华和便利。而且既然他是事务所的主人，他就尽可以按照实际的需求来装备这个地方。不过说白了，这句话的意思大体上就是，维妮丝说她需要什么就给她提供什么。

　　乔纳森让多姆先迈进了这套布满了高科技装备的行政主管办公室。从电脑的软件和硬件，到电话通讯和复印设备，这里的一切都是最先进的，简直让人目眩神迷。这要感谢维妮丝，依靠她的才能，在这套办公室里事实上可以追踪到任何一个敲过电脑键盘的人，而一旦盯住了某个人，他们就能一览无余地掌握这个人的生活的各个侧面，挖掘出常人做梦也无法想象的各种细节。乔纳森对这些设备的功能大都搞不清楚，这让他有时难免产生挫折感。不过，他的专长是调度人的资源，操纵电子设备之类的事情就交给别人好了。

只有三个人使用这套设在楼层角落的行政主管办公套间：乔纳森本人，维妮丝，还有鲍克瑟（如果他没出门的话）。每个人的办公室都是40多平米的相同面积，装修风格则随各人的喜好而不同。乔纳森的房间带有绅士俱乐部的情调，而镀铬板材和玻璃是维妮丝房间的主基调。在她的办公室里，一切都是整洁的，顺眼的，井井有条的，几乎到了不可思议的程度。

听到脚步声，维妮丝转过脸，看到他们便站了起来。她从写字台后面绕过来，张开双臂拥抱乔纳森说："我为爱伦感到难过。"

乔纳森接受了她的拥抱，却只用一只胳膊回抱了她一下。他从来不是一个情感过于外露的人。"谢谢你。"他说。

维妮丝松开胳膊后问道："他们说她怎么样了？她会好起来吧？"

"他们也不知道会怎样。"乔纳森说。他对维妮丝转述了和医生交谈的内容，得出结论道："我们现在能做的，就是找出伤害她的那些混蛋。"

维妮丝和多姆交换着目光，脸色沉了下来。"我们不做报私仇的事情，迪格。"

乔纳森只当没听见，问道："关于蒂伯·罗斯曼你都发现了什么？"

"不，不。"维妮丝摇着头说，"我们和这种事是不沾边的。我可不想当那种替天行道的民间执法人。"

乔纳森瞪了一眼多姆，说："噢，这都是你教她的吧？"他转过来看着维妮丝，催促道："说说蒂伯。"

维妮丝犹豫着，似乎是在判断她自己是否已有了接着做下去的准备，然后走回了写字台。他们两个人跟了上来，她发出嘘声让他们回到写字台的对面。"坐在那儿，你们两个都坐下来。"

乔纳森站住了。显然，维妮丝打算制造出某种戏剧效果，而且她不想匆忙地投入表演。他等着多姆选了一把镂空椅背的黑色皮椅坐下来，然后把自己安顿在了另一把椅子上。

"你要求我找出蒂伯的下落，"维妮丝开始说道，"我决定从他的信用卡着手进行调查。两天前的夜里，蒂伯用他的维萨卡住进了辛辛那提市郊罗德维汽车旅馆。"

乔纳森挑起了眉毛。他原本认为蒂伯·罗斯曼是个更喜欢住在丽思卡尔顿的家伙。"你给那家旅馆打电话了吗？"

维妮丝的表情显得有点受伤，嗔怪他竟然把这样的问题都提出来。"当然了。据那里的员工说，他的车仍然停在院子里，可是蒂伯却不在房间。他没办退房手续，所以在旅馆服务台的那个年轻人看来，他仍然是个随时会回到旅馆的房客。而我不这么想，如果是那样他早就应该给爱伦去电话了。于是我做了点更深入的调查。我进入了州际罪案信息中心的数据系统，对那片区域的情况进行了搜索，包括俄亥俄州、肯塔基州、印第安纳州，甚至还有伊利诺伊州。"

乔纳森知道，这个州际罪案信息中心是在911事件后建立的，目的是让各地的司法机构彼此了解罪案侦查工作的进展，及时掌握相关动向，有效地识破和制止犯罪活动。在这个信息中心建立之前，唯有等到形成正式的侦查结论并提出指控时，警方才可能将异地的某案与本地的一案联系在一起。而如今，各地的警方能够及时地互相了解正在侦查过程中的案情，中心的超级计算机能够通过对于作案方式和证据类别的比对寻找出其中具有的共同特征。尽管这套系统还不尽完善，然而在各地警方的眼里它的价值变得越来越难以估量。为了防止网民不经意间的窥测和黑客的恶意侵入，这套系统里的各种信息都是高度加密的。

而维妮丝却在电脑上找到了一种人不知鬼不觉地出入这个数据库的办法。

她继续说道："我已经有了明确的时间范围，所以我就没有考虑搜索内容的总体规模。"维妮丝的语速很快，跳动的韵律显示出了她的兴奋。乔纳森装作明白了似的点点头，等着维妮丝说出点他能听懂的东西。

"在哥伦布市的郊外斯巴达镇的垃圾场，人们发现了一具尸体。"

"那儿好像离这里有一百多英里。"

维妮丝扬了扬眉毛说："没错。根据数据库的信息，这是个五十多岁的男人，死前遭遇过酷刑的折磨。"

"什么样的酷刑？"

维妮丝试图表现得很淡定，然而无法掩饰对她自己的侦探才干所怀有的得意之情。"我给斯巴达镇的警署打了电话，向他们提出了同样的问题。一般说来，这种案子都是被州警察局拿过去负责的，不过我认为同小镇的衙门口打交道我的运气会更好些。我找到了一个叫谢蒙的警官，他说——"

乔纳森举起一只手，觉得自己像是穿越到了初中时代。"谢蒙警官？"

"别像个小孩子，好吗？①"

"我只是想，有这么个名字的家伙一定是挺难对付的。"

"就是用来对付你们这种人的。有人用钻头钻透了蒂伯的膝盖骨。"

打趣的氛围登时烟消云散了，取而代之的是不可名状的恐怖。活跃了数十年的爱尔兰共和军落下了一个残忍的名声，重要的原因就是他们喜欢用子弹击碎反对者的膝盖。谁与他们作对，他们就用这种方式给对方造成极度的疼痛和终身的残疾。然而，子弹的伤害至少是在瞬间完成的。用钻头缓缓地、无情地钻透活人的肌肉和骨骼组织，能干出这种事的只会是一群真正的畜生。乔纳森意识到，今天他已经是第二次用"畜生"这个词来形容从事暴力犯罪的家伙了。如果维妮丝搜索发现的那具尸体真的是蒂伯·罗斯曼，那就毫无疑问，闯进家里袭击爱伦的那些人确实是企图找到某方面的信息或是口供。不过，为什么连爱伦也要受到折磨呢？

---

① 警官谢蒙的英文名为 Semen。semen 一词同时有精子、精液等含义。

119

在乔纳森看来，蒂伯·罗斯曼不像是个挺得过酷刑的家伙。"你怎么能肯定你那具尸体是他呢？"他问道。

维妮丝翻着记事本答道："蓝眼睛，棕色变灰的头发。左手无名指和小指的指尖缺损，是陈年的旧伤形成的。"

听到最后一句话，乔纳森大声呼出了一口气。蒂伯在小时候放鞭炮时发生过事故，手上受了伤。肯定是他了。"警方知道死者是谁了吗？"

维妮丝否定地摇头，又说："而且他们也不知道我已经了解死者的身份。警官谢——那个警官对我说了这些情况，因为他以为我是一名记者。"

乔纳森眯起了眼睛。这个伪装的身份再糟糕不过了，因为警察憎恨记者胜过了憎恨纵火犯。

维妮丝认输地说："噢，倒不是由于我是记者，他对我说这些，是因为他挺愉快。"

"哦？"

维妮丝笑道："我不得不打了两次电话。第一次，他让我去找负责公众舆论的部门，说完就挂断了。我当然不会按他说的做。于是我上了网，果不其然，霍雷斯·谢蒙警官有自己的网页。我用三分钟时间完成了浏览，又给他打去了电话。这次我的语气里带了点恳求，而且我对他说，我明白他是个非常标准的男子汉。"

乔纳森觉得有点不可思议。"就因为你称赞了他的网页，他就向你提供了信息？"

"当然不是，你真是白痴。我没对他说有关网页的事情。网页只是让我了解了他长的什么模样。我顺藤摸瓜，大讲在一次交通事故的报道中如何得到过他的真诚帮助，如果这次还能得到他的一点帮助将是最愉快的事情。"

乔纳森明白了。"你运用了你在电话聊天中的性感魅力。"

她的脸红了，眉毛再度扬了起来。"我们还定了下个星期六在一起约会。"

乔纳森乐了起来。"在俄亥俄州的斯巴达镇？"

维妮丝带着满面的笑容答道："呃，是在哥伦布市区里。我们在电话里聊着的时候，我在电脑上调出了那里的书店名录和简介。我发现在日耳曼小村有一家名叫楼阁的书店，下周六的7点钟我们将在那里见面。"她说着，忽然又抬手亮出了一块比邮票还小的蓝色塑料卡。"还有一件事。蒂伯·罗斯曼给我们寄来了邮件，是今天送到的。这是存储芯片，也可以说是现代意义上的胶卷。"她解释道。

乔纳森和多姆同时向前探身，想看个仔细。

"这里存储着一份压缩的视频图像，"维妮丝继续说，"像是一部小电影。我到现在还没来得及打开看看。"

"这么说我们恰好赶上了首映式。"

她把电脑屏幕向他们转过来，点击了鼠标。

乔纳森和多姆都往前挪了挪椅子。

多姆问道："它的文件名能提供一点线索，告诉我们里边是什么内容吗？"

"它根本就没有什么文件名。我不得不把它存入我的个人文件，并在目录里给它标了个代号，以便识别和查找。我过去是否提到过迪格付给我的薪水太少了呢？"

21英寸的平板显示器闪动了起来。每个人都聚精会神地盯着屏幕，不知上面究竟会出现什么。屏幕的中央确实出现了画面，但是被浓重的阴影笼罩着。"你能让图像变得清晰一点吗？"乔纳森问道。

"现在不行，"维妮丝对他说，"我们看的是原始画面。我拷贝它以后可以试试提高画面的质量，不过我也不抱太大的指望。这是在夜间拍摄的，我不能在事后把现场并不存在的光亮凭空创造出来。"

乔纳森翻了翻眼睛，靠在了椅背上。

"看着像是一间空房子。"多姆说出了乔纳森的想法。图像实在是难以辨认，极弱的照度，使用的也许是黑白摄像头，像是在室内拍摄的，不过对屋子里的状况也未能提供更多的细节。

"用的是隐形摄像设备，你们说呢？"乔纳森问道。

"我想是的，"维妮丝说，"光圈的孔径，还有图片的颗粒度，都表明这是隐形设备拍摄的。"

"把它装在普通眼镜上面吗？"多姆问道。

乔纳森说："可能安装在眼镜上，也可能是在公文包当中，还有可能在手表里，或者说任何地方都有可能。"

"有声响吗？"多姆问。

维妮丝查看屏幕的图符。"音量已经放到最大了。"

"能猜猜这是怎么——"

乔纳森的话被视频里传出的开门声打断了。屋子里开始有人影晃动了。一个男人的声音说："他们到了。"

"这是蒂伯·罗斯曼。"乔纳森喊道，"我听出了他的声音。"

屏幕上的影像随着摄像头的移动而跳荡着。"很高兴你终于赶到这儿来了。"又一个人的声音通过电脑的扬声器传了出来，"这是谁？我说过要你一个人来。"

接着是第三个人的声音："这位是蒂伯·罗斯曼，《华盛顿邮报》的专栏作家。他到这里是为了帮助你进行宣传。托马斯在哪儿？"

"你应该一个人来这里。"

"你应该把我的儿子带来。"

短暂的静默。"别急。"后来的那个人说道。摄像头朝这个刚刚到达的家伙迎了过去，可是角度却不好，所以他们在屏幕上只能看到这个人的胸膛。他穿着运动外套和敞领的衬衫。他旁边还有一个人，穿得也差不多，只是多系了一条领带。从系领带这个家伙的身体姿势，还有他站得离旁边那人特别近这一点来判断，乔纳森觉得他可能是个保镖。乔纳森听见穿敞领衬衫的来人说道："谢谢你这么配合我们，休斯先生。还有，欢迎你，罗斯曼先生，我一直是你的大作的忠实读者。"

"停！"乔纳森命令道。维妮丝立刻用光标点击了暂停键。她和多姆看来都吓了一跳。"他称呼另一个人为休斯先生。"乔纳森说。

122

维妮丝和多姆都皱起了眉头，不约而同地问道："那怎么了？"

"我刚刚营救了托马斯·休斯。他们谈到'托马斯在哪儿'，接着又说'谢谢你，休斯先生'，这说明这些人和我的那个行动有关。由于某种原因，这一切事情都联系在一起了。"

维妮丝露出了惊恐的表情。不论从哪个层面来说，这都是一个骇人的发现。最重要的，是不应该有任何外人了解乔纳森作为"猛蝎"所扮演的真正角色，特别是不能让蒂伯·罗斯曼这个喜欢搬弄是非的华盛顿记者有所察觉。如果遇到了来自外部的不适当的关注，斯卢森调查事务所最具有盈利空间的那部分业务将陷入停顿，而且它的总裁乔纳森也可能身陷囹圄。

如果乔纳森是正确的，如果蒂伯确实以某种方式与这次的人质营救行动产生了关联，那就是说有人用精心策划的谎言炮制了这一切。如果知道是有人希望借他的手来给蒂伯·罗斯曼制造祸端，乔纳森肯定是不会接下这次行动任务的。乔纳森想起在爱伦家的草坪上那位记者提到了蒂伯正在写作的一篇东西。

"会不会只是一种巧合？"多姆问道，"他们不会真的知道你就是'猛蝎'吧？"

"不会有这样的巧合。"维妮丝代替她的老板答道。当然他们也有可能是庸人自扰，这个世界上从事人质营救业务的民间机构毕竟只有不多的几家，外界很少能掌握其中的内幕。但是几方面的因素这么紧密而奇妙地联系在一起，就很难把它看成是件偶然的事情了。

"接着放吧。"乔纳森向屏幕点点头说。

摄像头朝下低了下去，乔纳森估计是蒂伯听到对方的夸赞后低头致谢。当摄像机的角度重新扬起时，乔纳森他们第一次看清了后到的这两个人的面孔。穿着敞领衬衫的家伙带了点学者的气质，很瘦，变得灰白的胡须，垂肩的长发。乔纳森感觉他的模样像是个校园反政府示威活动的组织者。旁边那个系领带的家伙，乔纳森恍惚觉得在什么地方见过。矮小，粗壮，体格像是举重选手出身。他的右眼皮上下贯穿着一道难看的伤疤。

"再停下来。"乔纳森说。

这一次维妮丝没有动。"明白,我过后放大他们的照片,用面孔识别系统对照一下。"她说。

她读得懂乔纳森的心思,喔,这挺可怕。

那个学者模样的人问道:"你答应过要带来的那个物件呢?"

"我们带来了。"斯蒂芬森·休斯,也就是托马斯·休斯的父亲,回答说,"不过,在我见到我儿子之前,你休想得到它。"

"事情不是这样运作的,"学者说,"整个过程不能由你说了算。"

"见不到儿子,我就不能给你那个物件。"

"康格先生,我们都还是通情达理一点才好。"蒂伯说道,"他已经按照你的要求做了所有的事。"

乔纳森轻声喊道:"维妮丝?"

维妮丝强调地点点头说:"明白,他叫康格。我会调查的。"

康格说:"并非如此。我们商量的条件是,你先提供那件证据,然后我把儿子交给你。"

"交出证据,他就没有了任何可以讨价还价的筹码。"蒂伯说,"当我的报道发表时,先生,你肯定是不想让人把你看成是那种一般的绑架者,不想让人说成是个无赖。你希望自己被人理解为是不得不寻此下策的一个正经生意人。你不交出孩子,可无法树立起这样一种形象。"

"但是,交易不能破了规矩。"康格说。

"你想得到的不过是个没有生命的物件,"斯蒂芬森·休斯说,"而我要的是一个活生生的人,是我的儿子。两者之间是无法同日而语的。"

"你手里的那个所谓'物件',"康格纠正说,"关系到成千上万人的生命,休斯先生。"

突然响起了手机的铃声。乔纳森伸手去掏自己的手机,随即意识到铃声是从视频里传出来的。

"不要接电话。"康格说。

摄像头照到休斯的手伸进了口袋。

"我说了别接电话。"

"我就看看是谁的来电。"休斯道。稍做停顿后，他又说："谢天谢地，一切都好了。"

话音未落，画面急剧晃动起来，扬声器里传出家具摔地的声音。

"举起手来。"斯蒂芬森·休斯命令道，"想活命就别动。"

视频的画面聚焦在那个学者和他的伙伴目瞪口呆的神情上。他们举起了手。

"你疯了吗？"康格道。

"你的儿子已经死了，"眼皮上有伤疤的家伙第一次开口，"你再也见不到他了。"

"说这话已经迟了。"蒂伯·罗斯曼说道。乔纳森听得出已经听过无数遍的蒂伯那种扬扬得意的口吻。"刚才这个电话证明他的儿子已经安然无恙了。这盘棋你输了，康格。"

"而且我们把今天的场景都录下来了。"斯蒂芬森补充道。

"别什么都说，斯蒂芬森。"蒂伯喝道。

"你们打算怎么着？开枪杀死我们吗？"伤疤脸问道。听着他的声音，乔纳森越加确信自己曾经和这个家伙打过交道。

"不，我们想看到你们被当局逮捕。"斯蒂芬森说，"现在，我命令你们把枪放到桌子上，动作要慢。"

起初没有人动弹。稍后，随着伤疤脸认输地点点头，他们两个人都从运动服口袋里掏出手枪，摆到了桌面上。伤疤脸只动用两根手指便完成了这番表演。

"站到一边去。"斯蒂芬森说道。那两个人照做了，并重新举起了手。

随着蒂伯走近桌前然后离开，摄像头晃动了起来。现在屏幕上已不见了武器——桌子上没有，其他地方也没有。也许是蒂伯把两支枪抓在了手里，不过从视频上看不到。

"放规矩点。"斯蒂芬森说，"我们马上就离开。如果你们敢耍什么花招，我立刻就毙了你们，明白吗？"

"我们明白。"伤疤脸答道。

乔纳森皱起眉头。事情不对头。伤疤脸——那个打手——表现得过于顺从了。"噢，天啊，"乔纳森不禁喊出了声，"他们留着后手呢。"

蒂伯转脸时视频画面也突然移动了。乔纳森他们第一次瞥见了斯蒂芬森·休斯。他的臂膀伸出，两只手握着一支左轮，给乔纳森的感觉是受过使用武器的训练。画面持续地移动。门开了，光线变得更暗。这些人来到了深夜的户外，画面上黑乎乎的看不见什么。

"我会试着对影像做点处理。"维妮丝这次主动说道。

"让我们离开这儿吧。"这是蒂伯的声音。他的嗓子由于紧张而发紧。

维妮丝的电脑扬声器里传出人们走动和喘粗气的声音，画面一直在晃动，可是拍下的仅仅是一团夜色。忽然他们听到了汽车的开门声，屏幕上刷的出现了一片刺眼的光亮。随着车门关上，光亮又消失了。汽车的引擎发动了。

"事态马上要变糟了。"乔纳森预测道。多姆和维妮丝似乎没听明白，他也没想做什么解释。

随着副驾驶一侧的车门打开，视频里又出现了一片光亮。乔纳森他们在画面上看到的只是斯蒂芬森·休斯按在仪表盘上的一只手。他一边坐进车里，一边喊道："快走！快走！"

引擎轰鸣着，车厢里却突然出现了混乱。窗玻璃的破碎声，子弹的火光，伴随着清晰而不大连贯的枪响。

"有人朝我们开枪！"

"妈的！快点——"

屏幕变得漆黑一片，扬声器也悄然无声了。什么都没了。

"你碰哪儿了？"乔纳森厉声责问维妮丝。

"我什么也没碰。"维妮丝也随着他的语气大声喊道。

"视频怎么看不见了？"

"就是这些，"她回答，"这就是视频的结尾。"

"就这些？说没就没了？"

"看来如此，这就是存储卡里的全部文件。"

多姆转过脸向乔纳森问道："你认为蒂姆中枪了吗？"

乔纳森则向维妮丝发问："俄亥俄州发现的那具尸体上有枪伤吗？"

她摇头道："嗯，倒是有一处枪伤，不过那是近距离的致命一枪。他们在这之前先是拷打了他。"

乔纳森心中掠过一阵寒意。他说："也许他没有关掉摄像机。没有道理在当时关掉它，还有那么多有趣的事情需要录下来呢。"

"蒂伯怎么会在现场呢？"多姆大声提出了问题。

"你这真是个金不换的好问题，只不过我们没有答案。"乔纳森说，"也许他认识那个休斯先生。"

"或者，他是为了写那篇报道。"维妮丝做出了她的猜测。

"这些可能性都存在。"

"不管怎样，他需要录下现场的情景。"多姆说。

乔纳森点头同意。"但是，为什么要录下来呢？"

"写报道需要。"维妮丝还是说，"他掺和到这件目前还说不清楚的事情里来，是为了写有关的报道文章，这么来推论应该是有道理的。记者们不是都把他们的采访过程录下来吗？"

乔纳森耸了耸肩，表示他不明白记者们都干些什么。

维妮丝又说："如果想确认是不是这么回事，我们可以给华盛顿邮报的编辑打个电话。根据已经发生的情况，他们会认真调阅他的采访笔记之类的东西，查清他究竟遇到了什么局面。"

乔纳森摇头说："让警察做这类事吧。我们有自己的事情需要做。"

维妮丝睁圆了眼睛问道："这么说你不准备向警方通报这件事？"

"当然不。如果蒂伯想让警方介入的话，他就会把这个存储卡邮给他们了。我对他最后做出的这种选择无法不去表示敬意。"

维妮丝蹙眉道："他已经死了。别用讽刺的口吻来议论死者。"

乔纳森让步道："好的，我道歉。不过我们还是不能和警察说这事。"他的脑海里闪过了一个新的念头。"那个存储卡是怎么寄来的？"

维妮丝耸耸肩答道："装在了一个信封里。"

"就像是一封普通的信件？"

"是的。事实上，里边还真是有一封信，是你们之间那场官司的一份诉讼文本。"

"它还在你手里吗？"

维妮丝从一个大的文件袋里取出了那个信封，递了过来。

乔纳森发现自己的事务所地址打印在信封的正面封皮上。"还有这样的事？在亡命路上竟然抽时间打印了信封的地址。"

多姆皱眉道："可能是原来就打印好的。"

"我也这么想。"

"他一定是事先就把地址打印好了。"维妮丝说，"只是不知道他为什么要这么做？"

"他大概是担心会出现糟糕的情况。"多姆分析道。

乔纳森说："给我看看里面的信。"维妮丝递给了他。她说得对，的确是他和蒂伯之间正在进行的这场诉讼的无数文本当中的一份。这类东西应该是双方律师间来沟通的，不过总是关注降低诉讼支出费用的蒂伯也常把它们直接寄给乔纳森。

"知道吗？"乔纳森一边思索一边说，"爱伦在我送她回家的时候曾说过，蒂伯就在他启程自己的神秘之旅之前，去了一趟邮局。我认为，蒂伯本来不是要把这张存储卡寄给我，他是想把它转移到什么地方，可是时间很紧迫，而他的口袋里正好有这么一封要给我寄出的文件，也许信封当时都封口了。蒂伯打开信封把存储卡藏了进去，如果他活下来，也许他会想法把这封信原封不动地弄回手里。"

维妮丝的眼睛又睁圆了。"看来是这么回事。那些杀手知道有这个视频——斯蒂芬森已经对他们说了。如果杀手们抓到蒂伯后没找到这张存储卡，如果蒂伯没把它交出来，他们大概就会认为它已经被邮走了。"她用悲戚的目光望着乔纳森。

128

"他们以为它已经被蒂伯寄回了家。"乔纳森完整地说出了维妮丝的想法。"他们认为存储卡在爱伦手里。"他瞥了一眼信封上的邮戳又说,"日期也是符合的。"

"这就是他们刑讯逼供的理由。"多姆把事情联系到了一起,"爱伦和蒂伯,两个人都受到了折磨。"

乔纳森感觉肺里的空气瞬间被抽干了。"他们对爱伦干出了令人发指的那一切,可是爱伦根本无法提供他们需要的东西。这帮王八蛋。"他从椅子上起身,在屋子里来回踱步。维妮丝和多姆知道他是在努力压下心头的怒火,而在他平静下来之前,他们都不敢再说什么了。终于,乔纳森的一脸愤怒被一种思索的神情取代了。"让我们先把这事放一放。"他说,"托马斯·休斯是斯蒂芬森·休斯的儿子。斯蒂芬森是某个地方的中层管理人员。维妮丝,我们需要搞清斯蒂芬森工作的地方和他的职业性质。我们要弄明白他究竟会把什么人得罪得这么厉害。他儿子托马斯是在做爱的过程中被巴里和莱昂内尔兄弟绑架的,整个过程中得到了托马斯所谓女朋友的全力配合。那个姑娘在绑架发生前不惜用自己的身体诱惑了托马斯。"

"这起绑架是一个大的阴谋活动的重要环节。它的目的是逼着斯蒂芬森交出什么东西——不是钱,因为休斯这家人没那么多钱。组织绑架的是个叫康格的家伙。对康格和休斯一家之间有什么样的联系,目前我们还一无所知。上述分析都没有问题吧?"

多姆和维妮丝一起点头。

乔纳森继续道:"而且,斯蒂芬森·休斯还和蒂伯·罗斯曼之间有联系。斯蒂芬森根本不知道我是什么人,却花钱雇请我去解救他的儿子。而同时他和蒂伯又做了满足绑匪要求的准备,但是后来现场出现了意外——"

维妮丝突然举起了手,仿佛是要提问。乔纳森停住了。"在你的那个电话打过去之前,现场并没有出现意外。对于视频上他接的那个电话是出自于你,我们都没有异议吧?"

乔纳森点头。"没有异议。后来不知怎么我的电话就把事情搞糟了。"

多姆插进来说："你没把任何事情搞糟。你的电话只是比他们设想的晚了一会儿，你对我说过你的行动比原定的时间表拖得久了点。由于没有听到你的消息，休斯没有办法，只好去那里去交付康格他们要求的东西。你终于解救出了他的儿子，并且打去了那个电话，于是他们就可以放手按自己的想法做了。"

维妮丝显得更兴奋了。"他们是早就计划好了的。他们确切地想好了接到你的消息后该做些什么。"

乔纳森表示同意，对分析出的眉目感到满意。"休斯他们必须到那个现场。如果我的解救行动不成功，他们就只有按绑匪的要求去做，以换取托马斯的生存。"

"后来发生了什么呢？"多姆说，"响起那些枪声后，不知结局是怎样的。"

"嗯，他们显然是逃脱了，"乔纳森说，"可是后来蒂伯又被人抓住并杀害了。维妮丝，我需要你尽快地做个调查。"

"我明白，我明白，我都记下了。"

"还有，查查警方有没有关于遭到枪击的车辆情况的报告。视频结尾看着像是发生了一场大战。蒂伯的车上肯定留下了弹痕。"

"他开的是什么车？"

"我不知道，你查查吧。也许是辆轿车，价格一定不低。"

维妮丝又记了下来。

"斯蒂芬森·休斯不知怎样了？"多姆问道，"你估计他的遭遇会怎样？"

乔纳森只是耸了耸肩，转而看看维妮丝。

"我知道，我查查医院和警方有没有关于枪伤的记载。"她的目光从笔记本上移开，以确认是否引起了乔纳森的足够注意。"还有别的吗？如果没有，我这里还有其他事情要报告。"

乔纳森示意她说下去。

"还是根据州际罪案信息中心的内部资料，"她说，"印第安纳州那边目前忙得不亦乐乎。桑松镇——就是你刚离开的那地方——的警长正领着人挖地三尺，试图抓住在农庄小房里留下了三具尸体的人。"

乔纳森不在意地挥下手说："我们当时很小心。留给他们的那点线索，也许会告诉他们那里发生了什么，并且那是由于什么，但是他们无法发现是什么人干的。"

"不要太自信了。"维妮丝警告说，"那个小镇换了新警长，名副其实的一个新警长。她原来是 FBI 的人，她有关系网，她会全力以赴地动用她的这些关系。"

乔纳森用手指掐了掐鼻梁上方，以缓解蔓延的头痛。维妮丝说的有道理，FBI 的背景值得他重视。他转向多姆问道："你能找找金刚狼吗？"

"她该烦透我们了。"

"别说傻话，"乔纳森笑道，"有我们在，她的活儿变得容易了。"

多姆也笑了。"噢，是啊，那她也就得为我们多做点事。我看看星期一能否和她见一面。"

他们谈论的这位朋友位居司法机构的最上层。这个女人打一个电话就能搞定一位众议员开三个月的听证会也未必拎得清的事情。她和她领导的部门历史上曾经委托斯卢森调查所完成了一些任务。如果那些国会议员了解到这些行动的详情，在餐桌上一准儿会噎得上不来气。

"谢谢你。"

"你在上帝面前的罪过更加深重了，因为你总是强人所难。"

维妮丝的手机响了。她的铃声音调很高也很难听，是乔纳森模糊记得在收音机里听过的某一首流行歌曲中的一小段。维妮丝看了一眼来电显示，露出了得意的神情说："这是我在斯巴达市的那位朋友。"

乔纳森的眼珠朝上翻着问道："就是那位谢蒙警官？"

维妮丝白了她一眼，没等音乐铃声再次响起便接起了手机。"是谢蒙警官吗？我是维洛妮卡·哈珀。"这是她通常使用的化名。"事实上我正好和我的头儿在一起，所以我现在打开免提和你通话。"

当这位警官开口说话时，乔纳森听得出他吃惊不小。很显然他本来期望的是一种更为亲密熟稔的交流，而不是什么打开扬声器。"我，呃，我这里又有了关于另外一件凶杀案的一些信息，我猜你也许会感兴趣的。"

"太好了，谢谢你。"

警官略有迟疑，问道："你说和你在一起的是什么人？"

"我是利昂。"乔纳森回想起维妮丝编出的假话，继续补充说，"我是哈珀小姐的责任编辑。我们对您讲的一切都会严格保密的。"

"不会提到我，对不对？"谢蒙明显是已经后悔打了这个电话。

"绝对不会提到您。"乔纳森承诺道。

"这是真的，你确实没什么可担心的。"维妮丝进一步宽慰说，"作为我的责编，他反正是要了解我写的那些事情的一切细节。"

谢蒙仍然犹豫。

"这是实话，警官，您完全可以相信我们。"

警官妥协了。"警方找到了又一具尸体，这次是在肯塔基州发现的，就在紧邻着俄亥俄州的地方。尸体的头部被砍掉了，双手和双脚还有躯干的一大块也不见了。"

维妮丝发声了。"噢！"

"我们分析，不论是谁杀的这个人，他们是不想让别人认出他的身份。"

"就是说头部和手足与躯干完全分离了？"乔纳森问道。

"是的，先生，找不到它们。"

"您为什么认为这一起凶杀案与发生在您境内的那一起有关联呢？"

"凶残的暴力程度。我们这里是座小城，周边都是这样的小城，发现了这具无头尸体的地方也是这样。看来这些人是想把尸体隐藏起来，但是他们干得并不漂亮。在这两起杀人案中，罪犯都表现得十分匆忙。"

乔纳森一边听着警官的叙述，一边抓过笔和纸，给维妮丝写了个条子。维妮丝的表情显示出她绝不会向对方提出这样的问题。而乔纳森脸上的反应则表明，不按他的要求提出问题，维妮丝马上就会丢掉饭碗。

"你那里有那具尸体的照片吧？"维妮丝问道。她明白这个问题会产生什么样的反应。她绝对是正确的。

"你们要照片干什么？"

"如果你把它发到我的邮箱，对我们是大有帮助的。"

"什么样的报纸会刊发这种照片？"

尽管看似无法挽回，乔纳森还是要努力一试。"这种报道经常会惹得公众提出各种各样的问题。如果我们有照片——"

"你们这些家伙不是报社的，对不对？"谢蒙喊道。

维妮丝的声调有点畏缩："你这话是什么意思？"

"妈的，"他这是在诅咒自己，乔纳森估计。果然，谢蒙接着叫道，"我怎么这么糊涂？"

乔纳森决定破釜沉舟。"我们是一家私人调查事务所，"他说，"威廉和托马斯有限责任公司，地址在弗吉尼亚州的斯普林菲尔德镇。在商业电话号码簿也就是黄页上，你可以找到我们的信息。您提到的尸体关系到我们正在调查的一件案子。"乔纳森说的这家公司是真实存在的，是他遮掩自身踪迹的许多障眼物当中的一个。

"什么样的案子？"

"我不能对您说，我们有义务保护顾客的秘密。"

"去你的吧。你们两个人都是混蛋。"不必讳言，维妮丝下周的约会是吹了。

"请别挂断！"维妮丝说，"我实在是太需要你提供的那些信息了。如果我说了真话，我担心你是不会告诉我的。"

"所以你就说谎了。"

"是的，而且对你说谎我感觉很难过。"

"你知道这对我的前途会造成什么影响吗？你想过这些吗？"

乔纳森觉得听够了。"嗨，警官，如果你的前途那么重要，你早就该紧紧闭上你那张嘴。既然你为了和人家上床就与她分享了那些信息，你就不要再说什么冠冕堂皇了。"

"嗨，你这个混蛋。你以为你是谁——"

"让我来告诉你我是谁，我是个牢牢攥住了你的小辫子的家伙。我不想把事情做得太过分，可是你目前没资格和我讨价还价。我们需要得到那具尸体的照片——还有你手里可能会有的其他相关信息。你如果配合的话，就不会有人知道你和维洛妮卡通过话。你要是拒绝，我敢发誓，从《纽约时报》到其他那些媒体立刻都会知道，有个叫霍雷斯·谢蒙的警官竟然出卖情报以换取滚床单的快乐。"

一片静默。可是，乔纳森似乎听得见这位警察的脑袋里正在轰然作响，而且他还感受到了维妮丝狠狠瞪他的目光。终于，谢蒙轻声问道："你们的e-mail地址？"

乔纳森给了他一个网址。这是一个无法追查的网址，收到邮件几个小时后它就会消失得无影无踪。

"五分钟之内你们将得到照片。"警官怒冲冲地说道。接下来他又说，"在挂断电话之前，我希望你明白，你即使不说谎，我或许也会帮助你的。"

"谢谢你，警官。"维妮丝说，"你这人真是太好——"

没等她说完，对方就啪地挂了。维妮丝关掉免提，盯着乔纳森说："你不该把事情做得这么过分呀。"

警官谢蒙的e-mail在二十分钟后才发来，他毫无疑问是要耍点脾气的。乔纳森对他没做出更猛烈的抵抗而感到惊讶。不管怎么说，他们所需要的信息是在这位警官手里掌握着，而且如果他们给警官制造任何麻烦，事实上也会牵连到他们自己。假如与警官换个位置，乔纳森一定会判定对方只是虚张声势而已。

照片是用附件发来的，一共五张。在乔纳森点击鼠标的时候，维妮丝靠近他的肩头盯着屏幕。可是画面一出现，她马上就移开目光，走到旁边整理桌上的一沓纸张。甚至连乔纳森在开始的几秒钟也感到，目睹这种画面是一件非常困难的事情。

在战场上乔纳森见过许多比这更为可怕的情景。尽管乔纳森始终无法完全适应，他也必须承认，断裂的肢体与纷飞的战火之间有着一种无法割舍的天然联系。但是，在和平的家园里见到这种残缺不全的尸体，它所激起的却是极度的憎恶和愤慨。军人和军人间的厮杀，蕴含着一种甘于献身的高贵和庄严，它在一定程度上钝化了对于战场的恐惧。而对于人体的这种肆意无端的残害，就像肯塔基州传来的照片所记录的，只是让乔纳森觉得十分恶心。

乔纳森想到了可怜的托马斯·休斯，不知道他父亲的这般下场又会给托马斯增添怎样的精神创痛。解救托马斯的行动本应从此就锁进他脑海深处的档案柜，可是如今却不得不捡出来重新予以审视，乔纳森喜欢遇到这种事情。想到托马斯，斯蒂芬森·休斯这具被活生生肢解了的躯体就更是惨不忍睹了。

谢蒙警官对于尸体的描述远不及照片所揭示的程度。死者的双手确实是被割断了，然而仅说是双手不够，被割去的实际包括胳膊肘和上臂的相当一部分。猛烈喷溅在裸露的胸膛上的血液已经变干了。死者的胸部缺少肌肉，看来这是个整天坐办公室的四十多岁的人。死者的头部同样不见了，是紧贴着下巴砍去的。如果乔纳森的估计不错的话，喉结还应该留在了躯体上。曾经的斯蒂芬森·休斯先生已经变成了一块苍白的大肉团，像是搁浅在海滩的一条大鱼似的在夜色中反射出微光。

"上帝啊，迪格，你一定要把这些东西放进我的屏幕里吗？我恨不得马上就把电脑冲刷干净。"

"他们同样也折磨了这个人。"乔纳森说。

维妮丝小心翼翼地回到电脑前，仿佛害怕被屏幕上的图像伤到自己。"你怎么知道的？"

乔纳森那根有点扭曲的食指指点着屏幕。在南美洲一次战斗的间隙，他用夹板草草地固定了断骨，从此食指就落下了这个毛病。"你看看截肢时喷出来的这些血痕，"他解释说，"心脏停跳不会有这种情况发生。这说明他们是在这个人还活着的时候割掉他的胳膊的。"见到维妮丝仍然皱着眉，乔纳森进一步说："死人身上是喷不出血的。"

他又查看了其他几张照片。每一张都从不同的角度拍摄了那副可怕的躯干。随着鼠标发出的咔哒咔哒的声响，他们的心头愈发变得沉甸甸的。

对这些血淋淋的画面逐渐有所适应的维妮丝探向屏幕，用手指指点着问道："这是什么？"

乔纳森也在琢磨着相同的问题。被害人胸前左乳头的上方，约有一只手大小、大体上呈三角形的一片肉被剐掉了。用不着寻找其他的迹象，只须看看伤处那片骇人的紫色就可以判明，这番凌迟同样是死者在还没咽气的时候遭受的。如果祛除周围的情境，单纯地放大这处创口本身，它看着挺像是一幅现代绘画的典范之作——纽约现代艺术博物馆里随处可见而乔纳森从来也看不懂的那种。聚在伤口上面的那些苍蝇更是给整幅画面增添了一种怪异的超现实主义氛围。

"会不会是某个连环杀手干的？"维妮丝问道，"就是那种所谓的人体组织的收藏家？"

"我不这么想。在我看来这是专业杀手所为。收藏家切走肢体是为了保存战利品，专业杀手这么干是为了隐匿被害人的身份。"

维妮丝没有追问下去，也许是因为她不想知道乔纳森的这些知识都是如何获取的。

他继续说道："我觉得，胸前被割去的这一大块皮肤上可能有文身图案。凶手不想让人根据文身来查出死者的身份。"

"斯蒂芬森·休斯身上有文身吗？"

乔纳森摇头说："我不知道。"看着照片上记录的这些令人发指的暴行，他不禁又想到了爱伦。这帮畜生同样找到了爱伦，为了获取她根本就不曾掌握的信息，让她经受了生不如死的折磨。乔纳森仿佛听见了爱伦撕心裂肺的哭喊。

他说："把鲍克瑟叫回来。我们有事干了。"

16

印第安纳波利斯机场里共有四家民用航空公司经营对外出租直升机业务。在4月19日到21日这个关键时段里，这四家公司都有直升机租出去过。不过在这四家公司中，有三家直升机的横向轮距都是7英寸，与草地上的机轮痕迹显然不符，而第四家的机型是贝尔漫游者，根本就没有机轮，起飞和降落用的是滑橇板。

经过七个小时的调查和驾车，盖尔·博纳维莉的案子还没有取得任何进展。假如再找不到什么确实可靠的证据来证明他们的侦查方向是正确的话，盖尔就不得不另辟蹊径了。

"我觉得你的想法是对的，"从机场大楼走向她那辆无特殊标志的警车的路上，盖尔这样对杰西说，"他们可能是在什么地方借的一架直升机，而不是在这些公司租的。"

"或者是他们有自己的直升机。"杰西说，"但是，我明白，我们估计他们是从远离这个小城的什么地方过来的。我想给你看一样东西。"他们来到了车旁，杰西把车的引擎盖充作了临时的办公桌。他拉开黑色仿皮公文包，在一沓塞得乱七八糟的纸张里找出了自己需要的东西。"我们刚到这里的时候，我就要求机场提供了民用飞机的到达和起飞记录表，你记得吗？"

盖尔点点头。

"都在这里呢。"他亮出了几页纸，上面密密麻麻地打印了许多数字。"我们实际要找的是两架飞机，一架是商用喷气机，一架是直升机。我提到商用喷气机，是因为他们很难从遥远的地方一直坐直升机飞到这里来。我要求机场把固定翼飞机与直升机的起飞到达时间区分开来。这样我们就可以比较两者的时间吻合度，从中或许就可以发现我们要找的飞机。"

"前提是他们使用的确实是这个机场。"盖尔说。

杰西抬起头来露出愠色。"你不能总是对我的假设持一种怀疑态度，警长。要不我们按这个路子查下去，要不我们就拉倒。"

她让步了。"查下去。"

"那好吧。"杰西的注意力回到了那些打印纸上。盖尔观察到，他的目光来回逡巡在固定翼机型和直升机这两页时间表上。看他那种专心致志的样子，盖尔猜测他平时也许是个数独游戏的大玩家。

杰西总共花了三分钟。他停下了，纸上用笔圈出了三对飞机。他又仔细看了看，画去了其中的两对。"在这儿呢。"他说着把纸递给了盖尔。

盖尔低头看着，皱起眉头，十分坦率地说道："我不懂你给我看的到底是什么。"

杰西抓过纸张，侧着身让盖尔看得清楚，用手指点着说："看到表上的这架湾流 G150 了吗？顺便说说，那可是非常棒的飞机，用钱堆出来的。它的机尾号是 N244JT。"

"我看到了。"盖尔说，为杰西停下来等待她的回应而感到惊讶。

"好，注意它的到达时间。4月19日的19点32分，也就是晚7点32分。"

"噢，是这样啊？"

杰西抬头看看她又说："嗯，你当然知道19点就是晚7点，我只是——咳，别介意。不管怎么说，你看看这里，"他指点另外一页纸，"这架直升机——机尾号是 N47302——是在湾流降落的55分钟后起飞的。看不出它是什么机型，但是我们通过机尾号可以查出来。"

盖尔还有些困惑。"我不大明白。我觉得这不过是一种偶然的巧合。"

"那是因为我还没有说完。你再看看过后几个小时的情况。清晨6点20分，这架机号为N47302的直升机返回了，在机场西侧地面着陆。然后呢，过了20分钟，那架机尾号为N244JT的湾流客机起飞了，根据提报的飞行计划书，它是飞往芝加哥的。而直升机在机场待到中午，12点12分又起飞了，没有提报有关目的地的飞行计划。"

"为什么它不报计划？"盖尔问道。

"如果它完全依照航空器目视飞行规则来飞行，就不必报告飞行计划。所以，我们找不到这方面的记录。不过，尽管我们从这张表上无法了解直升机的去向，我们却知道那架湾流在芝加哥奥黑尔机场停留了几个小时，然后重新起飞，最后到了华盛顿的杜勒斯国际机场。"他停了几秒钟，等着盖尔理清其中的头绪，然后补充道，"一旦查出这两架飞机属于什么人，我们就能接近目标了。"

盖尔不得不承认他是对的。"我们用电话能查出答案吗？"

"我看不出有什么不行。"

"那我们就往回开吧。"

那架直升机的机尾号被证实是冒牌的。在全美国注册的直升机现在没有，过去也从未有过N47302这个号码。没有注册记录，没有飞行计划，它变得无迹可寻。他们打电话询问可否通过雷达的存储数据再现直升机的航程，答复却是否定的，这让盖尔和杰西颇感惊讶。一架没有提交飞行计划书而又在雷达无法探测的低空飞行的直升机，已经消逝在了美利坚合众国的广袤天空当中。

然而那架湾流喷气机却是有迹可查。它是注册在帕尔修斯食品集团公司名下的，公司的总部在马里兰州的罗克维尔市。盖尔开始给这家公司打电话，可是一直未能有幸与公司总部哪一位可以说明情况的人士通上话。

经过一个小时的车程回到办公室后，盖尔又给帕尔修斯公司打了第三个电话，发现自己依然没取得任何进展。有个叫莱肯莎的人答应"认真打听一下"，看看周围有谁知道有关飞机的事情。盖尔觉得血压陡然升高了，啪的一声摔下了电话。杰西不禁从文件堆里抬起头来看了看她。在他们去机场的这几个小时里，案头上已经积攒了许多新东西。由于为防止记者的窥探而拉上了百叶窗，办公室里的氛围显得更加沮丧。

"我真是恨死了这些人。"面对杰西疑问的眼神，盖尔回应道，"竟然没有任何人表示了解一点情况。而且马里兰州警察局也并不愿意出力帮助我们，觉得我们还没有充分的理由来动用他们的人手。"

杰西看来并不为此而惊讶。"用不用我坐飞机去一趟，同他们当面谈谈？如果只是通个电话，人们很容易搪塞你。彼此见了面，事情就有点不一样了。"

盖尔站起来伸了个懒腰说："没准儿真就得去一趟了。"

杰西翻开他手里的文件说："我这里发现了一个有趣的线索。前天，曼西城郊外一家药房的经理向当地警方报告说，他可能是遇到了一个逃亡在外的人。报告称逃亡者是个孩子，也就是十来岁或者是二十刚出头，浑身脏兮兮的，而且明显处于惊魂不定的状态。这孩子为了等候去芝加哥的巴士，在药店里待了挺长时间。"

盖尔仰起头问道："这件事怎么就成了我们的线索？"

由于感受到对方的不以为意，杰西的肩膀不由得耷拉下来了。不过他还是说道："时间上是吻合的。就我所知，凡是存在某种巧合的地方，往往便隐藏着有用的线索。就在发生袭击事件的清晨，出现了一个等待长途巴士的男孩子，而他的目的地也是那架湾流从印第安纳波利斯机场起飞后前往的地方。综合考虑上述因素，这在相当程度上与我们正在调查的案件是能对上茬的。"

女警长仍持有异议。"如果这个男孩要去芝加哥，为什么不直接用飞机送他到那里呢？还换乘巴士干什么？"

杰西稍作沉吟，说道："我也不敢妄下什么结论，不过长途巴士不会是直达芝加哥的，对不对？也许他是要在中间的某一站下车吧。"

盖尔凝视着自己的副手。这是她当上警长以来第一次看明白为什么杰西在警局里会得到大家的尊重。这个人的头脑适合这份工作。"有报案人的名字吧？"盖尔问道。

杰西点点头，迅速瞥了一眼手里的纸张。"事实上，我这里有两个名字。一个是那家药店经理的名字，一个是那个男孩子的名字。"

盖尔张开了嘴巴。

杰西笑道："是啊，我也没想到连那个男孩的名字都报上来了。他姓休斯，这是肯定的，名字叫托马斯或是托尼，那个药房经理说不大准了。经理的姓名是艾尔·伊利文斯。我这里有他的电话。"

他们拨通了电话。就具体事实而言，他们并没有了解到现有记载以外的更多内容，但是他们体会到了好多活生生的、带有感性色彩的东西。这位艾尔·伊利文斯先生对于凌晨时分来药房的那个小伙子显然是相当关心的。据伊利文斯先生讲，那个男孩不仅显得筋疲力尽，而且就像是罩在车灯前的一头小鹿似的惊恐万状。他那种恐惧的神情是伊利文斯穿着军装从越南归来后再没有见到过的。

"起初我没想对别人说起这事儿，因为这个小伙子看起来已经到了能够自立的年龄，而且他特意恳求我不要对别人讲。到后来，我越想越觉得还是应该给警察打个电话。不过不瞒你们说，似乎没人拿我的电话当回事。我没想到你们还会给我回电话，我很高兴有人在关心这件事情。"

盖尔用安慰的口吻说："有些时候，某件事情的重要性并不是一下子就能被人们看清楚的。我们很高兴今天能与您谈谈。"她重新浏览自己的笔录，看是否忽略了什么，突然意识到她真的忽略了一件重要的事情。"最后一个问题，伊利文斯先生，那个叫休斯的小伙子是什么时间坐上巴士离开的呢？"

对方顿了片刻。"我没说过吗？"他问道，"他没上那辆巴士。就在巴士进站的功夫，有位女士打来了电话。她自称是那个男孩的妈妈，要求他不要乘坐巴士。大约一个小时之后，这位女士开辆小车过来接走了小伙子。"

盖尔和杰西都在椅子上挺起了身子。"一辆小车？"杰西对着扬声器问道。

伊利文斯笑道："难道还会是一匹马吗？是的，她是开辆小车来的。"

"您能否——"

"是一辆黄色的奥兹莫比尔超短剑，我估计是1980年款的。大学时代同我约会的一个姑娘就开着一辆这种车。"

盖尔把这些统统记了下来。太重要了。"您记住车牌号了吗？"

"我没想到这一点。"伊利文斯带着歉意说。

"这不要紧。"盖尔宽慰他一句，又问道，"小伙子的母亲就是给您的这个号码打的电话吗？"

"我们这里只有这一部电话。"伊利文斯的语气表明，他为自己能够给警方提供帮助感到高兴。他又说，"我可以问问这都是怎么回事吗？这件事会不会与你们正在调查的枪击案有关呢？"

"我们觉得有这种可能。"盖尔答道。杰西已经用另一部电话去追查那家药房的电话记录了。"太感谢您了，伊利文斯先生。"几句客套话后，盖尔挂断了电话。

她刚要去查找那辆奥兹莫比尔车，手机却响了。盖尔按下了免提键。

"是博纳维莉警长吗？"一个陌生男人的声音。严厉的语气令盖尔不大自在。

"是的。"她说。

"等一下，史文森州长要和你说话。"

哇！一旁的杰西不禁也抬起了脑袋。印第安纳州的州长彼得·史文森在他的首届任期内已经干了三年。人们都在谈论他很有可能成为未来美国总统的民主党候选人。他不仅是自由派增加税收和支出战略的狂热实践者，而且对打击犯罪活动态度坚决，被公认为是与警方关系最好的一位州长。在等待通话的6秒钟时间里，盖尔迅速捋了一遍枪杀案调查的具体进展和汇报重点。

"博纳维莉警长吗？"是她在晚间电视新闻里已经熟悉了的声音。

"是的，州长先生，我必须承认我为此感到荣幸——"

"你们在马里兰州胡搅些什么？"对方单刀直入，冰冷生硬。彼得·史文森在公众面前那副温和儒雅的形象不知跑到何处去了。

"您说什么？"管他是不是州长，盖尔披上了自己的战袍。

"我刚刚接到马里兰州巴斯金州长的电话。那里已经有三位州参议员对巴斯金州长抱怨说，你们对帕尔修斯食品集团的总裁理查德·吕戴尔先生不停地进行骚扰，非要调查他的私人飞机的使用情况。你们这是要干什么？"

"说句实话，先生，我根本就没得到同那个人说说话的机会，我不明白我怎么会骚扰了他？"

"帕尔修斯是全国最大的企业集团之一，博纳维莉警长，你明白吗？"

"我当然知道它是一家很大的企业，不过我不明白这和——"

"恕我直言，吕戴尔先生本人对民主党曾给予了巨大的帮助。那是我的党，如果我没搞错的话，那也是你的党。"

盖尔感觉血色染上了自己的面孔。"我的确加入了民主党，先生，但是作为一个警长，我不认为——"

"你有什么证据能够证明吕戴尔先生做了错事吗，博纳维莉警长？"

"我们当然是产生了某些怀疑，州长先生，如果他们能对我们的几个问题做出回答——"

"我相信我刚才用的词汇是'证据'，警长，而不是'怀疑'，这两者是有很大区别的。我再问你，你的证据足以开出一张搜查令吗？"

盖尔不由得放低了声音。"什么？对于帕尔修斯公司的搜查令吗？不行，现在还不行。"

"除非你搞到了搜查令，否则你就不要再让千里之外的马里兰州不得安宁。"

"不去调查他们，我怎么能取得证据——"

"你知道科林·巴克斯代尔是谁吧？"

"他是本州的总检察长，我当然知道他是谁。"听到这里，办公室另一头的杰西做了个鬼脸。

"那就好。我们就这么定了。我要请科林先生给马里兰州的总检察长打个电话，正式通知他们，对你们想在那边做的事情可以一概不予理会。"

"请允许我冒昧地说一句，州长先生，这是一种妨碍司法的行为。"

"也允许我冒昧地说一句，警长，去一边待着你的吧。等你有了比所谓'怀疑'更确凿的东西，我们再来谈谈该怎么办。而就目前而言，作为印第安纳州的一州之长，我要求你不要再给马里兰的那些人添乱。如果你不按我说的去做，你将发现总检察长巴克斯代尔先生会处处给你小鞋穿。我说得够清楚了吗？"

盖尔咬紧了牙关。只是由于长期职业生涯中养成的对于官场礼仪的尊重，她才没有啪地把电话挂掉。"是的，先生，您说得很清楚了。"

"留点神。"史文森撂下了电话。

盖尔和杰西都盯着桌上的手机。随着对方中断通话，扬声器发出了长长的蜂鸣声。盖尔伸手按下了结束键。

"嘿，这可不是我们在电视里看到的那位温良恭俭让的先生。"杰西用嘲弄的口吻说，"你想不想毁了他的政治前程？我会毫无保留地支持你的。"

盖尔微笑道："别这么说。政客们常常就是这个德行。"

杰西靠在椅背上翘起二郎腿，问道："你不会就这么放弃吧，对不对？"

"当然不会。而且，我们已经得到了初步的答案。"在确认已吸引了杰西的全部注意力之后，盖尔继续说道，"不论他们是什么人，甚至在对于我们想询问什么都不甚了解的情况下，竟然如此不遗余力地躲避同警方的接触，这足以证明其中必然有些不可告人的东西。"

"而且不论他们是什么人，既然能雇得起从事人质解救业务的私人机构，就说明他们很有经济实力。"杰西说，"只不过，目前我们还真的拿不出什么证据。"

盖尔耸耸肩说："眼下就操心证据的事还为时过早。我们应该庆祝一下刚刚取得的实质性进展。接下来我们需要搞清，那个叫托马斯或是托尼·休斯的与帕尔修斯食品集团的理查德·吕戴尔是什么关系。"

17

理查德·吕戴尔在电话中爆发的怒火，是乔纳森在从事这个行当的许多年里第一次遇到的。吕戴尔的声声责问就像是陷在泥沼里的一艘战列舰发出狂暴的轰鸣。"猛蝎，你知道你把我置于了何等危险的境地吗？难道你不明白我绝不应当承受这样的压力吗？"

乔纳森调适了一下蓝牙耳机，在自己的办公室踱了一个圈子。有时候人们是需要宣泄怒气的。别和正在气头上的人针尖对麦芒。只有这样，大家才都好过些。"我再说一遍，吕戴尔先生，你没什么好担心的。坦率地说，我觉得你如果没有回避他们的调查就好了。有些情况下，当一个人搬出宪法赋予的权利来保护自己，他差不多也就是承认了自己的负罪感。"乔纳森这样说道。

"我为什么要有负罪感？"吕戴尔吼叫着。没等乔纳森做出回答，这位帕尔修斯食品工业集团的总裁进一步分析道，"我有什么罪过吗？答案是：没有。在一切正常的情况下，答案永远都是我没有任何罪过。可是，这一次你们动用我的飞机去干了非常可怕的事情——我估计一定是与媒体报道的那个三人谋杀案有关——你让我变成了一个从犯。天哪，你懂得你让我面临了什么样的危险吗？"

乔纳森停住脚步，背向自己那张意大利红木写字台，透过窗户眺望江面上穿梭如织的各样船只。"吕戴尔先生，不论是否真的有危险，这种事已经成了你的生活中摆脱不掉的一部分了。我始终都在尽力不去暴露我的行动。不过当初在商定我的酬金的时候，你就清楚地明白我从事的是什么样的生意。"

"我没想到你会在美国的本土杀人。我曾以为你的——生意主要是在国外做的。"

乔纳森听见行政办公区最外面的一道门砰地被人推开了。有个声音吼道："但愿是值得让我跑来一趟！"这是鲍克瑟，他被维妮丝召唤回来了。

"听着，"乔纳森对着话筒说道，"我原本不知道你对我的生意有着什么样的要求，我也未向你保证过我只会用什么样的方式来做生意。当我的生意内容是营救你女儿的时候，你并没有对我提出任何的约法三章。你现在接着去做你该做的事情就是了。你要知道，关心你自己的血压远比关心我那些行动更重要。"

办公室的门开了，鲍克瑟硕大的身躯挤了进来。他的模样糟透了，从华盛顿的家里开车向此地出发之前，他肯定是没想过应该照照镜子。渔人湾的风情是典雅古朴的，可是将这样的风情提供给鲍克瑟则全然是一种浪费。他判断社区环境优劣的主要标准，就是在他能够蹒跚折回的距离之内的那些酒吧所提供的杯中物质量。这位大块头进门后本想夸张地亮个相，可是看到老板正在打电话，他便收住了自己。他走到吧台前面，拿起一瓶24年的乐佳维林威士忌，给自己的杯子倒入了大约值30美元的分量。

乔纳森继续对着电话说："我不打算向你具体讲述我采取的各种防范措施，但是我可以告诉你一点——我们之间互助共赢的格局没有变。祝你开心每一天。"

吕戴尔刚要开始新一轮的抱怨和指责，乔纳森却挂掉了电话。

"怎么了？"鲍克瑟咕哝着，陷进了壁炉旁的沙发里。

乔纳森走过去，坐在了威廉玛丽式摇椅上。他的两度受伤的脊椎靠在镶有板条的椅背上要舒服些。"理查德·吕戴尔又开始唠叨了。印第安纳州的警察看来比我们估计的更为能干。"

鲍克瑟皱起眉问道："我们有麻烦了？"

147

乔纳森摇头说：“也不是。桑松县当地的警方汇集了一些线索，分析出我们是乘飞机离开那个地方的。他们追踪机场记录，查到了帕尔修斯食品集团公司。他们给帕尔修斯去了电话，可是吕戴尔拒绝接受他们的询问。”

鲍克瑟露出了担心的神情。“拒绝调查就好比是穿上了一件印着‘我有罪’字样的T恤衫。”

乔纳森笑道：“吕戴尔的关系挺硬，请了一些政客帮他的忙，警方的调查只好半途而废了。”

鲍克瑟喝下一口威士忌，审慎地说：“我希望你别对人家把话说得那么明白，这是违背安全规则的，总有一天你会遇到麻烦。”

“你指什么？我在电话里说的那些话，是不是？嗨，我们猛蝎的电话音频传输要经过数不清的中转平台，没人能发现它的源头。”

他们两人之间有时会发生争论，而分歧的焦点就在于此。鲍克瑟很久以来就认为乔纳森太注重行动效率，忽视了保密安全，容易在小错中酿成大祸。乔纳森则十分强调与他人的直接交流，他觉得离开了这种交流，任何行动的成功都缺乏足够的把握。必须同每个客户实现某种接触，否则行动计划只会是闭门造车。乔纳森相信自己有这样的能力，即根据对方讲话的声音而对这个人做出一个大致准确的判断。

鲍克瑟换了个话题：“听说了你前妻的事情，我很难过。她现在怎么样了？”

“状况不好，到目前还没什么转机。医生们很想帮她度过这一关。”乔纳森控制着语气，不想更多地暴露内心的痛苦。

“去看她了？”

“我去了，可是他们不让我进入ICU病房，因为我不算是她的家人。”

“维妮丝告诉我那个厚脸皮的家伙被人杀了。真是活该。”同维妮丝一样，鲍克瑟也充分见证了乔纳森的离婚大战。

乔纳森没有心情奚落一个死人。他站起身说：“跟我来。有点东西你需要看看。”

鲍克瑟把酒杯挪到左手，用右手在沙发上撑起了自己。"我看见那个小妮子在屏幕前忙着什么，是为我们准备的吧？"

乔纳森不明白为什么鲍克瑟和维妮丝两人之间总是有点芥蒂，不过他早就决定对之采取听之任之的态度。他领着鲍克瑟迈进了会议室。这里的天花板和墙壁饰板上吊列着人们能够想象出的所有电子器材，还有不少东西镶嵌在了那张柚木会议桌上。乔纳森关好了门。鲍克瑟在靠近液晶显示屏操控台的地方坐了下来，把威士忌酒杯放在了桌子上。

"用杯垫。"维妮丝命令道，顺手在桌面上给他滑过去一块小杯垫。

鲍克瑟翻了翻眼珠，还是把杯子挪到了皮质的杯垫上。

乔纳森示意维妮丝可以开始了。"我们是今天早晨收到这份邮件的。"他解释道，"我认为其中的情景恰好是我们在印第安纳州解救人质的那个时刻发生的。"

维妮丝敲了敲视频播放器的几个键子。室内的灯光变暗了，显示屏上出现了乔纳森已看过很多遍的画面。又一次地，斯蒂芬森·休斯和蒂伯·罗斯曼同两个陌生人交谈。又一次地，即将完成的交易化为了泡影，扬声器里传出了一连串的枪声。最后，画面定格了，屏幕重新变成了一片蓝色。

乔纳森望着鲍克瑟说："你是第一次看到这个视频。说说你的第一印象。"

这位大块头早已坐直了身体，而且把酒杯推到了一旁。这样的肢体语言表明鲍克瑟已经完全进入了状态。"我的第一印象还真是不少。"他说，"首先，这两个笨蛋毫无疑问是要被人家杀掉的。其次，是什么人给你寄来了这盘磁带？"

"是数码存储卡。"维妮丝说。她对鲍克瑟说明了事情的来龙去脉，并指出有些人就是为了寻找这段视频资料而残忍地折磨了爱伦。

"天哪，"鲍克瑟愤愤地说，"既然如此，我们就必须去杀掉那些坏蛋，对不对？"

维妮丝正要发表有关不可自行充当执法者的演讲，乔纳森挥手止住了她。"我们不杀任何人，"他说，"除非是他们先动手杀我们。可是我们目前甚至连他们的身份都不知道。"

"我们当然知道。"

乔纳森抬起了头，某种沉睡的记忆似乎开始在苏醒。

"难道你没认出脸上带着伤疤的那个家伙吗？你不觉得他很面熟吗？大约是8年还是10年前，在布拉格。我记得他那时好像是游骑兵特种部队的。他去巴尔干半岛地区参加秘密作战行动，据说他是审讯技术方面的专家。"

记忆深处的那团浓雾越来越稀薄了。"他在那里杀过一家人，是不是？那家人的父亲似乎是当地人的首领？"

鲍克瑟用力地点头说："没错。不过他先是强奸了那个首领的女儿，还把儿子的脑袋割下来了，手段十分残忍。媒体曝光了这件事，还刊登了他的照片。他眼角的伤疤和视频里这个家伙一模一样。"

是的，确实是这样，乔纳森完全想起来了。"我记得军事法庭审判了他，把他关进监狱了呀。"

鲍克瑟望了他一眼。乔纳森懂得鲍克瑟目光里的含义。在战场上犯罪的士兵领刑往往相对较轻，如果坐了10年左右的班房，这家伙也就算是为自己的罪行付出了应有的代价，是会获得释放的。

"他的名字叫什么来着？"鲍克瑟自言自语道，"有点怪怪的，像是外国人。我当时还取笑过他的名字，说就像奥萨马·本·拉登这种名字一样可笑。也许是个俄罗斯血统的人名？"

记忆更加清晰了。乔纳森的脑子在飞快运转。是这么回事，像是个俄国人的名字。音节很简单，这他敢肯定。肯定不是弗拉基米尔。"伊万？"他说。

鲍克瑟打了个响指。"对了，我想不起来他姓什么，但是我愿意打赌，名字就是伊万。"

"帕特里克！"乔纳森大声喊出。不知怎么他忽然间想起了那人的姓。"伊万·帕特里克。我想起当时的报道了。他那时就非常残忍，就像他现在折磨爱伦一样。鲍克瑟，你的记忆没错。"

维妮丝如同在课堂提问似的举起了手。"稍等等，"她说，"你们这类赳赳武夫的世界真的就这么小吗？我是说，这种可能性究竟有多大？我懂得你是轻易不相信巧合的，而这恰恰是太巧了啊！"

"我觉得这也没什么奇怪的。"乔纳森说，"毫无疑问，这个家伙已经成了一个雇佣杀手。当过兵的人转而投靠黑帮势力来混饭吃的，比率还是很小的，这一点倒是令人宽慰。像他这种特种部队的军人堕落成为一个坏蛋，这在特定的圈子里就算是有轰动效应的新闻了。导致他变坏的，是他个人的品质。可是这种事却让部队的颜面无光，同时也让他在黑道中的行情看涨。"

鲍克瑟问道："那个笨家伙当作赎金带去的究竟是什么东西？"

乔纳森扬起眉毛说："你问到点子上了。不管那东西是什么，看来它值得在接货时雇一个当过特种兵的杀手，以确保万无一失。"他又望着维妮丝问道，"那个瘦瘦的家伙叫什么来着？"

"康格。"她没翻手里的笔记本，立刻就答上来了。"关于这个人，想听听我了解到的情况吗？"

乔纳森睁大了眼睛。"你已经做了调查？"

维妮丝羞怯地笑道："我上网转了一圈。我把康格和休斯这两个名字放在一起搜索，没得到什么结果。我又输入康格和斯蒂芬森·休斯，也没发现有用的东西。"

已经是今天的第二次了，乔纳森耐住性子坐在椅子上聆听她的长篇叙述。他抱住膀子，伸直交叉的双腿，仔细地听下去。

维妮丝继续道："接着我单独搜索斯蒂芬森·休斯，还是没啥收获。我又在他的名字后面加上了印第安纳州，这次终于有了突破。斯蒂芬森·休斯和印第安纳州的混合搜索，显示出了他的就业岗位。他在一家叫作凯雷工业集团公司的地方工作。"

"那是一家国防项目承包企业。"乔纳森马上答道。他了解这家企业的性质。他不想提及的是，凯雷集团通过不为外人知晓的隐秘产业赚取了远比他们在电视广告上公开宣传的那些产业多得多的利润。

"的确是这样一个企业。"维妮丝点头道,"于是,我又把康格和凯雷集团放在一起搜索。你们猜结果如何?"

"别卖关子,快说。"鲍克瑟催促道。

维妮丝瞪了他一眼,转过脸只对着乔纳森一人说道:"这次还真的有所发现。不多,但很重要。"她停下来,打开桌上的文件夹翻出了需要的内容。"都在这里。这个人叫费边·康格,出生在密歇根州的伊普斯兰蒂镇,今年35岁,毕业于佛罗里达州立大学,获得了社会学学士学位。看起来他在很长时间里始终与凯雷集团处于敌对状态。他指控凯雷集团研发制造化学武器,违背了美国的法律,也违背了国际上制定的《禁止化学武器公约》。"

乔纳森回避和鲍克瑟的目光相遇,他相信此刻对方的眼神也在望着别处。订立这项《公约》的目的,是在全世界范围内彻底消除化学武器的威胁。《公约》在美国本土的监督实施是由国务院和商务部来负责的。他们已经大张旗鼓地销毁了成千上万吨的化学武器。一俟他们按计划完成了目标,世人已知的美国那些库存化武就将彻底宣告绝迹。

与此同时,在绝密状态下生产的那些新式生化武器的库存量却在不断增长。与这种新式产品相比,老的生化武器的威力看起来不过就是能让人类患一场重感冒而已。

"他是用什么方式提出这种指控的?"乔纳森问道。

"毫无疑问,他联系过所有的报刊。就我所知没有一家报刊公开登载过这方面的文章。但是我发现,在各种博客专栏和网络论坛上,记者编辑们经常提到他。他给这些人都打过电话,可是大家没有理睬他。"

"蒂伯也是这些记者当中的一个?"乔纳森又问。

维妮丝摇摇头说:"我不知道。蒂伯在新闻界很有名,我一输入他的名字,就出现了上万条的搜索结果。尽管如此,当我把蒂伯和康格的名字放在一起输入时,却没发现任何东西。"

鲍克瑟说："不过，既然蒂伯这么有名，他们两人就很可能互相认识，对不对？至少他们会有邮件上的往来吧？"

乔纳森摇头道："他们也许互通邮件，但是这两个人过去肯定是没见过面，我们从视频上就能看出这一点，康格当时不清楚蒂伯是干什么的。"

维妮丝拿起了自己的笔记本。"有关武器的事情，他们在视频里是怎么说的？"她翻了几页说，"在这儿呢。他们问休斯是否带来了那个'物件'。休斯没有拿出它来，而是要先见到他的儿子——托马斯，对不对？"

乔纳森点点头。

"他要见到他的儿子托马斯。休斯说：'你想得到的不过是个没有生命的物件，而我要的是一个活生生的人，是我的儿子。两者之间是不可同日而语的。'而康格的回答是：'你手里的那个所谓物件，关系到成千上万人的生命，休斯先生。'"维妮丝抬起头，想看看其他两人是否都得出了相同的结论。"这就对上茬了。"她结束道。

乔纳森向前探过身子，说道："如果康格坚信他关于凯雷集团生产化武的推测是正确的，那么他最期盼的事情就是搞到一份化武样品展示给世人。"

"但是没有人乐意为他去弄这么一份样品。"鲍克瑟悟出了其中的逻辑。

"有谁愿意干这种事？"维妮丝说，"而且，凯雷集团当真在生产生化武器吗？"

乔纳森接过来说："即使它确实是在制造生化武器，维妮丝，我们也没有权利随便来谈论这样的事。关键在于，康格认定凯雷公司当真是在制造这种武器。对他来说，想拿到这方面的证据，还有比绑架一个凯雷员工的儿子更好的办法吗？噢，斯蒂芬森·休斯在凯雷是做什么的？"

维妮丝又一次仅凭着记忆就答道："他的头衔是高级行政雇员，应该就是在办公室里干点上传下达的事情。他的年薪不过10

万美金多一点，他的妻子没有工作。"

乔纳森皱起眉头。"怎么会绑架他的孩子？为什么他们不去瞄准一个有实权的经理？至少也应该找个能够直接参与产品项目的人啊。"

鲍克瑟哼了一声说："你在这儿的头衔就名副其实地说明了你是干哪一行的吗？不用说，我的头衔也不过是个幌子。要我看，这个叫休斯的家伙没准儿是特殊武器制造项目里一个举足轻重的角色哩。"

"而且休斯明显地暗示他已经拿到了康格想要的东西，"维妮丝说，"尽管他一直没把那个'物件'交出来。"

"他留了一手，"乔纳森以赞同的语气说，"就像我们已经说过的，一旦他交出了东西，他就再也无法保障托马斯的性命了。"

"他们早晚是要杀了那个孩子的。"鲍克瑟咕哝道。

乔纳森耸耸肩说："当然是这样。不过作为一个爸爸，休斯还有别的选择吗？所以说，绑架人质是与人讨价还价的最佳手段。"

"我们还是来说说费边·康格吧，"维妮丝重新翻阅着笔记说，"有一个称作'绿色旅'的组织，他是该组织的成员。听说过这个名字吗？"

乔纳森扬起了头。"有点印象。怎么了？"

维妮丝颇为自己在谈话中的优势地位而得意。"记得你让我搜索的那个名字吗？克里丝蒂娜·贝克？"

乔纳森用拳头砸了一下桌子。"那个死在树林里的女孩！她也是这个'绿色旅'的吗？"

"我只找到这么一个绿色旅。它是个十分激进的环境保护组织。据说为了实现自身的主张，他们什么事情都干得出来。"

"比如说？"鲍克瑟问道。

"几年前他们放火焚毁了一幢正在建设的滑雪度假别墅。听说为了保护树木，他们还在森林里暗设机关，布下了许多可以弹射的粗钢针。与电力铁塔上面的防鸟刺不同，这种东西防的不是猫头鹰，而是伐木工。大体上就是这类的事情。"

乔纳森沉着脸问道："这些人有绑架或杀人的前科吗？"

"钢针刺中伐木工算不算？"鲍克瑟嘟哝道。

"我是指那种针对特定对象的，专门经过预谋的行为。"

"我明白你的意思。"维妮丝说，"说实话，我没发现他们有从事谋杀活动的记录。'绿蜜蜂'——他们喜欢这样称呼绿色旅——的头头是个叫安德鲁·霍金斯的家伙。他住在马里兰州的弗雷德里克镇，也许你们愿意去会一会他。"

乔纳森同鲍克瑟交流了一下眼神，说道："我觉得你的建议不错。"

"还得去见见斯蒂芬森·休斯。"鲍克瑟补充道。

"他已经死了。"乔纳森说。

维妮丝惊得张开了嘴巴："死了？"

"当然了，另外的那具尸体肯定是他。我们有照片。"看到鲍克瑟疑问的神情，乔纳森向他说明了有关细节。

听过后，鲍克瑟依然问道："但是，你怎么知道那就是休斯的尸体呢？"

"还能是别人的吗？"

维妮丝用不敢相信的表情望着乔纳森说："天天给我们上课，让我们不要轻易做出结论的那个人，不就是你吗？"

"行为模式是吻合的。不论是拷打还是杀戮，手段都非常残忍。"

"不过，毁尸断肢的做法却和过去不一样。"鲍克瑟慎重地指出。

"毁尸断肢是为了不让别人认出尸体的身份。"乔纳森争辩道，"不然还会是谁？视频上有四个人，两个是好人，两个是坏蛋，而目前我们发现的是两具尸体。我敢打赌，蒂伯·罗斯曼也好，坐办公室的斯蒂芬森·休斯也好，都不是那种人，他们不会出于自我防卫的目的杀了人后还会把对方的脑袋割下来。"

"维妮丝的意思是，可能还有很多卷入这件事的人没有在视频里露面。"鲍克瑟打断他说，"要我看，说不定还有一二十个人同

155

这个案子有关呢。"

"如果有的话，他们也都是那两个坏人一伙的！他们是没必要对同伙毁尸灭迹的。"乔纳森接着转换了话题，问道，"关于这些人你还调查出了什么？"

维妮丝露出委屈的表情说："这是刚刚发生在几个小时内的事情啊。"

四月二十二日

18

　　早晨5时58分，乔纳森睁开了眼睛。他身上的感觉就像是硌在一把斧柄上睡了一夜。大狗乔是半夜爬上来的。虽然此刻只是伸展四肢趴在床上，可它满脑子想的是随时扑上去与乔纳森嬉戏。"别忘了叠好被子。"乔纳森对大狗咕哝了一句，翻身下了床。该起来了。

　　鲍克瑟7点钟要来这里，同他一道去见"绿蜜蜂"的头头安德鲁·霍金斯。好家伙，一个恐怖组织竟然取了绿蜜蜂这么个愚蠢的名字。也许，称它为恐怖组织不大合适，反正是个激进组织吧，有时候很难说清它们两者的区别。

　　他走到窗前朝东望去。粉红色的朝霞在地平线的尽头绚烂地燃烧，预示着这是一个晴朗的日子。越过街道上起伏错落的房顶，乔纳森看到清晨的最后一拨捕虾人正在赶往码头。对他们这种自由自在的生活，乔纳森不由得心生妒忌。

　　伸个懒腰，挠挠身上，乔纳森不再凝视窗外诗意的画面，转身嘎吱嘎吱踏着锃亮的硬木地板向洗手间走去。这是一段不短的旅程，要经过一排长长的柚木壁橱，再经过右侧的桑拿浴室和左侧的芬兰浴室。跨进洗手间的门槛，乔纳森伸手触碰了墙上的灯光主调控板。梳妆灯、卫浴灯和挂在墙上方的72英寸平板电视都亮了起来。

乔纳森喜欢热淋浴。不是温吞吞的水，一定要很烫。他这一生中有很多年都是站在淅淅沥沥滴落的冷水管下面，一边打着寒战一边擦拭全身。如今他不再是一个军人了。他是一个富有的平民。他有源源不断的热水，足够冲刷掉墙砖的那层红颜色。经过15分钟的淋浴，他变得清醒和振奋，准备好了迎接新的一天将发生的任何事情。

　　他伸手去推挂满水蒸气的玻璃门。仅仅开了一道3英寸长的缝儿，门再也推不动了。他明白了其中原委，喝道："该死的乔，滚开。"直到他又喊了一声，大狗才离开淋浴间的门口，而且它没有走远，只是蹲到了盥洗盆的大理石台面下边。它清楚那里是乔纳森的下一个目的地。

　　他的盥洗盆。两个盥洗盆当中的一个。还有一个是她的。

　　令人难以置信的是，乔纳森始终抱有一个强烈的也是相当荒唐的期盼。他期盼有一天爱伦会意识到，离开他转嫁蒂伯·罗斯曼，是她犯下的一个重大错误。乔纳森毫无根据地相信，在成年人的世界里也存在着闹脾气的孩子间那种冰释前嫌、和好如初的可能。他的确有过不少错误，然而他已经从这些错误中汲取了教训，他应该再次得到改正这一切的机会。他为其他人付出和牺牲了那么多，既然如此，上帝难道不该对他有所眷顾吗？

　　他盯着镜子里边的自己。右腹部凹陷的圆盘状伤疤，是第一次海湾战争的纪念物，而紧挨着肚脐眼左侧那条形状狰狞的6英寸长的疤痕，就是军医当时取出弹片和他的脾脏以及部分肝脏的通道。左肩和左膝上缝合成拉链状的伤口是巴拿马战争的遗留物。至于他身上那些仅缝合了两三针的小伤口则是难以计数的。所有这些疤痕都在共同地烘托着这位现代武士的风采。

　　美国陆军投入数百万美元将他培养成了自由世界的一个坚定卫士。作为这笔投入的回报，他们得到了一个总是在离规定的康复期还差数周的时候就毅然返回战场的军人。只要具备了合适的时机和必需的装备，什么样的任务在一级军士长乔纳森那里都不在话下。

由于海湾战争时乔纳森腹部的这处伤势十分严重，随军牧师当时都赶到了床前准备为他做临终祈祷。此刻面对着镜子，乔纳森意识到对于爱伦而言，每次见到他脱下衬衫都不啻是一场梦魇。不是由于这些伤口的形状可怖，而是由于它们时刻都在提示着乔纳森有多么的幸运，弹孔若差之毫厘，那便是生与死的区别。运气不会永远与你同在。失去爱侣的恐惧逐渐取代了与爱侣长相厮守的憧憬。没有哪个女人——没有哪个人——能够至死不渝地挺过这样的压力。

爱伦回到身边的可能性是微乎其微的，乔纳森却一直心存幻想。但是如今的爱伦正躺在费尔法克斯医院的病床上与死神抗争。她经受了折磨，她遭到了毒打，而医院至今还不允许乔纳森进入病房探望她。

随着一阵低沉的嗡嗡响，他脚下的地面发生了震颤。这是洗手间里专门设计配备的装置，具有触觉提示的功能，以防乔纳森在淋浴时听不到来电铃响。乔纳森迅速调整了情绪，清晰地发出指令："接通电话。"

语音识别软件自动调低了电视音响，打开了电话的扬声器。

"我是格雷夫。"乔纳森说。

"格雷夫先生，我是费尔法克斯县警署的威瑟比警官。"这个已经不陌生的声音继续说道，"恐怕我不得不向你通报一个不好的消息。"

乔纳森的心房一阵惊跳。"爱伦怎么了？"他已经两次请求进入病房看望爱伦，可是医护室的那些忠诚卫士就是不予准许。只有直系亲属才行，他们说，前夫不包括在内。

"不，先生，不是爱伦。"警官说，"对不起让你受惊了。是关于她的丈夫，蒂伯·罗斯曼。他死了，我们在俄亥俄州发现了他的尸体。"

"太糟糕了。"乔纳森应道，声音中并未掩饰他对蒂伯缺乏好感。

"我只是觉得你应当知道这个情况。"

乔纳森拧开龙头放出热水。"谢谢你的通报，警官。还有别的事吗？"

短暂的停顿。"我们已经查实了你的前妻遭到袭击时你不在现场的证据。"警官说，"不过你要知道，有关罗斯曼先生被害一事，我们还要进一步查一下你当时的行踪。"

"再好不过了。"乔纳森说。

上午10点多一点，鲍克瑟开着乔纳森那辆悍马H2驶离州际高速，进入了位于弗雷德里克镇中心的玛克特大街。

这是马里兰州的一座老城。它的繁闹和优雅超出了鲍克瑟原本的想象，街两旁具有150多年历史的住房和商铺散发着独具的魅力，市政当局资助的老城修缮美化项目明显是取得了积极的成果。他们离开渔人湾有一个小时了。那里的许多人都是通勤客，他们去大都会上班后，渔人湾难免就给人一种遭到遗弃的感觉，而弗雷德里克这儿的商业区却到处都是紧张忙碌的生意人。

"我有点喜欢这座小城了。"鲍克瑟自言自语。

"未免太乱了。"乔纳森说。处在为渔人湾摇旗呐喊的拉拉队长的角色，承认其他某个小城的魅力，会让乔纳森产生背叛家乡的负疚感。

"那家饭馆就在前面。"鲍克瑟指着路前方的左侧说，"我们来得早了点，是不是？"维妮丝已经查明，安德鲁·霍金斯是玛格特烧烤店白班经营的领班。他用这一行挣的钱谋生，继而充当环保活动的一个狂热分子。这家烧烤店开张之初也许是定位于面向蓝领阶层，然而从颇为高档的外装修来看，目前它的顾客更多是正在迅速扩大的雅皮士群体了。

"这家店的网页上说，他们10点半开始营业。"乔纳森说，"他们需要用早晨这段时间把昨夜洒得到处都是的啤酒清理干净。"

"噢，我也需要把昨夜的啤酒消化干净。"鲍克瑟说。

这个时辰想找个停车位不是什么难事，即使是悍马这样的大家伙。

"咱们直接走过去敲门？"鲍克瑟问道。

乔纳森一边开门下车一边说："原则不变，只有简单的办法试过了还不行，我们才去试别的花样。"

结果他们连敲门都不用，烧烤店的门是开着的。挂铃的叮咚声通报了他们的到来，可是吧台后面没有人。事实上，在他们视野所及的地方都不见人。

灯光很暗，装修的色调也很暗。与其说是一家烧烤店，它更像是一间酒吧，而且在很大程度上是借鉴了爱尔兰酒吧的格调。他们的左手边是一块进深很长的矩形空间，六米多长的吧台向里侧延伸，远端融进大厅的幽暗，令人看不分明。在背景板的前面是一方小台子，上边立着两只乐谱架和几只麦克风，表明这间酒吧有现场乐队的演奏活动。吧台的前面和他们的右手边摆放着许多木桌，显得很拥挤。

"还没到营业时间！"一个男人的声音从吧台里侧的厨房里传了出来。

乔纳森竖起一根手指压在唇上，示意鲍克瑟不要出声。"守在门边。"他悄声嘱咐，然后向里走去。他还有意搬动了一把椅子，弄出了声响。

"我说了，现在不营业！"这次的语调是恼怒的。几秒钟后，声音的主人出现在了厨房的门口。"我们再过半个小时才营业。"

安德鲁·霍金斯的模样同维妮丝从网上下载的照片没有两样，只是他的个子比乔纳森想象的矮了不少。他夸耀地蓄着山地人式样的胡须，长长的头发在脑后拢成了马尾巴。乔纳森估计霍金斯有四十多岁。乔纳森还从他的糟鼻头判断出，霍金斯与他所经营的商品之间关系十分密切。不论霍金斯平时在顾客面前多么彬彬有礼，对一早就推门而入的家伙他可是没有一点好气儿。

"早晨好，霍金斯先生。"乔纳森的声音既是一种问候，也带有一点恐吓。

霍金斯两只疲惫暗淡的蓝眼睛眯了起来。他试图弄清对方与自己的关系。"我们彼此认识吗？"他问道。瞥见鲍克瑟挡住了前门的伟岸身躯，他一下子变得紧张了。

"要是论起来，"乔纳森答道，"我们在关心绿色旅的问题上是具有共同点的。"

"我不懂你在说什么。"霍金斯回答得有点太快，"我很乐意在半小时后接待你们。"他转过身重新进入了厨房。

"他想逃跑。"乔纳森话音未落，鲍克瑟已经跨出前门向房后包抄了过去。乔纳森则未兜任何圈子，双手撑住闪亮的红木吧台，飞起双腿在上面一跃而过。台面上的一些玻璃器皿和一只盛着橄榄、樱桃还有柠檬的塑料罐砸落在地板的网状胶垫上。隔着一道墙，乔纳森听到了厨房里人的跑动和锅碗瓢盆叮当乱响的声音。它意味着霍金斯倒是没撒谎，真的回到了厨房去等待开业。它接下来就意味着乔纳森需要毫不迟疑地撞开门冲进厨房，因为这下子霍金斯确实是逃跑了。

大约有吧厅一半面积的这间厨房，不是个适宜顾客观瞻的地方。乔纳森瞥见了沾满油渍的墙壁和洒落着食材的地面。有一道通向外边胡同的后门。仅三秒钟的功夫，乔纳森全速冲过厨房，猛然撞开了这道门。他用的力气如此之大，连门上起自动闭合作用的弹簧都给撞飞了。他向左边看去，鲍克瑟已拐过房角朝这里跑来。再看右侧，安德鲁·霍金斯正在使出全身力气跑开，但是速度已经开始慢了下来。

乔纳森在霍金斯身后追了上去，不过跑出十几步，两人间的距离就缩短了一半。"一会儿撂倒你的时候，我不会让你感觉很舒服的。"乔纳森冲着前面的小个子男人喊道，"我只是想和你谈谈。"

乔纳森听见身后传来了鲍克瑟重重的跑动声。

霍金斯还想加速，但很快就放弃了。他先是改成慢跑，接着变成行走，并举起双手表示投降。

乔纳森克制住了冲上去制服霍金斯的欲望，也慢下了脚步，保持着与对方的距离。他没回头去看鲍克瑟，只是用手在身体一侧摆了摆，要求鲍克瑟也保持克制。

霍金斯彻底停了下来，仍然举着双手，转身面对这两个追赶者。他的表情是惊恐的，同时含有羞惭。"我不像当年那么能跑了。"他有点不好意思地说。

乔纳森的语气镇定："放下你的双手。我们不是警察，也不是你的敌人。我们不过是想和你谈谈。"

霍金斯满脸狐疑："你是这么说来着，不过我们之间能谈什么呢？"

"谈谈绿蜜蜂。"

"我不明白——"

"请省去佯作不知这一套吧。我们追你追进了这条胡同，天哪，我一提到绿色旅，你就变成了一个短跑明星。"

霍金斯的目光来回打量乔纳森和鲍克瑟，似乎是拿定了主意。他说："我跑得也许不怎么样，但是我必须告诉你们，我不是轻易就能被人吓唬住的。如果你们是想勒索点什么的话，我这里可没什么供你们敲诈的东西。"

"我们不是来敲诈你的，霍金斯先生。我可以称你为安迪吗？"

霍金斯皱起了眉头："连我妈妈都没叫过我安迪。你就叫我安德鲁好了。你叫什么名字？"

"利昂。"乔纳森顺嘴编了个名字。

"你要是真的叫利昂，那我就是莫娜了，女人的名字。"霍金斯说。

乔纳森没再纠缠这个话题。"你是绿色旅的头头，对不对？"

霍金斯看着鲍克瑟绕过去挡住了他的唯一逃路。他叹口气说："哼，真实的答案是，我并不是绿色旅的头头。可是，如果我这么回答你们，你们就会打得我屁滚尿流。"

"为什么你会这样想？"

"如果你不希望我这么想，你就不会让勒兹①先生对我虎视眈眈了。"

这话让乔纳森有些忍俊不禁了。他的团队里有几个人曾试图

---

① 勒兹（Lurch）：美国漫画和电视剧《亚当斯一家》中的管家，身材很高、力量很大又稍许笨拙，常常闹出笑话。俚语中用 Lurch 形容令人印象深刻的大块头男人。

固定地称呼鲍克瑟为勒兹，可是这位大块头不喜欢这个外号，严重地不喜欢。"他站在那里是因为你像只受惊的兔子随时打算逃跑。你可以当他是为了保障你的安全而设立的路障。听你说出真话，这就是我们所需要的一切。"

霍金斯耸了耸肩膀说："我曾经是绿色旅的指挥官，但是早就不再担任这个角色了，至少在我的记忆中是这样。"

乔纳森扬起了头。

霍金斯拍了拍衬衫和裤子的口袋，问道："假如我掏出的是一支香烟，你会朝我开枪吗？"

"假如这支香烟不带扳机，你就不用担心。"乔纳森说。他的右肘轻轻地按了按腰部，进一步提示对方注意到挎在那里的点45手枪。

霍金斯把一支万宝路插进上下嘴唇之间，用芝宝打火机点燃了它，然后说道："我加入绿蜜蜂组织的时候，它是有明确的立场和目标的。它是一群环境保护者的组织。我们在一起发发牢骚，吸一点大麻，组织抗议活动，动员大家在请愿书上签名。"

"主题是什么？"

"我们要伸张动物权利，诸如要求立法保护动物栖息地，制止空气质量恶化这类的事情。你知道吗，人类对待这个星球上那些弱小无助的动物们的方式，实在是再可耻不过了。"霍金斯注意到乔纳森在打量他的服饰，便说道："是啊，我明白，我系着皮带，穿着皮鞋，而且我还吃肉，不过这是两回事。你肯定不想听我的长篇大论，我只是这么对你说吧，像你这种对我们冷嘲热讽的家伙知道后悔的那一天终会到来的。等你们明白过来的时候，不论是你们还是我们，大家居住的环境已经不可救药了，所有的人都在劫难逃。"

乔纳森没有作声，霍金斯继续说了下去。

"曾经有一个时期，绿蜜蜂是个很好的组织。与其他一些有名的环境保护组织不同，我们当时做的事情是以真正的科学为指导的。我们的事业曾经是正义的。"

"你一直在使用过去式。"乔纳森指出。

"哦，是的，那是因为从五年前开始这个组织就完全走样了。那些主张诉诸民兵武力的强硬分子涌入了组织，事情变得可怕。突然间，我们谈论的不再是保护和拯救，而是焚烧和毁灭。我可不是干这种事的材料，到头来我别无选择，只好退出了组织。不管你对这些人是怎么想的，对他们绳之以法才好呢，因为我没参与他们的任何活动。"

"费边·康格呢？"乔纳森问道，"他参与了吗？"

霍金斯的表情忽然生动了起来。"你认识费边·康格？"

"让我们说清楚，只有我才是有权力提出问题的人。"听着像是一种威慑，不过乔纳森并不想吓坏他。

霍金斯深深地吸了一口万宝路。如果乔纳森对肢体语言的解读是正确的话，可以说霍金斯正在经受着某种道德上的困扰。这表明康格是他的朋友，因为人们并不在乎出卖自己的敌人。这也表明乔纳森必须当心，不要被表面的现象所迷惑。

"我喜欢康格。"霍金斯说着，用鞋跟碾碎吸到了根儿的过滤嘴烟蒂，又从烟盒里抽出了新的一支。"加入绿蜜蜂的时候，他是个真诚的信徒，简直就像是运行可靠的硬盘驱动器。你下达什么样的指令，他就不折不扣地去完成它。"他为脑袋里冒出的某个念头而笑出了声，继续说道，"你看过盖瑞·拉尔森的卡通漫画吧？还记得那个打算进到天才学校读书的孩子吗？"

乔纳森露出了微笑。这是他最喜欢的漫画之一。

"嗯，康格就像是那个孩子。他懂得很多一个人根本就不需要懂的东西，可是却不具备一些基本的常识。在课堂里你会认为他是个天才，然而在实际生活中你又会觉得他是个白痴。你见到过这种人吗？"

"我每天都和这样的人打交道。"乔纳森说。他开始有点喜欢安德鲁·霍金斯这个人，甚至是信任他了。

"如果你熟悉这种类型的人，你当然会知道，只要有人兜售得法，这种人就能够轻易地接受他们贩卖的一切东西。于是，当又一个新成员加入了组织——这是个具有军人气质的家伙，主张用环境保护主义来统治和主宰整个世界——康格就完全地为他所倾倒了。我是说，看在上帝的分上，他们竟然开始谈论起为了保护海洋而必须屠杀人类这种话题了。"

具有军人气质的家伙。乔纳森心里不由一动。"这个新来的家伙叫什么名字？"

霍金斯摇头道："你们只能自己去打听了。我可不想招惹他这种人。"

乔纳森冷笑一声问道："怎么，你以为我们会出卖你吗？"

"我才不管你们会怎么做。我只是说你们别指望我说出他叫什么。那是个精神错乱的家伙，就是这么回事。"

"就是说，你正在谈论的是伊万·帕特里克。"鲍克瑟在他身后很近的距离说道。

霍金斯皱眉道："如果你们早就掌握了这些情况，为什么还要来找我的麻烦？"

鲍克瑟嗤之以鼻道："如果想找你的麻烦，你这会儿早趴在地上叫唤了。"外交辞令从来都不是这位大块头的长项。

乔纳森接过了话头："有些情况我们知道我们掌握的是真实的，有些情况我们自以为掌握了，却可能并非如此。我们寄希望于你来帮助弄清真伪。"

霍金斯闭上双眼，深深吸了一口气。他真的是不愿做这样的事。"他是叫伊万·帕特里克。"他低下脑袋，挠着脖子，慢吞吞地说道，"但是没人这样称呼他。他现在叫帕默，也不知道这是他的姓，还是他的名，反正就是帕默。这家伙具备超凡的个人魅力，就像是希特勒的那种。他对任何事情都会发表那些最疯狂的见解，而人们还真就听得进去。"

"他都说些什么？"鲍克瑟问道。

"都是些胡言乱语。他在一次讲演中说，美国的爱国志士保罗·列维尔和波士顿茶党那些人是最早的恐怖分子。他认为某种行为是爱国主义的还是恐怖主义的，全在于人们从什么样的角度去判断。刚听到这种观点的时候，你会觉得它不无道理，知道吗？我的意思是，如果你是二战期间驻扎在法国的纳粹，你就不会认为法国抵抗组织的那些人是自由战士，在你眼里他们就是恐怖分子，对不对？"

如同每个走上战场的军人一样，乔纳森已经无数次地做过有关这个问题的分析与推理。"我估计他的这套理论未能打动你，是不是？"

"当然打动了我，不过只是在最初的时候。当我们开始在森林中安装钢针，在深夜里烧毁房屋，事情就越过雷池了。"

"这么说你参与了这类勾当？"鲍克瑟问道。

"我对此不予承认也不予否认。不过可以这么说，是绿蜜蜂干了这些事情。更准确一点，是曾经被我们叫作绿蜜蜂的组织干了这些事。顺便告诉你们，帕默不允许继续使用'绿蜜蜂'这个称呼，他能够接受的只是'绿色旅'，或者就简称'旅'。你不这样称呼，就要惹上麻烦了。"

"惹上什么样的麻烦呢？"乔纳森想了解得更确切。

霍金斯又耸耸肩说："帕默推崇军事化的管理和训练。俯卧撑、跑步什么的，搞得和新兵集训营一样，而且人们竟然就买他的账，这真是难以置信的事情。当然有些人是退出了，然而大多数人都留下来听他的摆弄。我觉得帕默这种风格的领导者恰恰是许多人——比方说，康格这种人——所愿意接受的。他被封为旅指挥官以后，就有各种各样克隆的帕默们进到绿色旅组织里来了。他们在意的不是用和平手段影响政府的政策，而是制造爆炸和毁灭。"

"到这个时候，你意识到你应该退出这个组织了？"乔纳森问道。

霍金斯把手里的那支烟丢到地上，从烟盒里抽出了另一支。这家伙真是个大烟囱。"我们彼此要说实话，是不是？不该瞎编乱造，对吧？"

乔纳森只是耸了耸肩膀。霍金斯看来是为终于能一吐为快而欣慰。

"我倒是希望我当时就退出去了。可是我告诉你，帕默这家伙很善于鼓动。只要我们的目标是正义的，即使毁坏一些房产，对那些脑满肠肥的开发商又能造成什么损失？他们都上了保险，对不对？他们的财富多得自己都数不清，所以他们完全经得起这点冲击。帕默说的这些东西是能够引起共鸣的，如果你愿意这么去想的话。说句实话，我得承认，我当时确实愿意接受这套说法。"

鲍克瑟从霍金斯身后走了过来，尽力摆出不具威胁性的姿态，问道："为什么后来你的观点发生了变化呢？"

霍金斯想了想，答道："他们的注意力都集中在武器上了，弄来多少都不满足。步枪、霰弹猎枪、机关枪、手枪、手榴弹什么的，应有尽有。只要是能够射出子弹和造成炸裂的东西，他们都愿意要。"

乔纳森与鲍克瑟交换了一下眼神。这就对上茬了。"他们说要用这些武器来干什么？"

"你看着像是在部队里干过，"霍金斯评论道，"我也当过兵，许久以前的事情了。帕默弄来这些武器的理由同其他任何武装组织都是一样的。为了进攻，也为了防卫。"

"防卫是指有人来收缴这些武器的时候你们要进行抵抗？"鲍克瑟问道。

"正是如此。帕默念念不忘韦科事件和红宝崖事件①，动不动就提起它们。这就是我们的法西斯政府对自由战士干出的事情，我们必须为抵抗政府的袭击做好准备。这都是他的话，不是我说的。"

"对于一个环保组织来说，你们的言论不该有这么明显的暴力倾向啊。"

霍金斯笑出了声。"你是这么想的？很久以来我们就不再是一

---

① 韦科（Waco）事件：1993 年 2 月，美国烟酒枪支与爆破物管制局和联邦调查局在得州韦科城开展打击邪教组织大卫教派的行动，最终导致 70 多名大卫教徒丧生。红宝崖（Ruby Ridge）事件：1992 年 8 月，美国烟酒枪支与爆破物管制局开展收缴非法枪支行动，在爱达荷州北部红宝崖与白人种族主义者兰迪·韦弗一家发生枪战，韦弗的妻子、儿子和一名法警死亡。

个环保组织了，帕默把它变成了一个所谓的革命组织。而且就像我说过的，费边·康格这些家伙面对这种变化欣喜万分。康格似乎是终于找到了一项他认为十分有意义的事业，他要在上帝的见证下投身于这场革命的全部过程。"

鲍克瑟摇了摇头，仿佛他的大脑通过晃动就会理解这种不可思议之举。"你们要革谁的命？怎么革命？"

"嗨，关键就在这里。"霍金斯第一次拔高了嗓门说，"你们一定以为有人会提出这样的问题吧，可事实上从没有人这样问过。我们的矛头要指向政府，我们要改变华盛顿管理国家的方式，帕默总是在说这些话，但是问题在于究竟打算干些什么。我想不出来我们有什么敌人，我的意思是，如果较真去说的话，我们有许多敌人——法官、议员以至总统——可是你不能用暴力来对付他们，你要通过在人们当中传播正确的思想来改变这个社会。帕默在这一点上完全错了，所以他认为保罗·列维尔和恐怖分子是一回事。保罗这些爱国者采取的暴力行动是为了实现一个清晰明确的理想和目标——推翻专制暴政，获得自由解放。暴力不是革命的归宿，只是他们不得已采取的最后一种手段。可是对于帕默来说，暴力本身就是一切。帕默的追随者全盘地接受了他的观点，就像是狗咬住一根骨头不放，而且这些人还驻扎在山上接受了军事训练。"

"山上？"乔纳森问道。

"我们在查尔斯顿西部的山区有一片土地和房产。别问我产权属于谁，因为我根本就不知道。我们很早就拥有这块地方。那里有点像一处边陲要塞。过去这地方一直没个名字，我们就称它是疗养所。帕默来了以后把它命名为'绿色旅营地'，这个称呼就叫开了。我已经有一年半没见到这群疯子了。我明白他们会惹出麻烦，我再也不想沾他们的边儿了。"

"如果我想去看看这个营地，怎么能找到它呢？"鲍克瑟问道。

霍金斯一脸紧张。"相信我，你不会愿意去的。帕默采取的防卫措施十分严密。那里有武装巡逻人员，有三圈叠加的滚筒铁刺网，足有两米七高。我跟你们说，他们已经武装到牙齿了。"

鲍克瑟的嘴角闪过一丝带着寒意的微笑。"就当我不知好歹罢了，反正我要去那儿看看。"

霍金斯紧张兮兮地瞥了乔纳森一眼说："好吧，你们需要从查尔斯顿出城往西开，它在离克米特村不远的地方。不要指望有路标引导你们，明白吗？帕默是个疑神疑鬼的家伙，他才不会设置那些东西。你们只有搞清那里的地形地貌才能找到它。"

鲍克瑟希望了解得再多一点。

"说真的，伙计们，我了解的也就是这些了。如果没有收到请柬，人们肯定不想去逛那样一个地方。"

"你宣布退出组织的时候遇到阻力了吗？"乔纳森问道。

霍金斯笑了起来。"你休想退出绿色旅。你永远是绿色旅的战士。"他用粗重的嗓音和鄙视的语气说道。

"帕默这么说的？"

"那里人人都这么说。"霍金斯答道，"甚至还把这个话用刺青文在身上。"看见乔纳森震惊的神情，他不禁又笑起来。"很可怕，是不是？"他拍了拍左侧胸部的上方说，"就是这儿。为了表示对组织的态度，我们不得不把绿色旅的盾形徽章刺在自己的胸脯上。它很难看，是红白蓝三色的，下面有一行字'至死忠于绿色旅'。真该死，刺青的图案很大。"

乔纳森和鲍克瑟对视了一眼。看来乔纳森的推测未必正确，除非是斯蒂芬森·休斯胸前也有这么一块刺青，否则在谢蒙警官的辖区内发现的那具断头断肢的尸体就是另外的人。"让我们再谈谈康格吧，我有个感觉，你们两人好像是朋友。"乔纳森说。

"绿色旅内部不能形成朋友关系，大家都只是一个共同组织的成员。尽管如此，康格和我之间的关系也确实更为亲近，到了接近于是朋友的那种地步吧。从上次我离开营地后，我就再没见过他了。"

"康格和伊万——帕默彼此相处得怎么样？"

霍金斯摇头道："你还没明白。你以为我们这些在组织里的人仍然有社交的需求和愿望。告诉你吧，没这回事。也许在我当头儿的时候还有那么一点，后来就根本没有了。执行任务就是一切，没有别的。和你想象的不同，没有人讲究什么'彼此相处'，大家要做的就是听从命令，遵守纪律，投入训练。他们不时也制造一些事件，组织一些行动，但是这一切都是为有一天投入某种所谓的大决战而做准备。你们没去过营地，所以这些事情在你们听来一定非常可笑。是的，的确很愚蠢，很可笑，但是我说的都是真的。至于说到康格和帕默的关系，我觉得最准确的形容就是，康格是帕默的门徒，是帕默的崇拜者和追随者。帕默要是想命令康格起立，没等喊出口，康格的屁股就已经离开椅子了。"

乔纳森认真思索着，将他们已经掌握的信息和霍金斯刚刚提供的情况进行对照和分析。是时候触及一些更为具体的问题了。"凯雷集团对你来说意味着什么吗？"

霍金斯的反应像是突然间遭到了电击。他转动脑袋看看旁边是否有人在偷听，然后嘶嘶地吸着气问道："噢，天哪，谁对你们说起了凯雷集团？"

乔纳森没有说话，身体一动不动，表情依旧安详而冷漠。

霍金斯举起双手摆出投降的姿势，朝着酒吧走去。"你们这两个家伙非看到我丢掉小命才高兴。我不玩儿了。"

鲍克瑟挡住了他的路。霍金斯看着快要哭出来了。"别这样，伙计们，"他哀求道，"请别对我这样。他们会知道你们是从我这里得到这些情报的，他们肯定要找到我头上来。实际上，我这么长时间没和他们混，他们已经对我产生怀疑了。我目前还没出什么事的唯一原因，就是帕默这伙人觉得我还不至于出卖他们。"

"不要恐惧，安德鲁。"乔纳森说。

"你不了解这帮混蛋。我现在剩下的只是恐惧了。"

"想想你都说过了什么，"乔纳森的语气十分镇定，"他们不会认为是你对我们说起了凯雷的事情，因为你确实没提到凯雷。最先是我们对你提到了这个集团。"

霍金斯的神情变得怪怪的，其中混杂着惊讶和嫌恶。"那些家伙才不管事实上是怎么回事，他们见风就是雨。他们在监视我，知道吗，不是每时每刻那种不间断的监视，但是也盯得挺紧。我见过他们在附近晃悠。只要他们发现了我们的这次会面，他们就会得出自己的答案。哪怕是二加二等于六，他们说什么就是什么。"

"如果是这样，你就不用担心失去什么。"鲍克瑟粗声吼道，"他们既然在监视你，不论怎样也会把我们告诉你的那些事情都算到你的头上。你不如索性把你知道的所有东西都告诉我们。"

霍金斯琢磨着鲍克瑟的话，片刻后爆发出了一阵笑声。"好家伙，你们这些家伙真会说话。请帮助回答我的问题：为什么我现在还要站在这里不动呢？"

"这得由你来告诉我们，"乔纳森说，"是你自己选择仍然站在这里呀。"

霍金斯横了一眼鲍克瑟说："这头大灰熊挡着我的路呢。"

鲍克瑟捕捉到乔纳森示意的目光，闪到了一旁。"我不再挡你了。"

霍金斯担心其中有诈，狐疑地朝前迈出一步又停下来，接着便一言不发，匆匆从后门重新进入了烧烤店。

鲍克瑟转向乔纳森，双手一摊，掌心向上。"这到底是怎么回事？"

乔纳森叹口气说："我猜他只是做做样子，不过谁知道呢，也许他真的就躲开我们不见了。"他们等了正好一分钟——乔纳森盯着手表掐算了时间。随后，他们朝胡同口走去。"我估计他在良心上也许过不去。"这是乔纳森的由衷之言。

他们刚走出十来米，听见烧烤店的后门又开了。两个人同时转身，只见安德鲁·霍金斯两手插兜，站在了胡同中间。"我一定是个大傻瓜，所以才这么干！"他喊道。

19

　　档案馆/海军纪念馆地铁站。维妮丝乘滚梯出了地铁口，站在路面上环顾周围，找回了自己的方向感。维妮丝同弗吉尼亚州北部的许多居民一样，尽管距离很近，平时却很少来逛华盛顿的街区。他们已经习惯于把首都的优美市容和著名景观当作寻常的事物了。维妮丝站立在一碧如洗的晴空下，让双眼适应一下灿烂的阳光，接着就穿过宾夕法尼亚大道，开始了对于国家档案馆的短暂访问。

　　美国国家档案馆是当之无愧的国之瑰宝。普通人也许了解不多，然而对于从事研究和调查工作的人们来说，这里无疑是梦幻般的天堂。在这幢大楼还有位于大道另一端的美国国会图书馆大楼里的穹顶高高的阅览室里，没有什么东西是你查阅不到的，只要你懂得如何与电脑数据库打交道的话。你想看看李·哈维·奥斯瓦尔德刺杀约翰·肯尼迪的那支步枪吗？它就保存在国家档案馆里。与此相伴的还有上千件文字和实物证据，记录了追查这起世纪大案的全过程。这里向世人展示着《独立宣言》《美国宪法》《人权法案》和《联邦党人文集》的原件，还收藏了美国历史上依照政治分肥规则任命的每一个公职人员的具有代表性的私人信函。

　　与这些大受旅游者欢迎的文件相比，更让维妮丝惊叹不已的，是在久远的年代里不断累积起来的政府和私人档案文件目录。在国家档案馆，只要你在电脑前敲下了合适的键子，或者是把填写无误的单子交给了管理员，你就能查到在美国军队服过役的每一位军人的姓名、军衔和部队番号，甚至跟随年轻的乔治·华盛顿上校参加过北美的法国——印第安人战争的士兵也不例外，尽管那时尚没有一个美利坚合众国需要他们来保卫。

维妮丝今天来这里，只是为了调查其中的一个名字。

通过了安检口的检查，证实她没有随身携带武器、食物、饮料和易燃品之后，维妮丝沿着熟悉的路线来到了档案检索室。等候了一阵，她终于排到了可供查阅的一台电脑。维妮丝交出了驾驶证和档案用户卡，管理员允许她上机操作了。

她要查找的是有关伊万·帕特里克这个人的一切线索。一坐进小小的隔间，维妮丝就敲起了键盘。她首先访问军方的数据库，了解伊万·帕特里克的案情。由于这是一起公开审理和报道的案件，维妮丝很轻松地找到了需要的东西。细想想的话，美国社会的这种公开性是挺可怕的事情。巨量的信息赤裸裸地摆在那里，任何一个人只要愿意并且懂得如何入手，就能够尽情地获得这些信息。乔纳森原来服役过的三角洲部队——官方名称为"美国陆军第一特种作战分遣队"——从来就不公开列在美军部队番号名录当中，其最主要的原因就是不想对公众暴露官兵的姓名和个人信息。如果正式列入了名录，按照《美国信息自由法》的要求，这支部队成员的名单就成了任何人都有权了解的东西，从而也就沦为事实上再无密级可言的一种"机密情报"。

乔纳森和鲍克瑟记起的有关伊万·帕特里克的一切，都被证明是正确的。伊万在1997年强奸了一个塞尔维亚姑娘，是当着她全家人的面干的，然后又把这一家人都杀害了。他被判入劳役营服刑85年，然而按照军事法庭的通常作法，这种判决意味着他在服满8年刑期后便有资格申请——实际上他也获得了——假释。从那以后，伊万·帕特里克的行踪几乎就找不到任何公开的记录了。

寻觅伊万的近期信息受挫后，维妮丝转而去调查凯雷工业集团的情况。它是由罗茨科·班廷和迪恩·菲利普两位企业家于1982年成立的。凯雷是国内排名第六位的国防项目承包企业，目前的年营业收入超过60亿美元，在世界各地雇有4000多名员工。它涉及的军工领域十分广泛，生产的产品从炮弹到推进系统和无人机，几乎应有尽有。自从911事件以来，该企业的营业收入已经增长了三倍。

维妮丝查看班廷和菲利普两人是否同犯罪活动有过瓜葛，但是没发现什么。于是她决定了解一下管理层所有人员的情况。每个人在档案上看着都像是在凯雷这种公司就职的人应有的样子：高学历，在他们专攻的领域具有国际上的知名度，等等。没有什么特色，让人感觉乏味，她的调查纯属是在浪费时间。

她挖掘得更深入了。

公司指南中注明，斯蒂芬森·休斯是协调政府部门和特别项目开发之间关系的高级行政主管。这种描述勾起了维妮丝的兴趣。"特别项目"听来挺像是费边·康格吵吵嚷嚷地向媒体爆料的那种武器的研发生产。她复制了有关休斯的所有资料，用e-mail发回了自己的邮箱。

她又查看了其他十多个人的档案，都是些与项目办公室直接关联的人员。没有谁显得特别邪恶，哪怕是让人觉得值得注意。

一个多小时了，维妮丝一直在浏览着企业管理层人员的资料。终于，她发现了一个有趣的角色。这个人叫查理·沃伦，是企业董事，负责安保工作。他在部队当过宪兵，之后在波士顿警察局干了一段时间，1996年来到凯雷的安保部，2004年升职为部长。他的标准照看着不像是个警察，更像是个银行家。光滑的大背头，异常洁白的牙齿，他看着镜头的表情仿佛是要给它买上一杯啤酒。

这是那种能让维妮丝连续伏案数个小时并且从不抬头看一眼钟表的调查工作。她完全沉浸在了凯雷集团的海量信息当中。这个企业的政府项目部负责为导弹提供制导设备部件，还为布莱德利步兵战车生产装甲钢板。服务项目部负责为遍布全球的美军电子设施统一制作防火墙和项目动态管理软件程序。而防御体系部则在开发一种运用"多军种武器合成平台"实施打击的匿名的特殊兵器。表述得多清晰啊。不过，企业的年报里丝毫没有提及化学或生物武器的生产活动。

维妮丝打开了企业重要管理人员的收入表。班廷和菲利普两人的年收入分别达到800万美元，查理·沃伦一年为32万美元，其中都不包括企业福利和奖金。在这份文件的后面，维妮丝发现了一些重要供应商和承包商的名单。其中的一个名字让她的心猛然一跳。

去年，凯雷工业集团公司向伊万·帕特里克公司支付了52.7万美元，因为他们为凯雷的特殊项目部提供了"非特定安保服务"。

"好家伙，"维妮丝不禁叫出了声。她的心跳在不断加快，脑海里有个声音尖叫着命令她关掉搜索引擎，立刻给乔纳森打电话。她有点踌躇。

特殊项目部是干什么的？维妮丝对自己发问。她回头重新查阅档案。关于该企业的整篇介绍中没有一个字提到这么个部门。

"唔唔——"她含糊地咕哝道。当你遇到一个特别的问题需要找出答案的时候，调查工作就变得格外有意思了。

她想继续查下去，却撞上了南墙。凯雷集团的许多档案和文件都是高度加密的。维妮丝露出了微笑。好戏在后头呢。

走入弗雷德里克王宫酒店的大堂，仿佛是迈进了通往逝去岁月的入口。与那种标准版的当代型宾馆相比，这间大堂是太小了，可是它的高高的天棚吊顶和深色的硬木家具却散发着温馨优雅的魅力，以至于乔纳森对弗雷德里克这座小城也进一步增添了好感。听从安德鲁·霍金斯的要求，他们选了大堂最里边的角落坐下，组成了一个私密谈话的小圈子。这个角落的对面是空无一人的大堂酒吧。

霍金斯刚才在胡同里解释了为什么他会透露那么多信息并打算回答乔纳森其他的问题。他的理由十分直白：通过与他们的合

178

作，也许有机会拯救许多人的性命。同时，守护这些秘密带来的心理压力也让他受够了。霍金斯不知道这位自称利昂的人究竟是何方神圣，不过觉察出他代表着与帕默对立的一方。就目前而言，这就足够了。

从落座开始，他们就用近乎是耳语的音量来交谈。"你们知道凯雷集团是一家武器制造商吧？"霍金斯没有废话，直接就重拾主题。见到对方点头，他进一步问道："你们也知道他们生产的不是那种常规的武器，是不是？"

"听到过一些传言。"乔纳森说。

霍金斯也点点头，似乎是对这种闪烁其词的回答表示理解。"是啊，我也听过一些传言，而且我碰巧知道这些传言都是真的。他们在制造生化武器。我们说的是那种一次就能杀死成千上万人的可怕武器。如果反复使用这种武器，几百万、几千万甚至更多的人口都会遭受灭顶之灾。他们培育了一种叫GVX的细菌，这种细菌的杀伤力是无药可医的，因为每当它从一个人传播到另一个人身上的时候都要出现变异。世上没人能够研发出防治它的疫苗，因为等到你手里有了疫苗，这种细菌早已变异，从而制造出完全不同的新的疫情。"

乔纳森保持着不动声色的神情。他听说过有人在研发这类武器，然而无法确认这种武器是否已成批投入了生产。在私下里他始终认为开发这套玩意儿毫无用处——一种在战略上不可能避免其反作用力的愚蠢之举。"细菌或病毒的武器化有什么意义呢？"他问道，"你对那些坏蛋使用这种武器，到头来好人也难逃感染的厄运，是不是？"

霍金斯皱起眉头气呼呼地说："嘿，我仅仅是告诉你我了解的事情，我可没说我懂得这究竟是一种什么鬼战略。"

"你了解的这些事情都是费边·康格告诉你的吗？"乔纳森问道。

霍金斯平静了下来，说道："康格不是个不可理喻的疯子，知道吗？他的情绪非常偏激，立场也容易摇摆，但是他是个聪明的、十分聪明的家伙。他做了这方面的调研。这些情况是瞒不住的。

他仔细研究了凯雷的年报，认真分析了这个企业的生产经营状况，深入挖掘了公司管理人员的背景资料，还和政府相关部门的一些线人进行了沟通，认定自己的怀疑是完全有道理的。还有，我要告诉你们另外一件事情，你们也许会吓得尿湿了裤子。"

乔纳森和鲍克瑟等待着。

"凯雷向敌方销售他们的产品。"

乔纳森扬起头。"哪个敌方？"

"我们的敌人。阿拉伯人，那些恐怖分子。我不是指那种合法的经济往来，我说的是暗中进行的非法交易。"

"为什么他们要干这种事？"乔纳森问道。

"你以为会是为了什么？如果敌人放弃了针对我们的恐怖袭击，凯雷就会失去利润。恐怖行动持续得越长久，这些人捞的油水就越多。"

乔纳森显得不大信服，鲍克瑟也是如此。

霍金斯看到了他们两人在交换怀疑的神色。"嗨，你们可以不相信我对你们说的这一切。但是，如果不相信，你们就是白痴。没有人愿意相信这种事情，可是在2001年9月10号那时候，还没人相信世上有那么多的恐怖分子企图把我们都杀死呢。你们愿意还是不愿意相信这些其实都无所谓。"

乔纳森决定使用一点外交辞令。尽管他不想给霍金斯泼冷水，可是也没别的选择。"你说的这些是对一家大公司的极其严重的指控，如果这些话传播出去，将会给这个企业造成不可估量的损失。假如能够提供一点证据的话，这种指控就比较容易让人接受了。"

霍金斯露出了一副废话少说的表情。"哼，问题就在这里，不是吗？我上次见到康格时，他就在为这个事纠结呢。他通过各种途径试图引起人们对这件事情的关注，到头来人们提出的都是和你一样的问题：'有什么证据？'在文件和报表上发现一点蛛丝马迹是一回事，你的双手握有实实在在的某种证物又是一回事。这些证物被人封锁得比修女的——喔，它们被封锁的严严实实。"

怕就怕绑架一位行政主管的儿子，乔纳森暗想。不过他目前不想露出这张底牌。"那么康格打算如何来证明凯雷公司向敌人售卖武器呢？"他问道。

霍金斯耸肩道："我不知道他究竟怎么才能做到这一点。可是如果你能够证明这些武器的非法存在并将它公诸于世，剩下的事情还很困难吗？一旦新闻媒体抓住了一条真实的丑闻，他们就会忙不迭地挖出其他全部丑闻。万事开头难，吸引公众关注这件事是最重要的第一步。"

鲍克瑟问道："你觉得康格为了达到这个目的，会不惜采取暴力的手段吗？"

霍金斯似乎若有所悟。"所以你们来找我，对不对？康格下手伤害了什么人，你们想查明其中的原因。"

乔纳森不想让局面进一步失控。"我们目前还不确定费边·康格是否做了什么坏事。的确发生了某种暴力行为，是的，而且他的名字出现在了我们调查人员的'雷达屏幕'上，不过目前我们还不能得出明确的结论。"

"康格不是个诉诸暴力的人。我的意思是，他有时会纸上谈兵过点嘴瘾，但是我没发现他身上有什么暴力倾向，从来没发现过。"

"伊万·帕特里克呢？"鲍克瑟问道，"或者叫帕默。"

"喔，这就无人能打包票了。如果你们对我说他强暴过可爱的小姑娘或是刚穿军装的小伙子，我不会认为你们是在骗我。"

20

　　安检人员在维妮丝的手袋里发现却又予以忽略的这部黑莓手机，其实并不是通常的手机，至少不是人们以为的那种。与这款黑莓在外形上一模一样的其他那些手机能够发送和接收 e-mail、拨打和接听电话以及履行作为电子私人助手的许多其他功能。这种普通的黑莓维妮丝也有一部，此刻正躺在停放于法兰克尼亚/斯普林菲尔德地铁站旁边的她那辆车里。目前她手袋里的这一部黑莓，则装有袖珍磁盘驱动器和破解密码的特殊软件，而手袋的套管状提手里藏匿的 USB 线可以使这部手机同档案检索室小隔间里的这台电脑绑定在一起。要在不引人注意的前提下连接电脑和手机，必须万分小心才行，不过她很快就完成了。在旁观者眼里，她只是随意把手袋放在了靠近电脑机箱的桌面上而已。

　　黑莓里的特殊软件用 25 分钟完成了任务。维妮丝扮作电脑系统的管理员打开了凯雷公司内部的 e-mail 系统。她的推测是这样的：根据伊万·帕特里克出道的背景基本可以断定，他为凯雷提供的服务，不外是充当企业高层的保镖或是参与秘密的企业情报活动。不论是哪一项，他的联系人都应该是公司安保部的头头查理·沃伦。因此，她设法侵入了查理·沃伦的邮箱，寻找是否有伊万·帕特里克的踪迹。

　　一杆进洞的情形在球场上并不多见，不过一旦碰上总会让人美滋滋的。原来，这两个家伙是经常互通邮件的笔友。

发件人：伊万·帕特里克
收件人：查理·S·沃伦
时间：4月5日 10:29
主题：你有麻烦

查理：
　　摇滚明星很快就会采取行动获取你的情报。我有办法解决这个问题。我们应该尽快见面谈谈。

伊万

　　"采取行动获取你的情报"这句话博得了维妮丝的注意。为了得到情报，有的人竟然不惜用残忍的手段拷问了另外的人。她对"摇滚明星"有过一时的不解，然而很快就想到了那个叫康格的家伙，因为他的名字是费边，有个唱摇滚的歌星也叫费边。
　　下面还有一连串的通信。

发件人：查理·S·沃伦
收件人：伊万·帕特里克
时间：4月5日 11:14
主题：回复：你有麻烦

伊万：
　　摇滚明星构不成威胁。不论他说什么，没人会当真。不必要继续讨论这个话题。

查理·S·沃伦

发件人：伊万·帕特里克
收件人：查理·S·沃伦

时间：4月5日 11:17
主题：回复：回复：你有麻烦

　　你不要表现得像是一个白痴。如果没有掌握确凿的
证据，我这次是不会联系你的。他的计划很完美，将会
造成你的垮台。计划已进入实施阶段，同时他已经造成
了一些信息的泄露，而你却对此一无所知。我们需要见
面！我有一个方案，可以一劳永逸地祛除你的麻烦，并
且堵住那些漏洞。摇滚明星是信任我的，而你最大的错
误就是对我缺乏信任。等待你的回复。

伊万

　　但是，在以后的两天时间里查理·沃伦未做任何回复。等到
他重新发信时，字里行间流露出显而易见的恐慌情绪：

　　发件人：查理·S·沃伦
　　收件人：伊万·帕特里克
　　时间：4月7日 5:17
　　主题：回复：回复：回复：你有麻烦

伊万：
　　我信服了。今晚请在惯常的地点@2200与我见面。
我需要先去一趟银行吗？

沃伦

　　发件人：伊万·帕特里克
　　收件人：查理·S·沃伦
　　时间：4月7日 8:18
　　主题：回复：回复：回复：回复：你有麻烦

184

不去银行。费用结构有变化。今晚见。

伊万

维妮丝紧盯着显示屏，目光在不同的段落间逡巡。从内在的语气和逻辑关系上，维妮丝判断出她此刻见证的是这两个人之间极具关键意义的对话。但是，这些话究竟是什么意思呢？

维妮丝点击鼠标，把他们两人一连串的邮件框上颜色，截取后发送到了她自己的邮箱。好悬啊，再晚一点就泡汤了。仅仅五秒钟后，屏幕变得一片空白，所有的数据全都消失了。

在一千六百公里之外的凯雷工业集团总部大楼深处，电脑技师菲利克斯·哈里森从待了很久的厕所出来回到了办公室，却发现电脑显示器的警示灯在闪烁。有人黑进了公司的保密数据系统。这几个星期以来，已经是第二次发生这种现象了。不过，第一次是有人在这幢大楼内部干的，手法很笨拙，而这一次的侵入手段是高明的，结果是成功的。

"该死的！"哈里森脱口咒道，心脏已经开始了狂跳。他用力拍了一下应急按钮，让全部系统当即下线，阻断了信息流的继续外泄。主啊，眼前发生的正是那种会让沃伦先生暴跳如雷，会让哈里森瞬间就丢掉饭碗的事情。他颤抖着双手，马上开始了查寻。

用不了几分钟，沃伦先生在对讲机里接到报案后就会对这次的电脑入侵事件做出反应。当沃伦打来电话时，哈里森避免被炒鱿鱼的唯一希望就在于查明袭击的源头和黑客的下落。

哈里森在两分钟后查出了袭击源自位于华盛顿的国家档案馆。他的心沉了下来。像这种利用面对公众开放的电脑设备实施的入侵事件，几乎是无法追查——

且慢，他不由得微笑了。这位不寻常的黑客犯下了一个致命的错误。他，或者是她（现在还无法定论），把窃取的资料发回了自己的邮箱。

沃伦先生过了一个多小时才打来了他肯定要打来的电话。接到电话时，哈里森已经做出了充分的准备。

21

　　州警察局技术分析室的马克斯·曼托尔是个天才。从药房经理口中听到有关托尼或者是托马斯·休斯的情况后，盖尔就给她的这位朋友打了电话。她用拖长了的南部口音请求曼托尔看看在这件事上能否查出一些东西。曼托尔用某种变通的办法绕开了有关的规定，上网进入了一些数据库。按官话说，这些数据库是不得随意侵入的机密领域。如果不说官方用语的话，它们都是坐拥百城的信息宝库。他是根据盖尔提供的名字往回追溯的。结果发现，12年前曼西城在全市各小学集中开展过一次防范儿童走失的行动。作为这项行动的一个内容，他们采集了所有小学生的指纹以备不时之需，而托马斯·休斯就是其中的一个孩子。指纹的纹样是不会随着年龄的增长而变化的（只是在形状上增大），而当年那个小孩子的指纹样本与警方在帕特瑞家的地下室采集的指纹完全一样。

　　于是，在六个小时之后，盖尔·博纳维莉召唤杰西重新坐到了她的写字台对面。

　　"关于那个叫休斯的年轻人，我了解到了一些挺有意思的情况。"杰西刚坐下就说道，"他是鲍尔州立大学的学生，音乐专业，不久就要毕业了。他似乎没有太多的朋友。熟人倒是不少——大家都说他是个不错的小伙子——可是没发现有什么很亲近的朋

186

友。不过，传言说他有个堪称辣妞的女朋友，很年轻，长相漂亮，身材特别棒，披一头金发。"

盖尔扬起了脸。这番描述她听着不觉陌生。

杰西捕捉到她猜测的神情，笑道："是的，她就是我们那位躺在地上的克里丝蒂娜·贝克，不过用的是另外的名字。我拿出她的驾照上的照片，托马斯的两个同学都确切地肯定就是这个女孩。至于她用的化名，他们只记得开头的字母似乎是T。"

盖尔扬起了眉毛。很有趣，不是吗？"干得不错，杰西。"

杰西的笑容很灿烂。"等一等，还有别的。已经有一个多星期了，没人见过托马斯。那个女孩也一样，没人见到过。在同一个公寓里和托马斯做邻居的其他学生说，一个多星期前的一天——有人说是星期一，有人说是星期二，看我们怎么认定了——他们听到楼内传来骚动纷乱的声音。那已经是夜里很晚了，外边有人弄出了动静，可是他们谁也没开门看看是怎么回事。我估计绑架就是在那个时候发生的。"

盖尔很满意，她一边在黑白斑点封皮的笔记本上记录着，一边问道："这就是说，那个已经死了的克里丝蒂娜·贝克一直在耍弄托马斯。"

杰西点点头。"我想是这样，是的。也就是说，叫休斯的那个小伙子是受害者，可是这个女孩却不是。她在枪击发生时所处的位置就说明了这一点。"

调查显示，克里丝蒂娜·贝克没有涉嫌严重非法活动的记录，只是在游行抗议活动中遭到过两次象征性的拘捕。

"还有一个更有意思的情况。"杰西继续道，"公寓里住在其他房间的学生们告诉我，我并不是第一个去那里打听托马斯·休斯消息的人。有一个从没报过自己姓名的家伙向他们暗示，托马斯因为还不起高利贷得罪了一些坏人。这个四处寻找托马斯下落的人说，他这么做是想保护那个年轻人别受到伤害。有两个与我交谈的学生说，他们有点害怕，就没回答他的任何问题。还有两个学生对他讲了一点情况，大体上就是他们对我说的那些，提到那天晚上楼里有乱哄哄的动静，没说什么别的。"

"他们描述了那人的模样吗？"

杰西低头查看自己的记录。"我记下来了，可是我不敢说能有多大帮助。白人，男性，年龄在35岁到45岁之间，身高1.78米左右，体重不到80公斤，浅棕色的头发剃得很短，没留胡须，身上看得到的地方没有伤疤。符合这种描述的，大概得有500万人。不过从好的一方面看，我们至少发现了绑架案的动机之所在。"

盖尔等他说下去。

"那些放高利贷的家伙。那个小伙子欠了他们一笔债，而那帮人的钱是欠不得的，他们要教训教训他。"

盖尔摇摇头。她听着不是那么一回事。"这符合我们已经了解到的托马斯·休斯的基本情况吗？他是个好学生，家庭背景也不错，没有任何犯罪记录，甚至连一张超速驾驶的罚单都没领过。他才22岁，上帝知道，几乎每个人在他们22岁的时候都领过警察的超速罚单啊。"

杰西皱起了眉头。"我没太弄清你的意思。"

"只有陷入困境的人才去借高利贷。他们也许欠下了证券交易人一大笔钱，他们也许在赛马场上押注押得太多，他们也许需要用钱来摆平自己犯下的其他罪过。但是曼西城的一个普通孩子是不会去找高利贷者借钱的。我就是觉得这种说法不对劲儿。"

杰西为自己的想法进行争辩。"你要知道，警长，什么事情都有个开头的那一步，甚至犯罪也是如此，吸毒、欠赌债都是同样的道理。而且那个四处打探情况的人说——"

"他说什么并不相干，杰西，人是什么话都能说得出来的。"盖尔看见对方受伤的表情，举起一只手阻止了他，抢先说道，"我不是指责你，杰西，或是把你的推论看得一文不值。只是从我的人生经验来看，人们是很少对别人说真话的。人们说什么，对我已经不具有很重要的意义了。"

"我走访的那些学生都很坦诚。而且，他们分别对那个人的外貌做出的描述是基本一致的。我看不出他们互相之间怎么会事先做了串通。"

"我指的不是你走访过的那些人。"盖尔说,"我说的是在你之前找学生交谈过的那个人。我觉得他可能就是我们要寻找的杀手,他也许是在开始行动前先做点侦查。从他的角度来说,他没有理由对那些学生讲实话。"

桌上的电话响了,这是她个人的专线。盖尔忽然间又冒出来一些想法,便继续说道:"我现在琢磨,一个以解救人质作为谋生手段的自由职业者,肯定需要严格保密,不能让有人遭到绑架的消息扩散出去。"

电话铃响到了第三下,盖尔拿起了话筒。"我是博纳维莉警长。请稍等片刻。"她让对方处在待机状态,仍然对着杰西说道,"如果出现了有关绑架事件的传言,有人就会给警局打电话,那个签下了合同的人想独立实施解救行动就有困难了。"

杰西渐渐想通了,抵触的神情也随之消失了。他说:"被绑架人的家属只去寻求民间机构的帮助,大概是因为绑架者警告他们不得向警方透露。"

盖尔微笑着眨眨眼。"没错儿。"她按下电话机的一个键子,重新把听筒放到了耳边。"抱歉让你久等了。我是警长博纳维莉。"

"我是梅迪纳。"这位芝加哥联邦调查局外勤处的头头提到自己名字的语气,就仿佛那是一种罪过,可是他的声音却唤起了盖尔的一些美好回忆。他接着说:"你准备好迎接不得安宁的日子了吗?"

"我准备打开免提,"盖尔说着按下了键子,"杰西·克莱尔现在和我在一起。"

"嗨,杰西。"梅迪纳说,"你们调查的那个孩子叫托马斯·休斯,是吧?他是不是斯蒂芬森和朱莉·休斯夫妇的儿子?"

盖尔朝杰西望去,他点了点头。"就是他。"盖尔说。

"好,如果你们找到这个孩子,就扣住他别放,好吗?他的父母是杀人犯。"

盖尔大吃一惊:"什么?"

"是的,没想到吧?他们杀了曼西城的一个女人、她的两个孩

189

子，还有一个保姆。现场很可怕。报告上说受害者死前还遭受了拷打。"

"噢，天哪！"盖尔深吸了一口气说，"这到底是怎么回事，梅迪纳？"

"我一有新的消息就告诉你，相信我，信息共享嘛。你们在州际罪案信息中心的网页上也能跟踪这起案件的侦查情况。我要挂了。"

电话里没了声响，盖尔的脸色一片苍白。

"很想听听你对这件事情有什么高见，头儿。"杰西说。

22

　　凯雷集团数据库的突然关闭，让维妮丝感到惊慌。她没浪费一点时间，当即离开国家档案馆奔回了渔人湾，那才是让她心里踏实的地方。安全地到达办公室后，她进入州际罪案信息中心的网站来了解印第安纳州枪击案的最新动态。她不由得屏住了呼吸，感觉心头在发紧。就目前而言，乔纳森在印第安纳州桑松县制造的枪击三人致死案的侦破工作，是全国警界范围内最受关注的一件事情了，围绕这起案件发出的公告、报告和警示等是最多的。在维妮丝上次登入网站之后，警方现在已判断这起事件与绑架有关，至于杀人的枪手究竟是人质的施救者还是绑架者，他们尚未有明确的表态。

　　更让维妮丝紧张的是，印第安纳州负责此案的警察已经把托马斯·休斯的名字与案发现场联系在了一起。他们指出，托马斯是鲍尔州立大学一名22岁的学生，对这位"案件相关人"的搜寻工作正在进行中。根据以往的经验维妮丝懂得，所谓"案件相关人"是从可能被传召的证人到案件主要嫌疑人的一个覆盖广泛的称谓。不论在这起案子里它代表什么，反正不是个好消息。

　　屏幕里托马斯·休斯的名字是高亮显示的，意味着可以超文本连接。这通常表示该人与罪案调查紧密相关，有关情况会随时更新发布。维妮丝点击了托马斯的名字。只看了两三行，她就倒吸了一口气，不禁用手捂住了嘴巴。

这不可能。

维妮丝用紧张发颤的手指击打键盘，退出州际罪案信息中心的数据库，打开了一个超级加密的电话网站。她一边戴上耳机，一边在键盘上敲进了乔纳森那部卫星加密手机的号码。

乔纳森明白，驾驶耗油量甚大的这辆悍马，是对自然资源的一种肆意挥霍。然而，考虑到他的职业的特殊需求，还有他对各种高科技玩具的特殊偏爱，也只有这种车辆适合于他了。除了防弹的车身和玻璃外，他还在车内加装了当代最先进的通讯设备。他甚至在中控操纵台下面挖出了一个小小的密码保险箱，用以储藏紧急时需要的一些现金。此刻里边就放着两万五千美元，都是一百元面值的。受《蝙蝠侠》的启发，鲍克瑟称这辆车为蝙蝠车。

一部卫星加密电话固定在仪表盘上面。如果通话另一端使用的也是类似的加密技术的话，乔纳森就可以毫无顾忌地用这部电话谈论任何事情。

它响起来了。

有人误拨这部电话号码的可能性是完全不存在的。尽管如此，乔纳森仍然对着扬声器含糊地应道："嗯。"

"迪格，我是维妮丝。我们有麻烦了。"

他只是等着对方说下去。

"休斯的父母都是杀人犯。"

开车去曼西城的路上，盖尔·博纳维莉尚不清楚她在新发生的这起四人谋杀案中会发现什么。不过既然有这么多人死于非命，而休斯这个名字又和她的案子紧密联系，这条线索是不能放过的。

刚刚出现的转折是戏剧性的。桑松县的枪手解救人质似乎毫无疑问是一件利他主义的英勇行为，可是转瞬间整个事情好像都变了个味儿。在营救杀人犯儿子的过程中杀死了三个人，这到底意味着什么？她到目前为止关于这个案子做出的所有的初步结论，都要打上大大的问号了。

手机铃声的突然作响惹恼了盖尔。长途驾驶的一个好处就是让人有时间静静地思考。显示的号码是她办公室的，不知为何这更是增强了她的恼怒。

"博纳维莉。"

"克莱尔。"杰西用和她一模一样的语气答道。盖尔不由得微笑了。"有兴致听点好玩儿的消息吗？"杰西问她。

"我更喜欢'好消息'，而不是什么'好玩儿'的消息。"盖尔说，"但是不管是什么，你说来听听吧。"

"我们前不久追查那些飞机的下落时，我动用了我的一些关系。"杰西解释说，"其中一个人刚给我回了电话。他告诉我，帕尔修斯食品集团公司的商用湾流喷气机刚刚填报了一份飞回印第安纳波利斯的飞行计划，就是到我们去调查过的那个机场。"

23

　　冒牌的FBI探员乔纳森·格雷夫以往见过不少发生谋杀的现场，然而曼西城德特维勒大道这处住宅里的情景却更为阴森可怖。死者们在几个小时前已经被送去了陈尸所，法医将剖开这些尸体，里里外外进行彻底的翻检。屋子里剩下的是已经干涸的血泊和四处飞溅的血迹，在尸首不在现场的情形下不知为何它们显得更加瘆人。罪案现场勘查人员的来回穿梭倒是一定程度上有助于缓解令人毛发直竖的氛围，可是蜂拥而至嗡嗡乱飞的苍蝇却让乔纳森的胃里一阵翻腾。

　　还有气味。天哪，那种气味。

　　就这幢房子本身而言，它实际是非常洁净的，显然是得到了房主倾注满腔爱心的打理和呵护。上下二层，约700平方米，是自诩为郊区人的美国中产家庭那种典型住宅。房外的小环境同样维护得无可挑剔，只是草坪的小草长得太高了些，而正是这一点引起了一位邻居的注意，觉得事情不大对头。这位可怜的撒玛利亚人在18个小时前趴在窗户上查看这家人的动静，结果吓得半死，随后就报了警。紧急出警的踩踏已经毁掉了这片草坪，四周拦起的隔离带也毁掉了这片社区的清纯和宁静。

　　曼西城警察局的斯坦·哈思汀斯牵头负责侦查此案。他一米八的个头，仪表整洁，所剩不多却精心梳理了的头发已开始变灰，年龄在45岁左右，穿过现场走过来时显得并不开心。乔纳森向他出示FBI证件后，哈思汀斯照例强调了己方的案件管辖权，不过很爽快地指出他认为凶手杀害考德威尔一家与试图获取某种机密信息有关。

领着乔纳森查看现场的过程中，哈思汀斯的目光刻意回避着那些血迹。"安吉拉·考德威尔和她的两个孩子，一个6岁，一个3岁，还有孩子的保姆，她是法国国籍，这四个人全被杀了。"哈思汀斯介绍道，"保姆是在这道门厅里死的。"他指着花砖地面上的一摊血和喷溅到天花板的血点说，"我们判断她是打开门后被杀的。凶手一刀割开了她的喉咙，她当场就倒下了。"

他们穿过起居室，进入了不大的餐厅。这里的蓝色和粉色鲜花图案的壁纸上也溅上了骇人的血迹。"我们看到安吉拉，就是那位妈妈，死在了餐桌那端的椅子上。就目前看，她的遭遇是最惨的。她被折磨得很厉害，身上到处是划得深深的刀口和挨打的瘀伤，不过致命的伤口只有一处——又是一刀割断了喉咙。"

乔纳森脑海里想象着当时的情景，却希望这样的图像消失得越快越好。"孩子们呢？"话一出口他就后悔提到了这个问题。他必须了解的东西，未必是他愿意了解的。

哈思汀斯的眼睛有点泛红。他清了清嗓子答道："看来那个最小的娃娃当场就死了。可是那个6岁的男孩，呃，我们认为，也遭到了毒打，杀手这么干是想逼他母亲说出他需要的东西。"哈思汀斯一时陷入了沉默，乔纳森看到他下颚的肌肉抖动得很厉害。"天哪，我们离开这儿吧，好吗？"

没等乔纳森做答，哈思汀斯径直去拉开后门走到了房后的门廊上。乔纳森急忙跟了上去。当他赶上来时，哈思汀斯把两手深深地插进裤兜，脸上流露出不好意思的神情。

"你没事吧，警官？"乔纳森问道。

哈思汀斯笑了笑说："让你见笑了。我已经好久没像这样为一桩案子动起感情来了。"

乔纳森微笑着耸耸肩说道："这种情况是有的。"

哈思汀斯哼一声说："是呀，哦，这会让人觉得你软弱，人们会认为可以像对付普通人一样来对付一个警官，只有上帝知道这会带来什么后果。"

乔纳森给这位警官留出了几秒钟的时间，邻家一只狗的吠声填补了这个空当。"那么，你们是怎么把这个案子同斯蒂芬森·休斯联系到一起的呢？发现了他的指纹吗？"乔纳森问道。

"不仅是他的，还有他妻子的指纹。"哈思汀斯指出，"大约在凶杀发生的时间，一些邻居还看到休斯家的车停在了街角，其中一位根据休斯驾照上的照片准确地指认他来过这里。还有，休斯一家人目前已经失踪了。对我来说，这些就足够了。"

对谁来说这些都足够了。"关于犯罪动机呢？"

哈思汀斯在荫凉的地方选了一把尼龙绳编的椅子坐下来说："现在还不清楚。我们知道的只是，休斯和安吉拉是在曼西城这里的凯雷公司一起上班的同事，他们都在项目办公室工作，不论这个名称究竟是什么意思。除此之外，要做出其他结论目前还为时太早。尽管这样我还是想说，这么严重的一桩谋杀案背后隐藏的，一定不会是办公室恋情告吹这类鸡毛蒜皮的事情。我觉得它和桑松县那一起杀死多人的案件是有联系的。"

如果不是哈思汀斯说起来，乔纳森是根本不会触及这个话题的。"那桩案子我们也不会忽略的。"他这般敷衍着。

哈思汀斯微笑道："那样的话，我很愿意给你提供一个一站式采购的机会。"

"什么意思？"

"桑松县的博纳维莉警长来了这里。我刚才还看见她在前门外边，奇怪的是你进来时没碰见她。"

这消息仿佛是给了乔纳森重重的一拳，不过他依旧不动声色地说："门外有好多人，即使碰到了我想我也不会认得出她来。"

哈思汀斯站起身，用一只胳膊揽过乔纳森的肩膀，引导他走下了后门廊的台阶。这位警官显然是打算从房外绕到前门，不想回头再穿过可怖的房间了。"走，"他说，"我来给你们介绍一下。"

乔纳森看见这位女警长站在房前她那辆没有警方标志的巡逻车旁，背靠车窗，双臂交叉抱在了胸前。她苗条匀称，带些运动员的身形气质，而且与执法队伍里的女性大多模样平平的现实状态相悖的是，乔纳森发现她非常漂亮和性感。她穿着价格不菲的蓝色牛仔裤，白色衬衫外面罩的那件深蓝色夹克剪裁得略为宽大，无疑是为了遮盖自己的武器。她的脸上挂着那种"休想惹我"的淡淡笑容。

哈思汀斯带着乔纳森穿过了草坪。"嗨，警长，我这里有人想见见你。"当他们相距只剩一米多的时候，哈思汀斯张开双臂说："这位是 FBI 探员利昂·哈里斯，这位是印第安纳州桑松县警长盖尔·博纳维莉。"

双方握了手。"很高兴见到你，警长。"乔纳森说。

盖尔用略带嘲弄的眼神望向对方，说道："我很荣幸，哈里斯探员。"她说话的语气似乎在卷起一股寒风。

哈思汀斯感觉到了这种氛围，觉得不大自在，就像是闯进了正在吵架的一对恋人之间。"不介意我失陪吧？"他说，"我还有不少事要做呢。"

"当然没有问题，"乔纳森说，转过脸同哈思汀斯也握了手。"非常感谢你的陪同。"

盖尔的回答只是漫不经心地挥挥自己的手。哈思汀斯急忙消失了。

"你一定也非常忙。"乔纳森说。

"你不会介意让我看看你的证件吧？"盖尔问道。

"没问题。"乔纳森回答。他的 FBI 证件是无懈可击的，有时甚至就用正版的原件。这是美国政府机构时不时也成为他们调查所客户的一个好处。

盖尔仔细查看皮面的证件，认真推敲其中的细节，特别是核对了面前这张脸孔和证件上的照片是否一致。乔纳森由此判定她只是在虚张声势，最业余的假证贩子也不会蠢到在照片上出错。

"你不大像个 FBI 的工作人员。"她递回证件，打量着乔纳森的一身休闲装束说道。

"真像人家说的，你是一位有着火辣身材的小城警长。"乔纳森微笑着说，话语间成功地剔除了讨好逢迎的油腻，制造出了一种轻松幽默的氛围。他把证件塞进屁股后的裤袋，没有在意夹克衫下面露出的手枪。随后是令人尴尬的一阵沉默，乔纳森开动脑筋思索着后面的应对之策。他根本没想到会有这样的邂逅，但是此刻却不得不和这个他在全天下最不愿碰到的人面对面站在了一起。乔纳森知道他必须演好自己的角色。魔高一尺，道高一丈，对不对？"能用几分钟把你们那个凶杀案的细节给我说说吗？"他问道。

"为什么不去找文森特·梅迪纳谈谈呢？"她说。

"我不认识他。"乔纳森说。甩出人名来试探对方身份的老把戏，他心想。乔纳森甚至更加放松了，相信她不过是在投石问路。如果她的怀疑已经有了证据的支撑，她就该召来一队警察给他戴上手铐了。

"他是芝加哥FBI外勤处的。"她解释道。

"而我不是。"乔纳森说。他有意不去费更多的口舌。联邦调查局的探员们都是以势压人的主儿，所以他不能辜负了自己扮演的角色。

"那么你是哪个部门的？我在FBI待过十五年。"

乔纳森的目光变得犀利，双手叉腰问道："我得罪过你吗，警长？我提到'火辣身材'什么的，完全是一种赞美。"

"4月20日你在什么地方？"

是时候表现出真实的愤慨了。"你在什么地方？"

盖尔一耸肩答道："在家里的床上。可是，第二天就不得不去侦查一桩杀死了三人的凶杀案。"

吃惊的表情。"你以为那是我干的？"乔纳森朗声笑起来，"你犯什么毛病了，警长？"他用手比画他们两人说，"这是好人，"又抬起手臂对周遭扫了一下，"那是坏人。这并不复杂。"

"我不相信你是你自称的那个人。"盖尔说。

困惑的表情。"那我会是谁呢？"

她眯起眼睛，扬起了头。换了另外一种场合，乔纳森准要向她最大限度地释放自己的魅力。"我目前还不确定。"她说，"至少根据你的名字我还无法确定。不过我怀疑你就是跑我的镇里放枪的那个家伙，这也就是说，你是跑到这幢房子里杀人的那些人的同伙。"她用手指点了点自己的胸膛，"这是好人，"又指了指乔纳森，"那是坏人。"

乔纳森也用指头点着她说："真是个疯子警长。如果你打算逮捕我，你最好是准备经受一场战斗。"

她的脸部绷紧了。

"不是一场枪战，是法庭上的战斗。"乔纳森进一步说，"你的逮捕不论有多么荒谬，我是不会反抗的。"他转身走向自己租来的那辆车。"我会找外勤处那人了解情况的。"他轻慢地摆下手说道。

盖尔在身后喊道："哈里斯！"

他站住了。

"我已经记住了你这张脸。"她说，"靠着它，我能查出任何我需要的证据，然后我才会逮捕你。"

"这是好人。"乔纳森指着自己的脸庞说。

开着阿维斯租车公司的汽车驶离的时候，乔纳森通过倒车镜观察这位女警长。她站在那里始终盯着这辆车，直到它在路尽头转过弯去。脱离了她的视线后，他打电话命令鲍克瑟立即离开这个该死的曼西城。"不能再坐吕戴尔的飞机了，把它留在原处，我们想别的办法回家，"他说，"这里很危险。"

24

作为凯雷集团安保部部长，查理·沃伦了解很多他并不希望了解的事情。他明白都有哪些人用办公室电脑登陆色情网站，并由此对公司里的堕落者数量之多暗暗称奇。他通过监控视频知道都有哪几对野鸳鸯在以为是没装摄像头的角落里苟合。他掌握谁的银行信用出现了问题，谁的孩子生了病，谁在下班时间还使用公司的复印机和电脑邮箱。任何一个理智健全的人都不会希望自己成为如此大量情报的拥有者。

他放下电话，深叹了一口气，试图稳住自己。他明白有关GVX细菌事件的危机又上升到了新的高度——他们封闭信息的铁桶被人炸开了一个口子。为了确定下步的应对措施，沃伦需要再次向凯雷集团的董事长兼首席运营官罗茨科·班廷做个汇报，尽管罗茨科先生要求人们尽量不要去打扰他。他给罗茨科的秘书打了电话，不出他的预料，罗茨科同意马上见他。

从大楼西端的地下室到东端的顶层，距离还真不短，快步走的话需要十分钟。走出办公室时，他对助理说他要外出两天。她点头表示明白，还用笔记了下来，很明智地没提出任何具体问题。查理的职务需要他经常地突然消失很长时间，他对此从不做解释，别人也从不去打探。

他决定今天要从容一点，不是急匆匆赶路，改用散步的节奏，也好借机思考如何向老板汇报。查理从一开始就知道这是个大麻烦，但是没料到它能造成这般严重的后果，而且没人可以怪罪，这只能怪他自己。在伊万·帕特里克最早向他发出警告的时候，沃伦要是听他的就好了。

不过光是这么说对沃伦也不算公道。伊万这个家伙只是在他自身毫无风险或是有油水可捞的前提下，才会向沃伦提供信息和发出动议。十次有九次都证明，不理睬伊万的提议就是在躲避注定的灾祸。没人能够由于忽视了伊万的警告而责备沃伦。

别自欺欺人了。沃伦的职责就是要防止类似的事情发生。罗茨科肯定要暴跳如雷了。

按照伊万的说法，通过绑架那个行政主管的儿子来逼迫他交付GVX样本的计划，完全出自于费边·康格的创意。康格是出于——也许是被误导的，然而是绝对真诚的——拯救世界的目的才想出这个主意的。查理·沃伦无法确定是否应该相信伊万的这些话，反正等他了解到内情，已经是这些家伙拧开盖子让魔鬼逃离瓶子的时候了。

也是按照伊万的说法，费边·康格在长达四年的时间里一直在做斯蒂芬森·休斯的工作，让这位越战期间学生反战示威的活跃分子，如今凯雷公司的行政雇员背叛自己的雇主。但是，还是按照伊万的说法，休斯始终采取了"把脑袋扎进沙堆"的态度，而且拒绝相信他在其就职多年的凯雷公司能干出康格指控的那些勾当。直到康格绑架了他的儿子，休斯才较起真来，开始在公司里深入挖掘他本以为并不存在的内幕。

沃伦明白凯雷的安全保密工作由此面临了一个严峻的挑战，可悲的是，当他终于回复伊万的提议时，已经是太晚了。沃伦通过分析电脑的记录得知，斯蒂芬森·休斯设法查明了安吉拉·考德威尔是GVX细菌实验项目的负责人，而获取这一信息之后休斯很快就失踪了。在沃伦发出请求并承诺了报酬后，伊万造访了安吉拉的家。开始时安吉拉坚称她从来没和休斯有过任何接触。

但是伊万和沃伦都明白这不是真的。他们已经查到了安吉拉邀请休斯来家里见面的邮件。安吉拉拒不改口，挺了很长时间，直到她的全家蒙受了毁灭性的灾难。她终于向伊万供出，她曾为急于救出儿子的休斯提供了获取"赎金"的具体办法。而在安吉拉吐口的时候，她的一个孩子已经死了，另一个孩子正在酷刑下声嘶力竭地哭喊。想到折磨孩子的场景，沃伦并不觉得好受。不过沃伦之所以雇请伊万，毕竟不是由于伊万的慈悲，而是由于他的效率。

然而，他们仍然落在了休斯的后面。

凯雷集团有一处已有几十年历史的老厂房，过去是专门用来生产奈克导弹的。后来公司改造强化了它的地下设施，使其更加适应了秘密开发其他项目的需求。GVX细菌样本就贮藏在这个地方。伊万一伙人赶到那里时，发现现场的两个保安人员已经死了，一打装有GVX样本的贮藏罐也不见了。

这是一场噩梦。不，已不仅是噩梦。噩梦化为了现实。

查理·沃伦迈进了通向顶层的电梯。他猜想罗茨科对最新的消息会有怎样的反应。他会愤怒，他会吼叫，而且毫无疑问他会——

怎么样？

沃伦觉得全身发僵。在这种关头罗茨科究竟会怎么对待他？炒他的鱿鱼？不大像，哼，不可能。他们在这条不幸的道路上走得太远，已经无法回头重来了。事实上，伊万关于夺回GVX的计划就是由罗茨科本人批准实施的。当伊万指出将魔鬼重新塞进瓶子的唯一途径就是允许发生"赎金"交易时，罗茨科甚至表现的颇为兴奋。

"想想吧，"当他们在曼西城中心那家老罗伯特宾馆的停车场会面时，伊万说道，"休斯没别的选择，只能带着他偷走的GVX露面。为了换回儿子的性命，他需要进行这场交易。由于超出了预定时间，康格找来在桑松县看管孩子的那些白痴已经越来越没有耐心了，休斯明白这一点。如果他希望儿子活下来，他就得乖乖地把东西交出来。一旦他露了面，我就把他们全部杀死，整个世界就会回到原先的轨道了。"

沃伦惊奇地发现，当人们陷入了恐慌而可以做出的选择又十分有限的时候，杀人这种事情听起来就像是家常便饭了。

"还有什么？"罗茨科问道，"你想在这件事上捞到什么？"

"一笔酬金。"

"无疑要大大高于通常的数目。"沃伦说。

"我不要现金，"伊万答道。他用一时的沉默来增强戏剧性效果，接着解释说，"我在北非国家有些朋友，他们很想弄到一点休斯偷到的样本。我将为此而得到他们的几百万美金。"

沃伦瞅了瞅罗茨科。他以为会在罗茨科的脸上看到恐惧，抑或是愤怒的神色，却都没有。他发现的是最终拿定了主意的表情。

"几百万对你们这样的公司算不得什么，"伊万当时说，"可是拿来做我的退休金还是不错的。"

罗茨科点点头，走向了自己的车。事情就这么说定了。

沃伦很难相信所有这些就在这一个月里发生了。嗨，还不到一个月。

电梯门开了，眼前是空间十分开阔的董事长行政办公区。两只体量硕大、气势汹汹的灰熊举起前爪立在那里。这两个动物标本是罗茨科多年前去阿拉斯加狩猎的战利品。把它们摆在这里，是为了对于公司里那些缺乏胆量涉足这类狩猎之旅的管理人员制造出一种毋庸含蓄的震慑效应。罗茨科·班廷的坏脾气是出了名的，在公司里爬到沃伦这个级别的位置，并经常有幸聆听班廷那言辞激烈的长篇大论的人们忍不住猜想，这两头浑身是毛、张牙舞爪的野兽会不会同他们的老板有某种血亲关系。沃伦走过松软的栗色地毯，推开了烟色的玻璃门。

卡蒂·法珑——罗茨科的大胸脯秘书——已经在房间的另一端等待着他。她做了个手势，请沃伦去董事长会议室等候。卡蒂为他拉开了会议室的门，又在他的身后替他关上了门。沃伦凭经验知道，罗茨科将从会议室远端连接他的办公室的那道门出来见他。这个会议室算得上是柚木着色装潢的一个样板间。嵌着乌木条的柚木大会议桌和环绕周围的软垫皮椅可以轻松接纳三十位与会人员。柚木窗框里镶着整整占了一面墙的落地窗。沃伦知道窗户对面墙上的那块绘制精美的凯雷公司巨幅logo是可以移动的，它移开后垂下的一面大显示屏用来供人们观看视频播放器提供的图像。沃伦常常觉得奇怪，近年来政府一直在推行经济紧缩政策，这些企业老板是如何保持了这般的奢华，同时又保持了在政府和军界大佬眼里的红人地位的。

沃伦没费心去选择自己的椅子，等待老板进来后指示他坐在哪里。过了三分钟左右，会议室远处的那道门开了，罗茨科·班廷走了进来。尽管个子不是特别高，但是班廷仍然是个块头很大的家伙。他的趴趴的鼻子和宽宽的肩膀证明，关于他曾是大学橄榄球队明星球员的传闻并非夸张。

罗茨科在会议桌的远端坐了下来，朝左手侧示意了一下。"坐。"他命令道。

沃伦花了十秒钟趋上前去，坐到老板示意的那把椅子上，等待着要求自己汇报的指令。

"你明白他给我们设了套，是不是？"罗茨科说。

前不着村后不着店的问话让沃伦吃了一惊。"您说什么？"

"我说的是那个叫伊万的家伙。你知道他设套玩儿了我们。"罗茨科平时就红扑扑的脸盘由于愤慨变得更红了。"关于这事我想了许多，现在终于想明白了。这一切大概从一开始就是伊万策划的，他那个摇滚明星朋友并不是绑架行动的始作俑者，我认为这个计划完全都是伊万提出来的。这是个利用我们的产品来赚大钱的阴谋。"

查理·沃伦在两天前就得出了相似的结论，不过他是不会说出来的。到了目前这个时候，这一事件的诱因是什么已经不相干了，从今往后最要紧的是遏制危机的蔓延，把魔鬼装回瓶子里。他决定不去接老板的话茬。"我们又遇到了一个新的麻烦。"他说。

"喔，已经出了这么多乱子，再多点麻烦又能怎样呢？"换个日子，他的这番议论也许会引来听众的微笑，可今天却不行。"伊

204

万找到GVX了吗？"他问道。

"没有，先生。休斯一家看来是彻头彻尾地失踪了。伊万显然是对自己用人质交换赎金的行动方案太自信了，没安排事情出岔后的备选计划和备用力量。不过据我所知，他正在全力以赴地追捕他们呢。"

"他做得到吗？"班廷问。

查理·沃伦为自己知道答案而感到宽慰。"伊万在跟踪休斯的信用卡、通话记录等各种东西，当休斯出错的时候——当他不论从哪个藏身的洞里探出脑袋的时候，伊万就会发现他的踪迹。"

"然后呢？"

"然后伊万会打理好剩下的事情。"

罗茨科的脸色沉了下来，他的一个著名的特点就是不能容忍空洞的话语。

"他在他的指挥部里——"

"在他那个邪教部落？"

"是的，"沃伦再次决定不按照他的话茬聊下去，"他组织起了一支队伍，也许我需要补充一下，他花的是自己的钱。一旦掌握了休斯所在的位置，他的人马立刻就投入行动。上次休斯仗着出其不意捡到了便宜，这回伊万绝不会让那种情况再次发生了。"

班廷摇了摇脑袋，明显是对伊万这伙人的能力缺乏信心。

查理·沃伦继续说道："至少警方把安吉拉一家的谋杀案同休斯联系在了一起，这一来他们就不敢向当局寻求帮助，这就给我们提供了一些时间。我们希望休斯一家别违背常理给警察打电话。"

罗茨科皱起眉头，晃着脑袋，否定了这种可能性。"不会的，"他说，"如果休斯和警察联系，到头来他只会后悔莫及。"

沃伦等待他做出更详细的说明。

"看来我们不是孤身作战，"罗茨科·班廷说，"我联系了参议院军事委员会的一个朋友。我用概括的语言向他说明了我们面临的问题。他明白如果GVX的细节泄露出去，政治上的后果有多严重。他当天就给一些地方打了电话，结果是司法部目前也站在了我们一边。只要休斯一露头，不等说出一句话，他就会消失得无影无踪。"

沃伦发现自己的嘴巴张开着，便立刻合上了它。"消失"这个词用在当前的语境里，只会意味着一件事情。关塔那摩监狱的景象在他的脑子里变得栩栩如生。"天啊，"他说，"这太——好了。"

"休斯如果永不出错怎么办？"班廷问道，"伊万对这种情况有没有什么安排？"

好在沃伦依然知道答案。"这取决于会持续多长时间，"他说，"如果休斯不露头的时间超过了一到两个星期，我估计伊万本人就要逃之夭夭了。"

班廷扬起眉毛，困惑地望着对方。

"看来伊万已经接受了企图购买GVX样本那一方的报酬。我仅知道那是北非的顾客，他们很快就会怀疑伊万在玩儿双重欺骗的把戏。假如伊万收了钱却不能尽快交货，他的日子会很不好过。"

罗茨科不禁露出微笑。他很明显是乐意想象伊万搬起石头砸自己脚的情景。笑容随即消失了。"那么，这次你来见我是为了什么？你说的新的麻烦是怎么回事？"

沃伦抽空深吸了一口气。"知情者的范围正在扩大。"

"这是什么意思？"

短暂的停顿后，沃伦说："意思是，在弗吉尼亚州一个叫渔人湾的地方，有个私人调查员今天下午侵入了我们的e-mail服务器，准确地下载了伊万和我的原始通信记录。安保部在他们盗走所有信息之前就关掉了网络，不过已经被他们下载的东西就够让我担心的了。"

罗茨科耳朵的红颜色加深了，不过他的神态依然镇定。"你搞到名字和地址了吗？"

"搞到了。包含那些信息的邮件是向特定的e-mail账号发送的，收件人叫维妮丝·亚历山大，她在一家称作斯鲁森私人调查事务所的地方做管理人员。"

"他们开展什么业务？"

沃伦摇头说："我不清楚。我做了点调查，可是查到的只是商会名录里的那点介绍。它显然是那些主要依靠口口相传的方式运营的公司中的一个。"

沃伦的语气引发了罗茨科的又一次皱眉。"这似乎让你感到不安。"罗茨科说。

沃伦点点头。"呃，是的，不事声张的私人调查公司所从事的，往往都是和——特殊行动相关的业务。"

"别用让人搞不懂的暗语。"班廷吼道。

查理叹了口气。他不愿显得自己与他人有所不同，但是许多年从事安保的经历不仅让他的嘴里常常蹦出业内的暗语，而且一听到这类表达就能很快领悟其含义。"这类机构的特点在于，他们从事所谓的特殊行动项目，或者叫为客户提供执行性服务。通常而言，这指的是一种雇佣职业。"看到罗茨科仍然是一副不明就里的样子，他补充道，"雇佣枪手。"

他终于等到了期待中的反应。老板的眼睛睁圆了。

"正是如此，"沃伦说，"如果一个人的孩子被人绑架了，如果他希望尽快把孩子找回来，他就会求救于这类的机构。"

罗茨科的目光直勾勾望着前面。伴随着呼吸一起一伏的肩膀证明了这番话的分量。"你这是假设还是事实，查理？"他问道。

"颇为合理的一种假设。"沃伦不想把话说死。

"嗯，那么，"班廷从椅子上站起来说，"看来你需要坐上飞机，去找找这个叫渔人湾的地方。"

25

多姆·丹吉洛神父需要去户外走走了。复活者家园寄宿学校收养的孩子们都有着坎坷的身世，他们在圣经辅导和心理咨询课上向多姆纷纷诉说了自己凄凉的童年生活。听过了这一切的多姆需要出来呼吸一下新鲜的空气，感受渔人湾的安宁，也好以此来确认上帝的恩泽依然洒满在这个世界上。尽管人们在不择手段地毁灭这个世界——特别是孩子们的世界，但是漫步在和煦的春风里，多姆逐渐地重新获得了内心的平静和力量

眼下是一年里他最喜爱的季节。残冬的冰雪已经消融，春天的脚步无可阻挡，满城的鲜花摇曳绽放，夏季的闷热却离得尚远。渔人湾的风光在每天任何一个时辰都是迷人的，可对于多姆来说，像此刻这样的夜晚才更有独具的魔力。商铺熄灯了，街上没有了车辆，这个小城沉浸在了旧大陆式的一片祥和静谧当中。随着轻风掠过大河，多姆听得见两个街区外的码头传来了停泊的小船间温柔碰撞的声响。

只有在这样的夜晚，一位牧师才能避开教区居民永无变化的尊敬而亲切的注视礼，独自行走在街路上。人人都有自己的角色需要扮演，可是多姆的角色也有权享受短暂的孤寂和感伤。街上已经空无一人了，所以当一个黑影在圣凯瑟琳教堂大门旁向他打招呼时，多姆不由得吓了一跳。

"晚上好，神父。"

"维妮丝。"她坐在水泥台阶上，双手抱着膝盖，看着像是着凉了。多姆问："你没事吧？"

她没作声。

"想和我一道散散步吗？"

她说："我知道你有时需要一个人转转。"

多姆伸出手说："起来和我走走。"

维妮丝借他的力站了起来。多姆没再说什么。

"我惦记迪格呢。"她说。

"大家不是都在惦记他吗？"

"噢，我现在真是为他担心死了。我感觉他面临着迫在眉睫的危险。"维妮丝说明了她侵入数据库了解到的情况后结束道，"一共七条人命了，都和这件事有关。"接着，她又转述了头儿在电话里告诉她的与那个女警长碰面的情景，指出女警长明确威胁要把乔纳森送进监狱。"我吓坏了。"她说。

多姆仔细琢磨听到的这一切，然后说道："迪格是个胆略超常的家伙，上大学的时候就是这样。在他看来，如果循规蹈矩，害怕冒险，他的生活就失去了意义。"

维妮丝看他一眼说："听起来你对他还蛮赞赏的。"

多姆耸耸肩道："我当然赞赏他了，他是我一生中最好的朋友。"

"那你就该和他谈谈，让他更理智一点。"

多姆笑起来了。"好啊，等我根治了全世界的灾荒，再想出办法制止了潮水的涨落以后，我马上就通过谈话让乔纳森·格雷夫变得理智一点。"少顷，他又问："他什么时候回来？"

"他坐的飞机十点多到达杜勒斯机场。"

多姆又笑了。"迪格竟然坐民航的飞机了。我怀疑他甚至都忘记如何购买机票和接受安检了。"

维妮丝允许自己也跟着乐了起来。"那你说鲍克瑟呢？谁如果坐在中间的座位，旁边挨上他，那该挤成什么样了？"听着像是鲍克瑟自己就愿意坐经济舱似的。

接着他们在沉默中经过了大半个街区，背朝大河走上了拐往帕图大道的缓坡。路两旁的树冠在头顶上连接在了一起，给人一种在隧道里穿行的感觉，只有一些住户的门廊灯在漆黑夜色中发出微弱的光亮。

"关于休斯一家都是杀人犯的说法，你是怎么看的？"多姆问道。

"我一点都不相信，"维妮丝回答，"从直觉上就无法接受这种说法。一个千方百计想救出自己儿子的父亲，不会去杀害另一个家庭的两个孩子。我觉得这说不通。"

"也许事情确实是以另外一种方式发生的。"多姆说。

"你明白迪格对于偶然的巧合是怎么看的吧，"维妮丝说，"他认为这种巧合实际是不存在的。各种事件之间总是彼此联系的。"

多姆点点头，觉得他听到的仿佛就是乔纳森本人的声音。"好吧，"他说，"让我们以此作为准则，相信并没有什么偶然的巧合。同时让我们相信休斯一家不是杀死那两个孩子的凶手。这起事件与其他一些事件应该是有联系的，只是我们还不清楚是怎样的一种联系。"

维妮丝停住了脚步。她的眼睛睁得很大，多姆的推理让她得到了启发。

她的眼神让多姆笑了起来。"不介意我去帮帮你吧？"他问道。

十五分钟后，他们来到了老消防站的三楼。多姆拉过一把椅子坐在维妮丝的身后，越过她的肩膀盯着屏幕。他们一口气儿忙了三个小时没休息，果然发现了许多他们原本希望就掌握的信息。乔纳森从机场回到这里时，他们挖掘的这些情况将会给他一个惊喜。多姆从来没见到维妮丝像此刻这样兴致勃勃，富有活力。

就在这时，亚历山大老妈从家里打来了电话。他们的笑容旋即消失了。

航程总的来说还是不慢的。乔纳森和鲍克瑟在芝加哥乘上了直接飞往华盛顿杜勒斯国际机场的同一架飞机。他们坐的都是经济舱，为了避免引起注意，两人的座位离得挺远。盖尔·博纳维莉已把乔纳森当作了怀疑对象，可是她还不知道有鲍克瑟这么一个人。假如飞机上有盖尔安插的尾巴，他们俩分开坐，就不会被人当作是一伙的。有人跟踪他们登上飞机的概率很小，不过考虑到与盖尔·博纳维莉面对面的概率原本也几乎没有，他现在的任何谨慎都不显得多余了。

　　他在电话里甚为吃力地对维妮丝坦白了遇到盖尔的事情。维妮丝一直批评他行动鲁莽，不注意遵守事关长远的安全纪律。她是对的。乔纳森在曼西城干下了蠢事，甚至险些遭到逮捕。如果盖尔·博纳维莉打算查验他的身份，金刚狼会为他提供保护。然而乔纳森还是由于自己的轻率而付出了代价，别的不说，帕尔修斯食品集团的湾流喷气机今后是不能乘坐了，不过至少理查德·吕戴尔先生是会为此而高兴的。

　　没有了湾流飞机，他遇到的另一个问题是武器的携带。为了避开芝加哥奥黑尔机场的安检，乔纳森不得不通过快递公司来发送他的点45手枪和子弹。虽然用不了两天他就会收到它们，而且在此之前他也不愁找出足够的武器作为替代，但是目前的旅程中没有了随身的手枪，还是让他很不自在。

　　在飞向华盛顿的两个小时里，乔纳森始终在思索神秘的安吉拉·考德威尔一家的凶杀案。他不相信休斯能干出这样的事情，而且受害者临死前遭受的那种野蛮残暴的折磨，很像是出自伊万·帕特里克的手笔。可是，这一切是为了什么呢？有什么共同的因素让费边·康格、蒂伯·罗斯曼、安吉拉·考德威尔和爱伦这些人之间出现了交集呢？假如真都是同一个人干的，究竟是什么原因让他一遍遍地诉诸于如此骇人的暴行呢？

　　乔纳森的推理有了一些结论，他很想把它们用笔写在本子上，可是机舱里的乘客太多。他闭上眼睛，在脑海里把许多分散的点用连接线形象地勾画在一起。

　　安吉拉·考德威尔、斯蒂芬森·休斯和费边·康格都与凯雷公司生产的GVX细菌样本存在着联系，这是他们之间的共同点。

斯蒂芬森·休斯和蒂伯·罗斯曼以不同的方式与托马斯·休斯这个孩子联系在一起。维妮丝的调查表明，康格和休斯也是由于凯雷公司而发生了联系。至于蒂伯·罗斯曼搅进这潭浑水，乔纳森并不感到奇怪。康格在某个时刻联系了蒂伯，而惯于在公众舆论领域兴风作浪的蒂伯对于康格的爆料是不会无动于衷的。

乔纳森把眼睛闭得更紧了。答案变得越来越清晰。遭到绑架的托马斯·休斯成为了迫使斯蒂芬森盗取凯雷集团GVX样本的工具。如果不是乔纳森在中间插一杠子救出了托马斯，他们的交易马上就要完成了。

对于那些无辜的好人而言，这一刻是否就是厄运的开始呢？这个念头的出现，让乔纳森不禁打了个激灵。假如这次的人质救援行动失败了，托马斯、斯蒂芬森和蒂伯是无疑要被他们杀害的。但是，其他人呢？

想清楚了答案的乔纳森感到呼吸出现了困难。假如他在桑松县干得不是这么漂亮，也就不会有交付"赎金"现场的那份视频存储卡流落到他手里。假如没有了这张卡，他们就没必要去折磨爱伦，她此时就不会躺在医院里，不会苦苦地挣扎在死亡线上。

就乔纳森而言，他深爱着的这个女人就会依然健康快乐地生活下去。

天啊。

机轮接触跑道的震颤让乔纳森忽然一愣。他一直沉浸在思索中，没注意起落架是何时放下来的。

乔纳森和鲍克瑟装作不认识，排队走下飞机，登上拥挤的摆渡车来到了主航站楼。在这里两人将依旧分开行动，穿过一层的大厅，绕过圆盘行李传送带，出门到出租车乘车区，然后分别乘车回到渔人湾。

乔纳森没能到达打车的地方。经过第一道行李传送带的时候，他就看见了维妮丝的身影。他很惊讶，脚步也缓了下来。等到发现和维妮丝站在一起的还有多姆，乔纳森全身的血液似乎都要凝固了。这些年里，乔纳森执行任务归来时，不论是政府委托的任务还是他们公司自身的行动，多姆·丹吉洛从来没到机场来接过他。他们没向他招手，也没露出微笑，维妮丝像是刚刚哭过，多姆似乎也是马上要哭出来的样子。这位神父主动迎着乔纳森走了过来。

"怎么回事？"乔纳森问道，心里却已经明白了答案。

多姆身后的维妮丝悲戚地哭出了声。"我们去那边坐下来说吧。"多姆轻声说。

"不用，就在这里说。"乔纳森答道。

多姆伸手抓住了乔纳森的胳膊，拉他走向一旁的长椅。"坐下来要好一点。"他说。

"是不是爱伦？"乔纳森问道。这两个人的神情已经说明了一切，可是他非要听他们说出来才行。听他们告诉他想错了，那才好。

多姆望了一眼维妮丝，然后把目光锁定在乔纳森的脸上。"她死了，时间是今晚的9:30，迪格。她的意识直到临终也没有片刻的恢复。我非常难过。"

乔纳森目不转睛地盯着他，慢慢地领悟着这些词语的含义。这正是他一直担心出现的结果。虽然已有预感，虽然心理上有所准备，但是那种痛不欲生的感觉仍然迸发得如此迅捷和猛烈，表明了理智永远也无法替代情感。他觉得五脏六腑在一阵阵地紧缩，却只有紧紧地咬住牙关，强迫自己直面刚刚陷入的万丈深渊。

多姆仰起头看着他。"迪格？"

维妮丝走进前来，伸开双臂做出拥抱的姿势。"迪格，我为你非常，非常难过。"

乔纳森扬起手掌止住她说："我还好，这并不是个意外。"嗓音有点哽咽，然而他还是说出了话。他转身向出口走去。"我们走吧，还有事要做呢。"

"迪格？"多姆喊道。

乔纳森大步朝前走去。此刻他不想和别人谈话，也不想和别人待在一起。呃，也许有一个人除外。他恨不得伊万·帕特里克马上就出现在他的身旁。

"乔恩！"看见乔纳森不想放慢脚步，多姆小跑着追了上去。"听着，迪格，我认为我们确实需要谈谈。"

乔纳森硬挤出笑容说："是吗？你想同我谈谈？是作为一个神父，还是一个心理医生？"

"是作为一个朋友。你这个样子让我很生气，我想提供帮助，可是你一心想躲开我。"

乔纳森朝牧师转过身来说："你打算为我进行心理分析吗？打算听我的忏悔吗？打算握住我的手，深情地亲吻我，以为这样我就会好过些，是吗？"

"是的，"多姆说，"这些也许都有一定的必要。"

"那你就别费心了。我早就见识过死亡，嗨，我一直在死人堆里打滚来着。"

"好一个超级硬汉。"多姆用嘲弄的口气说。

"不是什么硬汉，而是个现实主义者。爱伦已经死了，我接受这个现实，即使现在她没死，明天或者是明年这个时候她可能还会死。如果我为此需要精神病专家的抚慰，我肯定是要找你的。"乔纳森说道。他用眼角的余光看见鲍克瑟走过来挨着维妮丝站下了。

"乔恩，看在上帝的分上——"周围的其他旅客纷纷躲开他们行走，就像奔淌的溪水绕开山涧里的石头。一些分明感受到了紧张氛围的路人忍不住回头朝他们张望着。

"你想和我一道走过悲痛的每个阶段吗，多姆？我懂得发泄痛苦、陷入自责和节哀顺变这套名堂，这些我早都经历过了，再经受一遍也没有任何问题，只是你不要逼我。"

"你爱她，迪格。"

这句话击中了他。简简单单的一个句子。很短，很真实。

乔纳森感觉绑缚着他的情感的针脚绷得更紧了。他转过身，重新向前走去。

多姆伸出手搭在他的肩上，乔纳森甩掉了它。"迪格，别这样，求你了。你爱她。不要用你过去经历过的事和这件事相比，连想都不要想，它们之间不一样。"

"多姆，别说了。"

"活见鬼，乔恩，看着我！"多姆喊了出来，把周边的人吓得不轻。溪水更加远远地绕离石头，给他们闪开了更大的空间。十五六米远的地方有两个警察注意到了他们，开始朝这里走来。

乔纳森充血的眼睛冒出了无法抑制的怒火。他一把攥住牧师的衬衫拧着，把两人的脸庞拉近到了几英寸的距离。"你究竟希望我怎样，多姆？你想看到我的眼泪？也许最好是崩溃？你想让我悲悲切切地偎在你怀里？全没门儿。"

多姆没作声。

乔纳森的脸上突然掠过一丝痛苦的惊惧。他松开了多姆的衬衫，甚至想用手抚平他攥出的皱褶。

"对不起。"乔纳森咕哝道。

"这里有什么情况吗？"一个警察问道。他们离得还有五米远。

"没什么，一切都好。"多姆说。

两人当中年纪更轻个子更矮的那个警察怀疑地皱起眉头。"你肯定吗，神父？我看到他拉扯你了。"

"我说过了，我们一切都挺好。"多姆重复道。

那位警察似乎对这个回答并不满意。"不论是怎么回事，"他说，"请你们到大楼外边去解决。"他们走开了，可还回头观察，担心这些人的争吵死灰复燃。

乔纳森已经控制住了自己，说道："听着，我不知道我是否能向你们说得清楚。在我生存的世界里，情感这个东西是没什么用处的。我面对的是无法更改的事实，运用的却是常常修正的推理。我衡量行动的作用力和反作用力，我分析事件的原因和后果，这些都要求我必须保持清醒，而其他的一切——"他的声音变弱了，"其他的一切都不重要。"

多姆没有插嘴，等着他继续说下去。

"这是我的错，"乔纳森终于又打破了沉寂，"是我开展了这次营救行动才导致爱伦被害的，我要亲手把我的错弥补过来。"

"你不能这么干。"多姆说。

"别再给我上课了,多姆,行行好吧,看在我的分儿上。"

"复仇自有上帝来安排,迪格,它不是你的事情。让上帝和警察去做他们该做的吧。"

"警察不了解我现在掌握的东西。他们很难找到侦破此案的正确途径。"

"那就把你知道的告诉他们。"

"你明白我无法对他们说出实情。"

"那你就告诉金刚狼,她有能力为你伸张正义。"

乔纳森沉默一会儿,说出了实话:"我不想这么做。我要让那个混蛋看着我如何亲手宰了他。"

26

鲍克瑟驾驶蝙蝠车拉着乔纳森回渔人湾，多姆则上了维妮丝那辆闪闪发亮的马自达。在开始的四十五分钟里，悍马车上的两个人都没说话。乔纳森感觉出这种沉默让鲍克瑟不很自在。鲍克瑟需要说点什么轻松一下气氛，可是乔纳森却对此并不在意。他们都承受着很大的压力，就让鲍克瑟在一边儿不自在好了。

"你没事吧，头儿？"大块头终于出了声。

乔纳森侧过头去看他，然而没说话。

鲍克瑟叹口气说："看你受到这样的伤害，我真难过。"

"你反正也不喜欢她。"乔纳森答道。声音里透出了一种抱怨，他为此有点羞惭。

"是啊，我从来没喜欢过她。"鲍克瑟承认道，"离婚时她对待你的态度，让我更没法喜欢她，但是那不等于我不会为你的痛苦而难受。"

乔纳森又向他转过脸去，露出了温和的笑容。

"你是我的朋友，迪格，这就是说在我眼里你属于稀有品种。我不愿意看到你这么痛苦。"

乔纳森心里涌上一股暖流。他不记得有人对他说过比这更感人的话语了。

"另外你该记住一条，"鲍克瑟说了下去，"你为她复仇的时候，我会和你在一起。"

　　闪光的马自达先到家了。当乔纳森和鲍克瑟走进老消防站时，维妮丝和多姆正在起居室里等着他们。乔纳森在门口愣了一下，叹了一口气，而大狗乔已从沙发上跑下来欢迎他。乔纳森明白他们想陪他一起度过这场个人情感的危机，可是他此时并没有这个心情。

　　"今晚就免了，伙计们，我实在是想一个人待会儿。"

　　"我不认为你会愿意一个人待着。"维妮丝说。

　　乔纳森皱起眉头。

　　多姆解释道："在得到爱伦的死讯之前，我们经历了一场头脑风暴。"

　　"我们？"

　　"多姆和我。"维妮丝说，"我们打算把一些事情理出头绪。我想我们是做到了。"

　　乔纳森等待他们说下去。

　　"我们都知道，斯蒂芬森·休斯需要搞到GVX样本作为赎金。"多姆开了头。

　　维妮丝很快插进来说："而伊万·帕特里克由于他具有的某方面特长，经常被凯雷公司雇来为他们所谓的特殊项目提供服务。"

　　多姆靠回椅背上，听任维妮丝唱起了主角。

　　"既然我们认为世界上没有什么偶然的巧合，而安吉拉·考德威尔也恰好是在凯雷工作——"

　　"她就是那个知道如何搞到细菌样本的人。"乔纳森自己已把一些线索联系在一起了。

　　"这么说确实是休斯杀害了她，"鲍克瑟说，"他们拷打她是为了让她说出弄到样本的途径。"

　　维妮丝摇起了脑袋。"不，我不是这么想的。安吉拉有家庭，她是孩子妈妈。我认为休斯只是把家里遇到的事情告诉了她，说明他的儿子危在旦夕，于是安吉拉就告诉了他获取GVX的办法。

伊万·帕特里克不知怎么知道了这件事，是他拷打和杀害了安吉拉和她的两个孩子，从她嘴里逼出了她曾向休斯提供过的那些信息。"她用目光盯住乔纳森，希望自己的推理得到他的肯定。

"如果真是这么一个过程的话，"乔纳森认同地说，"倒是解释清楚了安吉拉一家遭到的残害——这是伊万行事的典型手法。"

"对他说说另外的枪击事件。"多姆提示道。

维妮丝向前探过身子，眼睛睁得大大的。"没有什么纯粹偶然的巧合，对不对？依照这样一种观察事物的法则，我再次黑进州际罪案信息中心的网络，为的是了解更多的犯罪动向，结果在曼西城一带发现了新的情况。喔，是在离曼西城一百多公里的地方，不管怎么说也是值得关注的。"

"又有新的凶杀？"鲍克瑟问道。

"不是，但是发生了枪击案——嗯，也许算是半个枪击案吧。"乔纳森露出快要失去耐心的神情，所以维妮丝加快了叙述，"有人拨打了911报警电话，报告在一个小镇里叫作天启大道的地方响起了枪声，那个镇子的名字我记不住了。当警方正在调度警力的时候，那个报警者又打来了电话，说他刚才搞错了，他们那里一切正常。警方的调度室把救护车撤回来了，但是安排巡逻警车按原计划出现场，去看看究竟是什么情况。现场报告称，警察在大门口遇到了一些人，他们都是一家安保公司的雇员，情绪显得比较慌乱，可是他们坚称没发生任何异常情况，警察也就没办法做进一步的查证了。"

"但是你不相信那里的情况是正常的。"乔纳森替她得出了结论。

维妮丝点头说："没错，因为我们不相信什么偶然的巧合，我就在Zillow上搜索了报警人说的那个地址。"乔纳森懂得她指的是个专门查找美国房地产信息的搜索引擎。"不想猜猜那个地址到底是什么地方吗？"她问道。

"是印第安人的一处墓地吧。"鲍克瑟没好气儿地说。

"那里过去是奈克导弹的制造和发射实验基地，这在公开的资

219

讯里都能查到。到了20世纪的80和90年代，我们中止了奈克导弹的生产，位于天启大道的这块地产也就对外公开拍卖了。买下这个地方的，是一家称作金钥匙安全存储系统有限公司的企业，它的总部设在了特拉华州威明顿市。"

"公司的名字挺有意思，"鲍克瑟有点好奇地问道，"不知他们究竟是干什么的？"

"特拉华州。"维妮丝强调道。大家的思维还没实现她所期望的那种飞跃，这让她感觉有点沮丧。"凯雷集团就是特拉华州的企业。"

乔纳森不禁笑出了声。"天哪，维妮丝，世界上大概有一半的企业都是在特拉华州注册的。"

"既然都在特拉华，搜索起来就更容易。"维妮丝还击道，"金钥匙安全存储系统有限公司是凯雷工业集团的一家子公司。当然表面上看是拐了几个弯，但它们是同一个公司。"

乔纳森终于弄懂了。"导弹库需要建在地下，"他说，"凯雷把GVX样本储存在地下库房里了。"

"当休斯去地下盗取样本的时候，那里可能是发生了枪战。"多姆说。

"打给911的电话是怎么回事？"鲍克瑟问道，"如果有人当时中了枪子儿，为什么又取消了报警呢？"

"因为他们不想把这件事扩散出去，"乔纳森解释道，"美国所有的州都规定，出现被枪击中的伤者必须向警方报案，当事人还要接受当局的调查。这是凯雷这种公司最不喜欢遇到的局面。"

房间里陷入了沉默，只听见大狗乔在发出粗重的呼吸声。每个人都在心里努力去还原事件的真相。

终于，乔纳森尝试性地讲出了他的初步见解。"休斯夫妇不顾一切地想救出孩子，所以他们找到了安吉拉·考德威尔。安吉拉想帮助他们，好心给他们指了一条路，结果却付出了她自己和两个孩子的生命。休斯夫妇显然是去过安吉拉的家，不然那里不会到处都是他们的指纹。然后休斯夫妇就到了天启大道那个地方，拿到了他们需要用来作为'赎金'的物件。"

"这个时候他们和别人互相开了枪。"鲍克瑟说。

"正是这样。"乔纳森表示同意，又说，"那么，现在休斯一家已经躲到了什么地方。由于警方把他们看成是安吉拉一家凶杀案的主犯，他们无法打电话向警察求助。他们或者是把GVX藏到了某处，或者是还随身带着它。"他环视每个人后说道，"我们必须找到斯蒂芬森·休斯和他的家人。"

维妮丝的笑容很灿烂。"我已经找到了。"

27

　　盖尔·博纳维莉用力向后仰去，试图放松一下僵硬的肩部肌肉，屁股下的椅子于是发出了难听的吱嘎声。她把双脚搭在写字台上，在大腿上移动无绳鼠标，又一次打开了视频播放器。画面开始的几秒钟是利昂·哈里斯走入华盛顿杜勒斯国际机场的进港大厅。摄像的角度太高，所以盖尔的判断也许有误，不过利昂背着仅有的一个电脑包走出画面的样子确实看上去很疲倦。

　　屏幕上出现了图像剪接造成的瞬间停顿，然后盖尔看见利昂从另一道门闪了出来，走过了行李提取处。有一个牧师和一个女人在迎候他，他们之间显然是熟悉的，可是气氛却看着有点紧张，尤其是利昂和那位牧师之间是这样。画面是无声的，然而看得出他们在面对面争吵，情绪的躁动达到了高点。有那么一会儿，利昂甚至拉扯了那个牧师的衬衫。盖尔始终是个卫理公会派教徒，对于天主教教堂灌输的教义并不熟悉，但是她能够肯定的是，敢于动手冒犯一位牧师的家伙是不会有好果子吃的。

　　不过这只是刹那间的宣泄。还没等那两个警察到近前干涉，争吵就已进入了尾声，利昂的肢体语言很像是在道歉。随着第四个角色走入画面，一切都归于正常了。他看着是一个高大魁梧、冷酷粗鲁的家伙，却似乎受到了其他人由衷的欢迎。

　　全部视频图像的播放用不了十分钟时间，然而盖尔相信，就在这些画面当中隐藏着发现她的答案的钥匙。

盖尔认为，有关方面同意向她提供这些监控视频资料是个明智之举。她一丁点都没相信过利昂是FBI的探员，虽然经过询问，联邦调查局回复说这个人的确是他们那里的。她同样也不相信利昂·哈里斯是他真正的名字，视频表明他是从民航客机上下来的，但是所有乘客名单中并没有利昂·哈里斯这么个名字，这一事实就证明了她是对的。他由于继续使用帕尔修斯食品集团的私人飞机而暴露了自己的行踪，所以不敢冒险再回到等在停机坪的湾流商务机。利昂面前有两个选择：包租另外一架私人飞机，不过这仍然会留下痕迹；或是乘坐商业运营的民航客机，消失在广大乘客的人海里。

凭着直觉，盖尔给美国交通安全管理局打了电话，请求他们提供帮助。具体索要的是：在印第安纳波利斯周围八百公里以内，任何一个机场起飞的所有客机航班乘客到达华盛顿地区内所有机场进港大厅的监控视频资料。这个范围内的航班数量大大多过了盖尔原先的想象，所以她又缩小了搜索对象的规模，把它限定在载有在十个小时以内购买机票旅客的那些航班上。

于是，盖尔幸运地在审看第五张视频光碟时发现了利昂的尊容。剩下的事情就容易多了，有几百只监控镜头在记录着机场每一角落每一秒钟的动向，按照视频标注的时间对照查找，利昂在机场的所有举动便一目了然了。

可是这究竟是怎么回事呢？为什么这位冒牌的利昂·哈里斯要竭力保护休斯一家人呢？盖尔感觉到，如果她解开了上述的谜团，她就能完全独立地侦破竟然包括了七个受害者的重大凶杀案了。

有人在门外急促地敲了两下。在来访者未等允许便推门进入之前，盖尔就猜到这一定是杰西。他一副志得意满的神情，就像是一只刚刚偷过腥的猫。他来到盖尔的桌边，在对面的椅子上安顿下来，左手挥动着一只文件夹，动作犹如歌剧里的女演员在扇扇子。

"撞大运了，头儿。"杰西说道，不过他没打开手里的文件夹。

"用面部识别软件辨认你那位朋友利昂·哈里斯，结果什么发现都没有，绝对就是个零。所以我决定再查查其他人的面部。这就是我找到的。"

盖尔看着他掀开文件夹，找出一页纸，面朝下放在了桌子上。她把纸张朝上翻过来，见上面印着一张人头照。盖尔依稀觉得那人有一张她似曾见过的面孔。

"这就是那位牧师，"杰西说，"监控视频里出现过。他是多米尼克·丹吉洛神父，在圣凯瑟琳教堂担任牧师，这个教堂在弗吉尼亚州一个叫渔人湾的小镇。别问我那个地方在哪儿，因为我一点都不知道。那里还有个叫复活者家园的学校，是为孤儿们开办的，我说的是某种意义上的孤儿，就是由于父母在监狱里服刑而无人照顾的那些孩子。这位神父是为这个学校开展募捐活动的组织者。"

"听起来真暖心。"盖尔说。

"嗨，这仅仅是开头，"杰西不由地咧嘴笑起来，说道，"好戏在后边呢。利昂和这位丹吉洛神父明显是互相认识的，对不对？所以我想应该在网上把多米尼克·丹吉洛神父和渔人湾联系起来搜一搜。事实上，搜出来的内容比我原来想的要多很多。作为一个神父，他在公众场合的演讲非常受欢迎。他像一部机器似的为了募捐而不停地奔忙。他还是个心理医生，不论这对我们是否有意义。"

"你觉得有意义吗？"

杰西耸耸肩说："我想如果你患了精神病，那会是有点意义的，不过目前用处还不大。"

"那你为什么——"

"别急，我正要往下说呢。我没找到他和利昂之间的任何联系，于是我就尽可能去追寻他遥远的过去。终于，我发现了威廉玛丽学院在20世纪80年代中期印刷的一份校友报，就是献给未来回忆的那种东西，你明白吗？"杰西笑得合不拢嘴了，又把一页纸面朝下推给了盖尔。"看看我找到了什么？"

盖尔怀着一种衷心的期盼翻开了那张纸，上面也是一幅照片，不过这次是两个显然喝高了的大学生。他们的服饰表明照片摄于迪斯科狂潮进入了尾声的那个年代。两个小伙子笑得十分开心，那种勾肩搭背、情同手足的样子在已经告别了大学时光的人们当中是甭想看到的。

　　"你没注意到吗？"杰西急着问道。

　　她看到了。照片上标出了他们的名字。左边那位深色头发、深色眼珠的小帅哥是年轻版的丹吉洛神父，而右边裸着上身的金发美少年就是当年的利昂·哈里斯——不过照片上写着的名字叫乔纳森·格雷夫诺。

　　"噢，上帝啊！"盖尔的表情亮了，"瞧瞧你找到了什么，干得好，杰西，简直是太棒了。现在我们有他的名字了。"

　　杰西摇摇头。"准确点说，这还不是他的名字。乔纳森·格雷夫诺并不存在，世界上没有这么个人。"

　　"可是我见过他呀。"

　　杰西的嘴甚至咧得更大了。"不，"他一边说着一边把第三张纸在桌面上推了过来，"你见到的是乔纳森·格雷夫。"

　　新的一页纸印的是关于一个叫斯鲁森私人调查所的介绍性文字。这是弗吉尼亚州的一个公司，总部所在地正是渔人湾。

　　"这里面确实是有点名堂，"杰西掩抑不住得意的神情说道，"乔纳森·格雷夫诺是西蒙·格雷夫诺唯一的孩子。你这位FBI女士听到西蒙的名字不觉得耳熟吗？"

　　岂止是耳熟，简直是如雷贯耳。西蒙·格雷夫诺是个最著名的诈骗犯。"犯罪团伙的首领，不是吗？"

　　"说得对，"杰西说，"他是在南部各州赫赫有名的一个黑帮头头。乔纳森·格雷夫诺从大学一毕业，就把名字改成了乔纳森·格雷夫，然后他参军了。二十年后，他成立了一家私人调查公司。一个军人出身的家伙开办的调查所，经营的会是什么样的业务呢？"

　　这一次盖尔立即就领悟过来了。像乔纳森这类的人很可能会投身于某种准军事化的"生意"。这种生意也许可以具体定义为营救随机出现的被绑架者。应该在地图上找出渔人湾并定下飞机票了。

盖尔刚要就此下达指示，桌上的电话响了起来。甚至在伸手拿听筒的时候她就觉得，她似乎不应该接起这个电话。

三十秒钟后，盖尔为没有听从刚才的直觉而暗暗地诅咒自己。

维妮丝不想掩饰因自己的成就而产生的自豪感。"我明白你们会想到要追查休斯一家的下落，"她说，"所以我就先做了一点功课。我想他们也许做了一些蠢事，比如使用信用卡什么的，但是他们一定是没这么干，不然早就被警察团团围住了。他们是相当聪明的。唯一一件不寻常的举动就是，他们从银行储蓄里取出了一万两千美元的现金，现在他们的现金账户里已经不剩多少了。"

"那是他们逃亡的路费。"鲍克瑟说。

维妮丝继续道："我还想追踪他们的手机号码，但是他们不是关了手机就是把手机扔掉了。不管是什么情况，没有手机信号，我无法测定他们的位置。"

乔纳森问道："我在救出托马斯后拨通的那个号码怎么样了？"

"它属于那种预先交付一定额度的花费，用完就可以扔掉的不记名手机——亏得还有这个号码，否则我们就没有任何抓手了——当然了，这个号码也无法接通。虽然是这样，我还是仔细想了想，既然他们如此谨慎，关掉原来的手机，买这种不记名的手机来使用，那么他们买的可能就不止是一部这种手机，对不对？丈夫休斯有一部，妻子朱莉也就可能有一部。"维妮丝等到大家都点过头后继续说道，"于是，依靠我一个在通信公司上班的朋友，我追查了斯蒂芬森那部不记名手机曾经向外拨出的电话号码。你们猜我发现了什么？"

乔纳森装得仍有耐心，因为这是最容易做到的事情。"发现了什么？"他问道。

"他拨通了另外一部不记名的手机。"

"是他的妻子吗？"

"我就是这么猜想的。最后查出总共有三部这种手机在彼此联系，最开始是你给斯蒂芬森打进去的，最后一次通话是在三十个小时之前。无论如何，这些通话记录给我们提供了进行调查的路径。"

"她指的是调查这些信号所在的方位。"多姆解释道。

维妮丝点点头说："正是这样。而且很有趣的是，通话的另一方——每次它都是接收方——地点总在变换，最早在印第安纳州，后来移动到北边，以后又到了东边。但是拨出方则不是，它的信号始终都是通过宾夕法尼亚州西南部的同一个信号发射基站传输出去的。"

"是在匹兹堡吗？"

"不在匹兹堡市区内部，但大体是那一带，在那里的山区。"维妮丝伸出胳膊在咖啡桌下面取出了乔纳森一直放在那里的地图册，低头翻找需要的页码。在乔纳森看来，她的这个举动多少含有表演的成分。找到了地图上的位置后，她用全部的手指在上面拢了一个圈。"就是这里。"她说。

鲍克瑟轻轻吹了一声口哨。"这可是老大一片区域，"他说，"你不能把范围再缩小一点吗？"

维妮丝白了他一眼。"我当然能做到。"她说话的样子显得更有活力了，"那个州的这片地区在经济上还相当落后，人们的生活状况和我们周围的邻居很不一样。那里是以矿业为主的，而每家每户都有很大一片宅地，即使没有几百英亩，十多英亩还是有的。"

乔纳森的耐心快耗尽了，但他还是忍住了自己。

"好的，好的，"维妮丝读懂了乔纳森的肢体语言，加快说道，"马上就进入正题了。嗯，我是说，不管你们信不信，由于那里地广人稀，实际上斯蒂芬森可以用于藏匿自己并往外打手机的住宅并不是那么多。"

"他要是在野外露营呢？"鲍克瑟说。

维妮丝不屑地一摆手说："相信我，他没露营。相反，他躲在了森林深处的一幢老房子里。"

"是他家的房子？"鲍克瑟问了一句。

"为什么警察没发现这个地方呢？"乔纳森补充问道。

维妮丝笑了。"因为房产契据上的主人是阿里斯特·杜布瓦，"她说，"不是斯蒂芬森·休斯。"

乔纳森急忙问道："这个阿里斯特·杜布瓦是什么人？"

"斯蒂芬森·休斯的外公。"

"好家伙！"鲍克瑟喊道。

多姆也在一旁笑道："维妮丝很了不得吧？我不掺半点假，她只用四十五分钟就查明了这一切。我一直在旁边看她忙来着。"

乔纳森乐得张开了嘴。"你用什么诀窍找到这个地方的？"

她耸了耸肩膀。"这不算什么了不得。我从一开始就估计，关于如何藏身，休斯肯定早已有了一个比较现实和可行的安排。"她瞥了鲍克瑟一眼说，"这个安排应该比在野外露营靠谱得多。这就意味着他们也许有一处可供藏身的房子。如果真是这样，我猜想那一定是他们家族的房产，不然他们怎么会知道有这么个地方呢？根据这样的推测，我开始核对那片区域的房产纳税记录，又查了查休斯的家谱，很快答案就跳出来了。"

乔纳森再次咧开嘴笑着说："你总是给我带来惊喜。"

维妮丝更是一脸喜不自禁的笑容。

"你能再次施展一番你的魔法吗？"

她马上变得严肃了。"什么事？"

"西弗吉尼亚州有绿色旅的一个营地，查出你能找到的有关它的任何东西。"乔纳森用一分钟与大家分享了在安德鲁·霍金斯那里得到的零星情报。

维妮丝皱着眉说："光有这点线索，想深入调查可不太容易。"

"你是说你做不到？"乔纳森问道。

"请别侮辱我。"她说。

"我相信你做得到。"乔纳森看一眼手表又说，"现在是7:15，让我们三小时以后重新汇合，看看都有什么进展。"

维妮丝显出惊恐的表情说："你明白这不是早上的7:15，对不对？"

228

乔纳森站了起来。"那就三小时十五分以后吧。维妮丝、鲍克瑟和我,10:30在办公室碰头。"他望着鲍克瑟问道,"没问题吧,大个子?"

鲍克瑟也站了起来,嘟囔道:"没发现我还有很多选择。"

"我还得打打电话,"乔纳森说,"如果你们不介意的话,现在我要一个人待会儿了。"

屋内的气氛骤然间冷却了。他们刚才似乎是忘掉了爱伦。维妮丝跺了一下脚,大狗乔吓了一跳。"天哪,迪格。"她说,"我们太粗心了。"

乔纳森撵着他们朝环绕消防杆的楼梯方向移动。"用不着道歉,你们都干得很好。"

"不想让人陪陪你吗?"多姆问道。鲍克瑟担心地看了多姆一眼,看出对方没有让他也一道留下来的意思,便放下心来。安慰他人并不是这位大块头的长项。

乔纳森微笑道:"我不要紧,多姆。真的没事,放心吧。"

"你确定吗?"

"快走吧,"乔纳森说,"今晚你们已经占去我不少时间了。"

多姆不愿服从乔纳森的命令,可又找不到一定留下来的理由。他从后门离开了消防站。

乔纳森背朝正在离去的维妮丝和鲍克瑟,弯腰摸弄大狗乔的耳朵。一直等到听见关门声后,他直起身掏出了手机。他找到通讯录上的那个名字,按下了通话键。

刚一声铃响,另一端就接起了电话。"我是克雷默警长。"听筒里完全是公事公办的语气。

"道格,我是乔纳森·格雷夫。我需要你帮个忙。"

28

虽然已经离开了联邦调查局，可是当芝加哥FBI的外勤处处长打来电话传递重要信息时，盖尔还是要认真对待的。"你需要回家去一趟，"文森特·梅迪纳是这样说的，"而且你要单独一个人去。"盖尔要求了解更多细节，梅迪纳婉言解释说上边只是让他传达这一命令，没有赋予他透露其他内容的权力。

"我早就不是你们的人了。"盖尔答道。

梅迪纳对她的话未作评论。没权力说别的就是没权力说别的。"我无法告诉你该怎么办，盖尔，老实说我自己也不清楚究竟是怎么回事。不过总部的头头直接找我，指定由我来通知你本人，这说明这件事情挺重要。"

"我必须单独去？"

"他们是这么说的。"

"我估计你也不肯告诉我这个'他们'都是谁。"

"盖尔，请别难为我。"

于是，就是现在这个情况。盖尔在一片懵懂中开车朝家驶去。她曾怀疑会不会是有人精心设下圈套对她进行伏击，但是很快就排除了这种可怕的念头。不知从哪里射出的一颗子弹，砰的一响，死亡。无须多想就知道这有多离谱。即便他们打算干这种事情——联邦调查局不做暗杀的勾当，至少是不再做了——他们肯定不会冒着留下通话记录的风险来设这么个圈套。

盖尔转过最后一个弯，终于开上了长长的自家车道，同时心跳的速度也提高了一倍。当盖尔发现她家车库门前停着一辆挂着租车公司牌照的克莱斯勒的时候，她的心率又加快了一倍。她深吸了一口气，刹住车，打开了车门。迈下车时她的右手握住了腰间的枪柄。如果事实表明今天当真是个圈套，她绝不会让设伏的这帮家伙顺顺当当地得逞。

她看见门廊上似乎有人在晃动。她把枪握得更紧了，不过目前还没有理由抽出武器招惹对方。"请转过身来！"虽然用了个"请"，然而她的语气绝非是一种请求。

那个人影略有迟疑，接着便抬起双臂，用一种友好的姿势表示手里没有任何东西。

"站到灯光下面。"盖尔命令道。

那人照作了。

我的天啊！

道格·克雷默警长坚持由他来驾车，这是他接受乔纳森的请求时提出的唯一条件。道格不能让自己的朋友孤身一人去完成这样的一次旅行。在一路向北的漫长路途中，除了礼仪要求的几句哀悼和慰问的话以外，两个人几乎没再说什么。在这种情形下，又能多说些什么呢？

乔纳森明白其他人是如何看待爱伦的。乔纳森知道，大家都认为他依然爱着爱伦实在是天真透了，他们都希望有一天他能把对于爱伦的这种忠诚转移到别处去。他从未试图扭转人们的这种想法，因为做这种尝试没有什么意义。

从95号州际高速公路转到环城高速，再到盖洛斯大街，整个车程大约用了一小时。一看见费尔法克斯医院的轮廓，乔纳森的心跳就加速了。他们的车拐向左边，穿过肆意伸展起伏的一组建筑群落，又向右急转，绕过直升机停机坪，驶上了一道山坡。在这里，所有的建筑美学意义上的东西统统让位给了停尸房的使用效率。当一个病人最终被送到这里的时候，审美对他来说也就不是很重要的一件事情了。

道格在一道毫无特色的铁门前停下了车。这道铁门负责封闭的是两组装卸尸体的平台。"你当真想进去吗？"道格问道。

乔纳森点点头，尽管他害怕见到爱伦的遗容。

"你要我待在这儿，还是和你一道进去？"

"我一个人进去看看她，"乔纳森说，"不过我不想让你待在这个黑乎乎的地方。你可以到别处转转，我出来时给你打电话。"

"不用，"道格不假思索地回答，"我就在这儿等你。我们要是拉着多姆神父一起来就好了。"

乔纳森推开了车门，棚灯立刻照亮了车内。他苦笑道："不能找他。我喜欢多姆，他就像我的兄弟一样。问题在于，他从来都不明白沉默的价值，而你是明白的。"他顿了一下，希望道格听到了他在心里默念的那句"谢谢你"。接着他就下了车，回手关上了车门。

乔纳森走上台阶，找到门上镶嵌的10x10厘米的对讲器，在键盘上输入了人家告诉他的三位数密码。少顷，一个年轻的男声喊道："请讲。"

声音里透出的欢快情绪是乔纳森始料不及的。"嗯，晚上好，我是乔纳森·格雷夫。我想看看我妻子的遗体。我相信道格·克雷默警长已经给你们打了电话，并且获得了你们的许可。"

短暂的停顿。"噢，先生，当然了。请进吧，我马上去迎接您。"乔纳森听得出这个年轻人为刚才的不礼貌而懊悔。

电子锁吱吱响了，乔纳森推门进到里面，只见地上铺的和墙上贴的都是米黄色的瓷砖。

一个红头发的瘦高个从大厅深处的一道门里闪了出来。这个年轻人看模样在18到25岁之间，个子有1米85，体重也就是50多公斤。他的躯干裹在一身绿色的消毒工作服里不见了踪影，乔纳森看到的除了两只胳膊就是两条长腿，还有长颈鹿似的脖子。不过，他的微笑倒是如同黎明一样灿烂。"我是吉米，"他说着伸出手径直走向了乔纳森，"今晚值夜班。"

乔纳森握了握对方的手，自我介绍道："我是乔纳森·格雷夫。"他本想显得冷漠一点，可是年轻人真诚的态度软化了他。

"非常抱歉，我刚才在对讲器里说话的态度很不严肃。有的晚上一些孩子喜欢跑来按键盘——"他停下了，转而说道，"对您的不幸我很难过。"

"谢谢你。"乔纳森说。

"您是一个人来的吗？"吉米问道。

乔纳森向铁门的方向摆头说："有个朋友在外边等着我呢。"

吉米有点畏缩地问道："您不想让他进来陪陪您吗？向死去的亲人告别是一件痛苦的事情，而且——"

"我当过兵，小伙子，"乔纳森说，"你担心的事情我经历过很多，虽然具体情况可能是不一样的。"

吉米的脸红了，不过与他头发的颜色相比还差很多。他朝着走廊迈开了步子。"那好，请跟我来。"小伙子走在前面领路，经过了刚才他出来的那个小房间，向左拐来到又一扇毫无特色的大门前。门上用醒目的大字写着：太平间。无人引导禁止入内。

开门进去后，乔纳森看见前厅里摆着一张桌子。没有人在桌前值守，但是桌面上摆放了一大堆办公用品。虽然只是粗略扫了一眼，乔纳森注意到有几盒纸巾、几副乳胶手套、堆得高高的白色复印纸。还有许多支黄色的＃2号铅笔，不知被什么人排列成了一个近乎完美的扇形图案。

吉米在通往冷冻室的门前踌躇地站下了。"我必须和您待在一起，您明白吧？"

乔纳森的眉头皱紧了。没人对他说起过有这样的规矩。

"法定的程序，"小伙子解释道，"您知道，这是证据链当中最重要的环节。我不愿意打搅您，但是我同样也不能让您碰这具——"他急忙改口，"噢，她，我不能允许您触碰她。"

乔纳森扬起了脑袋。这是他第一次意识到了这样一个现实，即当局在此案中发挥着主导作用。爱伦现在成了一件证物，有一天这件证物将用来审判那些杀害她的人，如果乔纳森由于某种原因没能亲手把他们干掉的话。

"我明白了。"乔纳森说。

吉米认真地看了看他，随后走向那道门。"假如您觉得不舒服——"

"你不用担心我。"乔纳森打断了他。

门两边的温度相差有二十度。冷冻室里的瓷砖是蓝绿色的，或者说是绿蓝色的，谁知道，也许应该称它为水绿色？乔纳森觉察到，这种颜色是医院试图减弱这间穹顶尸体储藏室的恐怖氛围的一种手段，殊不知其效果却是三倍地放大了令人毛骨悚然的感觉。那些尸体——有十多具，仿佛是乔纳森尚未听说的某一场自然灾害的集体遇难者——罩着白布躺在以奇怪的角度排列的轮床上。

吉米示意乔纳森留在原地不动，他自己在水平面的尸体丛林中穿行着，查看一个个脚趾标签。事实上这些标签并没有套在脚趾上，而是拴在了白布覆盖下的黑色塑料尸袋的一个角。乔纳森打了个冷战，把双手插进了衣兜。

小伙子在右边角落里停了下来。"她在这儿。"他喊道。

乔纳森向他走过去，半路又停住了，因为他见小伙子把轮床推了过来。只几秒钟，轮床到了他的面前。

吉米用"你当真吗？"的眼神盯了乔纳森一会儿，接着揭下白布，把尸袋的拉链拉开了三分之一长，又用双手把袋子向两边扒开了。是爱伦。

准确点说，不是爱伦，而是在她原有基础上发生了异变的一具肉体。

死亡后经过这段时间，她原本始终白皙的、紧绷住姣好面部的皮肤应该泛出黄色，变得松弛。她的眼睛应该完全合上——或者是几乎完全合上，只在眼睑之间露出一道半月形的虹膜。随着面部肌肉失去了张力，她的挺直的鼻梁和高高的颧骨应该显得有点锐利。在乔纳森看来，死亡未必就等于安息，然而他相信爱伦的遗容会呈现出一种宁静的神态。既然掌管戚戚然和欣欣然神情的肌肉同时都丧失了功效，她的表情就应该是祥和恬淡的。

但是乔纳森发现，所有这些都不过是臆想。

爱伦的面孔已经很难称作是一张脸了，肿胀青紫，支离破碎，惨不忍睹。在她靠近乔纳森这侧的左脸上，她的颧骨、她的眼窝、她的眉毛全部汇聚成了一个大量淤血的肉球。在它的中央，曾经顾盼生辉的眼眸和上下扑闪的眼睑变成了一道紧闭的缝隙。她的下巴的角度告诉乔纳森，有人用力地击碎了它，又用力地把它掰了回来。奇怪的扭曲的嘴唇则清楚表明，她的牙齿全被打碎了。

爱伦的这种状态让乔纳森懂得了为什么人们不准自己靠近她。任何人都不应该见到爱侣的这般模样。他的心头腾起了情感的烈焰，然而这种情感的主流已不是悲伤。当然其中有悲伤，然而，主要是仇恨。他通红的双眼、他紧咬的嘴唇、他下意识地攥起的拳头，这一切都是由于仇恨。他呼哧呼哧地大喘了几口气，意识到有好一阵他一直在屏着呼吸。

"先生，您不要紧吧？"吉米问道。他有点惊慌，担心除了尸体外还要照料这位生者。

乔纳森望向他，目光落在他长长的脖子上。出于莫名其妙的原因，他竟然想到要弄断这根脖子有多么的容易。只须利落的一击，或是猛力的一拧。乔纳森的眼前已经浮现出了他正在下手的场景。

他驱除了这样的念头。这里不是诉诸暴力的地方。更肯定的是，眼前这个清爽帅气的、一心盼着快点躲开他的小伙子绝不是乔纳森的打击对象。不，用暴力说话的时候在后头。

"我还好。"乔纳森说道。他的目光重新回到了爱伦身上。

"您的样子可不那么好。"吉米说。

乔纳森一言不发，转头离去，把他唯一爱着的女人留在了身后的轮床上。他不愿看到吉米重新把拉链合上。

在沉重的铁门另一侧，也就是在那间杂乱堆放着纸张和办公设施的前厅，乔纳森差点和费尔法克斯县警局的威瑟比警长撞个满怀。

29

从盖尔家的门廊阴影中走出来的是个女人。虽然过去从未见过她显露真身,盖尔还是一眼就认出了她。"我的天啊,"盖尔结巴着说,"瑞夫斯局长。"她向这位美国执法机构中职级最高的女长官伸过手去。"我太荣幸了。"

联邦调查局局长艾琳·瑞夫斯热情地握住盖尔的手,微笑道:"我才应该感到荣幸呢,博纳维莉警长。"

盖尔的脸红了。面对巾帼园里也许是最受她景仰的一位女性,盖尔奇怪地发现自己突然变得木讷了。"局长女士,您怎么来这儿了?"她一边问着,一边暗自责怪自己问得唐突。

"省去什么'局长女士'吧,就叫我艾琳。"

盖尔笑道:"我尽力试试,但是不敢打包票。您的气色看着很好。"

"谢谢你。"艾琳下意识地摸了一下脑袋上被茶褐色头发遮盖着的那块难看的伤疤。这是几年前一粒几乎致命的子弹给她留下的纪念物。"我听说了前几天在这里发生的枪击案。在这么一个小小的社区发生这种事件,一定是非常令人不安的。"

"我觉得在任何一个社区发生这种事件,都是令人不安的。"盖尔说。

艾琳朝门前的台阶做了个手势说:"我可以邀请我自己进去聊会儿天吗?"

盖尔一惊，立刻走向台阶。"我什么时候变得这么不懂礼貌了？快请进。"

她们坐在了厨房的餐桌旁，因为这是唯一的装修完毕的房间。艾琳·瑞夫斯说她喜欢这个地方。盖尔微笑着递给她一杯软饮料，局长女士表示她不需要，随后她们的谈话进入了正题。

"我能想象出这几天你有多不容易。"艾琳开口道，"这些年里我负责了许多引人瞩目的案件，破案的压力是超乎想象的。"

盖尔把交叉的双臂搭在了餐桌上。随着从面对大人物的震惊中渐渐清醒过来，她打定主意要和对方直来直去，因为这毕竟不是一次社交性的会晤。"我们的这次见面和那起枪击案有关吗？"盖尔问道。

艾琳没有理睬她的问题。"我是否可以相信，我们在下面几分钟里要谈到的事情只会局限在这间屋子的范围之内呢？"

"这肯定不行，"盖尔对自己的回答感到吃惊，"因为我还不知道您要说些什么。我首先要尽忠负责的，已经不是FBI了。"

艾琳扬起眉毛，笑出了声。是一种赞许，而不是嘲弄。"为什么你的态度并不让我惊讶呢？"她问，然后重新正色道，"OK，那么对我说说看，你认为那个杀手是谁？"

盖尔有些犹豫，她也不知这是因为什么。"要说出名字吗？"

艾琳抬起头盯着她，问道："你能说出名字？"

警长点点头。"我想是的。"

"那就不要说了，"艾琳有点尴尬地说，"我们谈过后你就会明白，我需要对一些事情装作不知情，算是一种合理的推诿吧。你还是对我说明一下你的推理路径，好吗？"

推理路径，盖尔暗想，FBI的标准腔调。她眯起眼睛，掂量自己的选择余地有多大。"我必须承认，局长女——"她中断了这个称呼说，"我不喜欢与人分享具体的办案情况，在侦查工作的目前阶段还不行。"

"因为联邦调查局一向欺负别人？"艾琳不客气地问道，"因为我们从来都把功劳归于自己，把责任推给人家？"

盖尔为这位局长的直率感到惊讶。"嗯，是的。"她说。

"我不怪罪你。你也许能想象得到，如果你坐在我的局长位置上，你慢慢就会磨炼出一种直觉，懂得应该相信什么人，不相信什么人。我现在是在提出请求，请求一位对 FBI 持有合理的质疑态度的人对我提供帮助。"

盖尔喜欢这个女人。她一直敬慕艾琳·瑞夫斯，而导致艾琳的前任局长毙命的那次枪战过后，整个世界都对这位女士在枪口下表现出的英勇精神钦佩不已。"好吧，"盖尔过了好一会儿才说，"我认为我们的杀手是个专业素养很高的人。我想他肯定受过战术训练，也许在特种部队、FBI 的人质救援队或是特警组这种地方干过。他懂得如何突袭，懂得如何射击，一切都是精确无比。他有帮手，有线索表明他们是乘坐直升机到那个地方的。"

艾琳一边听着，一边用手指拉扯着自己的下嘴唇。她点点头说："你认为他是一个雇佣杀手，有人雇他来枪杀那三个人，是吗？"

盖尔迟疑了。她是这么认为的吗？她摇摇头，虽然不大自在却说道："不，我不是这么想的。我相信他最初的使命是救人，而不是杀人。我相信是帕特瑞家的两个小伙子绑架了一个叫托马斯·休斯的大学生，那个枪手及其同伙是被人雇来解救遭到绑架的人质的。我的调查还比较客观吧？"

艾琳的表情没有变化。她不再揪嘴唇了，而是用双手撑住桌子把椅子向后退去，在桌下伸直了自己的双腿。"你的结论已经很接近真相了。"艾琳说，"不过让我先问你这么个问题吧。假如你确实认为这三个人的死亡不过是营救人质过程中产生的附带性损害，你对枪手提出指控时会做出多大的变通呢？"

盖尔收到的是内容颇为丰富的一种暗示，而且它的力度是不容小觑的。"我的职责是根据线索查明案情，"她说，"我找出犯罪嫌疑人之后，剩下的事情就该由地方检察官负责了。"

"你这是给我上公民课，而不是回答我的问题。"艾琳说。她的表情依然是和蔼可亲的。"对你而言，抓到杀了几个绑架犯的那个人究竟有多重要呢？"

盖尔叹了一口气。摊牌的时候到了。"您从华盛顿飞到印第安纳来见我，一定是有目的的。为什么您不痛痛快快地把它说出来呢？"

艾琳思忖了一两秒的时间，然后说："我希望你停止你的侦查工作。"

盖尔已经预料到了。"您不是开玩笑吧？"

"我们会想出一个与所有证据相契合的说法来解释这件案子。我们会保证让你的选民把你看成一位英雄。"

"我不会放弃的，艾琳，这可是一起三人凶杀案啊。"

"不是凶杀。动因是营救。参与营救的那些人多年来一直是美国政府信赖的好朋友，他们非常、非常擅长于他们做的事情，而这一次却出了岔，死了人，这完全是因为那几个家伙想杀死人质。救援者本来是想等一个不容易发生冲突的时刻开展行动的，可是帕特瑞兄弟马上就要动手阉割人质，所以就没别的选择了。是帕特瑞兄弟先朝我们这位英雄开的枪，结果英雄把他们都撂倒了。"她停顿了一会儿，让盖尔有时间认真琢磨她说的这一切，接着问道："你们在现场发现的证据与我说的情况应该是符合的吧？"

盖尔仔细想了想，点头说："他们打算使用一把剪树杈的长柄大剪子。"

"房子附近还有一辆被击中的面包车，是不是？"艾琳问道。

"被子弹击中，而且起火燃烧了。"

艾琳扼要地说明了面包车赶到后的情况，从而进一步证明她对事件经过是了如指掌的。"这么一说你就会明白，"艾琳得出结论说，"这是好人开展的一次营救行动，在受害人的眼里他们就是天使。假如起诉这些好人，这本身也是一种罪过，你难道不这样想吗？"

"我怎么想的并不重要。即使事情的真相确实是像您描述的——"

"真相就是如此，我可以对你发誓。"

"好吧，这就是真相。可是您所谈论的，仍然是在本州发生的一起杀人案，甚至也许可以认定是一起蓄意杀人案。天啊，他们闯入的是私人住宅，还开枪打死了房子的主人。必须认定这是犯罪行为，否则这里就没有了秩序，就会陷入动荡和混乱。"

艾琳换了一个角度，说道："我记得我在飞机上读到，你曾在FBI的人质救援队干过，没错吧？"

突然的转折让盖尔吃了一惊。她谨慎地答道："我在芝加哥的人质救援队干了三年。"

"在你们这里的农场小屋发生的这件事，与你经历的其他那些突袭没什么两样。如果他们举手投降，他们就能活下来。如果他们的手端起了枪，他们就得死。这种事就是这个规矩。"

"这可不一样，"盖尔反驳道，"我作为FBI探员破门而入的时候，或者是警察局的特警这么干的时候，我们手里有依法取得的搜捕令，我们是代表政府当局来执法的。而他们是无权私自扮演伸张正义——"

"布鲁克橡木桶酒庄，盖尔，"艾琳打断了对方，"我想那是2004年12月。当时你在现场吧？"

仿佛是挨了一记耳光，盖尔的脸立时变得滚烫。她把手放在了桌面上，似乎随时要拍案而起。"您怎么敢——"愤怒异常的盖尔听见自己的声音在发颤。

艾琳不为所动。"我相信当时的行动是由你指挥的，任务是从巴特菲尔德大街一家酒庄里救出被绑架的人质，你当然还记得。"

盖尔猛然站起身，由于两腿用力过大，她的椅子在硬木地板上向后滑出了一大截。"您知道吗？我想是到了请您离开的时候了。"

艾琳依旧不动声色地说道："根据那次行动的总结报告，你们面临着一个关键性的时刻，而你在那一刻的指挥堪称完美。你们外勤处的头头专门为你向上呈递了表扬信，我记得当时我就读过它。你们抓住了那个坏蛋，没伤他一根毫毛。你们安全地救出了五名人质，另外两名人质被杀害了，就在你等待法官签发搜捕令的时候。而当坏蛋扣动了扳机之后，事态发展就不需要任何搜捕令了。这真是个让人很矛盾的局面啊。"

艾琳的话语就像是烧得滚烫的鱼钩，无情地挑开了盖尔这些年里好不容易为自己的伤口缝上了的针脚。这道伤口是在盖尔一生中最可怕的那一瞬间留下来的。她颓然地坐回了椅子上。那个杀手是个兽医专业的学生，名字叫大卫·杰克逊。送到医院时已经死亡了的两个受害者是14岁的双胞胎姐妹。她们碰巧陪着父亲来这家酒庄采购圣诞晚宴用的酒水。两个小姑娘的脖子被胶带绑在了一起，杀手在非常近的距离用一颗子弹打穿了她们两人的脑袋。她们随着枪响倒向一旁，肩膀都靠在父亲的腿上。盖尔率领救援组冲进来的时候，她们就是这样躺在一处。至今有些夜晚盖尔还由于梦见那位父亲而惊醒。杀手杰克逊把他和其他人质也用同样方式绑了起来。做父亲的脸上那种绝望空洞的神情，还有他任凭女儿们的鲜血浸透自己的衣服却动弹不得的情景，重复地出现在盖尔的脑海，不断地提示她记住痛苦这个概念的定义究竟是什么。

"你当时完全是按照规定行事的，"艾琳回忆道，"假如时钟可以倒转，再次由你来处理那次绑架事件，你会不会打破规定的束缚，不等那份该死的搜捕令，早一点破门而入呢？"

盖尔斟酌着自己的回答。对于每个单词以至音节的考量抑制住了她想揍这个女人的冲动。"这不是一个合乎情理的问题。谁不愿意重新回到过去并且躲开他们遇到过的一切糟糕的事情呢？然而生活中是无法指望这种奇迹的。"

"可是暴徒永远是暴徒。"

"而法律永远是法律。"盖尔为这场不可思议的谈话笑出了声，"不存在什么对于公民权利的轻微侵犯，瑞夫斯局长——所有侵犯公民权利的行为都是严重的犯罪，因此我们才需要制定法律，才需要依法办事。那种时光倒流的话会怎么样之类的问题，都是建立在纯粹假设的基础上的。如果在1936年就有人勇敢地暗杀了阿道夫·希特勒，岂不就太好了吗？千百万人的生命不是就可以得到挽救了吗？"

艾琳又扬起了眉毛。也许她同样是在思考这样的问题。

"我对这种假设持否定的态度。"盖尔继续道,"私人是无权决定什么人应该死,什么人应该活的,哪怕他是美国政府信赖的好朋友。"

"他救了一个年轻人的性命。"艾琳在牙缝里迸出了这句话。

"而在这个过程中杀死了三个人。"盖尔叹口气说,"嗯,您也许是对的,很可能是对的。如果我干的是别的什么职业,而不是个警长,我甚至会赞成您的看法。但是,人们选举了我这么个女人,就是为了让我代表法律来说话。既然是这样,我对那个杀手就要穷追不舍,直到把他捉拿归案。至于再以后的事情就看陪审团的了。"她再次站起来说,"按照法律的公正原则,恕我直言,女士,等我办下传票后,您还需要在陪审团面前把刚才的故事再讲一遍。"

艾琳没有起身。

"瑞夫斯局长,我认为您该离开了,"盖尔说,"就现在。"

艾琳示意盖尔重新坐下。"我们还没结束呢。"她说。

盖尔不禁莞尔。"我不是这么看的,既然这是在我的家——"

"博纳维莉警长,"艾琳的话像是子弹,"坐下。"

盖尔见识了艾琳那种能让无数人胆寒的目光。她坐下了。

"我曾希望我们这次会面的气氛始终是友好的。"艾琳挺直了身子说道,"你赢不了,警长。参加了农场小屋行动的那些人,对我来说是十分宝贵的人才。我绝不会允许你给他们制造麻烦。"

"您的意思是,杀害帕特瑞兄弟是官方组织的行动?"

艾琳摇头道:"我说的不是这个意思。我告诉你的是,这些人质营救者是站在正义一边的好人,他们在拯救人们的生命。你辖区内的居民如果没给这些营救者带来了明显的和现实的危险,他们是不会死的。"

盖尔的笑声却不带一丝笑意。"您听见您在说什么了吗?您在为所谓的民间护法者背书。"

"我不是为任何人背书。对我说实话,警长,如果有人向你报

242

案，告诉你发生了绑架事件，你会做得怎样呢？你在农场小屋里看到了那把大剪刀，你真诚地相信你和你那些警官有把握在关键的一刹那制止这场惨剧吗？"

盖尔掂量着她的问题，然后把目光转向一边。

"盖尔，你曾经是这个世界上顶尖的人质救援队的一员。在哪一次行动中你想到过要寻求当地警署的帮助呢？难道我说的不对吗？"

盖尔知道她应当觉得遭到了冒犯才对，不过她明白这位局长说的是事实。

艾琳继续说道："虽然你们自身也有相当的战斗力，但是你们还是需要等待州警察局的救援组赶到现场。那要多长时间呢？顺利的话是一个小时，或者是九十分钟？如果他们一时人手不齐，是不是要三个或四个小时？"

艾琳说的都对，除了一条以外。盖尔说："我们毕竟是有规则的呀。"就连盖尔本人也觉得自己的话语听起来有点天真，缺乏底气。

"是的，是有规则的。"艾琳的口气和缓下来了，"而且你知道吗？我都很难形容我有多么赞赏你这种恪守规则的精神。"

盖尔翻动一下眼珠，怒火重新燃起。

艾琳解释道："不要生气，我知道这话听着像是冷嘲热讽，其实我没那个意思。在当今的时代，讲原则、讲规则、讲纪律是一种十分珍贵的品质。"

"但是还要加上一个讲实用，对吗？"

短暂的沉默。"嗯，是的。"

"历史上无数的冤案和不公正现象都是在讲实用的名义下践踏法律造成的。看看东欧，甚至看看历史上的美国南部各州吧，这方面的例子多得让你喘不上气来。"

"这也是温水煮青蛙，"艾琳微笑道，"实用主义多了，人们对破坏法制的现象就渐渐麻木了。"

盖尔用手指按摩着前额，希望延缓即将出现的那种轰然作响的脑鸣。艾琳刚才说的恰好就是她离开FBI的原因。她无法忍受那里的伪善。这个星球上再找不到由联邦调查局探员们组成的这样一支严守行动纪律和法律原则的团队了。然而，跻身于这个团队最高层的少数人却都是一派牛仔风格。为了实现自己的目的，他们蔑视各样的规则——艾琳·瑞夫斯也包括在内。如果你冒险一搏，成功了，你就成了英雄；失败了，你的事业也就完结了。最糟糕的是还有第三种情况，你一切都是按照规则办的，可是结局还是失败了，这叫作你缺乏创造性。

她了解在芝加哥FBI外勤处流传的那些风言风语。大家都认为盖尔离开联邦调查局是由于人质的死亡——她无法正视两个小姑娘惨遭杀害的结局。这种猜测不无一定道理，两个孩子被子弹击穿头颅的景象让她十分痛苦。但是，她从当天开始并在以后的几个星期里受到的批评和指责——先是来自媒体，接着来自上级——却像是插进两肋的尖刀一样令她无法忍受。她到FBI履职，可不是来充当什么人的替罪羊的，但是在营救行动曲终人散后，总要有个人承担起责任，比起位高权重的那些家伙来，在现场担任指挥的探员从来就是更好的人选。于是，她一面拿到了称赞解救行动成果的表扬信，一面承受着职业生涯中的一次最大的打击。事已至此，除了辞职还有别的选择吗？

盖尔靠到椅背上，感觉自己十分疲劳。"那么，你还没对我说起的事情都是什么呢，艾琳？"

"什么意思？"

"你说过我赢不了。你就是这么说的——赢不了。如果我坚持和你顶下去，会发生什么呢？"

艾琳仰起头说："我们会让我们的朋友消失得无影无踪，然后我们将利用你抓不到犯罪嫌疑人这一事实打击你，让你再也无法在选举中获胜。有关你当初如何离开FBI的流言蜚语将广泛流传。我们还要用各种办法让你成为媒体脱口秀节目当中的一个笑柄。"

盖尔觉得这一切仿佛都已经历历在目。"而且我仍然抓不到杀手？"

"你仍然抓不到杀手。"艾琳有意让这句话在空气中回荡片刻，又补充道，"你明白我们做这种事是非常在行的。"

有的谜团开始出现了答案。"你们早就把他藏得严严实实的，对不对？"

"我不懂你在说什么。"艾琳答道，然而她的眼神背叛了她。

"你当然不懂。我的主要嫌疑人，乔纳森·格雷夫，竟然连指纹记录都不存在，这肯定也是偶然出现的问题吧？"

艾琳耸耸肩说："我所做的一切都是为了保护那些致力于清除社会渣滓的人。我再强调一遍，这些人是站在正义一边的。"

盖尔站起来了。她需要站起来，不然她会压抑不住怒火。她走到窗前，望着玻璃上映出的自己的脸孔，又一次笑出声道："我估计如果我一开始就表示同意按你的要求办，那么我此刻就不会有这种与遭人驱赶得走投无路的一条狗相似的感觉了。"

艾琳保持着沉默。当有人以如此优雅的语言描述一幅真实的画面时，旁人还能说什么呢？

盖尔转身面对美利坚合众国执法机构的这位女头头，问道："那么，我需要如何去撒谎呢？"

艾琳对她提出这个问题是早有准备的。"帕特瑞兄弟两人是在一场有关恐怖活动的审理中即将出庭的证人，受审的恐怖分子的同伙发现这一事实后决定杀人灭口。于是发生了枪战，现场留下了几具尸体。我的部下已经在准备有关法庭审理的文件。没人需要知道其中的详情。"

"到过犯罪现场的其他那些人怎么办？他们会用已经找到的证据来对照你们编出的这个故事，发现它们之间对不上茬。"

"它们之间当然是要完全吻合的。我再提醒一下，我们的人精通此道。"

童话里的爱丽丝透过玻璃镜窥见了邪恶的感受，一定和此刻的盖尔差不多。"那些罪犯的下落呢？我终究要给社区的选民一个答案。"

"当然了。他们逃离了美国。顺便说一句，你应该表现得义愤填膺，因为FBI在他们主导的侦查过程中对你打埋伏，没有向你提供必要的情报和线索。而我将在办案报告中指出，你是这个世界上最难缠的一个女人，因为你不择手段地企图套取我们联邦调查局掌握的信息。这场游戏的效果应该不错，你不觉得吗？"

"您将要把我打扮得像是电影里的超人。"

艾琳摇头道："并非如此。我只是用一点虚构来强化一下我们都了解的那些事实的说服力。至于你本人，确实就是你们这片社区过去从未见过的最棒的一位执法专业人士。"

盖尔笑了。"噢，你开始说我喜欢听的了。你可以帮助我坐稳这个位置，而我要做的不过是出卖自己的灵魂。"

艾琳皱起眉头的脸上此刻露出的，是一种担忧的神情。"一个人的事业就像是玩牌，盖尔，不可能每一手牌你都赢。有时候你需要暂时退出，积蓄力量，以利再战。"

盖尔研究着对方的表情。"我怎么知道你不是在虚张声势呢？"

"你无法知道。"艾琳说，"但是我说的是实话。我手里握有一切——扑克牌、现金、赌桌，所有的一切。这一手牌你应该退出去，千真万确地退出去。"

"那么，另外一起凶杀案该怎么办呢？"盖尔问道，"我是指考德威尔一家人被杀的案子。我可以通过休斯一家把乔纳森·格雷夫与这些人的被害联系起来。"

这个消息明显让艾琳受到了震动。"我不相信你的话，"艾琳说，"他们之间怎么会有联系？"

感觉出自己占了上风并且喜欢这种感觉的盖尔微笑道："我不认为我会和您分享这些信息。"

"我不认识这个乔纳森·格雷夫，"艾琳撒谎道，"但是不论你认为你知道些什么，我确信你是搞错了。"

"我相信你可以确信的是，斯蒂芬森和朱莉·休斯夫妇牵扯进了考德威尔一家的凶杀案。"

艾琳迟疑着没有说话。盖尔似乎看得见她脑袋里有许多齿轮在飞速转动。

"我已经和曼西城负责侦查此案的警官谈过，艾琳。"盖尔开始为这笔交易画上句号，"他们打算通缉休斯夫妇，他说的休斯夫妇就是托马斯·休斯的父母。乔纳森·格雷夫营救了托马斯·休斯，并在营救过程中杀死了帕特瑞兄弟。所以，在这两起凶杀案中乔纳森·格雷夫都摆脱不了干系。"

艾琳站了起来，表情冷若冰霜。"博纳维莉警长，"她在走向前门时说道，"我打算给你一个最后的忠告，而且我请求你听仔细了。"她转回了身。

盖尔忍住了一个冷颤。

"该收手的时候一定要收手，"艾琳说，"有些事情的内幕是你根本没资格去打探的。"

她跨出门走了。

30

威瑟比警官坐在那张很旧的金属桌前面的边角旁，一只脚踩着地面，还有一只脚来回晃动，夸张地显示着自己的耐心。道格·克雷默站在他的旁边，脸色涨的通红，大拇指插在斜挎皮带上。从冷冻室回到前厅的乔纳森觉察出，他打断的是一场并非愉快的谈话。

不过那已经成为过去了，此刻这两个人都盯着乔纳森，而乔纳森也看着他们。

"我对于说过她的模样很惨。"威瑟比打破了沉默。

"我本想拦住他来着，"道格对乔纳森说，"我告诉他现在找你谈不是时候。"

威瑟比的目光一直没离开乔纳森。"珍惜今日胜于等待明天，我总说这句话。你还行吧？"

乔纳森隐藏起了所有情感，不动声色地问道："我能帮你做什么，警官？"

"我曾对你说过，发现了蒂伯·罗斯曼的尸体后，我还要对你的行踪做个调查，你还记得吗？"

乔纳森没有说话

"你的舌头被猫叼走了吗，一级军士长乔纳森·格雷夫先生？"威瑟比问道。他的意图是让对方吃上一惊，不过没成功。

他继续说道："当你去了解一个人的背景情况时，往往会发现一些有趣的东西。一个罪犯的儿子，后来却参军到了游骑兵特种部队。作为职业军人，他应该服役二十年，可是干了十七年就退伍了。他的服役记录都封存了，但是其中一份还是让我看到了，那里边说他在部队经历过一些很可怕的事情。"

乔纳森仍然面无表情，他打算看看威瑟比究竟亮出什么样的底牌。"你似乎在等着我否认点什么。"乔纳森说。

"承认点什么也行。"警官说。

"说得在理。我们结束了吧？"

威瑟比摇头道："不，先生，我不相信我们这么快就完事了。"他抱起了膀子，让深蓝色的运动衫绷住了后背。"一个像你这样的人，完全具备从事各种暴力活动的身手和财力，你说不是吗？"

乔纳森眯起了眼睛，说道："是否具备能力与是否具备动机，是截然不同的两回事。如果你的话已到了嘴边，想说我刚刚目睹的爱伦那种惨状是我下手干的，那你最好是先把手枪掏出来。不然，你可就要亲身领教一下我的所谓从事暴力活动的能力了。"

道格·克雷默顿时紧张万分，伸出双手好像是要干预这场一触即发的打斗。

威瑟比没有动弹。

乔纳森也没动弹，可是却做好了准备。如果威瑟比敢于把那种话说出口，乔纳森的第一拳将让他捂住下巴满地找牙，第二拳再让他断了鼻梁满脸开花，接下来就是雨点般的一顿乱拳了。

威瑟比肉嘟嘟的那张脸先是锁起了眉头，转而又融化成了毫无幽默感的微笑。"要知道我必须检验一下我对你凭着直觉形成的看法。"他说，"我给这里的负责人打电话安排了这样一次特殊的会面，因为我觉得这里是认清你这个人真实面目的最好场所。"

乔纳森仰起脸听他说下去。

"冷静点，格雷夫先生，"威瑟比说，"我并不认为是你干的这些事，你刚才的反应进一步证明我是对的。当一个人面对巨大压力的时候，你能看清楚这个人身上的许多东西，知道吗？如果你刚才拼命为自己辩护或者是冲着我大吵大嚷，我也许仍然要心存怀疑。然而你却是不动声色地警告说你会杀了我，你这种态度正是我希望看到的。"他的笑容变得真诚了。

威瑟比继续说道："你应该明白，从理论上说，人们会认为你是个最为标准的嫌疑人。你是爱伦的前夫，你由于她和蒂伯·罗斯曼的结合而心碎。你还陷入了一场财产官司，随着这两个人的永远消失，官司也就结束了。上帝啊，你说还会有比这更明显的犯罪动机吗？"

乔纳森等着他说完。

"我可以把你看作是一个杀手，格雷夫先生，你完全具有这方面的能力。但是我不认为你能下手去折磨拷打别人。我觉得这当中的界限你是不会跨过的。"

乔纳森皱眉说："哦，我应该说谢谢你吗？"

道格大声地呼出一口气，身体放松下来了。

"我真的为你的不幸感到难过。"威瑟比说着伸出了手。

乔纳森握住了他的手，感觉他的指头像是猛兽的利爪。

"可是说起凶杀案来，"威瑟比说着，试图借着握手把乔纳森拉近一点，结果是自己被对方拉了过去，差点让旁边的桌子也挪了地方。"我以前说过的话是当真的。伸张正义是我的事，就是说，是费尔法克斯县警局的事。假如你自己敢擅自对什么人动手，我保证我就会成为你最大的敌人。"

道格把两只手分别放在两人的胸前推开了他们。"够了！"他喊道，"老天啊，威瑟比你究竟是怎么回事？"

"我就是想让你的朋友明白，我们不需要他的帮忙。"

"我压根就没想过要帮你们什么忙，"乔纳森说，"我说话是作数的。"

威瑟比的握力放松了 却由于乔纳森一语双关的回答而皱起了眉毛。

道格·克雷默说："我不知道你对这个人是什么样的看法，威瑟比，不过他绝对不是你的敌人。噢，据我所知，凡是活在世上的人没有谁会认为他是个敌人。"

似乎也是一语双关，乔纳森想，道格·克雷默对他的行当到底了解多少呢？

"你如果要找人给他的人品做出担保，"道格继续说，"你可以找我。我们从小就熟悉。他不是你需要担心和提防的人。"

乔纳森抽出了自己的手。"我该走了，"他说，"谢谢你说了这么多友好的话，威瑟比。"

乔纳森两人走向道格的汽车，警官威瑟比在身后望着他们。坐进车里上路后，道格问道："和你想象得一样糟糕吗？我是说爱伦。"

乔纳森隔着操纵台看看他，叹口气说："更糟糕。"

道格继续望着路面，说道："我真的很难过，乔恩。"

乔纳森点点头，便也和道格一样盯着环城高速路面上不断闪过的交通标线。直到开上转入95号州际公路的匝道时，道格才打破沉默道："你要知道，乔恩，渔人湾的人们都由于爱伦的遭遇而为你感到痛心。这种事是不该摊到你头上的。"

乔纳森觉得喉咙有点发紧。"谢谢你。"

警长道格的目光从路面移到了同行者的脸上。"我还没说完。如果有任何事我能帮上你的——我说的是任何事，你对我说一声就是，我会全力以赴的。"他把目光又转回路面上，接着说道："我从来都不很了解你现在究竟在忙些什么，但是渔人湾的大多数人都知道你过去做过的事情。关于你为什么从军队提前退役，大家是有些议论的，但是渔人湾为你感到骄傲，乔恩，大家都骄傲地称你是他们的朋友。你明白我说这些是什么意思吗？"

乔纳森摇头说："我不大确信我已经明白了。"

道格叹气道："而我也不明白该怎么对你说，因为这不是我应该向你说出口的，如果你真懂了我的意思你就知道了。我只想对你说，在现在这种情形下，一个男人应当去做一个男人该做的事，而不论这意味着什么，你的朋友一定会支持你。"

天哪，乔纳森暗想，道格这是在支持他去杀人。

盖尔打开前门，见到略有点气喘的杰西·克莱尔站在那里。"谢谢你赶了过来。"盖尔说着把他让进了屋。

"谢什么，"杰西站在前厅说，"你离开后我都要急疯了。究竟是怎么回事？"他环顾四周，又加了一句，"房子不错。"

盖尔回手关好了门。她有点愧疚，因为以前从未请杰西来过家里。"联邦调查局的局长刚刚结束了对我家的访问。"她说。

杰西不禁张开了嘴巴，问道："艾琳·瑞夫斯？是她本人？到了这儿？你开玩笑吧？"

盖尔示意他走向厨房，到了半小时前她接待过那个母夜叉的餐桌旁。

"她来干什么？"

"帮我保住警长的位子，让我撤销帕特瑞兄弟被杀一案的侦查。"她用几分钟时间对杰西讲述了所有细节。

杰西的嘴巴张得更大了。"那么，你打算怎么办？"

"你认为我该怎么办？"

他迟疑了一会儿，笑道："呃，警长，你必须先给我一个提示。你这是看我能否说出让你满意的答案的一个测验题呢，还是你真心想听听我的意见呢？"

盖尔这是自找的。在这几个月的共事过程里，盖尔曾想出各种法子测试过杰西的忠诚度，现在看来这全无必要。杰西光明磊落地接受了竞选的失败，百分百地支持了她的工作，盖尔找不出半点理由继续怀疑他。"我想听听你的意见。"

他思忖片刻后说道："我是这样一个人，我崇尚严格执法，同时我也崇尚伸张正义。我记得我从一开始就表明了我的看法，这个叫利昂的家伙——或者是乔纳森，如果这是他的真名的话——更像是个英雄，而不是个坏蛋。"

盖尔的肩膀有点耷拉了。她的确想听听杰西的观点，可是这番话却让她感到失望。

"别这么没精打采的。"杰西笑着劝道，"不过，我从我渺小的人生经历中一再地体会到，太阳主宰着地球上的万物，而人类唯

252

一可以主宰的，就是我们自身独立的人格。如果我们自己打算放弃侦查，那是一回事，但如果是由于华盛顿的某个大人物下了命令我就这么做，那可是见鬼了。"

盖尔的肩膀不再耷拉了。

"要我说，我们应当继续干下去。如果不去做正确的事情，你待在警长的位子上还有什么意思？"他的笑容更加开朗了，"还有，我已经由于一个女人而丢掉了选举，这够羞辱的了，我不想再由于另一个女人而丢掉灵魂。"

盖尔也笑了。

"只是有个条件，你必须带我一起去弗吉尼亚。"杰西说。

"当然要一起去。你什么时候可以动身？"

杰西一耸肩，问道："现在如何？"

31

　　乔纳森、鲍克瑟和维妮丝在夜里10:30重新汇合在了会议室。乔纳森刚进门就感受到了他们的悲悯。

　　"她的样子很糟糕吗？"维妮丝问道。

　　乔纳森朝着墙上的大屏幕点点头说："你们都发现什么了？"

　　"你行吗，老板？"鲍克瑟问道。

　　乔纳森指着屏幕说："你们给我看我想看到的东西，我就一切都好了。"

　　维妮丝和鲍克瑟交换了一下眼神，然后说道："根据我们所占有的一丁点线索——"

　　"开场白越短越好。"乔纳森指出。

　　"好吧。"维妮丝答道。她敲了几下键盘，屏幕里马上出现了从空中朝下面俯拍的照片。"这是从天眼网站截下的图片，"维妮丝说，"仅仅是一个小时之前的。我认为这就是伊万·帕特里克的那处游乐场。周边一带只有这个地方符合你那位朋友在胡同里做出的描述。"

　　"他叫安德鲁·霍金斯。"乔纳森提醒道。天眼是一家商业性网络地图公司，不论是什么人，只要交得起每年两万元美金就可以获得使用许可，但是每次下载图片都需要另外交付一笔昂贵的费用。这家以私人卫星为依托的网站是一个叫李·伯恩斯的人近年创办的，他原来也是一名游骑兵，可是离开部队已经有二十年了。在天眼卫星从高低不同的各个轨道拍摄的照片中，能够清晰分辨出地球上一枚高尔夫球的凹痕。李的最大客户群来自石油产业，那些人利用这家网站分析地形地貌，寻找最有可能埋藏着金钱的地方。由于公司老板在特种部队服过役的背景，乔纳森担心李的网站这几年也许为一些坏人提供了服务——地形地貌的分析与袭击目标的选择毕竟没有太大的差别——但是他从未公开说出自己的疑虑，因为李终究是做过他的战友。

相对于其他同类的商业网站而言，天眼公司最突出的优点在于，它具有提供每四分钟更新一次的实时图像的能力。通过分析推论，再加上一点猜测，你能够根据图像弄清一处特定的房子里目前是否有人居住，门前有多少辆汽车，当地有没有正在运行的发电站等等，这些都是企图袭击这个地方的人所需要的重要情报。这家网站的功能和乔纳森过去用过的SatCom卫星通讯网站还是无法相比，但是排行第二是完全没有问题的。

下载图片仅仅是个开头，更重要的是通过一系列的操作手段实现图像分辨率的最大化。他们得到的原始画面乍看起来就是一大片树冠，浓密的树叶让人很难辨认地面的景物。维妮丝对画面进行了热成像处理，终于显示出那片地带足有三十六幢不同体量和形状的独立房屋。有了这些基础数据，加上计算机智能辅助设计软件的帮助，准确画出整个区域的一张草图就不是一件难事了。乔纳森觉得它的总体布局挺像是印第安人战争时期的兵站。建筑群的中央有很大的一片空地，周边的房屋围绕它排列成了向心的椭圆形。还有两幢房子建在离这些建筑很远的一个角落里，显得挺孤单。

"这两个房子看来是他们的军火库。"乔纳森指着屏幕说。

"他们建造的几乎就是一座城市。"鲍克瑟说，"我们没法拿下它，光靠我们俩肯定不行。"

真理不用重复。

对电脑上的影像进行加工的下一步，是把公众档案中的一些

255

数据充实到卫星画面中来。比如他们把档案中记载的当地道路标注在图像里，如果愿意的话，甚至连化粪池、蓄水池还有家族的墓地都可以添加进去。只要找到合适的数据库，这都是完全能办到的。

当各种基础设施都在图像里各就各位后，就到了最后一步。维妮丝运用美国地质测绘局的软件将平面图生成立面图。等她一忙完，他们就看到了有关那片地区的一幅可向任何角度旋转的三维画面。

"好家伙。"鲍克瑟嘟囔道。

成片的建筑不是最要紧的问题。红外热像仪显示出有几十号人正在各样的房屋里睡觉，如果加上正在走动的那些人，人员数量还要翻上一番。

"他们的革命是个二十四小时轮流倒班的活儿。"鲍克瑟评论道，"不过说正经的，如果这些家伙端起枪来，我们是无法打败他们的。"

"你总是在重复同样的话。"乔纳森说。

"那是因为我希望听你说出点理智的看法，就像是'嗨，鲍克瑟，不用担心。我不会傻到去攻打这么个地方'。"

乔纳森一直在盯着屏幕。应该有个办法，任何情况下办法总是存在的。他在全部生活中都秉持着这样一个信条。爱伦美丽的脸庞和身影不停地浮现在他的脑海中，可是她已被人打成了一摊肉泥，套进塑料袋躺在医院的太平间里。乔纳森试图设想杀了爱伦的凶手依然在这片土地上自由行走，而他本人也继续过自己日子的情形，发现这样的图景是无论如何也不可接受的。

但是这次鲍克瑟是对的。他们没有办法在绿色旅营地干掉伊万·帕特里克，除非是乔纳森组织起一支队伍。仅仅为了给自己复仇而这么做，却是太过分了。

如果是为了复仇，你凑起的只是一些打打杀杀的小混混。你想找那些专业人士，你的目标就要更崇高一些。

电话响了。维妮丝查看来电显示的时候，乔纳森说道："我可以干各种事，但是自杀性的行为不是我的选项。我们去那里是无法获胜的。"

像是闷热的天气里吹来一股凉爽的风，会议室里的氛围顿时轻松了许多。

"多姆的电话，"维妮丝说着拿起了听筒，"嗨，神父。"她很快变得严肃，说道，"噢，好的，等我一下。不，我明白，他就在我旁边。"她把听筒递给乔纳森，表情似乎在说电话那端的神父一定是疯了。

乔纳森把听筒放到耳边问道："呃，多姆，怎么了？"

"我这里一挂断，金刚狼就会在线上和你通话。她很生气，乔恩，我可不喜欢看到她这个样子。"

"这不符合安全规定啊。"乔纳森提出质疑。

"你以为我不知道吗？我先撤了。"只听咔哒一声，而电话仍在通话状态上。

"是猛蝎吗？"乔纳森很熟悉艾琳·瑞夫斯的声音。

"正是我。"他说。维妮丝和鲍克瑟伸长脖子想听听电话里说什么，可是乔纳森示意他们离远一点。

"我刚从印第安纳州桑松县拜访你那位朋友回来，"她吐出的每个单词都清楚地表明了她的愤怒，"我在给你打掩护，却发现倒是被你咬了我一口。你胆敢不告诉我你介入了休斯那一家白痴的案子？"

"小心点，这是一条没加密的线路——"

"我明白这是什么样的线路！是我用它打给你的。你到底是不是斯蒂芬森和他全家的同伙？"

乔纳森的血液涌上了脸庞。"我不认为'同伙'是个恰当的词汇。他们家的孩子——"

"别再管了，迪格。"艾琳说，"不论你打算做什么，不要再做了，不要掺和进去，否则你会陷在里面拔不出来的，我也没法给你提供帮助了。你要知道，好多执法部门都在这件事上扮演着角色，指令都来自地位极高的上层。"

乔纳森没作声，然而他相信他把事情看得更明白了。美国政府，或者说山姆大叔，千方百计想保住秘密，而乔纳森却不惜代价要查明真相。

"你还听着呢吗？"艾琳厉声问道。

"我在。"

"嗯？"

"我没什么可说的。是您在讲话，我在聆听。当然，您讲得很不错。"

"向我做出保证，迪格，"艾琳说。她大概意识到光靠发火不管用，所以换了一种恳切的语气。"向我保证你不参与此事，向我保证你不会和那些杀人犯合伙阻挠当局办案。"

乔纳森迟疑着，终于说：'我保证。"他的心里不是滋味。

"说明白。"

还是迟疑。这明显是个严重违背了他的意愿的承诺。"不论休斯一家发生什么事，我保证不再介入。"在一旁听着的维妮丝和鲍克瑟露出了震惊的神情。

轮到艾琳停顿了片刻。"我能信任你吗？"

"您难道不是一直在信任我吗？"乔纳森说，"晚安，金刚狼。"他把听筒递给维妮丝，后者将它放回了叉簧上。

鲍克瑟和维妮丝都不认识似的张着嘴看着乔纳森。"你真的改主意了吗，头儿？我不知道她都说了什么，可是我听你——"

"我撒谎了。"乔纳森说。这句话让他们两个人的嘴张得更大了，因为乔纳森从不撒谎。"喔，我就是说了说她想听的话，而她想听的这些话是毫无道理的。"

乔纳森向他们说明了刚才的通话内容。"联邦调查局大概非常厌恶伊万和绿色旅的所作所为，"他得出结论说，"可是这匹马还没跨出马厩，只是躲在山里冲着城市炸蹶子，FBI也就不好收拾它。如果休斯一家人能在什么地方公开露面，伊万一伙就会尾随过去对他们下手，警察就能抓住伊万一伙，FBI也就一劳永逸了。在这之前，他们只好先放伊万·帕特里克一马。"

两个人等待着乔纳森继续说，可是听不到下文了。于是鲍克瑟问道："这对我们意味着什么？"

"意味着我们必须在我们自己的地盘上和伊万决个高低，"乔纳森答道，"或者至少是在我们选定的地盘上。"他面向维妮丝指示道，"重新登录天眼卫星网站，查查宾夕法尼亚州斯蒂芬森的外公杜布瓦家周边的情况。"

维妮丝转过身惊讶地问道："为什么？"

鲍克瑟不禁睁圆了眼睛，他领悟得很快。"你打算拉着休斯全家和我们一道干。"他笑道。

维妮丝仍然困惑地说："你怎么知道他们会愿意听我们的？"

乔纳森耸耸肩膀说："当伊万追杀到他们家门口时，他们还有别的选择吗？"

查理·沃伦在租来的福特水星车副驾驶座位上扭动着，想再次找到一个有助于腿部血液循环的姿势。与他并排坐在驾驶座上的鲍勃·加里诺正在啜着一杯唐恩都乐咖啡。他们两人都装作没听见盖里·格利克倒在后排座位上发出的隆隆鼾声。沃伦嫉妒他这种随时打盹的本事，却很想找个理由推醒他。看在上帝的分上，有几个人能在监视一幢房子的时候睡着觉呢？

"这座小城还真不错。"加里诺在出声地啜着咖啡的间隙说道。

"如果你喜欢活在诺曼·洛克维尔的油画里的话。"沃伦回了一句。去他的小城，他想。对他来说曼西城也太小了。等到退休，他要待在真正的城市里。也许是纽约，芝加哥似乎也行，如果他能让自己忘记那里每年都有个寒冷的二月的话。那种大地方在凌晨四点都能找到吃饭的地方，这对他有着巨大的诱惑力，尽管他每天起床时很少来得及收看上午十一点的电视新闻。

又一声啜吸，随后是又一声呼噜。"我们到底在等什么呢？"加里诺问道。

"一些有趣的事情。"沃伦答道。

啜吸。呼噜。

"他们是不是忘了关灯了？"加里诺说，"是不是都回家睡觉了？那我们——"

呼噜。

"就在这里坐一晚上盯着那扇该死的窗户吗？"

啜吸。

"够了！"沃伦吼道。加里诺吓得一抖，咖啡泼在了身上。后排的格利克惊醒了，他的脚咣当踢到了什么东西。

"这他妈的是怎么——"

"你们两个！"沃伦厉声喝道，"你们发出的动静太讨厌了。"

"我差点犯心脏病。"格利克抱怨道。"发生什么事了？"

"什么也没发生，"沃伦说，"这两个小时里什么事都没发生过。"

"那你嚷嚷什么？我向上帝发誓，心脏都给你吓坏了。"

加里诺回头对他说："你打鼾就像是个老头子。如果你有一天死过去，你的呼噜就能弄醒你自己。"

沃伦感觉出格利克在后面坐起了身。格利克是秃顶，挺着中年发福的肚子，看着更像是个电脑程序员，虽然他是个商人。而加里诺的外形与格利克就有着鲜明的反差，肥硕的身材和鹰钩鼻让他一眼看上去就是个买卖人。"她还在上面吗？"格利克问道。

"如果她一开始就在里边的话。"加里诺评论道，"我认为我们刚才应该跟踪那个大个子。"

"什么大个子？"格利克问道，"我记得你们说什么事也没发生过。"

沃伦解释道："大约半小时前，有个人离开了这幢楼，朝上坡那个方向走了。鲍勃认为我们应该跟踪他。"

"为什么没这么做呢？"显然格利克也认为应该跟踪他。

"为什么要这么做呢？他不是我们要跟踪的人。我们想盯住的是个小姐，而不是那个彪形大汉。我总是说，除非万不得已，千万别去招惹一头大象。"

加里诺仍有些不服气地说："我只是说——"

沃伦竖起一根手指止住了他，指着他们监视的消防站说："灯刚灭。里面那人不论是谁，马上就该出来了。"他打开自己那侧车门准备出去。

"等等，"加里诺拉住他的胳膊问道，"你这是要干什么？"

"我去跟踪她。"沃伦说，"根据咱们搞到的情报，她就住在这条街的另一头。我跟在后面确认一下，剩下的夜里我们就可以干该干的事了。"

"她要是开车走怎么办？"格利克问。

沃伦生气地瞪他一眼说："住在这条街上的意思你听不懂吗？"他没等对方回答就下了车。迎着凉飕飕的夜风，他把手伸进夹克里，按下了挂在腰间的无线电接收器的按钮。接着他又用拇指打开了手腕麦克——和白宫特勤处使用的那种一模一样——低声道："检查对讲器。"

加里诺"声音响亮清晰"的答话响亮清晰地从沃伦的耳塞里传了出来。

站在离码头隔着一个街区的这条路中央，沃伦可以同时看到消防站这幢楼的前门和后门。但是他没有站着不动，而是背朝河水沿着那段坡路走了上去。他想尽可能地拉开与他们那辆福特水星车的距离。半夜里街上一辆陌生的车和一个陌生的人，都容易引起怀疑，而两者加在一起，更会使他的猎物受到惊吓。

他没等多久。不到一分钟，他就听到了开门和关门的声音，过了几秒钟又传来了锁门的声音，听起来门锁很坚固。片刻后沃伦就看到了他等候的这个女人。她转过角落，走上了他目前的这条坡路，不过走的是路的另一侧。她低着头走得很急。沃伦觉得她心事重重，不论是他还是他们的车还是晚风还是别的什么显然都没在她的关注之列。等到这个女人越过他有四十多米远的时候，沃伦尾随了上去。他一直走在自己原来这一侧，并注意不去缩短两人前后的距离。

沃伦不禁想到，在这样一个小城制造骚乱该是一件多么容易的事情。望着在前边毫无戒心地行走的女人，沃伦觉得制伏她同样是易如反掌。沃伦想制伏她，占有她。她很性感，这已经毫无疑问。沃伦需要做的不过是，他敢打赌，走到她的旁边问问现在是几点。这个女人会停住脚来看看表，并为自己的错误付出代价。沃伦估计这个小城里的每个人大概都会这么做，从不知暴力为何物的人们不会费心去警惕暴力。这种天真善良恰好是征服者梦寐以求的。

然而，今晚他的使命不是征服，而是搜集情报。这是一个了解敌人的夜晚。

他的耳塞响了。"你那儿怎么样？"

沃伦发出嘘声说道："别占用线路，要保持畅通。"他希望自己的恼怒也一并转达给了对方。假如他需要这两个家伙的帮助，他会呼唤他们的。目前他需要的，是这俩人静悄悄地做好他们分内的事情。

他走到了路边的一个教堂，圣凯瑟琳天主教堂。它很大，上面立着尖塔顶，楼体的建筑样式很传统，目前已不多见了。前边这个叫亚历山大的小妞经过教堂后放慢了脚步，还向那一大片草坪的另一端看去，仿佛是希望见到什么人。

她踏上了通向另一片更宽阔的草坪的小道，步伐更慢了。这片草坪后面是前脸带有弧形门廊的一幢气派非凡的大宅邸。与它相比，小说《飘》中的桃瑞庄园只能算是临时供客人落脚的一栋偏厦了。这幢宅邸至少应该有一千一百多平方米，问题是沃伦似乎还没发现它的边际。尽管很难看清它的全貌，不过它的豪华是浓稠的夜色所无法遮蔽的。

沃伦用难以置信的目光盯着他的猎物迈上台阶，穿过门廊，打开前门，走进去不见了踪影。"私人调查事物所这个行当究竟有多赚钱？"他不由得出声咕哝道。

盖尔·博纳维莉不得不承认她很喜欢这个小城。她想象中的那种温馨曼妙的河畔小镇就是渔人湾这种模样的。新时代的风驰电掣尚未彻底冲刷掉旧时代的静谧优雅，盖尔喜欢眼前的小城带给她的这种感觉。她明白乔纳森为什么被吸引到这个地方来了，而她绞尽脑汁仍不得其解的是，如此怡人的小城怎么会接纳乔纳森这种人成为了它的居民。

"我希望我能弄明白这些家伙究竟想干什么。"杰西·克莱尔又说了一遍。他们是四十五分钟前到达渔人湾的，并且很快就发现有一辆福特水星车停在消防站斜对面的路边上。他们已从公众档案中了解到，当年的消防站目前成了斯鲁森私人调查所的办公场所，同时它也是乔纳森·格雷夫本人的居所。盖尔和杰西从看见那辆车时就断定，除了他们以外还有人在监视这个地方，只是不能确定这些人是乔纳森的手下还是乔纳森的敌人。

这条街上不该出现第二辆令人生疑的汽车，因此盖尔提出了一个更加大胆的监视方案，即怂恿杰西停好车后与她一道爬上街对面码头的屋顶。他们在码头办公室背面的墙边发现了通往上一层甲板的梯子。"这么做怕是不合法吧。"杰西跟在头儿的后面边爬梯子边嘟囔着。

"当然是合法的，"盖尔显得很俏皮，"因为我们是警官。"

现在，在到达渔人湾的三十分钟后，他们坐到了一片片木瓦叠盖的码头坡顶上。边上有一段将近一米高的女儿墙，这似乎是渔人湾颇为流行的一种建筑样式。躲在墙后面望出去，视野十分理想。然而由于害怕暴露，他们只能跪在木瓦上面，时间长了膝盖受不了，所以决定两人轮流进行监视。目前当值的是杰西，三分钟了，没什么动静，他显得有点焦躁。

"哇！"杰西突然悄声道，"快看，快看，他们动了。"

盖尔连忙四肢着地爬到矮墙后面，两只手按在墙上用力，既要撑起自己，又要确保只让前额和眼睛超出墙的高度。她不禁想到，他们此时的样子很像是一对儿二战时期卡通画中的基莱①。盖尔为自己的想象而微笑起来。

她的微笑旋即消失了。她和杰西看见，有个穿西装的男人从

---

① 基莱(Kilroy)：二战期间美国流行的卡通形象。当时美国一些军人有个习惯，即在所经之处涂写"Kilroy was Here"（基莱到此一游），再配上一个大鼻子男人双手扒墙，探出半个脑袋的形象涂鸦。

水星车里出来后，迈着轻快的步子沿河边隆起的那条坡路走上去，随后又选了一处昏黑的地方站下等待着。一个年轻的黑人女子走出了老消防站，锁上门，也沿着那条坡路走了上去。

"那个男的是在等她？"杰西悄声问道。

盖尔用点头回答了他。她暗想，真正的问题在于，这个人等在那里究竟是为了会见她，还是伤害她，或者仅仅是为了看看她。很快答案似乎就清楚了，因为当女子走到与他同一个水平线上的时候，他没有拦住她，而是等她又向前走了一段距离后从后面跟了过去，而且这个男人始终行进在大路的另一侧。

盖尔没能看到这个女人是何时转弯离去的。女人走过这条坡路大约一半的距离时，福特水星的车门又开了。这次从车里出来的是两个人，一个从前排座位下车，一个是从后排。这两个人的穿戴与刚才那个穿西装的迥然不同，而且动作也慌忙得多。

"看来他们还没完事。"杰西说。咳，他净说些一望便知的事情。

盖尔低头在黑暗中摸索着，从包里掏出了一台价格昂贵的15倍光学变焦数码相机。她重新支起身，把相机摆在矮墙上边，从取景器里向外望去。

杰西伸出一只手向下按她的肩膀。"你暴露得太多了，头儿。"

"我明白，"盖尔耳语道，"但是我需要拍几张。"尽管镜头的放大倍率如此之高——也许恰恰是由于这个原因，她细想后意识到——夜色下的景物仍然显得很模糊，可盖尔还是连续按下了快门。

这两人手里都拎着类似健身包的袋子，袋子看来并不重。他们匆忙走到那个女人刚刚离开的大门前，把袋子放到了脚下。从盖尔的角度无法看清他们从袋子里取出的是什么，但是他们在黑暗中的动作很快。他们先是弯着腰在门口忙碌了一阵，接着又去对付旁边墙上的警报器控制盘。

"你能猜出他们是在干什么吗？"杰西低声问道。

"当然了，"盖尔说，"我完全明白他们在干什么。"

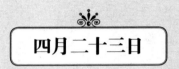

四月二十三日

32

诀窍在于要始终低着头，并把鸭舌帽的帽檐同样压得很低。这样一来，监控摄像头就无论如何也难以清晰地拍下一个人的模样。一只空空的黑色帆布背包软踏踏地吊在了他的肩膀后面。

乔纳森走进了沃尔玛商场，脚步踌躇，眼神犹疑。当以后有人查看监控画面和走访目击证人的时候，他希望自己在他们眼里留下的是一副紧张兮兮的形象。关键是既要引起别人在事后能记得住的足够注意，又要在此时的现场避免造成别人的警觉和不安。在走进商场之前他已经步行了大约半公里——为了躲开沃尔玛的摄像头，他们把悍马车停在了另一个停车场——所以他的额头上已经渗出了汗珠，这让他装出的那副忐忑不安的样子显得更逼真了。

他没浪费一点时间，拉过一辆购物车就来到了陈列食品杂货的货架通道。他先是选了一些罐装食品，包括奶粉和粉末能量饮料。接着他选了一大袋卫生纸，又来到野营用品区选了一罐无铅汽油，就是野外炊具和灯具用的那种燃油。

收银员卡萝尔是个爽朗的姑娘。她喊出所购商品的总价后，乔纳森掏出了信用卡，看着卡萝尔在收款机上刷了它。这张卡是维妮丝昨夜为他专门仿制的。正在收款机打印购物清单的时候，乔纳森顿时满脸都是明白自己犯了错的尴尬表情。"等一等，"他说，"我太太不让我用这张信用卡。有没有办法取消刚才的支付，让我改用现金付账呢？"

当然有办法。乔纳森的身后排队的人更多了。卡萝尔的手指在键盘上刮起一阵疾风，打出了一张新的账单。乔纳森付了钱并一再道了谢。

"这没什么，休斯先生。"卡萝尔看了一眼原来那张购物小票上打出的持卡人姓名，回答说，"谢谢您光临沃尔玛。"

多亏上帝给了这辆车一副强大的引擎和一套四轮驱动的装置。它载着两个成年人和一百五十公斤重的武器弹药，爬行在如此陡峭的山路上，其他那些普通的小车可绝不是为完成这种旅行而设计的。自凌晨从渔人湾出发以来，他们已经耗去了八个小时和两箱柴油，现在离目的地只差最后一公里了，而就连这辆蝙蝠车的发动机也已是气喘吁吁，疲态尽显。

"至少应该有人把这条路垫一垫啊。"鲍克瑟生气地嘟囔道。他一直在与方向盘搏斗，掌控汽车不偏离这条道路，如果还能称它是道路的话。之所以还能辨认出这是一条路，仅仅是由于两道平行的车辙印上生长的杂草和灌木丛，比起旁边其他地方显得较为低矮和稀少。鲍克瑟继续说："赶上下雨或是下雪，我们就得困在这里了。"

乔纳森摇起脑袋，不敢去想象这样的情景。他说："那个叫杜布瓦的老人家是怎么想的呢？世界这么大，为什么偏要住在这里？"

"一百英亩的土地，却是在一个与世隔绝的地方。"鲍克瑟说，"要是住在这儿，我的苏格兰威士忌只好依靠空投来供应了。"

除了在热带地区，乔纳森从没见过这般茂密的森林。21世纪的美国东海岸竟然还保留着这样一大片原始丛林，漫山的阔叶树根深干直、高高挺立，其中很多都有几百年的树龄了。繁茂的枝叶形成了遮天蔽日的林冠，把大森林笼罩在了一片朦胧幽暗的氛围之中。

他们的眼前出现了一道溪谷，鲍克瑟让车缓缓地朝它爬行。这道溪谷有六米多宽，下面四五米深的地方才是湍流的水面。一座木桥连接着溪谷两岸，纤弱的桥身看着像是童子军孩子们的作品。从水里伸出来支撑着桥体的，是一些六英寸见方的木桩，桥上没有护栏，桥面的宽度比他们的车身仅仅宽出了一点点。鲍克瑟让悍马彻底停下了。

"你怎么看？"他问。

"我看没别的选择。"乔纳森答道，"但是，要慢开。"真实的物理现象和人们通常的直觉是相悖的：开车通过承载力可疑的桥梁时，最大限度地慢速行驶才是最为安全的。而驾驶员却常常觉得只有把油门踩到底快速驶过才是正理。

"也许你应该先下车，减轻点车的重量。"鲍克瑟建议道。

"如果你和这些武器都掉进水里，我一个人留在这儿能干什么？往前开吧。"乔纳森看了一眼笔记本电脑上的卫星图像，又说道，"过了这道沟，我估计我们离那个房子也就差七八百米。等卫星再次更新图像时，我们就该在画面上看到我们自己了。"

鲍克瑟的脚松开了刹车，悍马又开始向前蹭了。"我从来都不喜欢在电视上露面。"他咕哝着。

车的前轮轻松地压到了桥上，可是一当后轮从坚实的大地滚上木板铺就的桥面，他们两人都被突然发出的咔嚓咔嚓的声音吓得不轻。

"要慢，要稳，鲍克瑟。就我所知，这桥目前还没塌。"

"你觉察到了它在摇晃吗？"

"我还以为是我犯了晕眩病呢。一定要慢，一定要稳。"

几米远的距离似乎成了没有尽头的远征。悍马车前后晃动，像是迎面遇上了肆虐的狂风。然而他们心里都明白，车的晃动来自整座桥构架出现的位移。

"你知道吗，头儿，"鲍克瑟讽刺地说，"我过去不常对你说起，我是多么喜欢你拉着我去干的这么多蠢事啊！"

固定在仪表盘上面的卫星电话响了。

鲍克瑟笑道："太棒了。我们掉下桥摔死的时候好在有维妮丝知道我们的下场。"

"谁说我们会摔死？"乔纳森一边向电话伸出手去一边说，"我们完全可能是呛水淹死，或者是汽车起火后烧死。"他按下了免提键，"嗨，维妮丝，假如听到有什么东西摔裂的声响或是我们的惨叫，你不用害怕。"

"迪格，我刚刚和天眼公司的李·伯恩斯通完电话，"维妮丝没心思打趣，开口直奔主题，"就像你要求的那样，他用卫星监视了绿色旅营地里的所有车辆。"

又一阵咔嚓咔嚓的响声，这次伴随的是整个车体的震颤，他们都装作没有察觉。鲍克瑟的注意力完全回到了"要慢要稳"上。他们已开过了木桥总长的一半，在乔纳森看来，至少桥上最险最弱的那一段已经是驶过了。

维妮丝继续道："李·伯恩斯告诉我们，绿色旅的车辆动起来了。"

"太好了，"乔纳森说，"是朝着我们预计的方向行动吗？"

"他说是的。不过李也想告诉你，在绿色旅的人朝你那里开去的几小时里，他无法持续地跟踪监视他们。他目前在技术上还做不到。他说，一旦那些人驶出了他定点监控的范围，他的卫星就跟踪不下去了。"

车的前轮挨上了大地母亲，鲍克瑟叫了声"去你的吧"，一脚踩下油门，悍马彻底驶过了木桥。车还在。桥也还在。

乔纳森说："看来我们在信用卡上搞的名堂还是起作用了。告诉李，我感谢他为我们做的一切。"

"李还说，为这事你得付上他娘的一大笔钱。"维妮丝强调，"他的原话就是这样。"

鲍克瑟笑了起来。"李·伯恩斯骂人从来不用'他娘的'这个词儿，他这辈子都没用过。"

"OK，那是我加上的，"维妮丝承认道，"不过你们懂得我的意思。"

"如果不把钱花在那些时髦的高科技上，我们还赚钱干什么？"乔纳森说，"谢谢了，维妮丝，还有别的事吗？我们马上就要登台演出啦。"

"我在卫星网络上看到了，你们刚刚进入画面。"维妮丝的声音变得迟疑，"你真的认为这场戏今晚就会开演吗？"

"我相信是的。"乔纳森答道。

那一头陷入了沉默。乔纳森和鲍克瑟交换了一下眼神。"你还在吗？"乔纳森问道。

"向我保证，你们会小心的。"维妮丝说。

"我保证我们会尽全力打赢这场仗，这怎么样？"光靠小心是无法在战斗中获胜的。

"我觉得这很不错。"她想使自己的声音听起来很淡定，可是乔纳森感觉得到她的担忧。"今夜我会一直待在这里，保证卫星侦查系统的畅通。"她说。

"我从未怀疑过这一点。"乔纳森说，"听着，在交火之前我们还要再通一次话。我们该干活了。我挂了。"

不等维妮丝表现出进一步的多愁善感，乔纳森就按下了结束键。经过这些年血与火的洗礼，乔纳森早已懂得，一个战士越是热爱自己的家庭和亲人，就会越勇敢越善战，因为他们是在为回到家庭和亲人身边而作战。乔纳森同时也懂得，柔弱伤感的情绪会成为战士的一种累赘。全神贯注地投入行动，不为某种情感而分神，只有这样你才能手握胜券。

"这些东西你想怎么办，头儿？"鲍克瑟问道，"是卸下车扛着上去，还是把车再往前开一开？"

"休斯这家人在这儿躲了这么长时间，早就是惊弓之鸟了。"乔纳森说，"我不想让汽车，哪怕是汽车的声音吓着他们。要我看，我们把车停在这里，拿点轻武器徒步进去。"

鲍克瑟对此不持疑义。他选个地方停好了车，在车门上靠近他左膝的地方镶嵌的一块小键盘上输入八位数的密码，打开了后备箱的锁孔。乔纳森下来走到车的尾部。在已经露出的锁孔里插入并拧动钥匙不是什么难事，然而要掀起沉重的防弹后备箱盖却是很费力气的。鲍克瑟也来到车后帮了他一把。

塞满了各种装备的十只筒状帆布大背包在铺着地毯的后备箱里堆成了一座不规则的小山。乔纳森把右侧最里边的那只背包拽下车，垂直立起后拉开拉链，露出了里边的一堆枪械。旁边的鲍克瑟摆弄的是一只装满了子弹的背包。乔纳森从包里掏出一支M4突击步枪递给了鲍克瑟，而鲍克瑟递给他的是一个30发子弹的弹夹。乔纳森给自己也选了一支M4，装上弹夹并将子弹推上膛后，把枪带套在了肩膀上。

"如果他们开枪的话，我们应该还击吗？"鲍克瑟问。

"我看不出我们有很多的选择。"

"那就有点事与愿违了，你不觉得吗？"

乔纳森微笑道："你这么想？那我们就别让事情发展到那一步。"

"你是说要用外交手段来解决问题，是不是？"鲍克瑟叹气道，"我讨厌这个。"

"但是你很擅长这个。"乔纳森笑着说。鲍莱恩·冯·穆勒贝洛克，也就是鲍克瑟，曾是特种部队的顶尖专业人才。乔纳森见过鲍克瑟用他假装憎恨的外交手段化解了许多次的危机。乔纳森也见过在敌对一方弄不懂所谓"谈判"的含义就是投降的时候，鲍克瑟是如何对他们大打出手的。谁要想把枪口指向鲍克瑟，那可绝对是选错了对象。

瞥一眼手里的GPS导航仪，乔纳森指了指前面的山包，两个人出发了。

"他们也许不想交火吧？"鲍克瑟问道。

"那我们携带的火力就太猛了。"

"不，我不是指现在和我们交火，我是说这整个事情。他们会不会根本就不想投入你策划的这场战斗？"

乔纳森想过这一点。"如果面对的危险足够大，人人都会奋起抗争的。"

"但并不是每个人都有这个胆量和本事。"

乔纳森耸肩道："如果他们帮不上什么忙，今晚可就有我们好看的了。"他不忌讳对鲍克瑟说这种坦诚的话，他们两个人很久以前就都把生死置之度外了。"我们要训练他们。但愿他们能把子弹朝着前方射出去。"

托马斯·休斯过的是噩梦般的日子。

在这一整个星期里——不，还不到一星期，刚刚第六天——他先是被那个叫蒂芙妮或者是克里丝蒂娜或者是鬼知道还有什么名字的女孩迷得晕头转向，后是遭到绑架，经历枪战，再后来就躲藏到了这个荒无人烟的地方。只有爸爸妈妈和他三个人——真像是幸福的一家在度假。

好像这些罹乱还不够似的，警方竟然又认定他们这家人是杀人犯，噢耶，他的父亲还是倒卖什么大规模杀伤性武器的贩子。

父母把远在深山的这个藏身角落称作是"别墅"，实际上它不过是个小木屋。它通体都是用砍伐的粗圆木搭建的，而它的式样比它的实际年龄老了有一百岁，这一点上倒很像亚伯拉罕·林肯总统的那副尊容。它是个占地面积只有6×10米、基本没做什么装饰的长方形小房子，在一层的后半部上面起了个二层，为的是扩大可供睡觉的空间。托马斯小的时候，爸爸和妈妈在楼上就寝，他在楼下"起居室"的沙发上过夜。而隔开这张沙发和家里"餐厅"的那面墙壁，则仅仅存在于他们的意念当中。在最里边紧挨着"餐厅"的就是毫无现代气息的厨房了。他们使用的不是燃气灶或是电炊具，烧饭的火炉用的燃料是从山上砍下来的木桦子。

小木屋夏天闷热难耐，冬季又寒冷无比（面对二月的冰天雪地，壁炉的那点温热全然不值一提）。托马斯厌恶这个地方。自从有了自己的驾照和汽车，他就再也不随父母跑来这里了。让原始的文明和大自然的风光待在它们该待的地方吧，托马斯一天都不愿离开现代的都市生活。至少这种生活里有自来水，而水冲厕所比起地上挖的坑可是好多了。

此刻，爸爸和妈妈正在又一次地为陷入了如此境地而互相埋怨着。他们彼此大声喊叫，不断提出这样那样的方案。他们的确需要一个走出困境的方案。

呃，托马斯自己倒是已经有了一个相当不错的方案。他要离开这个鬼地方。他受够了这里的百无聊赖和速食食品，他受够了这种鬼鬼祟祟躲在深山的日子。托马斯身边目前连帮他防卫的一条狗都没有，不过就用狗来打个比方吧，与一条四处跑动的狗比起来，一条原地不动的狗不是更容易遭到敌方的射杀吗？

　　他的父母为藏在仓库里的那几罐人工培育的细菌样本坐立不安，可是托马斯越想越觉得他用不着在乎其他任何人的处境——甚至那两个脑壳迸裂的可怜虫也是咎由自取。谢谢各位，他在这场噩梦中付出的代价已经够多了。托马斯从他对家庭所承担的责任这个角度来分析，却看不出搭上自己今后的全部人生陪着老爸老妈无休止地躲藏下去究竟有什么意义。上天有眼，他才二十二岁啊。等五月份毕业后——其实如今谈不上什么毕业了，由于被人捆绑在地下室，他已经少交了两份课题作业，漏掉了一门考试——他打算一个人远走高飞。也许先去纽约待上一阵，看看能否有机会参加街头的三重奏或是四重奏演出。托马斯他们音乐专业有个学生两年前就这么干了，收入据说还不错。

　　不管以后的前景如何，他必须先离开这个该死的地方。每一天他都告诉自己，今天就是他离开的日子。可是一个个的"今天"都逝去了，他还待在这里没动。

　　明天离开，一定的。

　　眼下他需要的，是出去透透气。

　　他从沙发上站起来走向前门。从百叶窗里透过来的一道道光亮多少冲淡了小木房里令人压抑的昏暗。

　　在开门的一刹那，托马斯与其说是看见，不如说是感觉到了正在同老爸争吵的妈妈猛地转过了身。"你去哪儿？"她厉声问道。

　　"出去。"他说着走出了房间。

　　"让他去吧。"爸爸说。新一轮的争吵又开始了。

　　事实在于，连托马斯自己也不知道他要去哪里。就是散散步，他这样想，可是这里却没有地方可去，不存在任何的目的地。以往的经历告诉他，从这里不论是朝哪个方向走上一个小时，结果都是走进更加茂密的丛林当中。也许，他到现在还没把逃跑的设想付诸实施的原因就在于此。

这个想法让他很恼怒。在各类的怯懦中最丢人的，莫过于是害怕未知的前景。就托马斯目前的年龄和所处的人生阶段来说，越是搞不清前方有怎样的险阻，才越应该鼓起勇气踏上征途才对。他想起了刚入学时新生宿舍墙上贴的标语：千里之行，始于足下。

是啊，不积跬步，无以至千里。

他仔细考虑自己的选项，意识到离开这里只能算是千里之行的第一步。他可能会永远地四处漂泊，永远地无法改变亡命天涯的命运。他真正希望的是重新回到泯然众人的状态之中。不为世人关注，埋头音乐事业，除此之外真正在乎的只有一件重要的事情——友情。需要它的时候，就和朋友们厮混在一起；厌倦了他们的陪伴时，就静静地一个人找个地儿待着去。

房前的大院子足有两万平方米，是这一带唯一一处伐光了树木的地方。托马斯还记得这片空地曾是多么的壮观迷人，尽管他当时就不喜欢来这里，可是一旦踏进这个地方，他也不得不承认它的景色绝对是一流的。但是这里至少已有两年无人光顾，这期间院子里的野草已经长到齐腰高了。在这片曾经开阔齐整的草地上还冒出了许多矮矮的橡树、枫树和松树的树苗，乍看起来和野草也没有太大的区别。大自然一旦下定了收复失地的决心，它的行动便是十分果决和迅捷的。休斯一家本该把这些野草和矮树丛统统犁掉，可是他们害怕遇到外人，不敢把拖拉机开出去加油。

这真是一场地地道道的噩梦。

托马斯开始了散步，清新的空气和灿烂的阳光对于改善郁闷的心境总是有好处的。

他强迫自己把注意力集中到贝多芬的降E大调弦乐四重奏上，这是他和另外三个同学为毕业晚会准备的节目。旋律在他的耳边响起，每一个音符都清晰可辨。他感觉自己的左手正在大提琴的琴颈上落指按弦，右手的手指在精确敏捷地运弓。从打记事起，托马斯读起乐谱来就像其他人阅读书籍一样流畅，其中的符号以及符号间的距离十分自然地在他的脑海里转换为动听的乐章。在他的父母和朋友眼里，这种禀赋是上天赐予托马斯的恩惠。而对于托马斯而言，这样的恩惠同样也意味着是一种与生俱来的折磨。每当捧读那些经典的乐谱，托马斯都能凭着悟性领略其中的各种精妙和华美，宛若是亲自出席了一场精彩绝伦的音乐会。而当他自己演奏的时候，也是这种悟性使得托马斯总能觉察出许多瑕疵，虽然大多的观众都听不出来，可是琴弓造成的这些遗憾却如同乐队里铜钹击错的轰鸣，久久在他的脑际里挥之不去。

舒缓的乐章平息不了他的火气，至少今天不行，而这种怒火最终会导致他的崩溃。基于直觉，他明白带来这一切的罪魁祸首是谁，明白他的愤怒应该对准的是克里丝蒂娜·贝克和那个叫费边什么的家伙。然而托马斯发现，目前他的怨气却主要集中在了自己的父亲身上。父亲是带来所有这些可怕事件的导管。假如不是由于父亲，托马斯至今还会在音乐专业的天堂里享受快乐的时光。假如父亲没有卷入什么生化武器的交易，他们全家就会仍然过着风平浪静的日子。假如那些家伙在交付"赎金"的过程中干脆杀死了父亲——

托马斯为这样的想法而憎恨自己。

有情况。

他不知道自己究竟是听见还是看见了什么，反正是感觉到右边高高的野草丛里有点异样。刹那间音乐消失了，托马斯的注意力全然回到了现实。是一条蛇在乱窜吗？或者是一只美洲豹？他们曾发现过野生动物在房子周围活动的踪迹，不过——

有个人以闪电般的速度从草丛里冒了出来——也可以说是从地底下突然冒了出来。他拦腰把托马斯背朝下撞倒在地。托马斯刚要喊叫，一只戴着手套的手捂住了他的嘴。

托马斯弓起后背试图反抗，却听那个袭击者说道："别动，托马斯。"

熟悉的声音吓了托马斯一跳。他停止了挣扎，想弄清是怎么一回事。不，这不可能。

"我是猛蝎。"那个声音说道。与此同时，托马斯和对方的目光锁定在一起——在那个暗夜里，他看得最清楚的就是这双眼睛。见鬼了，果然是猛蝎。

托马斯心中涌起了新的恐惧。

"我是来帮助你们的，"仿佛是猜到了托马斯的恐惧，猛蝎说道，"我不想伤害任何人，噢，至少是不会伤害你和你的家人。"

托马斯放弃了抵抗。

"我想把我的手挪开，好吗？"

托马斯点点头。

果然是说到做到，那只手移开了。猛蝎露出了笑容。"你这几天的日子过得怎么样？"他用戏谑的口气问道。

托马斯一头雾水。"这真想不到。"他能说的也就是这么一句话。

"现在看来，有些事情还没了结。"猛蝎说，"我来是——"

"小心枪！"不知从何处传来了一声大喊。猛蝎急忙卧倒，把托马斯护在了身下。

出于一种惊恐的直觉，托马斯意识到了正在发生的情况。"不！"他大喊道。

他的喊声淹没在了枪声之中。

33

　　有支枪在小木房那边开了火，子弹在乔纳森背部一英寸的上方掠过，钻入了草丛。不过一微秒，另外一支枪也在丛林边上射出了子弹。

　　女人的尖叫声。

　　“停止射击。”乔纳森一边发出命令，一边从托马斯身上滚到了另一侧。“什么情况？”他对着麦克问道。

　　“有人朝你开了枪。”鲍克瑟答道。

　　托马斯先于乔纳森做出了反应。“你们这是干什么？”他爬起身喊道，“天啊，你们这是干什么？”

　　单膝跪地并把M4的枪托顶在了肩头的乔纳森已经看清了眼前的局面。有个男人倒在了房前门廊的台阶上，一个女人蹲在他的身旁尖叫着。她的手上沾满了鲜血，不过乔纳森看不清血的源头在哪里。

　　“你们对他开了枪！”托马斯叫喊着，张开的手掌用力挥了过来，却被乔纳森轻松地挡开了。“你们竟然开枪打我的爸爸！”

　　“他不要紧，”鲍克瑟通过耳麦向乔纳森报告，“我朝他的腿开了一枪，是贯通伤。”他从丛林里现出身影，边向前走边说道，“这一枪不致命，以后走路都不会瘸。”

　　托马斯以高高的荒草和他的拖鞋所容许的最快速度向小木屋

奔去。不管怎么说，这个小伙子至少已换掉了从死人身上扒下的那套衣服。

乔纳森站起来跟在他的身后。他的突击步枪已经挂在枪带上，可是他的手仍然握着枪柄以防万一。那个女人——根据维妮丝从网上下载的资料，乔纳森知道她是朱莉·休斯——在含糊不清地叫嚷着什么，不停地摩挲着倒地男人的脸庞。那个男人的双手按着自己的大腿，乔纳森走近后发现鲜血正在从他的指缝里冒出来。

托马斯最先跑到了门廊，乔纳森在他身后五六米远的地方。朱莉·休斯回过了神，盯住乔纳森，转身一把抓起了她的丈夫被鲍克瑟的子弹击中后丢在了地上的那支点30-30老式霰弹枪。

乔纳森又一次单膝跪地举起了枪。"不许动！"他喝道，"不要碰那支枪。"

女人也再次发出了尖叫。

"托马斯！"乔纳森喊道，"快救你妈妈一命，让她放下武器。"如果她把枪口对准了自己，乔纳森别无他法，只有向她开枪。在这么近的距离内，不论乔纳森选择对方身体哪一处非致命的部位射击，仅仅是子弹的动能造成的弹道创伤就可能要了她的命。

"我的枪已经瞄好了。"鲍克瑟在耳机里说道。

"别开火。"乔纳森又喊道，"托马斯！"

小伙子应声扑了上去，抓住枪管从母亲手里夺下了武器。"他们是朋友。"他说。

他的母亲似乎吃惊不小。"他们开枪打伤了你爸爸。"

"是他先朝我开的枪，夫人。"乔纳森答道，好像这么一说伤者的亲属就能买账似的。他又一次起身走上前去——右手依然在M4的枪柄上，伸出左手说："把武器给我，托马斯。"

"不行。"朱莉叫道。

托马斯却没有犹豫。他仍然握着枪管，从门廊上侧身迈下了三个台阶，把枪递给了乔纳森。在整个过程中他注意把枪口朝上，不去对准任何具体的人或物，乔纳森由此断定这个小伙子受过一些武器方面的训练。这种训练今天将被证明是有益的。

279

朱莉追上来做夺枪状，托马斯伸出胳膊拦住了她。"就是这两个人把我救出来的，"托马斯说，"他们救了我的命。"

　　朱莉听不进去。她的眼神显得很狂野。

　　"他们对我开枪，该死的，"双手仍然紧捂着大腿的斯蒂芬森说，"他们打伤了我。"

　　"是你他妈的先朝我们开的枪。"从后面赶上来的鲍克瑟边说边向着伤者走去。他把M4垂在枪带上，拉开了战术背心上的一只大口袋，从里面掏出两个很大的白纸包摆在了台阶上。

　　"不许碰他！"朱莉喝道。

　　鲍克瑟没有理她。

　　"他要处理伤口。"乔纳森解释道。白色急救包里装的是HemCon战伤止血敷料，乔纳森相信，这种止血品在现代战争中挽救的生命之多，是其他任何科技成果所无法比拟的。只要把HemCon敷在伤口上，血就会被止住，事情就这么简单。

　　当鲍克瑟从鞘里拔出卡巴军刀时，托马斯先是惊得几乎要冲上前去，随后很快又稳下神来。他看来是想起了上次见到这种军刀时的情景。"他们不是坏人，"他对母亲说，"他们懂得自己在做什么。"

　　朱莉用咄咄逼人的眼神盯着乔纳森问道："你们是什么人？"

　　"就叫我猛蝎吧，"乔纳森答道，"我的朋友可以称为大个子。"

　　"这根本都不是名字。"朱莉咆哮道。

　　乔纳森只是耸了耸肩。还能说什么呢？

　　鲍克瑟把卡巴军刀伸进斯蒂芬森宽松的裤脚里割开裤子，从脚腕处一直割到了大腿根一带。割开的布片牵拉到两边，露出了斯蒂芬森大腿内侧肌肉上的伤口。伤口是圆形的，圆得堪称完美。

　　"你差一点就把他杀死！"朱莉指控道。

　　"可以差一点，也完全可以不差这一点，"鲍克瑟回敬道，"但是他毕竟没死。"他接着检查了这条伤腿的其他部位，满意地点点头。"啊哈，我就是这么棒。"他对乔纳森眨眨眼说，"骨头没伤着，动脉也没出血。子弹就是按照我设计的路线穿过去的。"

托马斯的嘴巴不由地张开了。"没人能打得这么准。"

乔纳森微微一笑。

朱莉扇了一下儿子的后脑壳，厉声说："别夸他们。他们是想杀死咱们。"

鲍克瑟大笑起来。

"没有冒犯的意思，夫人，"乔纳森说，"如果我们真想杀掉谁，谁就逃不了一死，可是你们并没死。"

鲍克瑟扯开了HemCon急救包。"我不想用好话哄你，"他对斯蒂芬森说，"你会疼得受不了的。"没等斯蒂芬森做出任何反应，鲍克瑟果断而娴熟地把一团纱布塞进了他腿上的弹孔里。

斯蒂芬森疼得嚎叫起来。他使劲挣扎，用没受伤的那条腿乱踢，可是鲍克瑟丝毫不为之所动。鲍克瑟用屁股和左手死死地压住自己的伤员，右手的小指不停地向伤口里填进HemCon。

"住手！"朱莉喊道，"你这是要害死他！"她上前一步想要阻拦，又被托马斯挡住了。

"让他们做他们该做的事吧，妈妈，"托马斯劝道，"他们是好人，我说的是真话。"

"他们在折磨你爸爸！"

"我们是在帮助他，夫人，再有几秒钟就结束了。"乔纳森说。

"好了，"鲍克瑟直起腰说，"血止住了，只用了一包敷料。你还行吗，斯蒂芬森？"

"太疼了。"斯蒂芬森答道。

"当然要疼了，你这是枪伤啊，不疼才没有道理呢。"鲍克瑟俨然一副立在床头慰问患者的神态。"现在还不要动。我需要把伤口包扎起来，包扎后我们就完事了。"

"你们是什么人？"斯蒂芬森问道。

"这时候还出什么问答题？"鲍克瑟咕哝道，"不管怎么说，欢迎你找到我们来帮忙。我们认识得虽然晚了点，但是比没认识强。"他用沾上许多血而变得滑腻的双手，把剩下的HemCon急救包塞回背心口袋，又掏出了一些4×4英寸的标准纱布块和一卷绷带。他把纱布块敷在了子弹的入口和出口两处弹孔，用绷带一圈圈地把伤腿包扎好了。包扎的效果看着很不错，医院专业人员的水平也不过如此了。

鲍克瑟站了起来，用一块大纱布擦着手上的血说："有破有立，永远也别说我只会打碎什么，我打碎的我还能修好它。"他向斯蒂芬森伸出了一只手，"你用不着娇惯这条腿。它肯定是要疼得不行，但是如果你不锻炼，等它肌肉萎缩就更不好办了。"

精疲力竭而又困惑不安的斯蒂芬森·休斯逐一打量在场每个人的表情，心里猜测后面还会遇到什么样的事情。终于，他握住鲍克瑟伸出的手，借力站了起来。

"有人能对我说说这究竟是怎么回事吗？"斯蒂芬森说。

他们围着厨房里那张划痕累累的木制小餐桌坐了下来，其中的四个人各坐在桌子一侧相同式样的椅子上，仿佛是凑在一起打扑克牌，而鲍克瑟坐在了圈子外面不远的一张摇椅上。

乔纳森仅用了二十分钟就说清了事件的来龙去脉和他们面对的局势，留出另外的二十分钟由斯蒂芬森来叙述他那方面的情况。乔纳森总是准确地首先说出斯蒂芬森·休斯经历的各种事情——鲍克瑟为此大为惊讶——然后引导他吐露具体的细节。斯蒂芬森把他在原奈克导弹基地里偷来的卡车一直开到了这幢小木屋。这辆卡车目前停在后院的仓库里，上面仍然载着装有细菌样本的贮存罐。一路上斯蒂芬森小心翼翼，唯恐落入追杀他的那些人手里。通过乔纳森的叙述他知道了，其中有个家伙名叫伊万·帕特里克。

斯蒂芬森在听到蒂伯·罗斯曼的死讯后表现出的沮丧和悲伤，让乔纳森有些吃惊。"你和蒂伯是怎么认识的？"他问道。

"我们在大学里就是朋友。"斯蒂芬森解释道，"他这个人一直主张要为维护正义、揭露黑暗而战。我当时想，如果我们能把发生的一切用视频永久性地记录下来，我们的手里就握有了一张王牌。"他低下了头，声音也变小了。"回头想来，我觉得我还是太幼稚了。"他抬起头又问道，"你知道他是怎么死的吗？"

"死得很惨。"乔纳森只是简短地答道，然后换了个话题。"我估计你就是通过他才找到我的吧？"

斯蒂芬森摇摇头说："并不尽然。事实上，在今天遇到你之前，我根本不知道你是什么人。蒂伯说他认识一个人，也许能在营救托马斯的事情上提供帮助。他不想告诉我他怎么会认识你，或者你们是如何接头联系的。我只是问他需要多少费用，他说我用不着操心这个事。他一直都很够朋友。"

斯蒂芬森说这些时，乔纳森一直面无表情，也不和鲍克瑟的目光进行交流。蒂伯·罗斯曼竟然还有亲近的朋友，乔纳森觉得这真是不可思议。还有，蒂伯怎么会知道乔纳森从事的是什么样的秘密职业？乔纳森不禁想到，如果蒂伯还活着，在他们之间的下一轮法律诉讼中，没准儿蒂伯会利用这一点对他搞一点小小的讹诈呢。

"视频是怎么回事？"乔纳森问道。

斯蒂芬森耸耸肩说："就是为了留下证据。那是个非常小的设备。蒂伯把摄像头装在他戴的那顶帽子的帽檐上，其他摄录装置塞进了他的袜子里，它们之间是无线连接的。我们是这么想的，如果事情出了岔子，我们不能活着离开，也许有人早晚能找到这些摄像资料的存储卡，让真相大白于天下。"

"可是，为什么你要在现场告诉对方你们录了视频呢？"鲍克瑟问道。他的态度是毫不客气的。

斯蒂芬森对此有点生气，然而很快就代之以羞惭的神情说道："我也无法回答你的问题。手机铃响了，证明托马斯得救了，我当时就觉得大获全胜了。脑袋一热，嘴巴就不严了。这太愚蠢了。"

"光说是愚蠢可远远不够。"鲍克瑟厉声道，"你的嘴巴不紧，导致的结果是猛蝎的前妻被杀。"

斯蒂芬森惊骇地问道："真的吗？怎么会呢？"

乔纳森摆摆手，生气地瞪了鲍克瑟一眼。说这事的场合和时机都不合适。

"当然是真的。"鲍克瑟不睬乔纳森的暗示，继续说道，"他们拷打和杀死了她，因为他们认为视频存储卡是在她的手里。如果他们不知道录了这段视频，这种事就不会发生了。"

斯蒂芬森变得瞠目结舌。"上帝啊，我太抱歉了，我没想到——"

"过去的就过去了，"乔纳森打断他们说，"我们不要再说这个。"

"你怎么敢赖到我们头上？"朱莉在椅子上转过身瞪着鲍克瑟吼道，"我们正处在焦头烂额的时候，你开枪打伤了我的丈夫，而现在你还想让我们有一种负罪感？你怎么敢这样做？"

"妈妈，快打住。"托马斯以责备的口吻说。

"用不着你来告诉我应该怎么做。"她嚷道，"你们任何人也别想教训我应该怎么做，我已经受够了。"

乔纳森感到自己的耳根发红了。眼下他们需要形成一个紧密的团队，而不是陷入争吵和混乱。鲍克瑟有点过分了。意外的事件是随时都会出现的。怀着最良好意愿的人们——还有那些本来毫无意愿的人们——都可能做出愚蠢的事情，而错误一旦形成，意外一旦发生，就没有办法予以补救了。这种情况是屡见不鲜的。

"你说过你有一个计划。"斯蒂芬森提示道。他很明显是希望转个话头。

"是有个计划。"乔纳森确认道。

"它会让我的家庭陷入危险吗？"

乔纳森架起腿说："你和你的家庭早已陷入了危险当中。不论你们做或不做什么，你们活过下个星期的概率都是很小的，更不要说活到明年了。你心里对此肯定是清楚的。"

斯蒂芬森发出了冷笑，又由于腿部的疼痛而抽搐了一下。"如果你想听到真话的话，我得承认，能活到今天我已经很意外了。"

乔纳森乘势继续说道："不论是以什么方式，你只能和这些家伙斗下去。如果我们把战场选在这里，我们就能在相当程度上取得主动权，而我会留在这里帮助你们。"

朱莉在桌上探过身子摇头道："别听他的，斯蒂芬森。我们不和他们斗，我们离开这里。"她望着乔纳森说，"如果我们离开，

284

你是不会阻拦的，对不对？"

"我不是监狱的看守。"乔纳森说。

朱莉站起身，打算向门口走去。"听见了吗？我们走吧。假如他们愿意打仗，就让他们打去吧。我们不在这儿。"

乔纳森不动声色。鲍克瑟来回倒腾着双腿，那把躺椅对他来说显然是太小了。

"她的话在某一点上是正确的，"乔纳森说，"就是不管你们是否参与，我们都要留在这里把该算的账算清楚。"

朱莉的脸红了。她攥住斯蒂芬森的手，想拉他一起走。

斯蒂芬森坐在椅子上没动。他目不转睛地望着乔纳森，乔纳森也同样凝视着他。"我不能走。"斯蒂芬森说。他转向朱莉，把另一只手覆盖在朱莉攥着他的那只手上。"你可以走，你是应该离开的。带上托马斯一道离开吧。"

"我哪儿也不去。"托马斯说。

斯蒂芬森又转向儿子，说道："这里没你什么事，托马斯。"

"没我事才见鬼呢。"

朱莉用可怜巴巴的语气恳求道："我们已经受够了，斯蒂芬森，我再也撑不下去了。"

斯蒂芬森对乔纳森说："我们可以把卡车上的东西卸下来，让他们两个一道开车走。"

乔纳森耸了耸肩。

"我不能丢下你走。"朱莉带着哭腔喊道。

"你必须这么做。"

"我不能。"

乔纳森插嘴问道："你打算去哪儿？"

朱莉白他一眼说："这就用不着你来操心了。"

"但是这个问题仍然是不能回避的。你打算去哪儿？你在人家眼里是杀人犯，知道吗？或迟或早，你总是会被人发现的。然后你怎么办？你的银行账户已经冻结了，即使他们给你辩护的机会，你却连个律师都请不起。你处在目前这个地步，已经指不上任何朱莉张嘴想说什么，可是却没词儿了。"斯蒂芬森？"

斯蒂芬森耸下肩，说道："想想那些恶棍干出的事情吧。我必须留下来。"

朱莉无以掩饰遭到了背弃的愤怒。"你听见你自己在说什么吗？你竟然听信了他们的胡言乱语。你会被人杀死的，我将要成为一个寡妇，凭什么？"

"凭着我们所经历的这一切。"斯蒂芬森说。

"我们去找警察吧。"朱莉央求道。她的声音变大了，语速也越来越快。"我们对他们说出全部事实，说出一切细节。他们会相信我们的。"

乔纳森接过来说："他们不会相信的，他们不可能相信你们的话，他们只会让你们乖乖地闭嘴。已经有许多证据表明你们是杀害考德威尔一家的凶手，那些不足的部分他们也会拼凑出来。听我讲，休斯先生——"

"叫我斯蒂芬森好了。"

"你们已经别无选择了。"

"那段视频怎么样？"斯蒂芬森问道，"它不是可以证明我们无罪吗？"

乔纳森耸耸肩说道："如果我是检察官，我恰好可以把它当作你们为了救回托马斯而敢于做出任何事情的证据。我将指控你们为了获得救出儿子的'赎金'，不惜铤而走险，残忍地杀死了考德威尔一家人和她家的保姆。"

"你们瞧见了吗？"朱莉的声音里充满了希望，"在最坏的情况下，他们也会把这件案子当作是情有可原的正当杀人。"

"不，他们不会的。"托马斯说。他的语气和表情无不显示着他的恼怒。"他们会把它当作是预先策划的蓄意杀人案。"他看着乔纳森问道，"对不对？"这么多年的《法律与秩序》[1] 看来没有白

---

① 《法律与秩序》（Law and Order）：美国电视连续剧。自 1990 年起，连续制作和播出了 20 年。

白播出，还是教人学到了一点东西。

"那些坏家伙是设计好了要这么陷害你们的，"鲍克瑟插话道，"我们面对的这些家伙是干这类事的行家里手。我们如果不阻止他们，他们就会继续作恶。只要他们横行于世，你们就永远是家无宁日。"

"你这些话并没有根据。"朱莉反驳道，"你们只是在擅自充当执法者。你不过是为了给你的妻子复仇罢了。"

"这先姑且不论，其他的事情还亏得有我们充当了执法者。"乔纳森答道。

朱莉的两腮发红了。

"我留在这里。"托马斯说得斩钉截铁，丝毫没有商量的余地。

"你想清楚了，托马斯。"乔纳森提醒道，"这些家伙都是恶棍。他们会开枪的，而且都是真枪实弹。这不是你可以重新玩一把的电子游戏。"

"我不能让这些混蛋一辈子都在追杀我。"

朱莉喊道："住嘴！你们都住嘴！你们全都疯了。"她痛哭了起来。乔纳森觉得她的哭声与其说是出于悲伤，不如说是由于气恼。很快，啼哭转化为了啜泣，朱莉的双手掩住了面孔，肩膀随着情绪上下起伏。

斯蒂芬森挪过去伏在她的身旁，柔声说道："亲爱的，我们没有别的选择了。"

朱莉甩开他的手，尖声叫道："我不听你说话！"

乔纳森向门口走去，说道："我们把武器卸下来吧。"鲍克瑟在后面跟了过去。

"等等。"托马斯站起身说，"我去帮帮你们。"

鲍克瑟刚要阻止他，却被乔纳森的眼神拦住了。这孩子显然是想离开这个房间。也许这样更好，至少是没什么坏处。

"你不觉得这时候应当和父母多待一会儿吗？"出门后乔纳森问道，"他们已经够担惊受怕的了，你出来也许让他们更担心。"

"哼！"托马斯用嘲讽的口气说，"他们现在剩下的就是担心了，而这也是他们自作自受。"

"注意点你的态度，小伙子。"鲍克瑟责备道，"他们为你可是操碎了心啊。"

托马斯瞪他一眼说："他们没为我做任何事情，甚至找你们去救我也不是他们的主意。"

乔纳森皱起眉头，不赞成地说："他们已经做出最大的努力了。"

"而且他们的努力很有成效，是不是？"

"这不是他们的错。"

"按他们那一套办，我就得被人杀死。"

"但是他们尽力了，托马斯，这才是最重要的。"

托马斯在草丛中突然停下脚步，问道："难道你们就真的看不明白吗？"

乔纳森和鲍克瑟不禁交换了一下眼神。"看明白什么？"

"我爸爸知道他的公司在生产什么。他知道细菌武器这类的事情。他肯定知道。"

"可是他说自己不知道。"

"即使他真的不知道叫GV什么的细菌也无关紧要。他们在生产炮弹、导弹还有其他许多致命的武器，而我爸爸从来不去认真想想生产的这些东西都是用来干什么的。它们都是用来杀人的。什么好人啊坏人啊，什么阿拉伯人啊美国人啊，究竟有什么区别？反正就是用它们屠杀人类。"

鲍克瑟的身子在提出异议时似乎又长高了一块。"当有人用武器瞄准你的时候，你就会明白其中的区别大得很。"

"看样子很快我就该弄明白了。"托马斯承认道，"不过，我所以被人绑架，就是因为我爸爸在生产杀人武器的工厂工作。如果他是在一个制药公司或是制造草坪躺椅的工厂上班——"

"假如是制药公司，可能也有精神错乱的家伙抗议他们用动物做药理实验。假如生产草坪椅子，也许还有些白痴指责他们在破坏绿化环境。我们面对的这些家伙是一群疯子。你的父母和你一样都是受害者。"

托马斯快步向前走去。

"我体谅你的感受，托马斯。"乔纳森说，"你希望这一切事情有个说得通的理由。面对夺去许多人性命的暴力行为，你希望弄清楚它存在的原因和道理何在。可是在很多时候你是搞不清楚的，和那些诉诸暴力的坏蛋你是没有道理可讲的。"

托马斯停下来，转过身盯着乔纳森。在他们相处的这几个小时里，看来这个小伙子第一次快要控制不住自己了。"你根本就不明白！"他用手指点着乔纳森的胸脯一字一顿地说，"我是个音乐人！我是个诗人！我要填词作曲！我不想和这些该死的事情沾边！永远也不想！去年过完暑假我离开家上学的时候，我就对自己说我再也不回去了。我对全世界宣告我再也不回去了。"

他一边转身一边用摆幅很大的手臂指向那幢小木房。"你在那儿不是见到他们了吗？你不是见到他们那个样子了吗？他们根本就不关心我，从来也没关心过。"

"你这不是真话。"鲍克瑟说。

"他们才不说真话！嗨，他们甚至需要自欺欺人，这有多么荒唐！我现在已经陷进了这个该死的泥潭，而且没办法从中脱身了。"

他们走到了丛林的边缘。悍马车停在至少还有三百米远的密林深处。乔纳森说："你现在确实可以做出选择，托马斯。没人非要你待在这里。你不必一定要卷入即将发生的事件当中。"

"净说废话。"

"你不必这么做。"

"我要这么做。"

"No!"

"Yes!"

"为什么？"

托马斯迎着乔纳森的目光答道："因为你救了我的命。"

34

"猛蝎，猛蝎，我是鸡妈妈。"

由于在无线通话停顿时常常把耳塞留在耳朵里，所以它的突然发声让乔纳森吃了一惊，同样戴着耳塞的鲍克瑟也是这样。托马斯虽然不明白发生了什么，但是感觉出了紧张的氛围。

乔纳森按下了固定在背心上的通话键。"请讲，鸡妈妈。"他忍住一丝微笑对维妮丝说。他们这些人在保密通话中的称谓都是乔纳森指定的，而维妮丝对"鸡妈妈"这个代号简直是恨之入骨。

"猛蝎，你有伴儿了。重复一遍，你有伙伴来了。"

乔纳森示意其他人离开小路，于是他们全都迅速躲进了路边的树丛。乔纳森单膝着地，悄声问道："OK，我听到了。"

"有辆车开到了你们那座桥附近。像是轻型卡车，不过也可能是越野车，车型不大。隔着这些树冠很难辨别清楚。"

"只是一辆？"乔纳森低语。

"我想是的。它肯定不是绿色旅的车。他们还要有几个小时才能到达。"

那么会是谁呢？他看了看鲍克瑟，后者只是一耸肩。"它出现有多长时间了？"

"我无法说得非常确切。"维妮丝的语气含有愧意。"你们安全进入了小木屋以后，我在屏幕前离开了一小会儿。最多就是十分钟。"

乔纳森的脑袋做着计算。不论来客是什么人，在十分钟时间里还来不及做出什么危害巨大的事情。"能看到车里的人吗？"他问道。

"不行。还是那句话，树木太密了，而且你们那里的温度太高，红外线成像仪发挥不了太大作用。"

乔纳森叹了口气。换句话说，她手里目前再没什么有用的情报了。"好吧，鸡妈妈，谢谢你的消息。如发现更多情况请随时联系。"乔纳森用手势要托马斯待在原处，他自己小心翼翼地移动到小伙子身边，同时招手把鲍克瑟也唤了过来。"有人来了。"他告诉托马斯。

小伙子倒吸了一口气。"噢，天哪，是他们吗？"

"我认为不是。"乔纳森说。

鲍克瑟补充道："不可能是他们。他们来不了这么快。"

"那会是谁呢？"托马斯问，"还有谁知道这个地方？"

鲍克瑟耸耸肩说："既然我们能查出你们的藏身地点，我猜别人也能做到这一点。"

乔纳森摇头说："我们是凭着临时性手机号码找到他们下落的。没有其他人知道这些号码。"

"那只是我们这么认为。"鲍克瑟说。

乔纳森拒绝接受这样的想法。"我估计是我们被人跟踪了。"他说。

托马斯惊得张开了嘴巴，鲍克瑟也是。"我们从来没被人跟上过。"大块头说。

凡事都有第一次，乔纳森这么想，不过他什么也没说。

"那么我们该怎么办？"托马斯问道。

乔纳森深吸口气，眉毛一扬，说道："我们只有见机行事。"鲍克瑟听懂了他的意思，不禁露出了微笑。"见机行事"就是"有来无回"。

"我想他们也得走这条路上来，是不是？"鲍克瑟分析道，"我去路的那一侧，我们给他们设个口袋。"

乔纳森喜欢这个主意。"不到万不得已绝对不要开枪。"他说。

鲍克瑟做个鬼脸，持枪进入准备击发的状态，轻轻移到路边窥视了一下路面的情形。"没人。"他低语后旋即启动，五秒钟后消失在了小路另一侧的灌木丛中。

"我真不明白是怎么回事。"托马斯说。乔纳森感到他的声音里兴奋大于恐慌。

"我也不明白，不过我认为我们过会儿就能搞清楚了。"

没过多大一会儿。

"我看到了有人在移动。"鲍克瑟的声音在乔纳森耳朵里响起，"我看到的是两颗脑袋。"

在他的那一侧，鲍克瑟能够比乔纳森更早地看清从左面弯上来的路面的情况。"注意隐蔽。"乔纳森悄声命令托马斯。

"我实在是隐蔽够了。"托马斯嘟囔道。

乔纳森笑了。能怪这个孩子吗？这几天他过的一定是畏畏缩缩、躲躲藏藏的窝囊日子。

鲍克瑟的声音再次响起："头儿，一会儿你看到了你也不敢相信你的眼睛。"

"是好消息还是坏消息？"乔纳森不想在这种时候玩猜谜，而鲍克瑟明白这一点。

"你自己看吧。"

十秒钟后，乔纳森自己看到了：一个男人和一个女人警惕地并排行进在路中央，每人手里都拎着一支霰弹猎枪，而在腰间公开佩戴的枪套里也都插着一支手枪。没等看到那个女人的脸庞，仅凭她的身材乔纳森就认出了她。

"呃，真是活见鬼。"他嘟囔着按下了通话键。"不要轻举妄动，"他悄声说，"记住，我们不朝警察开枪。"他的确没曾与警察交过火，至少在美国本土上是这样。

猎物走近前来。"我随时可以出击。"鲍克瑟在话机里说。这意思是，他们正在经过他的身边，如果需要形成交叉火力，那是一点没有问题。

292

他们已经太近了，乔纳森无法再做应答。他蹲伏在靠近小路边坡的地方，两腿像是压缩的弹簧。七米，五米，三米。

　　他腾地跳到了路上，突击步枪的枪口指向盖尔·博纳维莉和旁边那个估计是她副手的家伙。"不许动，警长！"他命令道。

　　盖尔右侧的男警官急忙转过霰弹枪的枪口。乔纳森朝他脚前的路面射出三粒连发子弹，惊得他们向后跳了几步。

　　"不许动就是不许动，听不懂吗？"乔纳森吼道。

　　他们不敢动了。

　　"放下武器！"乔纳森又喝道。

　　盖尔抓着枪筒让枪托底座朝下把莫斯伯格霰弹枪立在了地上，结果它像一棵遭到砍伐的树一样倒下了。那个男警官站着没动。

　　"我不想对你开枪。"乔纳森说。他在男警官的眼里发现了那种试图冒险一试的神情。这种神情已经导致过许多人的被杀。

　　"我同样不想对你开枪。"鲍克瑟说着，从他们背后的林子里现出了身。

　　那种心存侥幸的神情不见了。男警官明白他输了，把猎枪扔到了路上。

　　"还有手枪，"乔纳森说，"只用两根指头，慢慢把枪拔出来。"

　　他们用挺夸张的动作解开枪套皮条上的按扣，蹲下身子把手枪摆在了长满荒草的路面上。手枪在时下还比较珍贵，不宜像电影里演的那样把它们扔来扔去。

　　"干得不错。"乔纳森说，"现在请把你们的双手背到身后，我的这位大个子朋友要把你们铐起来。"

　　整个过程如同行云流水毫无阻滞，仿佛事先做过彩排。鲍克瑟走到他们身后，从背心口袋里掏出两根尼龙铐条。它们比金属手铐带着更方便，用着更牢靠。在合适的条件下，一支圆珠笔芯就能把金属手铐打开。可是如果弄不到一把刀或是小剪子，俘虏就休想从尼龙铐条的束缚下解放出来，而且它没有钥匙需要保管。

　　当这两个人都被铐牢后，乔纳森垂下枪口走到他们近前。他露出自己最具魅力的微笑，说道："嗨，你好，博纳维莉警长。像你这样优雅的一位女士怎么会跑到这种深山老林里来呢？"

"来逮捕你。"男警官答道。

乔纳森转过来看他，脸上的微笑不见了。"我不记得我们曾经见过面。"

男警官只是瞪着他。

"他是杰西·克莱尔，"盖尔说，"我的副手。"

乔纳森花了一会儿时间来打量杰西。人到中年，腹部已微微隆起，经历过一些沧桑的样子。乔纳森判定他不是个说空话的家伙，眼下仍具有危险性。"他看起来是个忠诚的副警长，"乔纳森说，"而且是个聪明人，一旦发现他无法掌控局面，就乖乖地照我的命令办了。"

杰西啐了一口唾沫，吐在了乔纳森的背心肩部上。说时迟那时快，鲍克瑟向杰西的腰部挥拳一击，立时把他打翻在地，把旁边的人都吓了一跳。

"够了！"乔纳森喝道。

"你他妈的以为你是谁？"鲍克瑟冲着蜷缩在地上的副警长喊道，"你吐的是我的朋友。"

"大个子！"乔纳森的口气和缓了些，"我没事的。"

"没人敢向你吐唾沫。"

"当然是的。"乔纳森又问，"受伤了吗？"

"没有，我挺好。"鲍克瑟说。

"我问的是他。"

"我知道你问的是他。这个混蛋。"鲍克瑟向杰西身上啐了一口。

"干什么你？"乔纳森斥责道。

"他挨那一拳不要紧的。"鲍克瑟报告说，不过显然他希望看到的是另外的结果。

乔纳森的目光转回盖尔的脸上，发现她还没褪去震惊不已的表情。"说到忠诚，"她说，"看来你倒是很善于塑造部下的这种品质。"

乔纳森淡然一笑。"好啊，介绍一下。这是盖尔·博纳维莉警长，印第安纳州桑松县的。警长，这是大个子。"

"这是个名字吗？"

"目前就这么称呼他。"乔纳森说，"我现在叫猛蝎，利昂·哈里斯已经是过去式了。"

盖尔的目光依旧很严厉。"那么乔纳森·格雷夫这个名字呢？你同样也不再喜欢它了吗？"

他笑道："哇，你好棒。查出这个名字可不那么容易。"

"并不像你想得那么困难。"她说。她又把脑袋歪向乔纳森身后的左侧问道："这位又是谁呢？"

乔纳森转身看了一眼，说："哦，对了，他就是你们正在追捕的杀人犯家族中的一个。"他招手让托马斯走进前来。"这是托马斯·休斯，在大学主修音乐专业，今年将要毕业。托马斯，请允许我向你介绍勇敢无畏的博纳维莉警长。"

小伙子微笑着不大自然地打了个招呼。

乔纳森向杰西·克莱尔比画了一下说："托马斯，你能帮助克莱尔警官站起来吗？"在托马斯去扶杰西的时候，乔纳森把两手插在腰间说，"呃，我必须承认，你们的到来是我的预料之外的一个变量。"

"我把你这话理解为是对我们的一种褒奖。"盖尔说。

"难道没有哪个身居高位的人告诉你不要再纠缠这个案子了吗？"

她耸肩道："恰恰是有人对我指手画脚这个事实让我觉得不大对劲。当有人在我的小城被杀害时，我个人的好奇心也让我无法对之熟视无睹。"

乔纳森冷笑道："那么今天这个结果你觉得怎么样？"

"今天你已落入了我给你设下的陷阱。"她嘲弄地说。

乔纳森大笑起来，看到托马斯脸上惊骇的表情他笑得更厉害了。"去他的陷阱吧，"他说，"欢迎你们来到这个人间天堂。"看到已经站起来的杰西，乔纳森问道，"你没事吧？"

"挺疼的。"杰西含糊地应道。

"托马斯，帮我个忙，搜搜副警长的衣兜，把车钥匙找出来，好吗？"

"钥匙就在他前面的口袋里。"托马斯说，"我隔着布料看见的。"

"好。现在我请你和大个子捡起他们丢在地上的武器，带上钥匙，下山到那座桥走一趟，把警长他们的车开回小木屋。"

"那你和他们做什么？"在托马斯忙着去掏钥匙的时候，鲍克瑟问道。

乔纳森走到路边，用下巴示意他的两个俘虏向山坡上的小木房出发。"我和他们一道散散步。"他说完又用麦克向鸡妈妈通报了这里的最新情况。

35

朱莉和斯蒂芬森还在争吵不休的时候，乔纳森推开房门押着他的俘虏进屋了。这一举动产生的戏剧性效果完全符合乔纳森的预期。朱莉吃惊地从椅子上跳了起来。斯蒂芬森如果不是腿上有伤，大概也会这么做。

"这是盖尔·博纳维莉和杰西·克莱尔。"乔纳森说，"还请允许我介绍休斯一家的余下成员——斯蒂芬森和朱莉。"

"这是怎么回事？"朱莉质问道。

乔纳森一边解释他们在路上的相遇，一边引导新来的客人坐到了餐桌前的椅子上。

"他们为什么要到这儿来？"斯蒂芬森这样问。

"如果你希望我长话短说的话，"乔纳森说道，"是这样。博纳维莉警长的专业素质大大超出了我的预料。我是在一个农场的房子里把托马斯救出来的，那里属于这位警长的管辖区。"

"这么说你终于承认了是你干的。"杰西说。

"到了这个时候还否认下去已没什么意义了。"乔纳森承认道，"难为她从一开始就对我穷追不舍。"他抓起一把还空着的餐椅掉过来跨坐在上面，面孔对着盖尔，胸膛抵在藤条椅背上说，"不管怎样，我倒是真的希望你告诉我，你们是怎么发现我们会到这里的。我明白这和指纹什么的没关系——我们早就把那些痕迹清除掉了。"

盖尔摇摇头，笑着说："你打开我的手铐，我就告诉你。"

乔纳森也笑了。他喜欢这个女人。他甚至也喜欢她的副手，尽管在这两人当中男的似乎更危险。

"你本来的计划是什么？"乔纳森问道，"打算就靠你们两个来把我们抓回去？"

她耸肩道："如果有这个机会，我想我们是要这么做的。不过说实话，我们更多地是想先来侦查一下。一旦搞清了这里的情况，我可能就会带着拍下来的照片去找州警察局，共同形成一个抓捕你们的方案。"

"尽管你已经得到了FBI的指令。"

"恰恰是由于得到了FBI的指令。"

她是有骨气的，乔纳森必须承认这一点。

斯蒂芬森显得有点困惑地问道："这么说，由于枪击案发生在你们辖区，你们来这儿只是为了逮捕猛蝎？"

"同时也以杀害考德威尔一家的罪名逮捕你。"盖尔用平板的语气答道。

"就是说你们还不知道其他的事情？"朱莉问道。

盖尔和杰西交换了一下眼神。"什么其他事情？"

斯蒂芬森发自肺腑地大笑起来，引发了腿上伤口的一阵发作。"嗬！我们还真有值得给你们讲讲的故事。"看样子他已经忘记了自己的疼痛。

再次回顾一遍事情的全部经过，用了整整半小时——目前态势下花去三十分钟显得过分奢侈了。说得差不多的时候，悍马和盖尔的那辆起亚索兰托都被开到了前院，托马斯和鲍克瑟进入房间也加入了谈话。

"总体来说，警长和副警长，你们两位目前是撞上了很快就要爆发的一场战争。"乔纳森概括道，"而且我当着上帝说真话，我不知道该拿你们怎么办。你们追到这儿来的疯狂行为，足以让我不能放心地让你们就这么离开。可是等交火开始的时候，还把你们绑在这里像两尊木雕一样动弹不得，似乎也不大合适。当然也有第三个可能——把枪还给你们，请你们提供帮助——但是我对这种选择不予考虑。"

"你肯定是不能让这个混蛋副警长手里有支枪。"鲍克瑟指着杰西说。

乔纳森起身说："我们聊得不少，该行动起来了。天要是一黑下来，我们就来不及了。我们要把前院的荒草都割掉，还要给敌人设下埋伏。"他看着斯蒂芬森问道，"你领我先转转这里怎么样？你的腿慢慢挪动还行吧？"他伸出手帮助斯蒂芬森站了起来。

"他们到底怎么办？"鲍克瑟指着俘虏说，"我们总得做点什么。"

有道理。"把他们绑在椅子上。"

"我需要上一趟厕所。"盖尔说。

鲍克瑟僵在那里，把惊恐的目光转向乔纳森。每个人都有强项，也有弱点。鲍克瑟的阿喀琉斯之踵在于，他害怕与排泄功能有关的事物。在血肉横飞的战场上他从无畏缩，可是屎尿之类的东西就完全是另一回事了。

看着鲍克瑟的神情，乔纳森强忍笑容。他眯起眼睛，尽量从盖尔的角度来考虑问题。"好吧，"他过了一会儿才说，"托马斯，你陪警长去外面方便一下。"

"没门儿！"

"你只是陪她走过去，"乔纳森说，"用不着你给她擦屁股。"

盖尔的脸红了。"你知道我跑不了，对不对？而且你也不用说得那么生动，我只是没法解开我的裤子。"

"就是嘛，"托马斯说，"我才不会帮你做这个。"

乔纳森转动了一下眼珠。"朱莉？"

朱莉站起来说："没问题。"她伸手拉住盖尔的胳膊，帮助对方站了起来。"来，警长，我帮你。"

没等她们动身，乔纳森说："托马斯，你也去，帮帮你妈妈。"

托马斯用手在空中使劲砍了一下，无比坚决地说："不，我才不——"

"托马斯，我要求你和你的母亲待在一起。"乔纳森的语气传递出了他的真实意图，屋里的每个人都听懂了他的弦外之音。乔纳森不相信眼前的任何一个女人。

这下托马斯服从了，而朱莉的背影却显得僵直。

"我们别为这事吵，好不好？"不等母亲发出必不可少的抱怨，托马斯说，"让她解个手我们就回来。"

乔纳森走向楼梯，开始了他的参观之旅。楼梯直接通向楼上的主卧室，里边只有一张有点塌陷的双人床和一张小桌子。在砍削粗糙的几道橡木横梁上架起的棚顶，刚刚够乔纳森直起身来。

"挺温馨的。"乔纳森说。

斯蒂芬森笑出声道："我是个孩子的时候还觉得这是间很大的房子呢。"

乔纳森举起拳头敲敲离他最近的房梁。"很结实。"

"家里说这房子是我祖父自己用双手建造的。真不知道他是怎么把这些一百五十公斤重的横梁弄上去的。"

"任何人都是不可低估的。"乔纳森说，"我必须搞清楚，你的妻子会成为一个负担吗？"他的后一句话犀利得像是在水中穿过的鱼雷。

"什么？"

"当她在我身旁时，我需要提防她吗？"

斯蒂芬森挥挥手，意思是这种想法毫无根据。"她不是个有暴力倾向的女人。也是因为如此，她在这件事上才这么——难缠。你用不着担心她。"

"你肯定吗？"

"不是一般的肯定。她只是吓坏了，噢，实际上我也是。"

但愿不用担心，乔纳森暗想。"接下来我需要看看那个GVX。"

鲍克瑟也一道来了。这里的仓库也不大，而且是按照与木房子相同的标准建造的。最高处约有四米五的坡顶已处在急需修缮的状态，相比起来，支撑坡顶的那几根粗大的圆木柱就显得经久耐用多了。一台约翰迪尔牌古董拖拉机停在角落里，它后面挂的那架宽宽的割草机显然是好久没用过了。"它是你的了，大个子。"乔纳森指着拖拉机说，"从悍马车里取点油给这个宝宝喝了，把房前空地的荒草都割掉。"

"好嘞。"鲍克瑟离开仓库忙去了。

这里散发着通常的仓库里都有的泥土和陈年汽油的味道。从圆木间的缝隙中透进了一缕缕的阳光，灰尘在光亮中飘舞，仿佛它们也是刚刚从墙的缝隙中挤了进来。斯蒂芬森说："这个地方用来存放家里那些从来都不用的东西。我小时候把这里当成避风港，当成我自己的城堡。我通常都藏在上面的阁楼里。"

拖拉机旁边是一辆相对较新的3.25吨轻型卡车。"你们是开这辆车来这儿的吗？"乔纳森指着它问道。

"就是它。"

"让我们瞧瞧究竟有多少细菌样本吧。"乔纳森从腰间的口袋里摸出镁光微型手电筒打开了，一股白色强光照射到地面上。"它们在哪儿？"他问道。

斯蒂芬森一瘸一拐地到了卡车后部，拉开了后厢门。只见车厢里摆着五只木箱子，每只都大约一米见方。最靠近后厢门的那只箱子明显被打开过，木箱盖只是草率地搭在了上边。"那天晚上为了救出托马斯，我就把这只箱子里的罐子取出来了。"他用手指着说明道。

乔纳森想看个仔细，索性一跃跳进了车厢。

斯蒂芬森继续说道："当晚我把卡车开到了谢菲尔德的城郊，蒂伯在那里等着我。我把卡车留在那里，从箱子里取出三罐康格想要的细菌样本，坐上蒂伯开的轿车去见了他们。"

贮藏罐的大小和形状都像是一根意大利萨拉米大香肠，看着是用不锈钢材料制成的。乔纳森抓起一只罐子掂了掂重量，大概有五公斤左右。

"不算太沉，是不是？"斯蒂芬森问道。

"只要有两公斤的细菌就很可怕了。你说为什么蒂伯·罗斯曼愿意和你一道去见那些人呢？"

斯蒂芬森咬住嘴唇想了想，耸肩道："我真的说不清楚。我想，也许是因为我可怜兮兮地求了他。"他想用开玩笑的语气说这话，可是听着却干巴巴的。"我当时是这么认为的：即使其他一切事情进行得都很顺利，可要想确保主动权长远在我，我就应该从媒体找一个见证人，让他报道事实的真相。"

乔纳森把贮藏罐放回木箱，盖好了箱盖。

"如果在媒体上公开爆料，他们不是要更加丧心病狂地对你下手吗？"

"也许会的，然而他们杀我的原因就不一样了。爆料后他们再下手，就不再是为了封口，而是为了泄愤。世人就会知道杀我的是什么人，知道他们为什么会对我动手。我估计这样一来，他们也许不得不三思而后行。"

乔纳森笑道："以攻为守的策略从古至今都被证明是行之有效的。那么，在形势急转直下而你们逃离了现场之后，你和蒂伯为什么要分开行动呢？"

"两个目标分头行动肯定会增加他们的追杀难度。我摆脱那些坏蛋后坐上公共巴士回到了我停放这辆卡车的地方。"他拍拍卡车车厢说，"我当时以为这个事件会立刻在媒体曝光并引起广泛关注，但是却没有任何动静。我估计这意味着蒂伯出于某种原因失踪了，所以我决定带着全家躲藏起来。"

"我离开这个车厢吧，这些罐子让我感觉瘆得慌。"乔纳森爬下车厢站到地面上，问道，"我是怎么卷进这件事的？"

"对于你本人我一点都不了解。蒂伯说他认识能帮上忙的一个人。至于你们之间怎么认识的，我也没打听。蒂伯作为经常披露其他人生活内幕的记者，却很少谈论他自己的生活。我最初的想法只是千方百计来满足绑架者的要求，至于结果能不能救出儿子，就靠上帝来保佑了。蒂伯提到认识你，我们就有了第二套方案，有了摆脱他们勒索的希望。"斯蒂芬森伸出手说，"我得说，谢谢你，为了你为我的儿子、为我们所有人做的这一切。由于一直都晕头转向，我想我还没来得及对你说声谢谢呢。"

"嗯，在我看来，你们两个人不必要参与他们策划的这场枪战。"盖尔说。她尽量让语气显得平和客观，不过她明白自己能和朱莉及托马斯小范围相聚的时间很有限。

"我们没别的选择。"托马斯说。

"从来都有不同的选择。"朱莉纠正他说，"特别是在关系到诉诸暴力的事情上，另外一种选择总是存在的。"

"我认为你是对的。"盖尔说。她意识到这还是她生平第一次在趟过一片荒草地时无法摆动双臂，而且发现在这种情形下保持平衡是很不容易的事情。"有什么事需要我帮忙吗？"

"我认为你不应该说这些话。"托马斯说。

"我不明白为什么我们不去向警察报案？"朱莉说道。她不理睬自己的儿子。

"可是警察已经来到了你的面前，"盖尔说，"如果你需要，我们是可以提供帮助的。"

"住嘴！"托马斯命令道。不过他的声音很小，而且他还回头看了看身后，仿佛是担心有人在偷听。

"你能提供什么样的帮助呢？"朱莉问道。

"在我的双手这样捆着的情况下，我是没法帮你们的。如果你能解开——"

"不行！"托马斯喝道，"我们不能听你的，我们不能相信任何一个警察的话。猛蝎说过——"

"他叫乔纳森，"盖尔打断说，"乔纳森·格雷夫。他生活在一个小镇——"

"我不管他是哪儿的人！"托马斯说，"我也不想知道他的真名是什么。所有我需要知道的就是，在没有人为我挺身而出的时候，是他救了我的命。"他瞪了母亲一眼又说，"除了他没人挺身而出。如果他说我们面临着危险，那我们就是面临着危险。如果他说他是我们的朋友，那他就是我们的朋友。"

"他是个杀人犯。"盖尔放低声音说，希望托马斯的嗓门也因此而降下来。

"他是个拯救者。"托马斯反驳道，"如果他是个杀人成性的家伙，我们早就没命了。你是没听到，但是他们即将路上包围你们的时候，他下的最后一道命令就是，不论在什么情况下都不要开枪。他说他们从来不朝着警察射击。"

"你真的能帮助我们吗？"朱莉问道。

"不！她不能！"托马斯已经是在喊叫了，"是她自己说的，她来这儿是要逮捕我们。他们带枪就是为了这个。"

"那时候我以为你们也是杀人犯。"

"你现在不这么想了？"朱莉问道。

"怎么会呢？我已经听了你们说的情况。等到陪审团听了——"

"你瞧！"托马斯反应很快，"陪审团。她刚说的。她就是想逮捕我们，让我们受审。"

盖尔尽力保持镇静。她需要让这个孩子闭嘴。她需要想法只和朱莉待一会儿。"这里有一个程序问题，"她说，"我们考虑的所谓逮捕，和你想的不是一回事，托马斯。"

"你是不是要把我们送进监狱？"

"只是出于安全方面的考虑。要扣留你们一段时间，但是不会有判刑之类的事情发生。"

"我们将长时期地丧失人身自由，"托马斯说，"我们将不得不任人栽赃和发落。"

"肯定不会出现这种情况。"盖尔说，不过她心里明白这不是真话。她的愿望是让这些人束手就擒，又不引起什么骚动和反抗。

"我相信你。"朱莉说。

"我看她是满嘴的谎话。"托马斯斥责道。他转身朝着远处的仓库大喊，"猛蝎！猛蝎！你快来！"

乔纳森出现在仓库门口，朝他们走来了。

托马斯回过头，发现他母亲的脸涨得通红，眼睛喷着怒火。"你竟敢背叛你的家人！"她吼叫道。

36

　　他们到休斯家的小木屋已有四个小时了。根据维妮丝的报告，绿色旅的车队离乔纳森使用仿制信用卡的那家沃尔玛超市还有一个小时的路程。一决胜负的时刻不远了。在刚才这段时间里，他们已经把房前的荒草割倒了，现在草的高度只能没过人的脚踝。这就消除了敌人利用草丛藏身来组织突然进攻的危险，不过他们同时也就失去了把敌人困在草丛里放火烧死的可能。绑在了椅子上的杰西和盖尔被分别安置在了长长的门廊两端，距离可以说近也可以说远，彼此能看见对方，却又无法共同来策划别的名堂。

　　此刻，其他五个人都在房前的院子里。休斯一家人和乔纳森大体上站成了一排，鲍克瑟在他们身后有点不安地来回踱步。休斯家的每个人手里都有一支柯尔特M4突击步枪。乔纳森从斯蒂芬森摆弄枪的模样看出，他还是受过了一定训练的。托马斯不停地端起和放下那支枪，大概是想找出一个最酷的姿势来。

　　再就是朱莉，她摸枪的样子仿佛是在捧着一摊狗粪。"握在你们手里的，是当今一种最可靠最精良的武器。"乔纳森在对他们进行辅导，"只要你们的瞄准没有问题，你就一定能击倒你的目标。我们没功夫来讲解全部的射击教程，但是掌握一些基本规则的时间还是有的。规则之一，时刻注意你的枪口要指向正确的方向。规则之二——"他垂直举起自己的突击步枪，把枪的左身展示给大家，用另一只手指着快慢机说，"在不准备射击的情况下，一定要把它扳到'保险'位置上。射击时要扳到'单发'的位置，不要扳到'三连发'。"他表演了如何把保险和快慢机一步步扳到与枪筒垂直的角度。

"为什么不能用全自动模式？"托马斯问道。

"两个原因。"乔纳森答道，"第一是这种制式的枪不允许你这么做。那种端起枪横扫一大片的打法已经是老套路了。"

"你以为这很好玩儿是不是？"朱莉喊道，"这并不好玩儿，听着让人恶心，什么端枪横扫一大片。"

托马斯忍住了咯咯的笑声。

"第二是射击的准确性问题。瞄得不准，射出的子弹就没有作用，而第一颗子弹出膛后产生的后坐力，让你在连发射击时很难继续瞄准了。"接着乔纳森又展示了如何拉出滑动伸缩式枪托。"我只是在第一次开枪时拉出枪托采用抵肩姿势。大个子可能会用这种姿势多开几枪。但是到了一定时候你需要拉回枪托缩短枪身，用你的肘部夹紧枪身进行射击。"

"人家告诉我，用这种卡宾枪射击时应该把胳膊肘向外支起来。"托马斯说着做了个样子。就像很多人一样，他的肘部在身体右侧支成了一个直角。

"正好给你的敌人提供了目标。"鲍克瑟啪地把他的胳膊打了下去，说道，"你让自己的身体暴露得太多，而且这样你就控制不住手里这支枪的后坐力。"

乔纳森点头表示赞成后继续讲解，演示如何上弹夹和退弹夹。"需要换弹夹的时候，你就这样让空弹夹掉下来，把新弹夹推进去就行。"

"我们有多少子弹？"托马斯问道。

"很多，"乔纳森答道，"我带来了两千粒5.56毫米子弹。你们每人都有两只弹夹，装满了共是60发。那应该是够了。"

"万一不够了呢？"

乔纳森耸了耸肩。"那你们就再往弹夹里填子弹，不过我认为

307

还不至于。按照我们的方案，是先在离这儿较远的外围伏击这些坏蛋。我想很有可能你们连放一枪的机会都捞不着。"说这话时他强迫自己不把目光转向别处，而是保持着与他们的眼神交流，以此来表明他对这样的前景是充满信心的。

"好了，我们现在把子弹推上膛，看看你们的准头怎么样？朱莉，你先来。"挑最不配合的这位来开个头，可能会好一些。

朱莉扭头向丈夫问道："你当真要允许这一切在我们眼皮底下发生吗？"她瞪起眼睛等待回答，又突然把枪扔到草地上，转身朝木房子走去。

斯蒂芬森急忙追了上去，手里还拎着枪。"哎，亲爱的，别这样。"

"他们简直是疯了！"她叫喊着，头也不回蹬蹬蹬地奔进了屋里。乔纳森和盖尔的目光遇到了一起，盖尔的神情带有一点嘲弄。

"她是不会改主意的，"托马斯说，"她这个人最大的专长就是一条道跑到黑。"

"你应该把他们全家都打发走。"鲍克瑟向乔纳森抱怨道。

"我早就说过我哪儿都不去。"托马斯说。

"不想走就留在这里。"乔纳森说。不过朱莉刚才的爆发还是令人担忧的。能不能帮上忙倒还在其次，乔纳森担心她会不会给这次行动造成实质性的破坏。朱莉和盖尔的密谋是他已预料到的，不然他就不会让托马斯跟着她们了。而在局面即将白热化的关头，他不由得考虑是否应该把朱莉也绑起来。

"该射击了，我来吧。"托马斯的话把大家拉回到眼前的事情上。他采用跪姿，把子弹拉上膛后将枪托抵在了肩上。

乔纳森站到一旁说："肩膀要顶紧。后坐力不是很大，但也要避免不必要的冲击和疼痛。"

"我以前打过枪。"托马斯想让他放心。

"那就射击吧。"乔纳森说，"是你选定一个目标还是我帮你选？"

托马斯指着前方说："看见那棵大树了吗？"三十米开外立着一棵歪斜的橡树。"我想射中朝右面伸出来的那根树杈。"

乔纳森赞同地点点头说："选得不错，还是有点难度的。"

托马斯调整一下姿势，弯曲的左腿支在前面，深吸了一口气，将突击步枪的枪托抵肩，整只手用力握住了它的手枪式枪柄。当枪声响起时，他并没有显得很紧张。即便没用望远镜，乔纳森也看到了子弹在那根树杈上钻出的一个白色小洞。

"很好。"乔纳森是当真夸他的，"再来一个。"

托马斯瞄准后又开了一枪。树杈上折落下新的枝叶。

乔纳森笑道："非常棒。你在哪儿学过射击？"

"我的一个同学家里有农场。上大学的四年里我们打碎了许多酒瓶子。"

"酒瓶是不会向你还击的。"鲍克瑟闷声说道，"你打过什么活物吗？"

托马斯感觉出了鲍克瑟的怨气。"你对我是不是有什么想法？我可是和你一伙的。"

"我不需要你和我一伙。"鲍克瑟说。

"但是他留在了这里，是不是？"乔纳森说，"他自愿要参加这场危险的战斗，而且我们也确实需要帮手。"

"靠他们这样的帮手来迎战那些恶棍？你拉倒吧。"

"别说了。"乔纳森厉声道。

"你这是疯了！"大块头也厉声喊道，"我们找个地方单独谈谈好吗？"

"我们没时间了。"乔纳森说。还谈什么呢？他明白他会说些什么。"你想说什么就在这里说吧。"

鲍克瑟摇头道："不想当着孩子说。"

"嗨！"托马斯喊道，"你这是什么——"

"你不明白，孩子，你根本就不明白你将面对的是什么。"

"我完全明白。"托马斯说。

"不，你不懂！而且你还自以为明白，这就让事情变得更可怕。"他转向乔纳森说，"你没有权利让他们来经受枪林弹雨。这是不对的，而且你自己也懂得。"

乔纳森震惊不已。

"我是块打仗的料，猛蝎。"托马斯说。

初生牛犊。乔纳森暗想。

"你究竟想怎么样，猛蝎？"鲍克瑟紧逼道，"你让我想什么就说什么，那我就直说了。你仅有的两个懂得摆弄枪械的人目前正绑在门廊上动弹不得。你有个随时准备向任何人投诚的坏脾气女人。你有个拖着条伤腿的老家伙，还有个光知道朝着瓶子开枪的小孩子。在你眼里，这样的情景难道不显得很荒唐吗？如果绿色旅那帮家伙真的是非常厉害，逼得我们必须使出浑身解数来应付，那我们就惹上大麻烦了。你会让他们去送死的。"

乔纳森不知说什么才好。安德鲁·霍金斯关于伊万·帕特里克如何在营地进行蛊惑和煽动的描述回响在了他的耳际。如果鲍克瑟是对的，如果他乔纳森是在诱使休斯一家去做他们根本没有能力做到的事情，那么他和伊万倒是有了某种可怕的共同之处。乔纳森默默不语，转过身向森林的边缘走去。

"你去哪儿？"鲍克瑟喊道。

乔纳森只是向前走。他需要思考。他感受到了心头正在郁积的块垒。随便怎么去说，怎么用动听的词语来表述，乔纳森毕竟还是要承认，他的这场战斗是为了复仇——为了杀人。而他现在意识到，自己的情绪不能说是完全健康的。多姆和维妮丝两人在这一点上是正确的，就连鲍克瑟也看出了这一点。天啊，这是再明显不过的事情了。

"你们让我还干点什么？"托马斯喊道，"我继续射击好吗？"

"当然了，小伙子。"鲍克瑟说，"只是别对着我瞄准，也别打到你自己脚上。"

乔纳森听到他右边传来了鲍克瑟沉重的脚步声。"迪格，你这样子吓着我了。"他有点气喘吁吁地说。

"先别说话。"乔纳森说。托马斯的又一枪划破了下午的寂静。乔纳森抓紧时间在思索，试图想出个办法把正在展开的这次行动取消掉。

鲍克瑟跟着他一步步走进了丛林。"你这是要去做点事，还是想享受一下你独有的迪格时光？"

乔纳森继续向前走，直到回头已看不到木房子时才停了下来，背靠在一棵树上。几天来大起大落的情感和一直缺乏的睡眠此刻都在他身上现出了效应，他感觉自己老得像八十岁了。"鱼雷已经入水了，鲍克瑟，"他说，"想把它重新塞回发射管里已经是太晚了。伊万和他的人马正在路上，今晚就到达这里了。你的话是对的，可是我们已经做了这么多的准备，我恨不得把所有那些坏蛋统统都杀光。"

鲍克瑟两手插在裤兜里，站在一米远的地方。他不喜欢看到乔纳森显出软弱的一面。"我们不止一次和强大的敌人交过手，就我们两个。胜负取决于武器和能力。这两样我们都不缺。我们肯定比正在赶往这里的那些家伙强多了。"

"永远不要低估你的敌人。"乔纳森说。这话引自于从古至今的无数战争教程。

"也永远不要高估你的友军。"鲍克瑟说，"我不是说这场仗不该打，我只是说我们不需要休斯一家的参与。"

乔纳森沉下脸说："我的话你听到了没有？他们没有地方可去。"

"等到弹如雨下的时候，任何一个地方都比这里强。担心被捕并不意味着他们应在这里遭到击毙。"

"问题在于，如果他们被人家抓到，他们也就没命了。"

"至少那和你没关系，迪格。这一点并非不重要。"

乔纳森强笑一下说："现在这种局面的责任全在于我。我应该做个忏悔的圣徒彼得。"

"给金刚狼打个电话。"鲍克瑟说。

"为什么？"

"噢，我也说不好。她是FB什么I的局长，至少她大权在握，也许她可以派人来支援。这事儿值得试试，你说呢？"

乔纳森摇头道："她早就把她的想法说得很清楚，如果把联邦调查局拖进这里面，我们就彻底完蛋了。美国政府最在乎的是保住它那点机密，剩下的都是次要的。"

鲍克瑟耸肩道："那我们就只好按原计划打上这一仗了。"讨论一经结束，就该付诸行动。"让我们继续做好准备吧，要做的事还不少呢。"他朝木房子的方向走了两步，等着乔纳森跟上来，同时又叹口气说，"头儿，也许你现在的情绪不算太好，可我还是要再问一个问题。"

乔纳森等他说下去。

"打赢了这场仗以后，我们的下一步又该怎么走？"

"下一步？"

"是呀，坏家伙都将被消灭，可是我们还要把这件事遮掩过去。到底如何去处理善后的事情呢？"

"应该是有个办法。"乔纳森沉思着说。

"你有什么样的主意？"

"还没什么好主意。"

"但是你正在考虑，是不是？对我来说这就足够了。现在让我们准备去杀光那些坏蛋吧。"

这次是鲍克瑟领头，乔纳森跟在后边。乔纳森一边走一边思考鲍克瑟提出的问题。即将来临的这场战斗终归是要结束的，它之后遇到的问题才更为复杂。艾琳·瑞夫斯的警告再清楚不过了：追查他们手里这批生化武器的任务，目前已转为由美国国土安全部负责，它意味的是对嫌疑人的民事权利剥夺和有罪推定。而对乔纳森来说，这也就意味着他们应该消失得无影无踪，他们应该从来都未存在过。

乔纳森在许多年前就认为，一个人若总是沉湎于往事是很不明智的。但是随着这个星期各种事态的进展，他发现自己不得不经常地陷入反思。绑架托马斯的涟漪效应已经扩展到了骇人的地步，已经有许多人在这个过程中丢失了性命——今晚还会有更多人。

这一切都是由于——什么？贪婪，乔纳森是这么看的。这些人在其中扮演的角色都有一个共同的特征：贪婪。帕特瑞兄弟和凯雷集团是出于对金钱的贪婪。费边·康格是出于对社会知名度的贪婪。政府机构从一开始就资助细菌武器项目，则是出于对生杀予夺的权力的贪婪。在欲壑难填的大佬们眼里，其他人不过都是小兵小卒，或者是军事学上所谓作为附带性损害可以牺牲掉的东西。

肯定应该有个能够阻止乔纳森他们遭到毁灭性打击的办法，应该有个能让他们顺利脱身而取得真正意义上的完胜的途径。乔纳森要做的，就是在许多扇房门中拉开正确的那一扇。

以攻为守的策略从古至今都被证明是行之有效的。

一个完整的方案不知怎么就突然跳入了乔纳森的脑海。他猛地站住了。鲍克瑟回身看他。

"又怎么了？"大块头问道。

"我找到答案了。"乔纳森露出笑容说。

37

　　乔纳森又一次把大家都召集到了餐厅。由于有两把椅子已经被盖尔·博纳维莉和她的副警长占据了，托马斯就坐在了沙发上，顺手给刚才使用过的弹夹补充子弹，斯蒂芬森和朱莉坐了另外两把椅子，乔纳森和鲍克瑟站在了他们面前。乔纳森事先打了个简短的腹稿，可还没等他张嘴，斯蒂芬森就抢先说道："我觉得你该把你的方案给我们说说了，同时告诉我们都该做些什么。"他说这话时还瞥了朱莉一眼，大概是担心她再次发作。

　　乔纳森看了看鲍克瑟，俯身用双臂撑住餐桌，说道："我已经通过卫星图像了解了这一带的地形和道路状况。据我所知，昨天我们经过的那座小桥是通往这里的唯一的必经之路，是不是这样？"

　　斯蒂芬森点点头。

　　"你肯定吗？"乔纳森进一步追问，"还有没有抢救山火的紧急通道、登山者熟悉的羊肠小道什么的？没有四个轮子的汽车能够通过的其他道路吗？"

　　"我敢肯定再没有这种路了。"斯蒂芬森说道，可是他又很快把话拉回来说，"嗯，我想如果有人非常想进到山里来，那他总会在什么地方找到一条路的。"

　　乔纳森对他的说法表示赞同。"当然如此。而我们要做的，就是千方百计让他们不能顺利地接近这个地方。"

"山脊上的那条防火通道会怎么样？"托马斯问道。

斯蒂芬森皱眉说："那条路无法通到我们的房子这里。"

乔纳森从裤子口袋里掏出折叠的美国地质勘探局绘制的这一带地形图，把它摊开在桌面上。"给我指指看。"

斯蒂芬森和托马斯用了一会儿工夫才在地图上获得了方位感，由此便很快达成了共识。"那条路在这里。"斯蒂芬森说着用手指从上面划下来，最后停到了这幢房子北边大约不到一公里的地方。

乔纳森仔细看了看地图上的等高线，说："山坡很陡峭啊。"

"你看到我们家的后院了吗？"朱莉问道。

乔纳森笑了笑。房子的后院确实是一道陡坡，再往前几乎就是一道垂直的峭壁了。

"为什么这条路没标在地图上呢？"鲍克瑟问道，"这种地图通常都是很准确的。"

"大概是因为它实在算不上是条路吧，"托马斯说，"它比羊肠小道也宽不到哪儿去。"

乔纳森问道："你们怎么走才能到这条路上去？这条路的头和尾在什么地方？"

斯蒂芬森和托马斯面面相觑，不约而同地摇起了脑袋。"我说不清楚。"托马斯说，"我从来没有爬过这条山路。我所以知道有这么一条路，是由于我去房子后面爬山时一直爬到了那里。后来我就折回来了，没再顺着路往上走。"

乔纳森看着斯蒂芬森问道："你也是吗？"

"呃，这些年里我倒是在那条路上走过。不过来回加起来也不到两公里，我不知道路的尽头究竟通往什么地方。路太陡了，路面也很不好走。"

在这里居住过这么长时间却说不清楚，乔纳森觉得这实在是难以置信。他转而问鲍克瑟："你怎么想？"

"这是个薄弱之处，是我们的阿喀琉斯之踵。如果我们有一个排的兵力，我们就应该派人封锁这条路。可是目前这种情况下，我的意见是先不去管它。"

乔纳森对此没有不同意见。"好吧，现在我们就明确一下战斗打响后各自的职责吧。"朱莉听到这话又想做出点反应，乔纳森没理她，继续说了下去，"一旦交火开始，你们要想生存下来，关键就是要尽最大可能待在这幢房子里。盖房用的圆木很结实，四面墙都足以阻挡他们向我们倾泻的各种火力。它们等于是用防弹材料制成的。"

"那些窗户呢？"朱莉问道。

"当然不是防弹的。"乔纳森说，"在下面的几个小时里，我们要把这幢房子真正变成一个坚固的堡垒。我们还要切断小桥那边的交通，阻滞敌人的推进速度，争取就地全歼他们。大个子和我需要去那一带伏击敌人，如果一切都理想的话，你们在这儿甚至连一枪都不用开了。"

"你想把那座桥完全炸掉吗？"斯蒂芬森问道。

乔纳森摇头道："我们要在桥的附近做点文章，然而不到万不得已，我是不会炸毁它的。等到战斗结束了，我们还得有条路离开这里呢。"

"我估计你们还是希望有人帮助你们去伏击敌人吧？"斯蒂芬森问道。

这次乔纳森的脑袋摇得很猛烈。"绝对不需要。伏击是需要经验的。一旦枪声响起来，局面就会很混乱，而且非常容易出现同伙间互射的情况。还有一点，即使是完全按照预先设想展开的伏击战，也必须是在运动中消灭敌人，你拖着那条受伤的腿，没法灵活地出没在战场上。如果大个子和我出现了意外，这幢房子就成了得克萨斯独立战争的阿拉莫要塞。你们需要待在这里守卫它。"

"阿拉莫要塞里的人都死了。"朱莉指出。她的语气一如既往地充满了"乐观"精神。

"我们下步做什么？"托马斯问道。

"大个子和我要去桥那头照应一下，然后在房子外边转转。我希望你们这些伙计抓紧练习如何装填子弹。一遍遍地重复练。装满弹夹后再把子弹退出来重新装填。战斗是要在黑暗中打响的，所以要保证你们的双手摸黑时仍然熟练。"

"我们从窗户朝外打枪，不是要把自己暴露在火力下面吗？"朱莉又一次明知故问。

乔纳森没有理睬她。"斯蒂芬森，抽时间在楼上隔出一个完全蔽光的小空间出来。我们要在楼上监看卫星传输画面，如果有光影泄到外面去，就很容易招致袭击。"

"我会办好的。"斯蒂芬森说。

乔纳森直起身说："那么，大家各就各位吧。"

"我们怎么办？"盖尔问道。

每个人都停住了。每个人都把目光转向盖尔和杰西。"你们怎么了？"乔纳森问。

"你们该做的，就是把嘴闭上。"鲍克瑟这样指出。

"我们可以提供帮助。"盖尔说。

鲍克瑟笑出声道："是啊，这一天来我时时感受到了你们带来的巨大帮助。"

杰西·克莱尔不想轻言放弃。他说："你们刚才练习射击时盖尔警长和我都议论过了。现在的这种安排，就是说把我们绑在这里，是毫无意义的。你们现在是封闭在一个盒子里。你们无法打电话请求援助，这个地方轻易也不会有人来光顾。不管我们是否愿意，我们目前事实上也是和你们封闭在一个盒子里，而且很快我们也同样要处在枪林弹雨之中。如果你们说的绿色旅的这些家伙是来杀你们的，他们肯定会把我们也杀掉。不论结局是怎样的，眼下你们的人手当然是越多越好，而我们碰巧就在这个地方。我们说愿意提供帮助，是合乎情理的。"

鲍克瑟又笑了起来。

乔纳森却没笑。他眯着眼睛思索着杰西的这些话。

杰西进一步强调："我们到这儿，是为了我们桑松县发生的枪杀案来逮捕你。说句实话，我甚至不愿干这个抓你的差事来着，

317

因为帕特瑞兄弟的下场似乎是他们咎由自取。至于你们现在这一仗呢，和我们桑松县的警局一点点关系都没有。"

"那你们为什么提出要和我们一起战斗？"斯蒂芬森问道。

"因为那比绑在这儿等着挨枪子儿要好。"盖尔这样回答。

乔纳森锐利地盯住盖尔问道："桑松县的那起枪杀案怎么办？你们还是打算把案犯缉捕归案吗？"

盖尔用了好一会儿功夫才做回答。张口说出答案时，她的脸显得有些苍白。"这是我的职责。我必须继续捉拿案犯。"

乔纳森露出了微笑。他刚才提出的问题是一个测试。如果盖尔回答说对桑松县的枪击案不再予以追究，乔纳森就会判定她不是真诚的，不过就是捡他愿听的说说而已。他点点头，对斯蒂芬森说："给他们松绑，让他们一道干活吧。"

乔纳森和鲍克瑟在他们这侧的桥边忙乎了一个小时，准备用半米多长的导爆索炸倒路旁的一棵大树。比导爆索更有趣的玩具在世上并不多。托马斯如影随形地跟在他们身后，聚精会神观察爆破准备的全过程，以至于乔纳森决定让他享受一下引爆的殊荣。终于，他们三个人撤到了安全地带，乔纳森将无线引爆器递给托马斯说："你来引爆。"

托马斯的表情就像是圣诞节得到了一辆自行车的小孩子。"真的啊？"

乔纳森装作没看到鲍克瑟不赞成的眼色。"还记得如何操作吧？"

"你刚才说了，装进电池，把旋钮拧到起爆，再按下这个键子，对不对？"

"好的，动手吧。"

托马斯点点头，把一节AA电池插入引爆器，又把保险/起爆旋钮调到合适位置，接着便按下了启动键。在地动山摇的一声巨响中，只见前方一棵九米高的松树从地面上高高跃起，又画出一道弧线徐徐倒向地面，周边的其他针叶类植物的枝杈被它压断了

318

许多，也都随着纷纷落地。

托马斯乐不可支地说："这太酷了。"他把引爆器还给了乔纳森。

大家都笑了，还是托马斯的笑声最为响亮。"我能问个问题吗？"他说。

"你不是一直都在问吗？"鲍克瑟绷脸说道。

托马斯已经适应了鲍克瑟的脾气。"我们不炸这座桥，是因为我们离开时需要它。可是我们又炸倒这棵树横在路上，这不同样是挡住了我们逃跑的路线吗？"

"我们来这里不是为了逃跑，而是为了胜利。"乔纳森毫不迟疑地回答，"如果我们没有取胜，逃跑并不是我们的选项。如果我们取胜了，我们会有时间来清理道路的。"

托马斯的眼睛眯了起来。"你并不真的认为我们有死在这里的可能，是不是？"

"可能性从来都是多样的，"乔纳森说，"他们手里的枪是会还击的。"

"但是我们比他们强很多，是不是？"托马斯强调道。预见到鲍克瑟必不可少的讽刺，他补充说，"我的意思是你们。你们两人肯定比他们强。"

"这不是谁比谁强的问题。这种事情一半是靠运气。子弹一旦出膛，就按照它自己的轨迹来飞行。你只能祈盼你没待在它的弹道上。"乔纳森的这番话并不是托马斯希望听到的。

"你们还有时间离开这里。"鲍克瑟再次做出动员。

托马斯摇头，脸色却显得苍白。"我说过我要留下。我不走。"

乔纳森拍拍他的肩膀说："大个子和我经历过许多枪战，到目前我们还没失过手。"

托马斯尽力笑了笑，然而他对现实的严峻性终究是增加了理解。"是一种什么样的感觉呢？"他问道，"你懂得，就是在那之后。"

乔纳森仰起脸问："打完仗之后？"

"杀了人之后。"

乔纳森眯缝起眼睛，想想后决定不去回答他。"我们该回去了。"他说。

"我想知道。"

"马上你就该知道了。"

"我是认真的。"

"我没有确切的答案给你。不同的人有不同的反应。有一点可以肯定，这种经历会让一个人发生变化，但是每个人应对这种事的态度是不一样的。"

"你是怎么应对这种事的？"

乔纳森叹了一口气。这类话题从来不是令人愉悦的。"我想它对我的冲击还不至于让我就此彻底罢手。"

"不过这场战斗会让我们招致更多的杀人指控，对不对？如果说过去的指控是捕风捉影，这一回可是真的要杀人了。"

"你不用顾虑它。"

"为什么？"

鲍克瑟大笑道：“因为如果你死了，他们就无法指控你了。"

38

　　多姆神父对坐在他办公室沙发上的小女孩露出亲切的微笑，希望她感觉像在家里那样的自在。小女孩是一个小时前才到这里的，正在不断地鼓足勇气来面对崭新的一切。她的双腿在沙发上荡着，还够不到地板，而她的双手则交叉着放在膝盖上力求显得端庄。圣凯瑟琳教堂的一位名叫安妮·霍瓦特的社区工作者也坐在沙发上，但是注意保持了与小女孩的距离。

　　"好啊，埃琳娜，"多姆完成了他对孩子的首次评估后说道，"我们将尽力做好各种事情，让你从此在这里快乐幸福地生活。你们已经见到亚历山大老妈妈了吧？"

　　埃琳娜没作声，安妮替她答道："我们还没见到她呢。"

　　多姆向后靠到椅背上，吃惊地喊道："噢，天哪！这么说你们还没吃过她的小甜点？"

　　"我们本想去她那儿来着，神父，可是我们的时间太紧——"

　　"噢，安妮，安妮，安妮，"多姆的责怪很是戏剧化，以至于小埃琳娜的神情似乎是长大了一岁。"我听说今天下午出炉的这批甜点是最棒的。"进到这间办公室以来，小姑娘的眼睛第一次有了点神采，不好说是由于快乐，然而她明显是感兴趣了。四目交汇，牧师明白了自己的努力没有白费。"埃琳娜，我不知道你怎么样，我可是最喜欢巧克力碎屑蛋糕了。在我小的时候，人家都说我长大后肯定会变成一块巧克力碎屑蛋糕。"

小女孩脸上有了一丝笑容。

多姆继续道："亚历山大老妈妈烘的巧克力碎屑蛋糕是这个世界上最棒的。还有一件事你知道吗？"

埃琳娜摇摇头。

"这里还有一位神父，他叫蒂莫西。他最爱吃的是糖霜曲奇，就像我喜欢巧克力碎屑蛋糕一样。他对我说亚历山大老妈妈烤出来的糖霜曲奇也是世界上最好吃的。这位妈咪是个甜点王后。"

"甜点王后。"埃琳娜重复道。

多姆望着那位社区工作者说："安妮小姐，你能领着漂亮的埃琳娜去拜访一下甜点王后吗？"

门没敲就被推开了，探进了一张饱经沧桑的黑色脸庞。莫拉莱斯女士自教皇保罗六世的时代就在圣凯瑟琳教堂做秘书了，目前她是多姆的行政助理。她并不特别适合于这个岗位，不过她的工作热情和责任心还是值得钦佩的。此刻她的脸色显得很惊慌。

"打扰了，神父。"她说，"有警察来了。"

多姆从椅子上站了起来，安妮也是如此，而小埃琳娜的眼睛里充满了恐惧。这是一个不应该当着小孩子的面来宣布的消息。"我相信没什么大不了的事，"多姆说，"肯定不会是什么坏事情。"

"我不知道——"

多姆打断她说："没什么坏事情。"如果莫拉莱斯女士是一只烟花，那她一定就被多姆眼里喷出的火星点燃了。他把手掌轻轻搭在埃琳娜的肩膀，对安妮说："见到老妈妈就说我问她好，行吗？"

埃琳娜还没完全相信他的话，不过似乎不反对去看看有没有这么一位甜点王后。巧克力碎屑蛋糕的魔力是难以抗拒的。

他们离开后，多姆冲着莫拉莱斯女士说："永远不要当着孩子的面把办公室的气氛搞得紧张不安。"

这位老女人的肩膀塌下来了。她低头望着地面说："太对不起了，神父。"

多姆的情绪颇为沮丧。"不用说了，以后记住就是。现在，说说警察的事。"

"来的是道格·克雷默警长。看来是复活者家园学校里发生了一点事情。"

三十秒后，道格·克雷默坐到了沙发上埃琳娜坐过的位置。"我不知道这到底是不是什么大问题，"他说，"我只是觉得应该对你说一下这个情况。"

"什么事，警长？怎么了？"

"今天下午有个家伙跑到寄宿学校去和一些学生说话，正巧罗曼·亚历山大也在那些孩子当中。罗曼的姥姥打电话来请我留心点这件事。我想既然老妈妈觉得不安，以至于给警察打电话，这就是值得重视并调查的。"

多姆感到这不是什么好消息。"老妈妈打电话找你们，我猜是不是那个家伙和孩子说话时动手动脚了？"

"不是这种事，但是她认为这家伙有点不对头。他向孩子们打听有关维妮丝的情况，她在什么地方工作，她在那儿干什么这类的事情。我不知道这家伙是否知道罗曼是维妮丝的儿子，不过罗曼也不懂什么戒备，对他都说了实话。当老妈妈看到她的外孙和这家伙在一起就上前过问的时候，罗曼正要领他下坡去给他指路呢。"

"这是什么人？"

"过去没有人见过他。穿得挺体面，他们说。西服领带。"

多姆觉得心头发紧。世上没有任何事情是纯粹偶然的巧合。他揪着自己的下嘴唇，皱起眉头问道："他碰了那孩子吗？"

"没有。他没做任何可以让我拘留他的事情，即使我知道他是什么人，去了什么地方，我还是没办法抓他。"

"后来他去了维妮丝的办公室吗？"

"我不清楚。我让老妈妈向维妮丝了解一下，如果他去了就给我打电话。可是她没再打电话找我，因此我不得不想——"他没把这句话说完，又说道，"一个陌生人到孤儿院里晃悠，找小孩子东拉西扯，这确实不大正常。不过坦率地讲，相比之下我对维妮丝倒不是特别担心的。"

323

"那不是孤儿院。"多姆认为指出这种区别是很重要的。

"尽管如此，我的意思你还是明白的。"

"我明白，你更关心迪格。你想提出什么劝告吗？"

"我也不清楚。我倒是希望你能把你朋友在斯鲁森调查所最近从事的具体业务对我透露一点。这个陌生人的出现会不会与此有关呢？"

多姆不喜欢对方提出的这个问题，也不喜欢自己不知如何作答的尴尬。"在今后的几天里多提高点警觉性，肯定是没有坏处的。"他答道。

39

　　"克雷默杀伤地雷？"斯蒂芬森的嘴巴张得很大，"我好多年没见到这家伙了。"他们都在房前的院子里，正在做最后的战斗准备。

　　乔纳森不知道斯蒂芬森的反应是出于对武器威力的惊叹还是惊恐。"这是迄今为止开发出来的最厉害的一种定向反步兵杀伤性武器。"乔纳森指出，"不过我们只有到最后关头才使用它，明白吗？"

　　"如果我们看到院子里有了人，就用这东西把他们炸上天，是这样吗？"副警长杰西问道。

　　乔纳森摇头说："不，只有看到有很多人，而且确定他们都是敌人的时候，你才可以使用它。哦，还有就是要在敌人聚集得比较集中的时候。它的有效杀伤距离只有七十多米。"

　　"我知道克雷默地雷，"托马斯说，"《野战排》①里就有这种东西。"

　　乔纳森暗自发笑。现代的军事行动看着越来越像是一场电子游戏了。"地面作战中是少不了克雷默地雷的。"他举起一只弧状的长方形塑料盒子展示给大家说，"这个宝贝儿里面装着1.5磅的

---

　　① 《野战排》（Platoon）：美国战争片，获1987年奥斯卡最佳影片奖等许多奖项。到本世纪出现了根据该片改编的同名电子游戏。

塑性炸药和700粒小钢珠。它起爆后，将以60度的广角扇面形成雨点般的钢珠弹幕。在它的射界范围内，谁想活下来可不是那么容易。"他说着把手里这东西抛给了托马斯，后者吓得先是一躲，差点没把它掉在地上。

"上帝啊！你这是干什么？"

乔纳森笑道："除非你在它背面插上电雷管，否则它就非常稳定和安全。"

"当年人们都称它是士兵的保护神。"斯蒂芬森说。

托马斯在手里来回摆弄和仔细查看它，指着上面的引爆装置给大家看，笑道："对敌人来说它就不是什么保护神了。"他大声读出喷印在地雷凸弧面上的文字，"此面向敌"。

"这种雷的正反方向是一次也不容搞错的，"鲍克瑟说，"所以印上文字是个好事。"

斯蒂芬森说："我父亲在越南打仗时就遇到过这样的事情。越共在发动夜袭之前，先派工兵潜入美军的营地外围，找出设在那里的这种定向雷，把它转了个180度。哨兵看见摸上来的越共就急忙引爆了克雷默地雷，结果弹雨朝自己飞射过来，他和他的一些战友当场都死了。"

"如果是因为恋爱和战争，一切都是合理的。"乔纳森表情阴郁地引述了一句谚语。他拉出塑料盒子下方的伸缩式支架，把地雷固定在了离地面约有10厘米的高度。

"怎么起爆这东西呢？"托马斯问道。

乔纳森走回刚才掏出地雷的那只聚苯乙烯包装箱旁，从里面拿出一个拳头大小、形状有点类似甲壳虫的东西，它的后面还拖着电线。"这是点火器。"乔纳森告诉大家。同时作为演示，他按下了上面的手柄，点火器发出了咔嗒一声。"每一枚克雷默地雷都配有一个点火器。你在起爆时必须连续三次按压点火器的手柄。请看，就像这样。"乔纳森按压手柄的动作，很像是在按压体育用品商店里的一种握力器。三次按压，两次响起咔嗒声。"咔嗒，咔嗒，轰隆。你按下第三次，它就轰的一声起爆了。"

鲍克瑟正在离他们十米开外的房角安装另一枚地雷。他喊道："我在这儿的时候你可别真弄出轰的一声！"

"我们有多少这种地雷？"斯蒂芬森问道。

"只有四颗。我打算在前院这里摆上两颗，房子两侧再各放一颗。房后既然面对着陡坡，就不放地雷了。一定要记住，这玩意儿炸一个少一个。如果在敌人发动第一波次攻击时你就把它们用完了，在第二波次进攻开始后你的日子就非常难过了。"

"波次？"斯蒂芬森的嘴巴又一次张得好大，"你估计他们要来很多人吗？"

乔纳森正在全神贯注地把电雷管装进克雷默地雷的背部。

"即使人数没那么多，我们在准备过程中也要把最坏的情况考虑进去。"盖尔开口了，终结了她自己许久没说一句话的状态。

斯蒂芬森仍然追问道："好吧，让我们这么说，估计敌人会发动几个波次的进攻呢？"

"至少是两次攻击。"乔纳森回答。他站起身开始连接通向小木屋的引爆电线，同时又说道，"我们的情报显示，伊万·帕特里克受过很好的训练。他在游骑兵特种部队干过。一个有着这种背景的人，是不会把自己的兵力一次性全部投入进去的。如果我处在他的位置上，我会先使用一半兵力进行第一波次的攻击，看看情况究竟怎样，然后改进战术、补充力量，开始第二波次的进攻。"

托马斯困惑地问道："他怎么能找到人来建立自己的武装组织呢？"

乔纳森说："伊万·帕特里克手里有一批狂热分子，其中一些人也许是真的相信他们能够运用暴力来拯救这个星球，其他人可能就是好勇斗狠。我猜只要第一颗子弹从他们的头顶上飞过，他们中的一些家伙就该吓得不知躲什么地方去了。但是，我相信他们当中也会有一些无畏的战士。"

杰西仰起头说："听你的口气好像对他们还蛮赞赏的。"

乔纳森一边继续忙乎着一边说道："说是尊重更好一点。我尊重为了某种事业而献出生命的人。"

"即便是那些恐怖分子？"托马斯问道。

乔纳森点点头。"即便是他们。"

"但他们是敌人啊。"杰西喊道。

"而我的职责就是帮助他们为了事业而死去，不过我仍然尊重他们。"

"那么，下面还做什么？"斯蒂芬森问道。

残阳把人影拉得好长，天很快就要黑了。爆炸物已设置好了，弹夹已装满了，卫星图像的接收系统也已调适好了。乔纳森的队伍和阵地已经做好了一切必要的准备。"我想该是你打电话的时候了。"

听到这话后，虽然斯蒂芬森的表情没发生变化，可是他的脸色却变白了。他转过身跛着腿迈上台阶，进到了屋子里。

"打什么电话？"盖尔问道。

"一个将要把魔鬼唤到这里的电话。"乔纳森说，"我们通过去城里的沃尔玛超市使用斯蒂芬森的银行卡的办法，向伊万透露了我们的大体方位。我们还希望这些家伙来到这一带后不要再跑冤枉路。只要斯蒂芬森现在打开手机通个话，他们就能丝毫不差地找到我们这个地方。我们已经没有回头路可走了。"

盖尔仰起脸问道："你为什么非要这么干？"

"我也想知道这个问题的答案。"杰西说。盖尔在提出问题后紧跟着用脸部做了个表情，显示出她希望与乔纳森换个地方聊聊。

乔纳森也有同样的想法。"想去散散步吗？"他问道。

"去哪儿？"杰西警惕地问道。

"我没和你说话。"乔纳森厉声答道。他注视着盖尔，等待她的回答。

"好啊。"她说。杰西读懂了她的眼神，留在了原地。

乔纳森率先朝着前面的森林走去。他的双手插在口袋里，战术枪带上的突击步枪就像是个感叹号吊在了胸前。当走到别人已听不到他们说话的距离时，乔纳森说："你先来。到底为什么你要帮我们？"

盖尔笑道："我们对你讲的是真话。我不想绑在椅子上被人一枪毙命。向当局报案应该是明智之举，可是出于一些原因你们不想这么做，所以我只剩下一个选择，就是说，我不得不选边站队。虽然你这支小小的队伍要干的事情既挺可怕也没什么大的胜算，但是你们的对手似乎还不如你们。"

"等到下一次FBI的艾琳·瑞夫斯告诉你不要插手的时候，我想你应该听她的。"

"下一次吧。"

他们默默地走了一会儿。"你要明白我们打赢这场仗的可能性还是有的，"乔纳森开口道，"胜算并不小。"

"好啊。"盖尔说。又沉默了一会儿，她说，"你还没回答我的问题呢。"

乔纳森抬头望着树冠说："高调一点的回答是尽我们的职责和义务。不那么高调的回答是复仇。任何战争都是这样的。"

盖尔想听到更多的解释，但很快意识到他说得已经很丰富了。"那个伊万对你妻子做了什么？"

"他杀了她。"

"不是简单地一杀了之？"

"不是。"

"对我说说。"

乔纳森摇头道："不，那些细节我只埋在心里。等事情结束了，你可以查查那起案件的报告。"

他们在森林的边缘向左拐去，费力地蹚过脚下的灌木丛。"等事情结束了。"盖尔说。

"你什么意思？"

"你说'等事情结束了'。到时候你当真会让杰西和我离开吗？"

乔纳森笑了笑说："这句话改成'到时候我向你投案自首'似乎更合适。"

她觉得没听明白。"你真打算让我拘捕你？"

他耸耸肩。"这是交易嘛，对不对？你帮我们打这一仗，我向你投案自首。"

"没这个道理吧。"

"当然有道理。交易就是交易。你的确是赢了我。我出了一些错,你充分利用它们发现了线索。胜者为王嘛。"

盖尔不由地站住了。她显得惊愕不已。

乔纳森摆下头示意继续前行。"既然这一课上得还值,学到了一些东西,有人就该为它付出学费。这里说的'有人'指的就是我。像你说的,考虑到情有可原的种种因素,也许我会得到无罪释放的。"

盖尔仍然是一脸疑惑。"我不知道是否应该相信你。"

"请永远相信我,特别是在我做交易的时候。我实在不是个很复杂的人。"

"你怎么对你的大个子朋友解释这事呢?"她问道。

乔纳森笑了。"我不用对我的大个子做什么解释。"他说,"实话告诉你,你也不应该去打扰他。"

"为什么?"

"两个原因。一是,在桑松县开枪的人不是他。他做的一切不过是驾飞机让我和那个孩子脱离了险境。开枪的事是我干的。"

"第二个原因是什么?"

乔纳森直视着她,答道:"如果你不放过他,他会杀死你的。"

40

夜幕降临木房子室内的时间，比户外足足提前了半个小时。他们把厨房的餐椅搬到了楼上的主卧室。悬挂起来的毯子在卧室里营造出了一个遮光的小隔间，有了它，他们的笔记本屏幕的光亮就不会成为给那些坏蛋引航的灯塔。电脑用来持续监看在上空罩着他们这个小角落的天眼卫星传输的图像。从屏幕上看，这幢房子处在了图像的中央，画面的边界是房子四周向外辐射了一英里的地方。

"我们接收的信号非常清晰，鸡妈妈，"乔纳森对着卫星电话说道，"看着就像是我们在这里拍摄的。"

在渔人湾，维妮丝坐在办公室里，盯着电脑控制板上面的三块大屏幕。中间的一块是和乔纳森那边一模一样的画面。左边那块屏幕监视着绿色旅车队向她的头儿所在区域移动的情况。的确如李·伯恩斯说的那样，他无法不间断地提供车队行进全程的视频，然而他能够利用天眼网络捕捉车队散发的热量信息，从而确定车辆的位置。只要关掉引擎的时间未超过数分钟，它的热量信息就依然存在，汽车的位置就作为地图上的白色圆点在维妮丝的屏幕上显示出来。右边的屏幕则被维妮丝空置着，以备不时之需。

她打开麦克风说道："猛蝎，车队马上到达那家沃尔玛超市。如果他们转弯向你们的方向开去，就证明他们获得了手机信息。

那样的话，他们将在四十分钟内到达你的位置。"

"明白。"乔纳森答道。

维妮丝看到屏幕上领头的那粒白色圆点到了超市的停车场就不动了，接着后面跟着的七粒白点也聚了上来，全都不动了。

"嗨，猛蝎，他们在沃尔玛停车了。"维妮丝知道乔纳森十分讲求无线通话的简短扼要，所以就没有说出自己的担心。她很怕那些家伙没有收到斯蒂芬森的手机信号。既然目前还说不清楚是怎么回事，那就干脆别说它了。

而她最担心的，是那些家伙可能熄灭汽车引擎。只要热信号能保持在通常的水平，天眼的被动传感器就能捕捉到它，并经过电脑的处理标示出它在地图上的方位。然而如果热信号出现了急剧变化——特别是在它冷却了的情况下——卫星的被动传感器就会失去目标，只有在重新设置卫星的有关程序后才能恢复定位，而李·伯恩斯以前说过这是他们无法做到的。

维妮丝早就断定，如果她英年早逝的话，一定是由于像现在这种时刻的煎熬。这种极度折磨人的等待是不堪忍受的。她有时甚至相信，一个坐等无法回避的危险最终降临的看客，心理上承受的压力要大于在现场直面危险的那些人。维妮丝处在距离乔纳森的战场有几百公里的地方。尽管坐在这里的她事实上充当着这场战斗中的一个重要角色，维妮丝却摆脱不掉无力相助的沮丧。她监看，她报告，她提供分析和推论，可是她不能在枪弹中救出他们。

她盯着屏幕观察了七分钟，第一个白色小圆点消失了。过了十五秒，第二个圆点也不见了。又过十秒是第三个。

她凑到麦克风前说："猛蝎，我是鸡妈妈。我们有麻烦了。"

乔纳森做出应答时，所有的八个小圆点中有七个都不见了。

"嗐，我们成瞎子了。"乔纳森宣布道。他把维妮丝报告的情况向大家做了个说明。"只有其中的一辆车还没有灭火，不过我们还没法确定它会不会朝这里开来。"

朱莉慌忙说：“这么说，我们不知道他们什么时候来，甚至不知道他们到底来不来，对不对？”

“你那个‘甚至’是不成立的，”乔纳森说，“他们肯定要来这里，而且只要他们有一辆车的引擎没熄火，我们就至少能知道它的动向。一旦他们进入了方圆一英里的范围内，我们就能从卫星图像上看到他们。不过，卫星上显示的画面要四分钟才更新一次。我当然不希望如此，但是这也算不上是多可怕的事情。我们不必恐慌。”

朱莉哼了一声。“恐慌的时刻早就过去了。”她有意提高了声调，好让大家都听得到。

“当然了，”鲍克瑟低声道，“自打你说要留下来，你就不再害怕了。”

“你现在仍然有时间开车离开这里，”乔纳森提醒她说，“也许你在路上会遇到他们，可是躲避他们的机会还是有的。”

“我不会离开我的家人。”朱莉说。

“那你为什么还总是抱怨？”托马斯说，“我对着上帝说真话，妈妈，你让我感到羞耻。”

“不要对你母亲这么说话。”斯蒂芬森厉声喝道。

“喂！”乔纳森不想再听到他们的争吵，“每个人都闭上嘴好不好？我们还有最后阶段的准备工作要做，我们不需要任何的内讧。现在已经到了最紧要的关头，要么我们一致对敌，要么你就成为我们大家的累赘。开始行动吧。”

他留下斯蒂芬森在楼上监看电脑屏幕，这样也能照顾到他的伤腿。接着他命令其他人把墙边四周的所有家具都堆到屋中央。墙壁周边没有了障碍物，他们就易于接近窗台朝外射击，也易于在敌方火力下隐蔽自己。那些窗户都已完全打开，玻璃也彻底敲碎，成了这座木制碉堡的射击孔。按照乔纳森的要求，杰西·克莱尔用两英寸长的螺丝把通向外边的房门都拧死在门框上了。

乔纳森再次把大家集中到楼上卧室里做最后一次的战前动员。毯子搭成的小隔间占了这里四分之一的地方。朱莉和斯蒂芬森两人坐在床上，托马斯坐到了小窗户下面的地板上。盖尔和杰西站在靠近楼梯的地方。几个人的神情都是紧张不安的，只有托马斯看来是下定了要为自己被监禁的那些日子复仇雪耻的决心。鲍克瑟没有上楼，而是站在下面的楼梯边上默默地听着。

"好，伙计们，"乔纳森站着说道，"也许用不了两三个小时，我们的那些朋友就该到了。仔细听我讲，从现在起直到枪战结束，我们进出这幢房子的通道就是这几扇窗户。肯定不如出入房门那样方便，但是这种不便会给我们带来很大的好处。我把克雷默地雷的引爆装置安放在了前门的门槛里侧。它们的摆放位置与地雷在房外的位置是一致的，中间的两只点火器用来起爆房前院子里的两颗地雷，摆在外侧的点火器是分别引爆设置在房子两侧的地雷的。需要起爆时，大个子或者我会喊道：'克雷默，克雷默，克雷默。'我们将连喊三遍。请不要——我再重复一遍——请不要在听到我们的喊声之前触碰这些点火器。要记住，这是我们到了最后关头才使用的武器。如果引爆的时机不对我们就不能取胜，特别是我和大个子可能就危险了。"

斯蒂芬森皱起了眉头——很好，说明他听得很认真。"为什么特别是你们两位呢？"他问道。

"因为我们不和你们一道待在这里。我们要在外面活动。"乔纳森的头部朝着窗户摆了一下。

"噢，你瞧瞧。"朱莉冒头道。

托马斯坐不住了。"妈妈！"

乔纳森耐心地对朱莉说："还记得我们的设想吧？假如事情果真和我们的预想一致，假如我们应对得当，那么这幢房子也许就用不着经历战斗。这是我们争取实现的最好结局。但是，如果他们投入的兵力很多，或者是大个子和我由于过早伤亡而退出战斗，你们就只好靠自己进行防御了。

"斯蒂芬森，我请你留在楼上。高一点的地方能增强卫星信号的接收效果，而且我也不想让你的腿伤变得更重。你们其他人要在楼下散开，占据各自的位置。如果冲破了我们的埋伏，他们将沿着小路上来，在森林的边缘成扇形散开，冲过院子的草地进攻这里。要用好我发给你们的夜视镜，一旦听到远处传来枪声，你们就戴上它，直到战斗结束才能摘下来。只要你们看到有人摸上来而你们又不认识他们，就对准他们开枪，明白吗？记住这幢房子一共是六面——不能忘了他们爬上棚顶和在地下掏洞的可能性——你们要照应到每个方面，不能都聚集在一个方向，让敌人从另一个方向攻进来。射击的时候瞄准对方躯干的中心。要让敌人在枪下毙命，而不是仅仅打伤他们。"

"如果他们穿着防弹衣怎么办？"斯蒂芬森问道。

"子弹有可能穿透它，至少能给它砸个坑出来。如果他们爬起身，就继续朝他们开枪。"

"天啊，"朱莉用颤抖的声音说，"你听到你自己在说什么吗？你说的就像在办公室聊天那么轻松。你对准他们开枪、再开枪的，可都是些有心跳、有灵魂的活生生的人啊。"她又狠狠地瞪着斯蒂芬森说，"而你竟然和他搞到了一起。"

乔纳森的容忍已到了极限。"休斯夫人，请闭嘴。这些家伙是来杀你的。看来人人都明白这一点，只有你还不懂得。没有冒犯的意思，但是到了现在这种时候，你要么拿起武器战斗，要么就闭上嘴到一边待着去。"

他接着对大家说："胜利是属于那些永不言败的战士的。伙计们，大家要明白，投降是没有出路的。我们不是在守卫敌方攻取的某个战略目标。如果是那样的话，我们举手投降，把战略目标拱手交给敌人，或许能换回敌人对我们的宽大。而今天，我们本身就是敌人攻取的战略目标，所以我们的投降换不来他们的手下留情。你们听懂了吗？"

休斯一家人面面相觑，被这番话震动了。

"我问的话是当真的，伙计们，你们听懂了吗？"

"我懂了。"托马斯说。

"我也是。"斯蒂芬森说。

大家的目光都聚向朱莉。她的嘴角抿得紧紧的。

"回答他，亲爱的。"斯蒂芬森动员道。

"我不是个白痴，"她厉声说，"我当然明白其中的道理。"她转向盖尔·博纳维莉质问道，"你为什么不制止这种事？"

"因为他的话是正确的。"盖尔说，"你死我活的斗争有时是无法回避的，这场战斗就是如此。"

"但是这场战斗本来和你们两人没什么关系。"朱莉说。

"不能这么说，"杰西站在他的头儿身后说，"只要他们向我开了第一枪，它就变成了我的战斗，因为是他们把我拖入这场战斗的。"

"这么说你们不想试试用和平的方式解决这个问题？"

乔纳森深吸一口气正要向她发作，盖尔却用手势让他别说话。乔纳森停住了。盖尔微微仰起头，声音温和地说："休斯夫人，爱你的邻居是一种美好的情感，可是当你的邻居举着屠刀向你扑来的时候，你的爱是帮不了你的。你不得不使用暴力来抵抗他的暴力，直到战斗结束后由胜利者来享受和平。如果乔纳森是对的——看起来他是对的——到了明天早晨和平就会降临此地，而我们必须和他们决一胜负，看看究竟是谁能享受到这种和平。"

听着盖尔的话，朱莉的神色渐渐地发生了一些变化。也许这番话从一个女人的嘴里说出来，让朱莉接受起来更容易些吧。朱莉点点头望向乔纳森，等他继续说下去。

乔纳森点头对盖尔表示谢意，说道："讲得好。我们是正义的一方，我们应该像警长讲的那样来思考问题。"

托马斯举起手说："我有一个问题。既然你和大个子在外面行动，等双方交火时，我们怎么把你们和——那些坏蛋区别开来呢？"

"问得好。"乔纳森说，"这样吧，我们喊'啤酒'，你们就喊'气球'。反过来一样，你们喊'气球'，我们就喊'啤酒'。这就算是我们的暗号。"

"啤酒和气球？"托马斯显然感觉这两个词儿不够刺激。

"这种暗号要让敌人听着搞不清东南西北，"斯蒂芬森解释道，"你如果喊'霹雳'和'闪电'什么的，任何人都能想到这是作战暗号。"乔纳森有个感觉，斯蒂芬森希望获得人们对他更多的注意。

"至少让我们当啤酒，你们当气球，不行吗？"托马斯嘟囔道。

"噢，没门儿。"乔纳森笑道，"我可不想让人把我当作是个玩气球的娃娃。"

鲍克瑟在楼下喊道："嗨，猛蝎，我们该动身了。我还想趁着外面有点亮布置好伏击圈呢。"

朱莉的恐惧加深了。"伏击圈？"

乔纳森的无线通话器响了起来。"猛蝎，我是鸡妈妈。他们动了。我不知道一共是几辆车，不过一直没消失的那个小圆点是动了，而且看来是朝你那个方向去的。"

鲍克瑟是对的，该动身了。

他们的作战装备都堆在了起居室最里边的窗户下面。乔纳森从一只帆布袋里掏出两件龙鳞甲防弹衣递给朱莉和托马斯，命令道："穿上它。"他又把另一件交给托马斯说，"给你父亲拿上去，如果他不想穿，就踢他那条伤腿。"包里剩下的两件防弹衣是乔纳森和鲍克瑟的，不过这样一来盖尔和杰西就没分了。乔纳森拿出它们递给了桑松县的警察们。

杰西接过了防弹衣，可是看到盖尔在摇头，他也迟疑了。"你们是要去外面暴露在战场上的，"盖尔说，"你们穿吧。"

乔纳森也摇头道："不，谢谢了。不穿他我移动起来更灵活点。再则说，你们是我的客人啊。"

"我不要它。"盖尔说。杰西对她露出不满的神情。

乔纳森不容讨价还价。"我的战争，我的规矩。"他说，"要知道，等你发现你需要这东西的时候你就来不及了。"

盖尔仍然犹豫。

"穿上吧。"乔纳森向前凑过身子对盖尔低语道，"我是认真的。如果那些坏蛋冲上来，只有你们两个还能明白该做些什么。如果你们倒下了，其他人生存下来的可能性就很小了。"

这番话说服了她。她接过防弹衣从头上套了下去，而杰西的动作比她快多了。

"而且我还有这一件呢。"乔纳森指着自己的携行战术背心说。这种背心用的是凯夫拉轻质纤维材料，对于小口径的手枪子弹和飞来的弹片有一定的防护作用，却很难阻挡步枪和机枪子弹。不过从积极的角度看，它的重量比龙鳞甲少十磅，跑动起来要轻快得多。还有，它的构造提供了惊人的携行能力，可以装进很多的弹药和其他有用的东西。

鲍克瑟高兴地发现自己不用再套上龙鳞甲防弹衣了。他不喜欢这个玩意儿，如果没有乔纳森的命令，他是从来不去碰它的。

"不要忘了夜视镜，"乔纳森一边把背心的各个口袋塞得满满的，一边嘱咐道，"现在就把它戴在你们的头部，听到枪声就把开关打开拉到眼睛上。记住我下午讲的那些要领。朱莉，如果你不打算射击，你就帮助他们装弹夹吧。另外，如果不得不在此处交火，这里由盖尔·博纳维莉警长负责指挥。还有问题吗？"

看着大家茫然的神情，乔纳森差点笑了出来。是啊，他们心里有很多问题，太多了，一时不知从何说起。乔纳森直视托马斯的眼睛，喊道："啤酒。"

托马斯紧张地咧嘴笑笑说："气球。"

"不要慌，小伙子，我看你能行。绝不能自暴自弃。你怎么着都行，就是不能轻言放弃。"

乔纳森转过来注视盖尔，想知道她是否领会了他最后提出的这些要求。女警长点了点头。可以走了。"检查装备，大个子。"

这是每次行动前必不可少的一道程序，不论行动规模的大小。他们一身黑色装束，从头盔到靴子，还戴着诺梅克斯芳纶黑色手套。手套的掌心是加皮的，为的是增强抓力。凯夫拉纤维头盔不仅具有防护头部的作用，还有夜视仪安装基座和通话支持功能。维可牢尼龙搭扣的背心口袋里装着无线话机，导线爬过他们的肩头连接着塞在右耳里的一只微型收发器。无线话机在对讲时可以使用声控或键控两种模式，而斯鲁森调查所的标准操作规范要求在执行任务时必须采用后者。麦克风的一键通设在他们的胸口位置。乔纳森按下自己的键子："检查通话效果。一、二、三。"

鲍克瑟竖起大拇指说："我的没问题。"

乔纳森转而注视盖尔。她这才意识到自己还没打开话机。乔纳森重复了一二三，盖尔点头说："收到。"她尽力回答得中规中矩。

"鸡妈妈，你能听到我吗？"

"听到了，猛蝎。"话机传出了维妮丝的声音，"你们多加小心。"

乔纳森和鲍克瑟的左肩刀鞘里都插着一把卡巴军刀。他们的胸前吊着两枚破片杀伤手雷。他们腰间的皮制弹药袋里各装着400粒M4步枪子弹、40粒手枪子弹和18粒霰弹。这种12号霰弹是给他们专门改装过的莫斯伯格霰弹枪准备的。M4突击步枪挎在他们的前胸。黑色橡筋枪带把霰弹枪吊在了他们的腋窝下。手枪插在他们大腿上的枪套里。乔纳森用的手枪是柯尔特1911点45制式的，而鲍克瑟却更喜欢他的伯莱塔新式标准手枪。

他们当然明白，能带上战场的武器从来都是有限的。尽管如此，乔纳森还是又选了一支点38短管左轮塞进了左边的裤袋里。所有的核查程序都已结束，他们要出发了。

"上帝啊，瞧瞧你们吧，"托马斯的声音里充满了钦羡，"你们这是要去消灭整个一支军队。留两个坏家伙给我们露一手啊！"

朱莉惊叫道："托马斯·休斯！"

乔纳森露出了微笑。这个姓休斯的小伙子不是个只懂得唱乐谱的书虫。他身上有血性。可惜他的妈妈把这当作了一件坏事情。

他们从窗户爬出来站在了外门廊。再有二十分钟天就要完全黑了。"还有一件事，"乔纳森回头对着窗内说，"一定要盯住电脑图像。一看到他们的车进入画面，你们要立刻各就各位。"大家都点头，然而精神还不够集中。

"嗨！"乔纳森说，"都看着我。等这场战斗结束，我们都有故事大讲特讲了。只要你们渴望胜利，胜利就一定属于你们。我们将从对面回来和你们会师。"

41

查理·沃伦觉察到坐在方向盘后面的加里诺又不安分地扭动起来。没等加里诺开口，沃伦就猜出了他想问什么。"你确信你还想继续等下去吗？"加里诺问道。

沃伦看了看手表。现在是9:20。"伊万那边发起攻击的时间是10:30。我们10:10的时候进去。"这是他第三遍回答同一个问题了。"我们的计划没有改变。计划是不会改变的。"

"我就是怕晚了。"加里诺说。

后排的格利克表示赞同道："他说的有道理，查理。我们等的太久了，夜长梦多啊。如果我们动手晚了，把空当留得太少，伊万那个出奇兵的想法就该暴露了。"

查理·沃伦的决心没有动摇。"如果你们两个昨晚的活儿没出什么差池的话，二十分钟的时间应该是足够了。我们行动过早会打草惊蛇，乔纳森·格雷夫就该调整他的部署了。"他已经调查了乔纳森的背景情况，却没发现什么有用的东西。沃伦认为，一个人能够把自己的踪迹清除得如此彻底，那么这个人也就有本事抓住哪怕是最不起眼的一点机会，给对手以毁灭性的打击。

沃伦明白——伊万自己也明白——伊万面对的是个陷阱。使用信用卡也许可以看作是一个新手无意间愚蠢地犯下的错误，但是手机的突然激活却毫无疑问是给他们投下的诱饵。事实上，这是一个设置非常完美的陷阱。尽管伊万知道自己是被乔纳森当作个提线木偶来耍，他也没有别的选择，只能不计后果地扑上去。伊万的北非朋友表示得再清楚不过了，他们的耐心几乎已全部蒸发，他们要马上见到GVX细菌样本，或者是见到那个不能按约定供货的人的鲜血。

然而，不论设置何种陷阱的人都面临着这样的可能性，即反过来落入对手将计就计设下的另外一个陷阱。自以为骗过了对手的将领往往是志得意满的，所以当战场态势发生出其不意的变化时，他们也就变得最为脆弱了。伊万和沃伦弄明白了乔纳森的企图后，就很快形成了一个漂亮的反制方案。

沃伦一直没搞清乔纳森是如何查明事件真相的，但是他确信他们的对头就是这家斯鲁森私人调查所。对于他和伊万来说，有了这样的前提，其他细节就不难做出推测了。沃伦指出乔纳森肯定会用某种技术手段来跟踪伊万的去向，而根据这个猜想，伊万自然地想到了称作天眼的那套卫星监测系统。这套系统的老板也是特种部队的军人出身，伊万和他没有过直接的交往，不过伊万知道这个人，也听说他不是个可以用某种手段来笼络腐蚀的家伙。这对伊万来说显然不是个好消息。

但是，这也不要紧。特种部队圈子里的人们都知道，天眼系统是在冷战时期秘密行动中形成的技术基础上发展起来的，它能够利用热量信息追踪特定的车辆。伊万从熟悉内情的人们嘴里了解到，这种热敏传感技术源自民用领域，它的缺点在于需要被监控对象保持一个相对稳定的温度。一旦盯住了某个目标，只要这辆车的引擎温度最低还在约100摄氏度上下，天眼的软件就能够持续地跟踪车辆的轨迹，但是如果引擎冷却下来，传感器就会丢掉目标，显示器里的车辆就失去了踪影。

格利克和加里诺昨晚对斯鲁森调查所总部的访问，证实了沃伦的推测：这场战斗的信息提供和协调服务的任务，就是在这个地方通过卫星传输来实现的。这个叫维妮丝·亚历山大的小妞，将充当乔纳森·格雷夫在战场上的眼睛。

除了一辆车以外的其他汽车全部熄火，伊万就等于是弄瞎了乔纳森的一只眼睛。到了10:10，沃伦将把乔纳森完全变成个瞎子。

伏击绿色旅的方案是无可挑剔的。他们已经知道有八辆汽车正在驶向这里，他们也知道了这些车辆驶来的路线。他们在离小木房700多米远的这个地方放倒了大树，这场伏击战将在这道关卡前面展开。一旦前来袭击的车辆不得不在关卡前停下来，鲍克瑟就在后面30米的地方炸倒另外三棵大树，断掉敌人的退路，接着便是枪枪见血的射杀。在他和鲍克瑟设下的伏击圈距离内，谁想侥幸逃脱5.56mm子弹而生还下来，是非常不现实的。

方案的实施会遇到很多不确定的因素，当敌人开始回击时，没有人能够确保百分百的胜利。然而在各种隐忧当中乔纳森最担心的，就是不要有什么童子军或其他那些无辜的人裹挟到伊万的进攻队伍里来。这种情况似乎是很难出现的，也正由于是这样，一个富有经验的战士要准备应对此类意外的发生。

乔纳森活动了一会儿胳膊和腿部的肌肉，避免它们处在紧张僵硬的状态。他看了看表，按下通话键："还醒着吧，大个子？"

鲍克瑟的声音听着挺开心。"我都等不及了。"

"盖尔？你们在房子里怎么样？"

"还行。我们都戴上了夜视镜。大家都有点紧张。"

乔纳森欣赏这种坦率。"你那儿怎么样，鸡妈妈？"

"我还好。"维妮丝说，"屏幕上到现在还没露出他们的影子，但是我还能跟踪那辆没熄火的车，看样子它是在朝你那边去呢。我估计再有几分钟就到了。"

剩下的事情就是等待了。显得无尽无休的、折磨人的神经和意志的等待。乔纳森的思绪回到了他过去无数次经历过的那些战前的分分秒秒。他觉得这真是一种神奇的时刻。所有的准备都已就绪，严格的训练和浴血的经历铸就了他的战斗力，他需要等待的就是敌人的露面。同所有的战场精英一样，他在许多年前就已将生死置之度外了。死神或迟或早总要降临在每个人头上，怕它又能怎样？感谢多姆一再指出，世间的一切生命都会在死后重新复活，即使这条生命有一个负罪的灵魂。亏得上帝懂得幽默，而且理解乔纳森的所作所为。

乔纳森的耳机响了。"我收到图像了！"维妮丝宣布，"有八辆车在路上，正在直奔你的方向。"

斯蒂芬森更不含蓄。他喊道："我看到了汽车了！我看到了五辆——不，是八辆。天啊，它们都快开到你们头顶上了。"

"明白了。"乔纳森说，"请你讲，鸡妈妈。"只有经过维妮丝的确认，斯蒂芬森的报告才是有分量的。

"他们已经太近了，我都怕到时来不及再呼叫你们。要看新的图像需要四分钟，这可是急死我了。他们此刻一定是离你们非常、非常近。千万当心啊！"

乔纳森顾不上回答她，但是允许自己露出了微笑。他又按下了通话键："鲍克瑟，你看到什么了吗？"

"是的，"鲍克瑟的这种低声咆哮早就成了他的招牌，"我看到了整整一队的战车，说实话，好像是坦克。我该把它们拿过来归我所有。"

好耍嘴皮的家伙。"明白，"乔纳森的语气是认真的，"看到了什么就告诉我。"

稍一停顿，鲍克瑟说："你知道我是在开玩笑，是不是？"

托马斯的心跳几乎震疼了他的耳膜。周围的世界在夜视镜里变成了一片绿色，看着像是电视上播放的某些战场镜头。他跪在楼上左侧最里面的窗前，一块从卫生间拽来的毛茸茸的浴巾叠过后垫在了膝盖下面。斯蒂芬森占据了屋里另一侧窗前的位置。他坐在一把写字椅上，手里抓着突击步枪，枪身搭在了窗台。在他们身后，朱莉躲进用毯子隔开的遮光小空间里盯着电脑屏幕。

透过夜视镜观察景物的清晰度让托马斯很惊讶。电视的画面够清楚了，可是比现实的场景多了颗粒感，而他现在看到的却是和白天一样清楚的景色，只不过夜视镜显示的图像是单色的，是深浅明暗程度不同的绿色。他扫视前方森林的边际，聚焦在某些树干和大小不一的石块上，目的是练练夜间的瞄准。有了这个东西的帮助，瞄准起来真的不比白天有太大差别。

"托马斯，离窗户远点。"他妈妈在黑暗里喝道。

"别管他，"斯蒂芬森说，"他这是在他应该待的地方。"

"斯蒂芬森，你也离开窗户。"

托马斯不由得想到，暴力犯罪事件的受害者们如果都能勇敢地向着加害于他们的坏蛋举枪射击，这个世界上的心理医生大概就可以集体歇业了。

在斯鲁森调查所的三楼办公室里，维妮丝仍在盯着屏幕。她纳闷为什么这些袭击者又停步不前了。四分钟一个周期的卫星画面已经更新了三次，他们却还待在原地，有点勉强地框进了屏幕的边缘，可就是一动不动。

"我逮住热信号了，"鲍克瑟在话机里突然喊道，"没看到车灯，但是发现了热量信息。他们移动了。"

维妮丝急促地吸了一口气，用手掩住了嘴。她的屏幕里一切还是老样子。当你迫不及待地希望掌握信息的时候，四分钟简直就是一种无尽的永恒。

"我也收到了。"乔纳森说，"马上就要面对他们了，伙计们，保持警惕。"

维妮丝闭上眼睛，想稳定一下情绪。她希望自己也像乔纳森那样，对人对事能很快做出一个明确清晰的判断，哪怕像多姆那样也行。在他们的世界里，黑的就是黑的，白的就是白的，对的就是对的，错的就是错的。

终于，屏幕上出现了更新的图像。她一瞥之下不禁惊叫了一声，立刻凑向话筒。

没等按下送话键，维妮丝感到有冰冷的金属顶在了她的脖颈上。

"不许动。"一个声音喝道。

乔纳森把突击步枪的枪托顶进柔软的肩窝，调适着瞄准镜上的十字线。来的是SUV越野车。乔纳森知道里面最多能装八个突袭者。他按键说："我看到了两辆车。听到我的命令再开枪。"

"明白。我看到的也是两辆。"鲍克瑟答道。

其他那些该死的袭击者在什么地方？

乔纳森不喜欢眼前的局面。人们都说伊万·帕特里克是个富于历练的军人，而且很聪明。唯一说得通的解释，是他采取了分兵进攻的战术，可是其他人分去何处了呢？"斯蒂芬森，你在吗？"他对着麦克悄声问道。

斯蒂芬森·休斯也悄声答道："我在。"

"查看一下那条防火通道。来我这里的敌人太少了。"

沉默了好一会儿，斯蒂芬森说："我回头向你报告。"

"回头报告？"鲍克瑟愤然低吼道，"你他妈的还不知道着急吗？"

"住嘴！"乔纳森厉声喝过后，又呼叫，"鸡妈妈，其他车辆在何处？"

没有应答。

"鸡妈妈，我需要关于其他车辆的报告。它们在哪儿？"

仍然无回应。

该死。

前边那辆SUV熄着灯驶过木桥，开到路障前停住了。乔纳森看到有五个全副武装的家伙下了车。第二辆SUV停在桥的另一侧没有开过来。下车的人当中有三个家伙组成了环形的警戒队形，另两个家伙在查看路障。突袭者都在六十米距离内，很容易全部兜进伏击圈。他目不转睛地盯着这些人查看鲍克瑟在倒下的那棵树上留下的爆破手艺，又盯着他们撤到SUV司机的车窗旁进行战况分析。

"我要不要炸掉剩下那几棵树？"鲍克瑟低声请示。

"再等等。"他妈的其他人究竟跑哪去了？

乔纳森试图从对方的角度来分析问题。他们察觉了为其布下的陷阱吗？难道他们将计就计设下了自己的圈套？但愿上天保佑。只有一件事是肯定的：假如那些没露面的家伙是躲在哪里等待增援，或是见势不妙企图逃跑，他就要命令鲍克瑟炸倒那些树。

司机打开SUV的车门下来了。一切意外事件都先靠靠边吧。

"准备。"乔纳森说。

鲍克瑟用沉默来表示"明白"，因为他担心惊扰了敌人的脚步。

斯蒂芬森的声音在耳机里响起了，语调听着窘迫和迟疑。"嗯，猛蝎吗？一群坏蛋从防火道过来了。我看他们足足有一群人，一共是六辆车，大概有二十多人吧。你需要回到这儿来。"

该死的防火道。几乎无人知晓的防火道。伊万不知怎么弄到了一份更好的或是新版的地图，反过来为乔纳森设下了一个圈套。乔纳森记起鲍克瑟说过这条道路是他们的阿喀琉斯之踵，他为没有对它给予更多的重视而诅咒着自己。

"猛蝎？"

乔纳森看到这些家伙布成了稀疏的单排横向进攻队形。人人手里都有突击步枪——乔纳森认出了两支M16，好像还有AK-47，不过隔着这么多树看不清楚。不过有一件事他看得分明，就是他们同样也带着夜视镜。来这里的只有两辆车，它们的作用就是声东击西，可是乔纳森却把注意力完全集中到这里了。现在他只能先干掉眼前这些虾兵蟹将，然后再返回木房子那边去。

斯蒂芬森的声音又在他耳边响起来了："猛蝎，你在吗？你让我们怎么做？"

"把你那玩意儿关上几分钟，"鲍克瑟悄声吼道，"临场发挥吧。"

乔纳森这次没表示异议。"我们会尽可能快地赶回去。"他说。

敌人向前迫近的响声有点太大，但是看得出他们的纪律性很强，这未免让乔纳森感觉有点不安。

"距离很近了，头儿。"鲍克瑟在耳机里低语。

乔纳森和鲍克瑟分别隐蔽在崎岖山路的两侧。何时向敌人开火，是需要认真权衡的事情。距离越近命中敌人越容易，可是如果太近又会增加设伏者之间互相射杀的风险。

乔纳森把枪的前护木架在一株倒地的树干上，瞄准镜对准了领头的那个家伙。"站在原地别动！"他喊道，"快报出你们是干什么的！"

领头的那人顺着喊声迅速转过枪口，可就在他还移动的时候，乔纳森精准地喂了他三粒子弹。在夜视镜的绿光中，乔纳森看见他的脑壳开花了。

"起爆，鲍克瑟。"

瞬时间整个山谷都在剧烈地颤抖，几棵树下的炸药接二连三地爆炸，此起彼伏的巨响冲破了天际。

惊慌失措的来犯者们连忙就地隐蔽，同时胡乱向四处射击。有个家伙朝第一辆SUV跑去，没等乔纳森扣动扳机，鲍克瑟一枪把他撂倒了。第二辆车急忙倒车打算逃跑，乔纳森向它的发动机舱射了个三连发，又对着轮胎开了四枪，接着也给了第一辆车相同的待遇。在夜视镜的增光效果下，弹头和弹着物的接触溅起了一缕缕淡色的烟雾。

"就地抵抗！不要撤退！"有人在喊，"开枪回击他们！"

鲍克瑟冲着声音的源头开了一枪，那位好汉永远沉寂了。

乔纳森看到好几个地方都有敌人，但是他只是在牢牢锁定目标后才允许自己开枪。每次扣动扳机时，枪口喷出的火光都是向对手宣告你自己的位置。电影里常有的端枪持续扫射的场景，在现实的战场不过是一种自杀性行为。还有，低下身子快速跑动同样也是在寻求自杀。在光线很暗的条件下，一个动态的目标总是比静止的目标更易于被人发现和锁定。正因为如此，以静制动的设伏者比陷入伏击圈的人在战斗中具有优势。

"瞧我的，你们这帮混蛋！"鲍克瑟高喊着，向敌人在爆炸前的队形方向扫射了半梭子子弹。他是在诱使对方暴露火力位置，这种作法是极其危险的，而鲍克瑟从来不惧怕任何危险。

敌人用所有的火力向鲍克瑟回击，密集的枪声和子弹出膛的火焰撕碎了夜空，而这也就注定了他们的命运。乔纳森明白其中的门道，射手的脸部在枪口火光后面三英尺的地方。他选择一处火光射出了一发子弹。打哑了这支枪后，他又选了另一处火光如法炮制。这次没有命中，乔纳森判断。

如同预料的一样，那支枪调转了枪口。乔纳森急忙趴在地上，一阵弹雨扫了过来，击碎的树叶散落在他的身上。乔纳森滚到一棵大树后面，紧跟着便听见子弹钻进树干的噗噗声响。

在早一点的时候，休斯一家人挤进小隔间里盯着电脑的屏幕。六辆车的热量信息转化为六个白色的圆点，形成纵列，正在沿着小木屋后边的山岭驶向这里。

"那个叫猛蝎的怎么能把我们撂在这里不管？"朱莉指责道，"我们提到过这条小路。他为什么这么干？"

托马斯吼道："现在说这些还有他妈的什么用？"妈妈的样子像是脸上被扇了一巴掌，托马斯心中升起了快意。"他们有那边的任务，我们负责这里。"

为了看清画面，他们都已摘下了夜视镜。在显示屏的蓝光下，托马斯看见他的爸爸用手挠着后脖子。这是他遇到难题时的一个习惯动作。

远处传来了急速的三声枪响。一秒钟后是三声爆炸的巨响，紧接着便是爆豆般密集和持续的枪声。乔纳森那边的战斗开始了。

托马斯钻出毯子，跑到朝向房前的窗户边上。他重新戴上夜视镜，张望着枪响的方向。"听声音他们把那些坏蛋都揍趴下了。"他回头对父母说，"这场仗真的打响了。"

在他的身后，朱莉已经蜷缩进斯蒂芬森的怀里，这让托马斯很不屑。他希望他的爸爸不要再纵容被哄惯的妈妈。他希望他的爸爸像猛蝎一样站出来，威严地向在场的每个人下达命令。

猛蝎在外面浴血奋战，他的父母却缩在这里瑟瑟发抖。托马斯憎恨这样的事实。这太令人难堪了。等这一切结束——

"噢，上帝啊，"斯蒂芬森在毯子隔间里喊道，"他们下了车从山上扑过来了。图像刚刚更新过。我的天啊，这么多人！"

托马斯跑回毯子隔间里要亲眼看看。现在能看到人了。他的目光首先落在猛蝎和敌人交火的战场，双方在屏幕上的距离近得让他目瞪口呆。接着他看见了从山岭涌下来的那些人。

他数了数人头。真是不可思议，会有这么多人吗？大概有二十个人左右，若再加上猛蝎那边的就更多了。他们目前离得还较远——也许将近有一公里——但是他们张开了一个大大的口袋阵型，似乎要一口把这幢小木房吞下去。"我们需要做准备了，我们应该下楼去。"托马斯随即又喊道："盖尔！杰西！他们朝这儿来了！"

朱莉拽住了他的胳膊。"不行！他们说这里更安全。"

托马斯挣脱了她。"那些坏蛋要从后面过来，"他用力拍了拍厚实的圆木墙说，"楼上没有朝向后面的窗户。"不论是他的母亲还是父亲，都待在那里没动。去他们的吧。托马斯转身向楼梯跑去，一不留神却用肩膀刮倒了遮光的毯子，电脑等各种设备都砸到了地上。天眼不灵了，但是他顾不上了。该是投入战斗的时候了。

乔纳森快速挪向右边，大体处在了和敌人平行的位置，离开了刚才他们见到他的枪口喷射火苗的地方。那些人仍在朝着原来的位置射击，而这正是他所希望的。当敌人以为已经把你困在了某处时，他们容易变得大意并把自己暴露在回击的火力面前。乔纳森会让他们为这种错误而付出代价的。

在对面的山坡上，又响起了鲍克瑟的枪声。

震耳欲聋的砰的一声响让乔纳森吃了一惊，有颗子弹在他的右耳几英寸的地方呼啸而过，他的头部甚至感受到了它的冲击波。说时迟那时快，乔纳森旋即滚向右侧，隐蔽在一棵倒下的死木后边，刚好躲开了第二颗原本会置他于死地的弹头。

老天爷，乔纳森暗想，这时候他最不需要的就是一个看透了他的伎俩的狙击手。

乔纳森必须继续移动。他的肚皮紧贴地面，大着胆子以最快的速度爬到了一株高耸的大树下面，抬起头透过灌木丛进行观察。

349

战地上一片死寂。沙场的静默比震耳的打杀声更可怕。这种静默的含义过于丰富。从最好的角度说，它意味着敌人的死亡和战斗的结束。然而更多的时候，它意味着对手正在等待你露出破绽。

他想起了在特种部队服役时经历的萨尔瓦多那场战斗。当时他就如同现在这样趴在地上，七个小时一动没动，与敌人较量耐心、毅力和艰苦训练的成果。其间他曾有三次想说服自己相信对手已经死了。在他几乎就要站起身的时候，他决定再等一会儿，就一会儿。后来乔纳森终于、终于确信他不过是在和一具尸体较劲，可就在这个时候，对方也相信了与此一模一样的直觉。对手小心翼翼地探起身来，乔纳森的子弹穿透了他的喉咙。

像今夜这样趴在野草丛中，夜视仪的增光功能已派不上什么用场了。乔纳森的左手伸向头盔，把夜视仪调整为红外线热成像模式。这一来画面远不那么清晰了，但是乔纳森却能透过灌木和草丛看到"热图像"。在离地面这么近的距离内，严格说任何东西都在散发着热量——草根、岩石还有树木等等。身处这样的环境，窍门在于捕捉到某种异常的、不协调的热信号。大自然是以一种随机的形式存在的——斑驳的光影，下垂的枝干，摇曳的花草——正是这种随机性构成了它的生存模式。你需要发现的，恰好是缺乏这种随机性的事物。你要找出与轻风的节奏摇摆得不一致的那一丛灌木，你需要找出与周围成片的枝叶颜色和纹路不相似的那一簇叶子，你需要找出凝固的大地上正在缓缓移动的那一团土堆。

可是此刻的乔纳森没发现任何反常之处。

先是在他的左侧，接着又在他的身后，鲍克瑟负责的那块战地上又响起了枪声。乔纳森听到了有人中枪后的惨叫，然后是一连串回击的枪响。出膛的子弹在红外夜视仪里像是一道道划过的荧光。

乔纳森依旧纹丝不动，可是他的猎物却忍不住了。乔纳森发现离他仅仅十米外的地方有人在动。他扣动了扳机。

42

"你为什么这么干？"维妮丝质问道。

闯入者不理睬她的问话。在他的手枪威逼下，维妮丝用胶带把自己的两只脚踝分别绑在办公椅的椅腿上，又把左手腕绑在了椅子的扶手。闯进来的那个家伙觉得满意后，亲自动手绑了维妮丝的右手腕，又把维妮丝已经绑过的那三处地方用胶带更紧更狠地分别缠了几道。最后维妮丝的胳膊肘也被他绑在了椅子上，她完全无法动弹了。

在这个过程中，维妮丝已经根据网上搜过的信息，认出了他是凯雷工业集团的安保部长，同时他也是妈妈描述过的搭讪她儿子罗曼的那个人。绑好维妮丝后，他坐到了写字台后面，眯起眼睛审视她的电脑显示屏。

"看在上帝的分儿上，"维妮丝喊道，"你就不能说点什么吗？"

查理·沃伦的脑袋没有动，目光却转到了维妮丝身上。"注意点态度，亚历山大女士，再有两块胶带你就会窒息身亡了。"他的还算是英俊的脸上绽开了笑容，"还应该担心的是你那个乖儿子。他还太小，让他现在就死未免可惜了。"

维妮丝顿觉浑身无力。"你不会那么干的。"

"也许我已经这么干了。"他变换成假嗓子模仿道，"噢！噢！你弄疼我了！住手！妈妈！妈妈！"

愤怒和恐惧驱使维妮丝在椅子上不停地挣扎。

查理·沃伦大笑道："你明白的，假如你挣脱开了我就会一枪打死你，是不是？你接着试试吧。"他又眯起眼注视着显示屏说，"啊噢，看起来你那帮朋友遇到麻烦了。"

维妮丝觉得天旋地转。罗曼哭喊的样子真实生动地显现在她的脑海中。这个人当真能对一个孩子下毒手吗？

他当然能干出来。瞧瞧他们对蒂伯和爱伦都做了什么吧。只要是为了达到目的，维妮丝懂得，他们的残忍就没有底线可言。坐在她的椅子上盯着电脑的这个家伙是个地地道道的魔鬼。

为什么到现在这家伙还没杀了她？看来他需要她活着，可是为什么？

因为她能用来充当一种战术性的武器，维妮丝意识到。出于一种特定的理由，他需要维妮丝活着。她回头仔细分析了一周来发生的事情，得出了自己的结论。"我是你手里的一张保单。"她大声指出。

他的目光从屏幕上移了过来。

"你想拿我来做讨价还价的筹码。万一伊万·帕特里克失败了，万一迪格——万一乔纳森在你们的袭击中活下来，你们就想用我来交换细菌武器。"

这个人试图保持一张不动声色的扑克脸，但是维妮丝从他的眼神中看出自己说中了。

伴随突如其来的一种冒险的冲动，她补充道："而且我知道，你叫查理·沃伦，是凯雷公司安保部的头头。网上挂着你的照片，这也许不算是太聪明。"

"我会小心的，"查理回头去看屏幕，同时警告道，"不要动脑筋想得太多，否则我没得选择，只有杀了你。"

"反正你早晚是要杀了我的。"她希望表现得很勇敢，却为自己的声音有点滞涩而感到恼火。

沃伦微笑道："也许我现在就该结果了你。"

维妮丝也回以微笑道："你不会的，现在不会。如果你无法向乔纳森证明我还活着，他是不会配合你们的。就像一个电影的名字，叫什么来着？哦，《生命的证据》。"

"一个死到临头的女人，竟然还如此自以为是。"

维妮丝用锐利的目光盯住他，问道："你明白他会杀掉你，是不是？"

沃伦笑出了声。"你仍然是在自作聪明，"他向屏幕点下头说，"就我目前看到的情况来说，我已经用不着为此而多虑了。"

"他干这个是非常在行的。"她说。

"我也一样。"

他丝毫没有否认维妮丝的推论，实际上这就是一种默认。维妮丝咄咄逼人地问道："凯雷的老板知道你为了他们不惜犯下杀人的罪行吗，沃伦先生？"

他的眼睛眯成了一道缝。"你说得太多了。"

"我只想确认一下我的猜测是否正确。"她朝正在沃伦的胳膊肘旁闪烁起亮光的电话机摆了摆头，问道："你不想接起它来吗？我把铃声关掉了。"

沃伦看了看电话，回头又盯住了屏幕。二十秒后电话不闪了。

"我敢打赌你怎么也想不到今晚我们会在这儿上战场。"杰西用嘲弄的口吻说。他站在厨房的右侧墙边，两臂在窗台上搭着。盖尔觉得杰西戴着夜视镜的模样有点像个玩打仗游戏的小孩子。

"再有一百万年也想不到。"她表示同意，"很抱歉把你也拖进来了。"

他笑道："喔，你用不着为这事费心。如果不到这里来，这个晚上我说不定在干什么蠢事呢，比如很早就上床睡觉什么的。"

"我不应该硬要拉着你一起过来。"

杰西离开窗户，直视着盖尔。"你现在不用对我有任何的负疚感，是我自己坚持要来这里的。"他向后靠到窗台上继续说，"即便是将来有了后见之明，我大概也不会后悔做出了这个决定。"

接着杰西又问道："你仍然打算以枪杀案的罪名逮捕那个人

吗？还有，由于考德威尔一家的被杀而逮捕休斯一家？"

切中要害的问题。盖尔就任时是当着桑松县的公民宣誓过的，此刻她真想诅咒那个在上帝面前举起了手的日子。

原来这个问题是杰西给包括自己在内的他们两人提出的一种修辞性的设问，他没指望有谁来回答。"你知道吗，我从来没对着什么人开过枪。"他接着说。

"大多数人都是如此，"盖尔说，"就当作是你的运气比他们都好吧。"

"我就是想让你知道这一点。我不明白这是为什么，但是——嗯，我就想对你说说。"

楼上有什么东西砰地砸落在地上，使他们吓了一跳。回头只见托马斯咚咚咚地向一楼跑下来。他一手拿着枪，一手把着楼梯栏杆，双脚落在楼下的硬木地板上有个短暂的滑行后止住了。他迅速把头上的夜视镜扣在眼睛上，对着他们两人喊道："他们来了。他们要朝我们发起铺天盖地的进攻。"

他冲到盖尔守护的厨房左侧窗户前，和她并排站到了一起。

"不，这里由我负责，"盖尔说，"你到对着前院的窗户那儿去。"

托马斯猛烈地摇起头。"这才是首当其冲的地方。"他争辩道，随后描述了楼上的电脑显示的情景。

盖尔赞赏他这种急于杀敌的斗志，但是依然摇了摇头。他的逻辑有缺陷。

"他们在后面的山头停了车，不意味着他们就是从后面发动进攻，"杰西说出了盖尔的想法，"特别是不意味着他们仅仅从这么一个方向进攻。"

"你们不用总想着保护我，"托马斯抗议道，"我不是个胆小鬼。"

盖尔把手放在他的胳膊上说："还记得猛蝎说的六个方向都要警戒的话吧？我们守卫房子的两侧和后面，你和你的家人负责房子的前面。"

托马斯冷笑道："是啊，我和我的家人。"他离开了这扇窗户，"看来我只好孤身一人守在这里了。"

354

斯蒂芬森跛着腿下来了。他倚着楼梯的栏杆，用右腿撑着身体的重量，尽量减轻伤腿的压力。"我不是你认为的那种懦夫，"他对托马斯说，"我今天不过是比平常显得迟缓了点。"朱莉也现身了，站到了丈夫的身旁。

托马斯的肩膀不由得垂了下来。"我说的不是那个意思。"他说。

他的父亲微笑道："是的，你是这个意思，不过这不要紧，现在这种时候我们大家的情绪都有点激动。"

盖尔默默地看着这家人的交流。父母和儿子、丈夫和妻子之间显然都有些可以追寻的故事，不过盖尔对此也并不真的很关心。她感觉到了杰西的目光，便转过头去，相信看到的一定是他的标志性的带有嘲弄意味的微笑。他们的眼神刚刚碰到一起，突然只听噗的一声，杰西的脑袋爆裂了，骨渣和脑组织如一团湿雾喷射出来，溅在近旁的墙壁和地板上。

杰西来不及吭声就倒下了。

盖尔惊呼"杰西！"扑到了他的身边。

她听见朱莉在尖叫，有人在诅咒，大家开始了跑动。更多的子弹飞了过来。鲜血和火药的气味让她想起了伊利诺伊州的布鲁克橡木桶酒庄。在那场解救行动中，她一切都是按照程序和规章办的，却导致了部分人质的死亡。

伴随着记忆而来的，是剜心的痛苦。

而痛苦唤起了她要复仇的强烈渴望。事实上，不仅仅是要为牺牲的杰西复仇，盖尔还要为伊利诺伊州的那两个小姑娘复仇，为安吉拉·考德威尔一家复仇，为在只重程序不重结果的制度束缚下不得伸冤的所有的罪案受害者复仇。

盖尔将变成她原本憎恶的那种人了。

托马斯呆立在那里，试图理解眼前发生的事情，也试图忘掉喷溅在他胸前的鲜血。杰西的死亡似乎在瞬间带走了一切——氧气、光线、声音，所有的东西。一切都变得静止和凝固。

突然间，一切又都恢复为动态。托马斯向前窗跑去，却被妈妈攥住了臂膀。"不行，托马斯。"她喊道，"你没看到吗？我不想让你也落个这种下场。"

托马斯使劲抽出了胳膊。"不想这样你就拿起武器，不明白吗？"

"托马斯——"

"我可不想死在这里！"他哈着腰跑到了前屋的左边那扇窗，跪在窗户下面，枪的前护木搭在窗台上，伸出半个脑袋观察夜幕下的前院。在他的身后，他爸爸替代了杰西原来的位置，已开始向外面射击了。那些袭击者也开枪还击，枪声显得越来越激烈。

尽管如此，托马斯还是迫使自己不去顾及后面的交火。刚见到一个没有准备的人就那样轻易地被杀死，托马斯发誓再也不让这种事情发生了。如果房前这个方向确实存在着威胁，他就要及早地发现它，坚决地阻止它。尽管外面一片漆黑，院子里的具体景物用夜视镜看得还很清楚。右边有个仿制的许愿井，遮挡着下面真正的水井口，围着它摆放的几把椅子是供欣赏落日时坐的。在院子的左边，托马斯看到下午射击训练时喝的几个空水瓶还在地上，离它们不远是一副秋千架，那是小时候到这儿来唯一让他喜欢的东西。

但是，没发现有什么人。

山下的一阵枪声使他吃了一惊。木房这边的紧张和激动，让他没注意到猛蝎那边的战场刚才陷入了一时的静谧。

在院子和林子交界的地方，星光下似乎有某种影子在动。托马斯差点就忽略了它。他定睛看去，肯定有什么东西在动。他进一步贴近作为掩体的圆木墙，枪托抵在了肩窝上。为了看得更清楚，他还眯起了眼睛，可是很快发现这并不管用。你或者是看见了，或者是没看见，夜视镜不在意你是否眯了眼睛。

移动的影子已经不止是一处。

"他们从前院上来了！"托马斯喊道。

那些影子靠得更近，化为了活生生的三个人。他们接近木房子的步伐是小心翼翼的，但是速度挺快。看样子他们听到了托马斯刚才的喊声。（怎么会听不到呢？）

托马斯瞄准最右边的那个人扣动了扳机。枪声震耳欲聋，可是那三个人仍然逼上前来。"妈的！"他接着开了一枪，接着又是一枪。天啊，他们怎么就不倒下来？

对方开始回击了。子弹击碎了窗框，崩开的木片打在托马斯的脸上。他身后的壁柜遭到扫射，里边的装饰盘之类的东西发出了稀里哗啦的声响。托马斯的脸庞紧紧贴在墙壁上，厚重结实的圆木被密集的子弹击中后发出嗡嗡的声响，像是受到袭扰的一大群蜜蜂在愤怒地振起翅膀。

托马斯握紧手中的武器，抬起身又向外放了一枪。他尽量不去理会飞来的子弹，脑袋在窗台上只露到可以瞄准的高度。

他不由惊叫了一声，因为有个袭击者已冲到了不足十米远的地方，几乎快要接近前门廊了。那个人也看到了托马斯，马上举起了枪。托马斯急忙扣动扳机，没来得及瞄准的子弹打中了目标，那人向后跌在草地上。不过他还没有死，而是侧过身子，用手按住腹部发出痛苦的喊叫，不知怎么他的嚎叫声竟然盖过了周围的枪声。

托马斯兴奋不已，却也为开枪的后果感到害怕。他缩回窗台下面，转过来背靠木墙，定睛打量空无一人的前屋。在黑暗中有个人从厨房进入起居室，手里抓着步枪和防弹背心，蹒跚地向他走来。

托马斯举起枪，却迟疑了一下。亏了他的迟疑，托马斯免去了失手击毙父亲的终身悔恨。

山上激战正酣，而山下乔纳森和鲍克瑟阵地上的战斗看来是结束了。"鲍克瑟，你没事吧？"

"再好不过了。我目前能确认杀死了三个。"

乔纳森跨过灌木和草丛去查看那个差点没杀死他的枪手。乔纳森发射的弹雨几乎撕烂了这个家伙，他的胸膛和头部留下了数个弹洞，而他的右肘则完全被打断了。

还挺难对付。他默默地对这个敌手说道。

"我又发现了两具尸体。"鲍克瑟宣布道，"他们是互相误射死掉的。你说这有多美妙！"

有时候乔纳森的这位朋友还真让他受不了。鲍克瑟有点太喜欢这样的营生了。

乔纳森没费神去通报自己的杀敌成果。"该回去参加那边的战斗了。"他说。

他扔掉M4的空弹夹，从背心里取出新弹夹装上后就向山上的木房子跑去。在他身后的右侧传来了鲍克瑟追赶他的脚步声，然而他明白过一会儿这位大块头就会被甩在后面。鲍克瑟的长项在于耐力而不是速度。

"斯蒂芬森，请报告你那边的情况。"没听到回答后，乔纳森又按了一次送话键，"盖尔，你们在那边能坚持住吗？"

同样没有回答。话机出什么毛病了？先是维妮丝断了联系，现在又是休斯他们。没有他们提供的信息，他变成了误打误撞的瞎子。

不过听声音那幢木房子似乎已成了火海中的孤岛。

43

　　多姆不喜欢成为迪格的冒险行为的局外人。特别是今晚，多姆感觉乔纳森不是很冷静，所以他希望自己能帮助做点什么。维妮丝一直不接电话，这让多姆心里更加不安了。

　　多姆之所以置身事外，是因为迪格要求他这么做。迪格也许是不愿让他卷入暴力，不过多姆感觉迪格这么做也多少有在神的教义面前自惭形秽的因素。崇尚和平、抵制暴力的原则当然无可非议，不过多姆仍然不愿被排斥在行动之外。

　　不能再这样下去了。待在教区牧师的住宅里心不在焉地看着电视正在重新播放的连续剧《宋飞正传》，多姆意识到他已经不在意迪格究竟是怎么想的了。多姆今夜应该去消防站，和维妮丝一道共同成为协助迪格出生入死的千里眼。如果迪格不高兴他这么做，就让他不高兴好了。

　　他抓过一件灰色的夹克衫用来抵御夜晚的寒冷，又给蒂莫西神父打了个电话，说要出去散散步。

　　河边吹来的凉风让人感觉此时还是三月，而不是已经进入了四月的下旬。多姆竖起夹克领子，两手插在兜里，沿着坡路往下朝着只有两个街区远的老消防站走去。看着夜色中空空荡荡的街道，很难想象再有不到两个月的时间，那些蜂拥而来的游客就会把这里变成嘈杂纷乱的闹市。多姆提醒自己记得给市政委员会打个电话，敦促他们派人修好路灯。在这种没有月光的夜晚，不熟悉地形的人们在外面散步是可能出事故的。在这座小城生活了多年的多姆知道，第二街拐角处的人行道目前缺了两块地砖，他小心地调整了自己的步伐。

望着左边圣凯瑟琳教堂的深色轮廓，多姆好不容易忍住了再去教堂门口查看一下的冲动。他在任何情况下都不主张给教堂的大门上锁，如果社会上出现什么不测，他还要打开大门，接济那些居无定所的流浪汉。如今的许多新式教堂已不再实施此类的善举，在多姆看来这太不应该了。

紧挨着教堂的是一堵殖民时期风格的围墙，里边是消防站的后门和停车场。乔纳森出资买下消防站后没过几个月就修起了这堵墙，这样一来人们都从后面的教堂街驶入停车场，给斯鲁森调查所增添了一点私密的氛围。

走到山坡下就到第一街了。对面是码头，河边的气温似乎又低了几度。多姆从来都喜欢这里的景色。密密麻麻的船只汇成了一片桅杆的森林，在温柔的波浪中轻轻地起伏和摇荡。

转过街角，多姆发现自己对这份宁静的垄断被无情地打破了。在对面那个小小的老战士街头公园里，在与上个夏季那些鲜花的残枝败叶为伍并且斜对着消防站的一只公共长椅上，坐着一个穿了厚厚的夹克衫的人。他的膝盖上摊着一沓报纸，而在街对过那盏唯一的路灯所提供的微弱黄光下读报，恐怕是件很不容易的事情。

"哈啰。"多姆打着招呼，露出了一个牧师最典型的微笑。

那人先是一惊，却很快缓过神来说："晚上好，神父。"接着他又低下头来读报。

多姆注意到了对方中规中矩的礼数，相信他至少还是个天主教徒。

没有什么绝对偶然的巧合。

一切都不对劲儿。多姆用一两秒的时间快速地分析了现状。首先一个事实是，迪格此刻正在苦苦地迎战狂风骤雨。又一个事实是，维妮丝不接他的电话——她从来都会接他的电话。再就是眼前的事实，一个陌生人在一个不合常理的时候坐在一个不合常理的地方，借着几乎看不清任何东西的光线读报纸。

某种非常不好的事情将要发生了。

没有什么绝对偶然的巧合。

也许，某种非常不好的事情已经发生了。

多姆没再和那人搭讪，只是径直向前走去。他走到了消防站的尽头，在吉本河街的街角向左转了弯。他抑制着没有加快步伐，来到下个街口后继续左转，拐入了乔纳森的围墙和圣凯瑟琳教堂之间的胡同。天气突然间变得更冷，多姆后悔刚才没穿件厚一点的夹克。

在白天上班的高峰期，消防站后面的停车场里大约停放有十五辆车，而到了夜晚的这个时分，停车场通常是空的。但是今晚却不然，在它里边远离灯光的地方孤零零地停着一辆车。多姆隐约觉得方向盘后面有个人影，似乎是在监视消防站的后门。多姆在胡同口停顿片刻，又沿着坡路朝着教堂走了回去。

他在行走中抬头向消防站的三楼瞥了一眼，希望能发现一点动静。可是百叶窗紧紧地拉着，维妮丝晚上独自在办公室的时候经常都是这样。

也许他是多虑了。乔纳森担心得要死，唯恐他的朋友和员工会成为他所从事的这个行当的牺牲品。几年前，乔纳森坚持要维妮丝和多姆在腋窝下的皮肤里植入微型传感器，以便发生最坏的情形时能够迅速查明他们的下落。乔纳森还坚持要他们两人随身佩戴紧急呼救器——多姆那一部呼救器的外形是一只十字架，维妮丝的则是一个金吊坠——遇有不测时按下它就会立即启动救援程序。另外维妮丝的办公桌上也装着这样的一部呼救器。如果维妮丝陷入了多姆害怕的那种麻烦，她不是应该激活这个装置了吗？

多姆决定，还是从最坏处着想。他的父亲给过他一个很有价值的忠告：有的时候，如果你产生了某种怀疑，你就不要再去怀疑你的怀疑。

多姆深吸了一口气，从兜里摸出手机拨了警局的电话。一时间他曾想过拨打911，可是那会引起太多人的注意，而目前他的担心主要还是来自于自己的直觉。

接电话的声音很沙哑，辨不清是男还是女。"渔人湾警局。发生紧急情况了吗？"

"不是紧急情况，"多姆说，"道格·克雷默警长在他的办公室吗？"

"您是哪位？"

"我是圣凯瑟琳教堂的丹吉洛神父。如果可以的话，我想和警长通个话。"

"晚上好，神父。很抱歉，警长目前不在。现在有点太晚了。"

当然是太晚了，已经过了十点半，他应该想到的。"真对不起，我不知道我是怎么想的。我还是给他家打电话吧。"

"您可以试试，神父，不过我不认为您的运气会那么好。他今天下午离开得比较早，到华盛顿看望他母亲去了。您不想和值班的警官通话吗？"

和他说什么呢？多姆不知道。把道格·克雷默拖进来是一回事——道格已经大致猜出了斯鲁森调查所的主要业务是什么——可是对其他警察吐露内情是多姆不情愿的事情。"我想找的就是克雷默警长，"他说，"他提到他大约什么时候能回来吗？"

"局里的黑板上写的是明天，别的我就说不清楚了。您希望我想办法联系他吗？"

"不，就这样吧。"如果是去了华盛顿市区，道格大概是赶不回来了。"这只是一件私事。谢谢你的帮助。"

值机员又开始提出其他的建议，可是多姆把电话挂了。现在他该怎么办？

他又给维妮丝打去了电话，铃响了六次却无人应答。他挂断了电话，发现自己依旧是一头雾水。

他断定剩下的只有一个选择：亲眼去看看维妮丝究竟怎么了。如果她有了麻烦，多姆就要出手相助，首先是给911打电话。但是他如何才能进入消防站呢？假如他看到的那辆车上确实有人，后门就无法进入，而坐在长椅上的那个家伙把前门也排除了。

好在还有无人知晓的另外一道门。快到教堂的时候，多姆撒腿跑了起来。

"盖尔，快回话！"乔纳森对着麦克吼道。前面的战场越来越近，可是竟然没有一个人回复他的呼叫。他明白那里的人还没被打光，不然枪声就该停止了。在向山上奔跑的路上——已经跑过半程了——他一直没有停止呼叫，只盼着其中不管是谁能给他提供一点战况。

"维妮丝，快回答。"他又喊道，"你看到什么了？"

依然，话机里一片静默。

盖尔射出一个三连发，连忙又躲在了窗台下面。对方反击的火力之猛让她吃惊。长时间的连发射击，弹雨狂泻屋内，窗框的木头成块地被击飞。从房子前面窗户射进来的子弹不停地打在她右侧的隔断墙上，而她身后是房子的前厅，从她这面窗户飞进来的弹头已经把那里打得一片狼藉。他们困在房内死于这种交叉火力的危险已经大过了从正面被敌人瞄准射杀的可能。

面对如此猛烈的进攻，他们支持不了太长时间，而正在迅速消耗的弹药更是拨快了他们迎接死神的表针。

这种局面如不改变，再有几分钟他们就都完蛋。斯蒂芬森主动爬到杰西的尸体旁边，聚拢起他的弹夹分发给屋里的其他射手，但是这点子弹远远不够。

朱莉·休斯蜷缩进前厅里子弹最不容易光顾的一个死角，正在尽力设法把自己变成隐形人。"朱莉！"盖尔的喊声压过了周围的喧嚣，"你需要给我们装填空弹夹，而且你必须马上行动！"她拾起脚下的两只空弹夹抛了过去，"托马斯！斯蒂芬森！把你们的空弹夹给朱莉从地板上滑过去！"

她丝毫没有使用商量和征询的口吻。盖尔希望这会使朱莉放弃争辩，干点有用的事情。

不过，这一切很快都将变得没什么意义了。

"快用那些地雷！"朱莉躲在用来避难的角落里喊道。"有好多地雷呢！快用了它们！"

"不行！"托马斯和斯蒂芬森异口同声。

"猛蝎可能在外边。"托马斯补充道。

托马斯意识到他们正在输掉这场战斗。他置猛蝎的指示于不顾，把突击步枪的单发模式变成了三连发。火力的增强使敌人的进攻节奏放缓了，但是他已打光了三只弹夹。卡进第四只也是最后一只弹夹时，托马斯意识到他与真正的大麻烦之间就隔着这三十颗子弹了。尽管闪过了这样的念头，托马斯还是又扣动了两次点射。离末日还差二十四颗子弹。

他把几只空弹夹从地板上滑了过去。"快点，妈妈！"朱莉的心神恍惚，动作迟缓。

这会儿没有可以射击的移动目标。托马斯转而瞄准森林和草地上枪口闪射的火光。斯蒂芬森又回到了后面的位置，那里显然是有许多的目标需要对付。他在自己负责的两扇窗户之间来回移动，用突击步枪不停地向外射击。

在托马斯的前方，刚才被撂倒的那家伙一直不肯安静下来。他像一头受伤的猎物般嚎叫，央求同伴们过来救命。假如他的喊叫不是这么瘆人，托马斯也许都动了恻隐之心。有两次，托马斯在伸出武器向森林射击时，很想给那个可怜的家伙脑袋上补上一枪，然而他都忍住了。在一个已经倒下的人身上浪费宝贵的子弹有什么意义呢？

托马斯又有两次点射。"妈妈！快点装弹夹！我的子弹快打光了！你必须再快点！"

朱莉不是被枪弹震聋了耳朵，就是故意不理睬他。她只是低着头在托马斯早就抛给她的枪上摸索着什么。"天啊，妈妈！快点儿！"朱莉没有反应，只是按照她固有的韵律做出缓慢的动作。

有两个人又摸上前来。托马斯的子弹撂倒了他们。

枪膛空了。没有了弹药，却面对着满院子的敌人，他还能怎么办？在那个伤者嚎叫的间隙，托马斯听到他父亲在后面窗台上又向外开了六七枪。

"真是见鬼了。"他嘟囔着，四肢着地爬到了妈妈身旁。朱莉正在一边哭泣一边笨拙地装子弹。

"对不起，"她抽泣道，"我尽力做呢，我真的在尽力。"

托马斯抢过她手中的弹夹，连同旁边的子弹箱，急忙返回自己的窗户。那只弹夹刚装了一半。太不够了。

等等，有个更好的办法。

不，这太不现实。

不，只有这一个办法。

他在光滑的松木地板上像螺旋桨一样滚几下回到了妈妈身边，抓住了她的胳膊。"妈妈，跟我来。"

她十分惊恐。"我不能。"

"你必须过来。"他用力攥住她的胳膊，把她拖向窗户。

"噢！"她喊道，"你弄痛我了！"

他没理睬妈妈的叫喊，也没理睬在隔断墙后面喊他名字的爸爸。

一回到窗台下，托马斯探出眼睛仔细观察，又对着暗处开了几枪。接着他蹲下身子，把步枪的快慢机扳回了单发模式。他把夜视镜推向头顶，直视着妈妈的瞳孔，猛地把步枪塞到了她的手中。"你来射击。"

朱莉想扔掉枪，可是托马斯按在她手里不放。"不行！"她哭诉道，"总得有人装子弹。我来装子弹。我保证我装弹夹的速度会更快。"

"妈妈，闭住嘴，听我说。你要做的事情就是对着窗外开几枪。一会儿就好。"

"我不行。"

"请小心别伤着我。"

朱莉没注意他的后一句话。"我做不了，托马斯。请你别逼我。"

他凑过去吻了一下妈妈的脸颊。"那就算了。"

托马斯重新戴好夜视镜，直起身翻过窗台，融入了夜幕之中。

44

多姆从侧门进入教堂，回手锁上了门。他直奔忏悔室后面的过道，推开一道十分隐蔽的小门，沿着水泥台阶下到了阴森森的拱形大地下室。它是在20世纪30年代兴建教堂的时候炸开坚硬的岩石地面修成的，而且多姆知道，里边仍然存放着当时抛在那里的各种杂物。墙边堆放着损坏了的家具和装有那个年代期刊的许多破箱子，屋中央立了一些宽宽的金属架子，上面摞着各样的老玩具、旧工具和修剪草坪的设备什么的，甚至还有三个啤酒箱，想来应该是禁酒令时期的遗物了。虽然头顶上的电灯开着，可是如果没有手电筒，在这儿你休想看清楚什么东西。这些年里，多姆常想到要发动复活者家园的学生把这里清扫干净，以此作为他们一种严苛的苦修方式，然而后来都作罢了。

他急步穿过地下室，在尽头的墙壁前挪开一幅耶稣诞生图，露出了一道紧锁的铁门。这道门是通向乔纳森那条地道的。一幅歪斜地挂着的小画遮住了嵌在水泥墙面里的数字键盘。

多姆先定了定神，明白自己只有三次机会来输入正确的密码。这组密码的来源和记住它的窍门是任谁也想不到的，他也从未对别人吐露过。他小心地按了8-7-2-4-3-5-3-3-8-6-8-2-0-9，共十四个数字，完全没有内在的规律可循。他又按下Enter键，听到锁舌滑动的声音后推开了沉重的铁门。他靠着手机屏幕的绿光找到了墙上的开关。日光灯管闪过两下后终于照亮了这条地下通道。

多姆顾不得关上身后的铁门，只两步便跳下八个台阶，落在铺着马赛克的地面上。他向着地道的另一端快速奔跑，直到又一扇沉重的铁门把他挡在消防站的地下室外面。再次输入密码时多姆不由得想到，在乔纳森本人不在铁门另一侧的情况下，他从来没跨进过这道门。事实上，这是多姆第一次孤身一人进入了这条地道。那又怎么了？门锁开启后，他伸手就去推门。

有点推不动，似乎有什么东西在另一侧卡住了门。他更用力地去推，可一松手门又关回来了。这一次多姆用上了全身的力气，铁门到底还是让步了。他忽然间明白了刚才是什么东西在作梗。

多姆在慌乱中忘记了，乔纳森总是把一只高高的空油桶挡在他那边的门口。门开了，但是空油桶却倒在地上，发出了鸣锣般的哐当一响。

响遍全楼的哐当一声让盯着屏幕的查理·沃伦迅速扭过了脑袋。他瞪了维妮丝一眼，却发现她也为这响声而吃了一惊。

沃伦在桌上抓起自己的手机按了一个键子。"他妈的是怎么回事？"他拿着手机的样子像是朝着对讲机说话。

"什么怎么回事？"扬声器里传出一个人的问话。

"那个哐当一声。很响的声音。"

"我在外面什么也没听到。"那个声音回答。

"你呢，加里诺？"沃伦问道。

另外一个声音答道："我也没听见什么。"

沃伦皱起了眉毛。"你们发现什么不寻常的情况了吗？"

"没发现任何情况，"第一个声音回答，"连个人影都见不到，就像是一座死城。喔，我只见到了一个夜里出来散步的神父。"

维妮丝的心跳加快了。

沃伦眯起眼睛向维妮丝看过来。他对着手机说："加里诺，你马上从后门进来，查看楼下的情况。"

"你让我查看什么？"加里诺不是在违抗他的命令，听声音他确实是摸不着头脑。

"任何情况，"沃伦说，"也许是一个神父。"他说这话时盯着维妮丝露出了笑容，"如果你发现了什么人，就开枪打死他。"

"你让我向神父开枪？"那人惊恐地问道。

"现在担心这种事已经有点迟了，你不这么想吗？"沃伦斥责道，"完了向我报告。"

托马斯重重地落在门廊的地板上。立刻，森林和前院交界的地方上演了成排的火光秀，子弹劈头盖脸地射在他的周围，击中木墙和门廊地板崩碎的屑片溅了他一身。

他的移动速度快得超乎了自己的预料。他向左侧连着两个翻滚，从门廊滚落到了地面。门廊边缘长年累月淌下去的雨水把下面的土地涮出了一道浅沟，正好给托马斯多少提供了一点掩护。

"托马斯，快回来！"他妈妈喊道。

"哎呀，妈妈，你赶紧开枪！"

这真是一个再糟糕不过的主意了。赤手空拳地跑到了枪林弹雨之下，面对着那么多迫不及待想杀死他的家伙。他满怀着恐惧，冒着被子弹撕个稀碎的风险抬眼辨别方位，试图弄清自己是该向后还是向前移动。然后他紧贴着沟底，沿着门廊的水平方向一点一点地朝后面爬去，挪到了与刚才还不停叫喊，现在却没了动静的那个家伙大体上平行的位置。

突然间托马斯觉得那人的枪和子弹都不是很重要了。他已经清楚地认定，自己下这个决心实在是错误的。只要现在抬起脑袋，他的小命儿立刻就报销了。

就在这时，托马斯听见他身后响起了自动步枪急促的射击声，接着是他爸爸的声音在喊："快去拿，托马斯！我会用火力压得他们抬不起头来。"

机不可失。托马斯紧闭双眼，硬着头皮爬出浅沟，如同一只受惊的蜥蜴，向被他击中后倒在草地的那人爬去。

迎面射来的密集火力使托马斯的心跳越来越快，然而这些子弹还没有一粒穿透他的肉体。这些坏家伙们向他射击的准头似乎变差了。事实上，是他爸爸的掩护起了作用，把敌人的火力从他身上吸引到前窗了。

托马斯加快了速度。他的手指和脚趾用力抠在冰冷坚硬的地面上，鼻腔里充满了泥土和野草的气息。突然间情形变得异样，一股令人窒息的臭气扑鼻而来，地面先是潮乎乎的，再爬过几英尺就变得又湿又滑了。每往前挪动一点，恶臭就愈发不可忍受，直到终于接近了那具尸体——明显是已经变成了尸体，看看那双无神地圆睁着的眼睛和伸到外边的舌头就知道了——托马斯才意识到他正趴在那人肚子里流淌出来的肠子上面。

这种突如其来的惊恐和嫌恶是没法形容的。不需要任何前兆，托马斯抑制不住地呕吐起来，尸体和他自己身上都喷上了呕吐物。

上帝啊，瞧瞧他对这人干出了什么？

两粒子弹射进了尸体的侧身，另外两粒嗖嗖地掠过了托马斯的头顶。它们产生的超声波激荡着他的耳膜。

去他的，现在不是对自己的行为反思甚至后悔的时候。快拿过枪和子弹，让更多的混蛋落得和他们这位朋友同样可悲的下场。

死者的自动步枪——一支M16，托马斯在电视的历史频道节目里记住了它——躺在尸体另一侧的地面上。他伸出右手抓住枪带把它拉到了近前。不过离开了子弹，枪支是不管用的，而这人的子弹都在他身上携带着，就像猛蝎一样。托马斯开始去扒尸体上的背心，可是又一颗呼啸而过的子弹让他改变了主意。他干脆攥住衣领，拽着尸体回头向那道浅沟爬去。这人的体内淌出的肠子像长长的绳索拖在他们的身后，托马斯对此全不在意。

乔纳森又一次试图用话机接通他们当中的任何一个，其结果只是大声地诅咒这持续的静默。他怀疑休斯他们是不是都死了，不过如果是那样，在那里坚持向外射击的又是什么人呢？考虑到枪声的激烈程度，乔纳森觉得休斯失去联络或许是可以理解的，但是维妮丝像今天这样脱离岗位却毫无道理。

他爬上了最后一道山坡，看见了那些袭击者针对小木房组织进攻的规模。这真是名副其实的一场战争。

伊万的战术是显而易见的。他们摆了个开阔的 V 字阵型，从小木房的前边和右边发动进攻。乔纳森估计房子的后面也有敌人，不过从他这个角度看不到那一侧。他再次痛切地责备自己低估了对手。在有关伊万的情报十分缺乏的情况下，也许乔纳森再怎么做也好不到哪里去，可是这改变不了他在战术和策略上处在了下风这样一个事实。

他按下了通话键。"嗨，鲍克瑟，你快赶上来了吗？"

"就在你身后，头儿。"鲍克瑟几乎是贴着他的耳朵回答道。

乔纳森一惊。"真该死，不要开这种玩笑。"

鲍克瑟咧嘴笑了。他很快正色道："形势看着不大妙。"

"是啊，来，听我说。"乔纳森向鲍克瑟说明了他的打算。

在多姆听来，空油桶倒地的声音不啻是惊天的霹雳。它反射在地道的水泥墙面上，如同是在大峡谷里回荡的一声炮响。

扭身逃跑不是选项，如果维妮丝陷入了麻烦，他就必须出手相助。原地踌躇观望也不是选项。许多年前一位橄榄球教练说的话响在了他的耳畔：只要你不去向前突破，就等于你是在向后退缩。在袭遍全身的恐惧之中，多姆觉得这句话可以改为：只要你不逃出这条地道，就等于你是在拥抱死神。

多姆再次利用手机的光亮穿过消防站地下室的各种杂物，悄悄地沿着楼梯上到了当年晒水龙带的塔楼，又从那里穿过了设备间。来到行政办公区会客室的门口后，他屏住呼吸把门推开了一道缝，打量里边的情景。一切都和往常一样，干净整洁，井井有条。街上的路灯透过窗户把一大块平行四边形的光亮投进了室内，多姆借助它能够辨清家具的轮廓。没发现破门而入或是打斗挣扎过的迹象。

揣着一颗怦怦乱跳的心，多姆站在门旁等了等，想看看他刚才的鸣金入场会造成什么样的反应。少顷，他轻轻地闪进了穹顶的会客室。他踩着松软的波斯地毯，向那根堪称古老的黄铜消防杆和围绕着它的螺旋形楼梯走去。刚走到屋中央的那圈沙发和椅子旁边时，他听见后门外边传来了嚓嚓的脚步声。他的全身都僵住了。

从他站立的位置能够毫无遮拦地看到后门上半部的那一整块竖框玻璃。透过它的薄纱帘，多姆发现一个朦胧的人影立在门外，似乎也正在向里面窥视着他。那人侧过身用肩膀去推门。门框吱嘎作响，但是它上了锁。

多姆不禁暗自叫苦，他已经明晃晃地暴露在了对方眼下。他呆立在那里，看着那人向后退了几步，冲上来用身体使劲撞击那道门。门外的水泥地面发出了轰然的回响。再撞这么一次，这个不速之客就该正式进入会客室了。多姆·丹吉洛神父，一位虔诚的和平主义者，蹲下身体准备自卫了。刹那间，部队的长年训练塑造的基因在他体内全然苏醒了。

第三次撞击真的奏效了。伴随着玻璃和木框的碎片，一个壮汉在撞开的门口踉跄着。他的手里有一把枪。

多姆直奔前来，没等这个人找回身体的重心就照他的脸上猛击了一拳。多姆随即攥住闯入者握枪的手腕，绕过左臂紧锁住他的咽喉，身子向后把他拖进了屋内。他的手枪掉在了地上。

那人的喉咙可怜兮兮地发出断续的咳声，多姆却并未罢休。这位神父不曾料到，在紧急关头他的动作可以如此的迅捷利索，甚至还带有一种优雅的美感。多姆继续扣住那只已经没有了武器的手腕，按照反关节的技巧向外翻拧同时向后扳压对方的胳臂，接着用膝盖突然发力，一下子弄断了他的肘部。骨折的咔嚓响声和闯入者倒地后的痛苦挣扎，无疑宣告了多姆的胜利，但是这家伙的叫喊声也是一个不小的麻烦。多姆又照他的脸上狠踢一脚，终于让他安静下来了。

这场格斗前后用了不到十秒。

45

鲜血和粪便的气味与恐惧的滋味混杂在一起，令人几乎喘不上气来。爬进了门廊下边那道土沟的托马斯，只希望噩梦尽早结束。他贴住地面趴着，用颤抖的双手在拖来的尸体上掏出弹夹装进自己的背心口袋。糊着鲜血的手指变得溜滑，抓起弹夹来不大容易。他的头顶上，木房子的门廊在密集的枪声中发出震颤。

装上六只弹夹后，托马斯停手了。他无论如何也受不了继续把这具尸体摆弄下去。

他沿着浅沟爬到了前门廊的尽头。接下来他应该——怎么着？爬起身不是马上就要被子弹打成筛子吗？趁敌人没防备跃出窗台滚下门廊躲进沟里是一码事，现在要反向重复这个过程肯定就没那么容易了。他觉得自己已经充分暴露在了敌人的火力之下，处在茫然无助的状态之中。

"托马斯！"

一声高喊压过了周围的喧嚣，把他吓了一跳。

"托马斯，你没事吧？"是他的爸爸。

"我在这儿呢！"托马斯喊道，"我拿到枪和子弹了。"

"快回屋里来！"

"怎么回呀？"

"托马斯，待在那儿别动！"他妈妈在喊。

爸爸吼道："绕到房子后面去！从你那个门廊边上向后——"

一阵连射击碎了托马斯头顶的门廊地板，这些家伙已经锁定了他目前的位置。他需要转移，马上。唯一可行的方案，就是以最快速度从沟里跳起来向房后奔跑，但愿那里没有成百上千的敌人在迎候着他。

"托马斯，快点按我说——"

"我听明白了！"他喊道。那些坏蛋当然也听明白了。猛蝎究竟在哪儿？

他跪了起来，屁股撅起了一点，双肘仍然贴在地面，抬头观察前方。闪射火光的枪口后面已经清晰可见移动着的人影了。他们组成了一个长长的单排平行阵型，向木房子、向托马斯压了过来。从他的角度视线有些扭曲，看不清他们离得究竟多远，不过大体上还在四十米开外。

凭着一时的直觉，托马斯把他的新枪抵到肩上，枪身依托在沟边，瞄准了一个目标。他严格遵循训练时的要求扣动了扳机，并在 M16 以自动连发模式射出一长串子弹的同时，一跃而起跳出了土沟。他击中的那个目标像是被撕烂了衣服的布娃娃一样扑通倒下，离这家伙不远的四五个人连忙卧倒在了地上。

托马斯这里成了整个战场上最集中的火力目标，成排的子弹倾泻在门廊角落的木板和地面上。用尽全力跃出小沟的托马斯落在不远处的草地上，结结实实地啃了满口的泥土。他身后刚才隐藏的地方已经在持续的弹雨下面目全非了。托马斯趔趄着起身，双脚踩地后迅速向房子的拐角跑去。

仅仅跑出了三步，他感到浑身一震，大腿受到猛然一击，正在跑动的脚不由自主地向上踢去。恐惧和痛苦驱使托马斯发出了惨叫。

查理·沃伦试图用手机联系他的手下，却一直没得到回应。维妮丝从他的眼神和声音中感觉出他有些慌乱。他瞪着维妮丝问道："这是怎么回事？"

全身不能动弹，一切在这个看来对她必杀无疑的家伙掌控之中，所以维妮丝对他的问话的选择是一言不发。

"你认识一个神父吗？"查理又问道。

"旁边就是一座教堂，"她说，"这是个人口不多的小城。"

"一个神父到这儿来干什么？"

维妮丝摇头道："我不知道。"

"给他喊话，告诉他你现在很忙，不希望被人打搅。"

这真是异想天开，维妮丝心想，为什么她要喊话？

"快点喊。"查理·沃伦重复道，这次他的手枪顶住了维妮丝的脑袋。"如果我看见有人影进来，我就对你开枪。"

"多姆！"她喊道，"是你来了吗？"别的不论，也许她的制止能救多姆一命。

没人回答。

"这是那个神父的名字？"沃伦问道，"他叫多姆？"

维妮丝点点头。

"告诉他离远点。"

维妮丝深吸了口气。"多姆，如果是你的话，我现在还真是一点空都没有，忙得不行了。"

还是没人回答。

"也许刚才那个声音没什么特别，"维妮丝说，"可能是一幅画从墙上掉下来了吧。"

沃伦怒气冲冲地瞪着她说："一幅画能发出喊叫吗？"他离开维妮丝走到门前，掂了掂手里的枪，"不论是谁，就等着挨枪子儿吧。"他握住把手，拉开了门。

即使是枪声大作，还有斯蒂芬森在高声呼喊，盖尔还是听到子弹击中了托马斯。那是噗的一声，听起来湿漉漉的。不仅是盖尔，大家都听到了。朱莉尖声叫道："噢，上帝啊！托马斯！"

斯蒂芬森一瘸一拐地扑向那边的窗户。

盖尔喊道："斯蒂芬森！不！我去救他！"

"他是我的儿子。"斯蒂芬森喊道。一句话已经说明了一切。他在窗台上撑起身体，咣的一声砸落到了外面的门廊上。

朱莉去拽他的脚踝，可是没抓住。

枪声更加激烈了。如果不是有厚重的圆木墙，他们早就被子弹撕成了碎片。

盖尔蹲下来穿过屋子，向斯蒂芬森跳出去的那扇窗户移动。突然，她想到那就是杰西被子弹爆头的地方，如果让第二个人也死在那里可太晦气了。她折返到自己守卫的窗户，翻身跳进了后院高高的草丛当中。

她咬住牙关，准备迎接一场倾盆的弹雨。

只剩下自己一个人留在了屋子里，前所未有的恐惧让朱莉头晕目眩。托马斯和斯蒂芬森两个人都在外面经受着敌人的扫射。她绝不能失去他们俩。

猛蝎哪去了？他那个令人讨厌的朋友哪了？他们怎么敢把她丢在这里不管？甚至她自己的家人现在也都丢下她出去了。她不想就这么死去。

她的目光固定在了门前的引爆器上。那些一按就咔哒作响的东西。威力巨大的霰弹。他们的最后手段。他们的阿拉莫要塞。

挽救她家两个男人生命的唯一途径。

但是猛蝎也许正在外面和那些袭击者厮杀。

"不要随便碰这个东西，除非听到我喊——"喊什么来着？管他呢。她怎么知道猛蝎目前是不是还活着？

她顾不得其他了。

光是听她的喊声，多姆就知道维妮丝处在了危机当中。她喊的这些话完全不符合她的特性。她需要他的帮助。

但是，由于无所适从，他仍然怔在原地。他明白这是个圈套。如果他穿过这道门，只有上帝知道会发生什么。他将吃上一颗子弹，很可能。然而在维妮丝身处险境时他站在这里不动，这无疑是一种——懦夫的行为。他怎么能——

转动的门把手消除了他的疑虑。多姆躲到了门的折页一侧等待着。这道门是向里推的。一听到舌簧滑出了门锁的孔眼，他旋即用全身的重量向着结实的门扇撞去。

正如希望的那样，多姆的突然撞入使对手失去了平衡。他向后踉跄了两步，差点没摔倒。不过和刚才楼下那人不同，眼前这家伙动作敏捷，步伐灵活。多姆抓住他的西装，想把他拖倒在地板上，可是这家伙却一个旋转摆脱了上衣。好在他从袖子里抽出胳膊时把手枪扔掉了。

那人摆出了散打的预备姿势，多姆明白自己遇上了麻烦。尽管有从军时的训练，然而在与这种专业杀手的徒手格斗中他很难占上风。他祈祷手里有件武器，而就在这一瞬间他瞥见了对手扔在地板上的手枪，那是他仅有的希望。

对方先出手了。他似乎读懂了多姆的念头，像条蛇一样摆动着右拳直捣神父脸部的左侧——地板上的手枪那一侧。多姆向右闪过了这一拳，可是右边的下脸颊却正好被那人一记凶狠的左勾拳所击中。他听见了咔嚓的折断声，鼻腔里嗅到了浓烈的血腥味。

多姆被这拳打得向后趔趄了几步，后膝盖撞到了咖啡桌后不由得跌倒在地。他清楚地知道自己的下颌骨折了，他也知道那支手枪还在地板上。他能看见枪，如果他的胳膊再长一点，只要四英寸，他就能摸到它了。

但愿他还能动弹，不，他必须动弹。他要拼死救下维妮丝。他侧过身全力伸直胳膊去够那支枪，肩膀都快脱臼了。如果不是多姆的前额又被重重地踢了一脚，他大概就抓住手枪了。他的眼里冒出无数的金星，感觉自己正在阴阳交界的地方拼命地挣扎。

视力终于清楚一点了。多姆看到手枪已经回到了那人的手里。

他听见枪声响了。

绿色旅越来越占据了优势。他们已经离开森林向前进攻，手中的武器不间断地射击，火力完全压倒了木房子那边。

376

乔纳森此时的计划并没什么复杂微妙之处。他和鲍克瑟向两侧分开，迅速接近敌人，集中力量重创进攻队伍的右翼。乔纳森向左迂回，从后面接敌。鲍克瑟向右迂回，抢到敌方阵型前面斜角度包抄。如果进展顺利，他们两人就能很快形成对右侧敌人的V形火力网，把这些家伙撵向其左侧。

　　低身蹲行是乔纳森的长项。他设定了三连发模式，把步枪顶在肩头，每看到一个敌人就向他扣一次扳机，弹着点是对方的躯干中心。他没空去确认敌人的死伤状况或是担心他们是否会重新跳起来抓起武器。

　　战场的声音有其自身的韵律，枪声的时而密集时而稀疏并非出自人们事先的排练，不过它可以让人们从听觉上了解战况的进展。在敌人尚未察觉的情况下准备干掉第三个目标时，乔纳森忽然感觉战场的节奏有了变化，枪声出现了一个新的高潮，而且听起来并非是随意乱射一通，射击的指向性很明确。他朝右边观察，透过灌木丛正好看见有人向木房的侧面奔跑，只是很快就被子弹击中了。

　　乔纳森恶声恶气地骂了一句，便想尽快重新搜取猎物，可是房子那面又出现了新动向，引发了一阵更为密集的枪声。天啊，这是一个休斯想去救另一个休斯。

　　乔纳森需要增援他们，把敌人的火力吸引过来。他又把枪托顶在肩上，瞄准一处喷射火光的枪口连射了三发子弹。那处火光摇曳了两下，旋即归入了黑暗。

　　木房子旁边不远突然闪出一道炽烈的强光，乔纳森一惊，随即便听见克雷默地雷独有的那种轰然一响。房子的左侧也就是进攻队伍右翼那片森林和院子里，不论原来都是些什么，此刻必定全都是千疮百孔了。

　　乔纳森从耳机里听见鲍克瑟喊道："这是谁他妈的——"

　　没有预料中的弹雨。盖尔甚至在跃出窗户还没落地的时候，就准备着自己被对面的子弹打穿几个洞。可是不知怎的，没人向她开枪。

盖尔没有停下来寻找其中的原因，也没有为此去感谢上帝，甚至是几乎就没想这件事。她的团队里有一位已经牺牲了，还有两位受伤了，她要把他们安全地救回来，这是她的职责。

盖尔四肢着地爬到后院的墙角，又转向房子的侧面，发现托马斯躺在不远处的地面上痛苦地扭动着，还对着夜空发出难听的咒骂。他的爸爸趴在托马斯身上掩护着他。他们都还活着。盖尔抬头发现袭击者已经离得很近了。他们明目张胆地跑上前来，发起了快速冲锋，以可观的、可怕的速度缩短着与木房子的距离。他们目前是L阵型，从房子正面和左面紧逼过来。

这里的进攻如此猛烈，而房后却没了任何枪声。盖尔终于明白了，开始时火力集中在房子后侧，那只是一种佯攻，为的是掩护他们在房前和左侧完成进攻部署。

然而还不止这些，盖尔意识到，他们是在掩盖发动这次袭击的真正目的。"啊，我的天哪，"她大声地叫了出来，"他们是想——"

突然一道炫目炽烈的白光。她周围的世界瞬间不知了去向。

第一颗克雷默地雷的响声还在院子里回荡，第二颗又响了。这次是设在房子正面左边的那一个。在夜视仪的绿光中乔纳森看到，前边的敌人还有植物在呼啸飞来的那些小钢珠面前统统失去了招架之功。真个是狂飙突进，摧枯拉朽，在克雷默的弹幕掠过之处，没有幸存者，没有幸存的任何东西。

战场上摸爬滚打三十年了，这还是乔纳森第一次位于克雷默地雷的受弹面方向，爆炸的分贝值大大超出了乔纳森根据以往经验做出的预判。只要你听见了爆破的声响，就说明你还没被炸死。

好景不长。这一次乔纳森恰好处在了克雷默的扇形射杀角度外面不远的地方。他明白，下一颗地雷的杀伤范围就要把他包括在内了。

他猛拍一下胸前的送话键。"鲍克瑟，快——"

话音被又一声爆炸打断了。

在木房子里，朱莉几乎忘掉了需要按压三次引爆器手柄才能让地雷起爆。开始时她只按了一次手柄，不见动静后她很快又按了一下，结果还是令她失望。这一次，她快速地连压了三下，震撼夜空的巨响吓得她尖声大叫起来。

在引爆前，朱莉在她的有限认知范围内也还是做了认真的考虑。她想到袭击者靠得太近的话，就会越过房外设置地雷的地方，地雷对他们就构不成威胁了。如果现在不起爆，她担心到时候敌人会不会攻到了地雷的背后，或者是斯蒂芬森和托马斯会不会移动到了地雷的前面。

朱莉不做更多停顿，转向了第二只引爆器，而且这回是首次就按了三下手柄。这颗地雷的起爆位置在她的视线范围之内：先是一道强光，随即是遮天盖地的烟雾，紧接着就是令人丧胆的巨响。

她又挪到第三只引爆器前，双手抓住手柄，缩起身子躲在墙后一边按压一边大声数道："一、二、S——"

没等喊完三，比前两次的声音不知大了多少倍的爆炸声轰然作响，不过它瞬时就夺去了朱莉的听力，使她没能更久地去体会其威力。小木房里的一切都化为碎片，崩到了空中。

朱莉不仅失去了听力，还有她全部的知觉。

多姆以为自己死了。他应该是死了。那个杀手还能射不中他吗？他感觉有双手有力地晃着他的肩膀，一个似曾熟悉的声音在喊："神父？神父！天啊，你还好吧？"

声音变得逐步清晰，随后眼前的人影也变清晰了。是道格·克雷默警长。

"我活着吗？"多姆问道。

"你遭到枪击了吗？"警长反问道。

多姆全身酸痛，可能是挨了个枪子儿吧，不过说实话，他真的搞不清楚。他仰面躺在维妮丝办公室的地板上，扭头向左看去，只见那个闯入者趴在地面，扭曲的脸涨的通红，身体也显然是由于疼痛而来回扭动着。"我的腿没有知觉了。"那人喊道，可是道格警长不为所动。多姆的目光越过这个家伙，看到维妮丝被紧紧绑在了椅子上。

"我收到了你的短信，"道格解释道，"赶到这里时正好碰上有个家伙想从前门往里闯。我把他还有你那位昏迷不醒的朋友都铐在下面的楼梯上了。我上楼后就观看到了你们这场小小的打斗。"

维妮丝恨不得立刻摆脱胶带的束缚，晃得椅子直跳。"快把我松开，"她说，"请快点。迪格需要我赶紧回到电脑前面。"

道格仰起脸，看看四周。"迪格？"

"你们得救救我。"沃伦哀号道。

"救护车在路上呢。"道格说，然后又问道，格哥在这儿吗？"

多姆跑过去查看沃伦的伤口。他把那人翻过来，领带拽到一边，又扯开了衬衫的纽扣。首先看到的是子弹的出口，就在右侧乳头的上边一点，而子弹的入口则刚好在后面的脊柱部位。"你能告诉他们快点吗？"下颌的粉碎性骨折使多姆的话听起来含糊不清，"再不抓紧，他的血就流光了。"

"我只能呼叫他们，不能代替他们开救护车。"道格说。远处响起了警笛的声音，而且是此起彼伏。当然了，枪击事件在渔人湾绝对是了不得的事情。

道格从裤兜里掏出一把瑞士军刀，先割断维妮丝胳膊上的胶带，接着把她的双脚也解放了出来。

维妮丝立即跑到了键盘前。"但愿我还来得及做点事情。"她祈祷道。

46

　　"这些该死的混蛋，"鲍克瑟在话机里大声喊道，"他们把那颗雷转过来对准了木房子！他们竟然有干这个的工兵！"

　　这是伊万采取的颇具预见性和冒险性的一招，它又一次让乔纳森感到出乎意料。"能做出死伤状况的初步评估吗？"从乔纳森的位置目前能看到的，仍然只是尚未散去的烟尘。

　　"数不胜数。"鲍克瑟用一个老兵冷静单调的语气答道，"过一会儿我可以报告得更具体。"

　　数不胜数。这样的描述乍听是空泛的，可是它却说明了一切，而且也符合刚才展现在乔纳森眼前的场景。

　　长夜重新陷入了宁静。刚才在战斗中处在不利地位的时候，乔纳森当真是捏了一把汗。竟然是朱莉——除了朱莉不会是别人——出于对敌人占了上风的恐惧，不自觉地揭示和利用了伊万·帕特里克在训练队伍时的一个关键性失误：袭击者们相互间靠得太近了。面对死亡的危险时愿意和同伴抱团，这是人类的天性，而在战场上这种天性又是必须克服的。敌人越是聚堆，克雷默地雷的威力证明得就越充分。就今晚来说，一颗克雷默的杀伤力看着就像是超出了一个师的兵力。

　　乔纳森的听力逐渐正常了，周围的静谧让位于受伤者一片鬼哭狼嚎的惨叫。地上遍布了尸体和残缺的肢体。只要遇见还活着的敌人，乔纳森就缴下他们的武器，把他们留在原地。"救援人员很快就到了。"他每离开一个伤者时都这样告诉他们。他对俘虏这些人不感兴趣，此刻也没有时间和人员来看管他们。他们要能活下来当然是个造化，如果等不到救援就死了，那是他们甘当坏人的代价。

他的耳际噼啪响了两声，接着传出了维妮丝的话音："猛蝎，这是鸡妈妈。收到了吗？"

"你这是跑哪去了？"乔纳森吼道。

"三言两语说不清楚。"她说，"你那边的情况怎样？"

"还不很清楚。我们的人至少有一个是倒下了。敌人的死伤更惨重。我们还在清理战场。"

"大个子怎么样？"

没等乔纳森说话，鲍克瑟在耳机里开腔道："再好不过了，谢谢你问到我。猛蝎，托马斯这孩子伤势挺重，我们应该尽快把他送医院。"

"房子里面的情况如何？"

"还没来得及查看。我必须先给小伙子止血。发现伊万了吗？"

一个自然而然的问题，不过现在提出来为时尚早。"到目前还没发现，不过我这里有许多七零八落的肢体部件，把它们拼起来辨认是要花些功夫的。"

"要小心可能没混在大队人马里的家伙。"鲍克瑟警告道。

很有道理，不过乔纳森没有作答。那些漏网之鱼也许正在全速逃往安全的地方。

维妮丝说："运输工具已做好了准备，就等你一声令下。"

"我们那位特殊客人呢？"

"我了解过了，很紧张，不过他也急着出发呢。"

"让他们现在出发。他们落地前十分钟，你再打第二个电话，把要客请到这里来。"

"明白。"维妮丝使用军事术语时总是有点呆板生硬。她那头的背景声听着很杂乱。

382

乔纳森又按下了送话键："你那边怎么回事？我听到有很大噪音。"

她迟疑地说："你照顾好自己吧，过后我们再向你报告。"

"'我们？'你那里还有谁？"

"我刚刚收到了更新的卫星图像。"维妮丝回避了他的问题，说道，"先看看红外成像的，噢——天啊，迪格，你那儿发生了什么？"在红外线画面里，热量信号越高的东西比周围背景的颜色越淡。飞溅和流淌的鲜血在红外成像图案里有着它独具特色的形状，乔纳森估计维妮丝是看到了战场上某个局部血流成河的影像。

"你就快把救援队派过来吧。"

乔纳森重新把枪抵在肩上，缓缓地转着身，仔细查看周围是否有任何危险的迹象。一切都还是刚才的样子，没有什么异常。

他开始向木房子走去。

房子前门的右侧已经被迎面射来的克雷默地雷炸得面目全非。门廊不见了，变成了一堆散落在房前的碎木块。一团不大的火苗还在这些刚被炸药堆出来的木头里面燃烧着。从地面留下的爆炸痕迹判断，敌方的工兵不仅仅是把克雷默转了个方向来对准房子本身，而且为了增强它的摧毁力，还把它向前挪到了距门廊只有十米左右的地方。

尽管如此，走到近前时他发现墙壁的主体部分还在站立着。虽然已是千疮百孔，但是厚重的圆木墙总的说来还是扛住了克雷默摧毁性的打击。正对着地雷方向的右边窗户周围却是个例外。窗框边上大片大片的木头都被削掉了，窗户上沿还留下了一个大约一英尺直径的豁口。很难想象从这扇窗子飞射而入的那些钢珠弹会给房间内部造成什么样的破坏。

"朱莉？"乔纳森喊道，"你在里边吗？外面现在已经安全了。"没人回答。

乔纳森担心着屋里的情况，从草丛里捡起一块烧焦的木板垫到门廊的残骸上，费力地登到了上面。他挎着晃动的枪支，用手够到窗台下沿撑起身子，在肩膀和小臂的共同用力下钻进了窗户，双脚踏在了一个小时前还很温馨的起居室的地面上。

此时，这里已是一场大浩劫过后的景象。没有一件物品是完整的，也很少有几样东西能看出它原来是什么。克雷默钢珠弹摧毁了屋里的一切，大概这不仅是由于它们最初的迸射，还因为它们从这面墙到那面墙之间的来回反弹。

"朱莉？"他又喊道，"朱莉·休斯！你在这儿吗？"

他踢开破碎的家具和玻璃器皿，走到了自己安放了引爆器的地方。果然，她在这。

朱莉向右侧倒在墙边，脑袋以奇怪的角度歪斜着靠在了圆木上。她被颜色发黑的一股鲜血糊住了耳朵，弄脏了头发。乔纳森迅速来到她身边，蹲下身子，摘掉手套去摸她的颈部脉搏。乔纳森不禁莞尔，他的指尖感觉到朱莉的颈动脉还在有力地跳动着。他用手掌拍了一下了送话键。

"全体注意，我是猛蝎，我发现了托马斯的母亲，她看着还行。失去了意识，但是脉搏稳定有力。"鲍克瑟会明白其中含义，也许维妮丝也会。除非有目前观察不到的严重脑内伤，朱莉应该没有大碍。他站起来走进厨房，看到杰西的尸体躺在那里。天啊，这几个人经历了一个十分艰难的时刻。"托马斯怎么样？"

鲍克瑟答道："他伤得挺重，但生命体征不错，以后他的腿和我的不会有什么两样。"

乔纳森深深地吸口气，屏住一会儿又慢慢地吐了出去，内心里觉得宽慰。

"嗨，猛蝎，"鲍克瑟补充道，"女警长也倒下了。目前没有意识，我不知道她的状态究竟如何。"

后院有动静。乔纳森敢肯定，是有人在跑动，从右边跑向了左边。

"大个子，我是猛蝎。"他说，"休斯父子和你在一起吗？"

"是的。"

"你们是在房子的后边吗？"

"不，我们是在侧面。有什么问题需要我知道的吗？"

乔纳森蹲下身向后窗移动。"我觉得后院有点情况。我去查看一下。"

"我这里一时还离不开，头儿。我还在处理孩子的伤口呢。"

"不要紧，"乔纳森说，"你们不在房子后侧，我就不用担心误伤自己人了。"

乔纳森从后墙的一扇窗跳了出去，一个滚翻双脚着地后立即蹲伏，将M4枪顶在肩上仔细搜寻目标。

地上陈列着一些尸体，却不见活动的人影。他按下键子低语："鸡妈妈，我是猛蝎。"

"请讲。"

"最新的卫星图像里有什么？"

短暂的停顿。"我没看出有什么变化，"她说，"不过在四分钟的空当里——"

她用不着把话说完。四分钟的空当里，地面上会有许多变化。

他迅速地在脑子里进行分析。也许这家伙只是想从这个鬼地方逃出去。乔纳森当场就否定了这个假设。不说别的，他逃跑的方向就不对。房子后面除了一个很窄的院子，剩下的就是光秃秃的陡峭山坡，爬这样的山坡很难隐蔽自己，也很难加快逃跑的速度，摆脱别人的追捕。

他明白了。"大个子，我认为这家伙是奔着GVX去了。"

"五分钟，"鲍克瑟说，"五分钟后我就能赶过去。"

"他可能是伊万。"乔纳森说。

"那就四分钟。"

乔纳森喜欢一对一和伊万狭路相逢。他能有这样的运气吗？不过这是说得通的。在明显占了上风的情况下，伊万有什么必要非要在一线指挥冲锋呢？既然伊万需要的就是那份细菌样本，他又何必留在战场来冒死亡的风险呢？

"猛蝎？"鲍克瑟在话机里喊道。

"你就在那儿吧，"乔纳森说，"我要追上去。"

"别轻举妄动，伙计。"鲍克瑟说。他用的是一种乔纳森过去很少听到的祈求的口吻。"也许你看到的就是一个喽啰,你不能肯定那就是伊万。即使那就是伊万,他也已经困在这里了。除非他想现在就逃出去,否则你什么都不用做。等到增援力量到达后,我们就可以集中搜捕他。"

增援力量——如果能够这么称呼他们的话——要一个小时或者更长时间才能到达。这段时间里可能发生任何事情。乔纳森一把扯下了耳机,任它在胸前来回摆动。他知道自己这么做的风险。他知道孤身一人来搜查像那间仓库大小的一幢建筑是个愚蠢的举动。上帝一定清楚,乔纳森过去甚至讲过这方面的课程,至今他还能对有关的规程倒背如流。可是,当你有机会与折磨和杀害你妻子的凶手相遇的时候,这一切都不重要了。也许,乔纳森所以不希望获得帮助,是因为他不想让别人见证他会对那个杀手做出什么。也许,乔纳森所以置个人安危于不顾,是因为比自己活着更重要的,是不能让那个混蛋自由地活下去。

或者,干脆就是不能让他活下去。

乔纳森悄无声息地穿过后院,在仓库门前停住了。他还是想不出一个万全之策。综合考虑各方面的因素,乔纳森实际具有一点微弱的优势。他白天进入过仓库,了解它内部的大致格局,而伊万却是第一次来这里。乔纳森还知道GVX样本存放在什么地方,伊万却只能凭着猜测在里面乱翻一气。

好吧,就算乔纳森确实占有一点优势。问题是,这点优势只有在安全地进入里面并躲避在隐蔽物之后才能发挥作用。尽管是黑夜,然而你在仓库的门框里亮相的那一瞬间,就如同是胸前贴着"向我射击"这样几个闪光的大字。特别是这道门只能向外拉开,这比向里推的那种门难度更大。

他把M5挂回枪带上,解下了莫斯伯格霰弹枪。莫斯伯格的大号铅弹在近距离枪战中是有巨大威力的,而霰弹的弹粒击穿细菌贮存罐的可能性相对要小得多。

乔纳森准备好武器后站了起来,绷紧了身体。大胆闯入,快速隐蔽。这就是他的计划。

他用左手把门拉开了一半，身体旋即闪进了仓库的黑暗当中。迈出第三步时，他就听到了装有消音器的自动武器连续的射击声——根据它的超高射速，乔纳森判断是Mac-10冲锋枪。由于消音器的缘故，冲锋枪的射击听着像是有人在熟练地用双手洗扑克牌。倒是子弹击中他身后那面墙壁的声响比它们出膛时大出了一倍还多。

乔纳森一个鱼跃，落到了支撑仓库棚顶的一根圆木柱子后面。在飞过这一米多远距离的过程中，他感觉有颗子弹划破了自己的衣袖，还有一颗子弹把他的靴后跟打碎了一小块。他很快把身体缩在圆木柱子后面，喊道："是你吗，伊万？"

回答他的，是又一阵疯狂的射击。成串的子弹噗噗地钻进了柱子。

"哇！"乔纳森嘲讽道，"我还以为会遇到一个神枪手呢。"

比起刚才来，这次的射击时间很短，表明对方的弹夹打空了。乔纳森的机会。他跳起身冲进黑暗深处，躲到了卡车后面，把这辆卡车变成了他和杀手之间的一道屏障。如果对手换弹夹时低下了脑袋，他就没看到乔纳森转移到了什么地方。现在需要的是保持安静，是竖起耳朵倾听。

在卡车的另一侧传来了轻微的嚓嚓声，是脚步蹭在仓库泥土地上的声音。乔纳森趴到地上，从卡车底盘下面看过去。如果发现了什么，他就会果断射击，一双皮靴、一个人影、一声响动，什么都行。

又是嚓嚓的声音，这次是在卡车左边的远端。杀手正在朝乔纳森刚才脱离的圆木柱子方向移动，不过他也有可能是想绕过来占据乔纳森身后的位置。从脚步声传出的方位来看，两种情况都有可能发生。乔纳森面临着选择：或者继续隐蔽在原地，或者绕到卡车另一端以防杀手从背后袭击。后者的风险很大。

乔纳森不想陷入被动，因而决定暂时待在原处。他克制住了向发出声音的方向开枪的冲动。只有新手才犯这样的错误。如果你看不见对手，你击中他的可能性几乎就是零，而且这种射击等于是在向全世界宣告你自己的方位。

第三次传来的嚓嚓声还在左边的远处，已经越过了柱子所在的位置。这证明杀手是在向乔纳森的身后迂回。是不是应该——

轻微的"啪"的一声让乔纳森吃了一惊，一股白色的强光霎时驱走了黑暗。乔纳森迅速扯下了夜视仪，但是已经太晚了。这是一颗照明弹，它登时废掉了夜视仪的功能，炽烈的白光像无数钢针刺进了乔纳森的双眼。一时间，乔纳森失去了视力，也失去了黑暗的保护。他举起莫斯伯格，向最后发出过嚓嚓声的地方放了一枪，推上子弹后又朝略微偏左的方向放了一枪，再向偏右点的方向放了一枪，然后迅速钻进了卡车和地面的空当。

只能靠着摸索，乔纳森翻滚到卡车的另一侧爬出来，隐蔽在车身后面。他不安地意识到，只要对方的一颗跳弹击穿卡车上的某只细菌贮存罐，他们的这场枪战就会变得毫无意义。他一边近乎是狂乱地眨着眼睛，试图尽快缓解强光给视网膜造成的刺激，一边向车头方向挪动。在他的视力恢复之前，在他搞清对手在何处之前，他活下来的唯一机会就在于不停地移动。

不过，对手也是要付出代价的。当然了，在射出照明弹之前，这家伙肯定要扭过脸去用手遮住自己的眼睛。即使这人的视力没受损伤，但是在此刻这团白光中他想看清乔纳森也是不可能的。要想瞄准和射击，杀手就必须绕到卡车的乔纳森这一侧。

他会从左边还是右边绕过来？乔纳森从车旁向后退去，为的是开阔观察两侧的视野，同时也是要看住仓库的前门，防止杀手突然向外逃跑。刚刚退了两步多一点，他的后背就顶到了拖拉机的机身。这台拖拉机的上方正是——小阁楼。

乔纳森突然意识到第二个杀手就在他的头顶上边。也许是由于照明弹光亮中闪现的影子，也许是阁楼的木板出了一点响声，也许纯粹就是出于第六感觉，乔纳森垂直竖起霰弹枪扣动了扳机。恰在枪响的那一刻，那个杀手从上面几乎就是对着乔纳森那根锯短了的猎枪枪筒扑了下来。火药和火光在瞬间迸发，烧灼了乔纳森的眉毛和脸颊。杀手跌落在拖拉机驾驶室的顶罩上，却还没有失去控制。他迅速地跳到地面，举起了手里的贝雷塔9mm手枪。

乔纳森来不及思索，只凭直觉便明白他已来不及再把一颗子弹推上膛，或者是抽出那把点45手枪。他的手伸向了左肩下卡巴军刀的刀柄。他以最快的速度——肯定是快过了举枪瞄准的速度——抽出军刀向对手举枪的那只手砍去。锋利的刀刃割断了那人手腕的肌腱和神经，贝雷塔手枪掉在了地上。乔纳森又跨上一步，把军刀插入对方身体，割开了从腹部直到喉咙的一道长长的豁口。在照明弹投下的阴影里，喷涌的鲜血似乎是黑色的。那人直挺挺地倒下了。

乔纳森急忙转身，准备迎战另一个杀手，却没发现人影。

"迪格，你没事吧？"鲍克瑟在仓库另一侧的门外喊道，"我要进入了。"

"鲍克瑟，别——"

大个子低下身子闪进门内，又立即隐蔽到了右侧，与他的头儿在几分钟前的动作一模一样。"你已经干掉他了吗？"

"没全干掉。"乔纳森答道。

"你的模样看着糟透了。你干掉的是伊万吗？"

乔纳森摇摇头，用手点了一下鲍克瑟的位置，然后将手指向仓库的深处。他把莫斯伯格霰弹枪挂回橡筋枪带上，重新端起了M4自动步枪。面对这个方向的搜索，不用担心他的M4子弹会偶然击中卡车上那些罐子了。

如同以往在陌生环境里的无数次配合一样，他们两人在搜索中默契得像是一个人。高个子的鲍克瑟负责右边，矮一点的迪格负责左边。

鲍克瑟首先有了发现。他迅速立起身，握紧枪喝道："你被包围了！不许动！"

乔纳森奔过去，发现在圆柱旁边有一个人。就像刚才被他割开喉咙的那个家伙一样，这个人也躺在了一大摊血泊之中。鲍克瑟打开了步枪枪口的战术灯。灯光下清楚地看出，乔纳森那支莫斯伯格的霰弹在这人的脖子和左肩上至少留下了五个弹洞。从伤口的位置和形态看肯定是致命的。

鲍克瑟用枪捅了捅那家伙，问道："嗨，你还活着吧？"

"摸摸他的脉搏。"乔纳森说。

"我的手指可不碰这么恶心的家伙。"

乔纳森翻了一下眼珠，走进血泊蹲下来，抬起了这人的下巴。他的眼睛睁着，目光聚在乔纳森的脸上，而这两只眼睛的周边都没有伤疤——乔纳森一心要杀死的那人眼皮上的丑陋伤疤。

"伊万在哪儿？"乔纳森问道。

这个人露出了笑容。紧接着，他的瞳孔开始散大了。

47

人员转移的过程是顺利的。托马斯和他的父母，加上所有受伤的袭击者都运上了直升机。这架黑鹰和上面的八位平民身份的人员仅仅是在六分钟前着陆的，现在马上又要起飞了。只要有足够的金钱和管用的门路，就能在保守秘密的前提下解决所有各类的问题。再过一个小时，直升机将在辛辛那提的一家军队医院卸下这些伤员。这家医院的医生和员工们并不介意在不知情的情况下为伤者提供医疗服务。乔纳森与特种行动部门的历史渊源带给他的一个好处，就是形成了同海内外许多军事医疗机构的良好关系。

乔纳森看到休斯一家人先上了飞机就转过了身。他对鲍克瑟说："你也走，大个子。"

鲍克瑟仍然端着枪站在那里，眼皮都没抬一下。

"鲍克瑟，快上去。"

"我留在这儿。"

鲍克瑟的抗命比狙击手的冷枪更令人惊骇。乔纳森不禁想骂两句难听的，但是话到嘴边又变得温和了。"原定的计划就是如此。"他说。

"计划总是变化的。我不会把你一个人留在这里承担全部的责任。"

乔纳森叹口气说："你瞧，我很感谢你这份情谊——"

"那你就把嘴闭上，让直升机赶紧离开。我们这纯粹是在浪费时间。"

乔纳森斜跨出一步，正面直视着鲍克瑟的眼睛，哦，目光实际是游移到了他的喉结，说道："你受过战伤抢救训练，你可以在飞机上照顾那个小伙子和他的妈妈。"

"那架铁鸟上有一堆医护人员。他们不需要我。我不会让你一个人面对麻烦的，迪格。"

"这是我组织的行动，鲍克瑟，而且是我低估了敌人，现在要由我来做出弥补。你已经——"

"我不走。"

上帝啊，他们没有时间争辩了。乔纳森做出最后的尝试。"这么说吧，如果出现不测，他们把我扔进了监狱，你还得带人把我营救出来。"

即便是在黑暗中，乔纳森也能看见对方的眼睛里闪出了兴奋的火花。"砸开美国的监狱救你出来？这没门儿。"

"如果真的出现那种局面，我就全指望你了。"

鲍克瑟把目光转向远处，认真考虑着说："你明白劫狱是不可能成功的事情。"

"有你在，就没有什么不可能的事情。"

鲍克瑟哼了一声。"你这都是在瞎说。她怎么办？"他朝着盖尔·博纳维莉摆摆头问道。后者还在用双手抱着脑袋，显然还没从克雷默地雷造成的震荡中恢复过来。

乔纳森微笑道："你知道我一见到漂亮的女士就乱了章法，"见到没出现预期的笑声，他又说，"下一步就看她的吧，我们之间有过协定。"

鲍克瑟猛然直起身体，似乎比平时又高出了几厘米。他深吸一口气，又随着一声重重的叹息吐出气来。"我留下来。"他说，可是话语不甚流畅。他不习惯对自己的头儿说不。

乔纳森十分吃惊。他记得鲍克瑟有过借口推脱或是提出质疑的时候，然而这种公开的哗变他却是第一次遇到。

392

"如果我们需要越狱，我们就在里边一起干。"鲍克瑟把步枪挂回枪带，说道，"我的主意已定，就别再费神说什么了。"

只好如此，没什么说服的余地了。

这架军用直升机的驾驶员是乔纳森的一位老朋友。发动机启动了。乔纳森转身背对旋翼的气流，朝一个有点面熟的中年男人走了过去。这个人像是刚刚被人从床上拽起来，匆匆套上一条牛仔裤和一件灰色T恤衫跑到了这里。他的表情半是恐慌，半是疑虑。鲍克瑟在乔纳森身后保持着距离。

"你好，威尔·乔伊斯先生，"乔纳森友好地伸出还沾着血迹的手说，"很高兴见到你。"

这个人没伸手，只是扬起脑袋好奇地问道："我们彼此熟悉吗？"

"说熟悉有点过了，不过我们见过面。几天前在蒂伯·罗斯曼家的院子里。你是记者。"

威尔眯起右眼用力回忆着。"你是那位前夫。"他说。

"是的。"

这并未说明更多的问题。"这里究竟发生了什么事？"

乔纳森放弃了握手的努力，把双手都揣回了衣袋里。这是一种对客人不具威胁的表示。"在对你介绍这里的情况之前，你需要接受一个基本的条件。或者是你接受它，或者是我把飞机停下来送你回去。条件是，你可以写你在这里看到的一切事情，但是你不能披露今晚你接触的任何一个人的名字。同意吗？"

威尔答道："我无法同意这个条件。"

乔纳森有点夸张地按下了通话键："黑鹰，我是猛蝎。"

他拔下了耳机的插头，所以威尔清楚地听到了飞行员的回答。"请讲，猛蝎。"

乔纳森盯住威尔说："我们现在可以开始这一切，也可以马上结束这一切。你说了算，不过你不会再有第二次选择的机会。我们能成交吗？"

这位记者的神情说明他在心里快速地盘算着。"光是不写名字？"

"猛蝎，是有新的货物要发运吗？"话机里传出飞行员的声音。

乔纳森按下键子："请稍等。"他又对着威尔说，"这起事件的所有各方都必须匿名出现。没有名字，没有个人特点的描写，不能让任何外人认出当事人的身份。而且，你说到就必须做到，否则你是承担不起后果的。"

威尔站在那里思索着，身体由于紧张而有点发颤。"她是谁？"他用脑袋朝盖尔点了一下问道。

"我让飞机等着呢，威尔，你做这次采访还是不做？"

威尔长叹了一口气。"好吧，"他脱口说道，"我同意。"

乔纳森仔细审视他的面孔，然后又拍一下按键说道："黑鹰，不必等待了。晚安。"他对威尔露出笑容，问道，"我们说到哪儿了？"

"你该告诉我这里发生什么了。"

"先对我说说你都知道了什么。"

盖尔站起身蹒跚地走到了乔纳森身边。见到他关切的目光，她点点头表示自己不要紧。

威尔从口袋里掏出一只微型手电筒，在夜幕中亮起了一束灯光。摇晃的光柱落在了旁边的一具尸首上。"我的天啊。"他轻声叫道，接着抬起头望着乔纳森说，"几个小时前我在家里接了一个电话，说如果我想弄出一篇能让我出名的报道，就出来走一趟，司机在我的门口等着呢。我有两分钟没拿定主意，电话里又说这事关系到蒂伯·罗斯曼，于是我穿上衣服跑了出来。一个不怎么爱说话的家伙把我送到了米德尔堡的一处农庄，一架很大的直升飞机在等着我。一时间我还以为自己被绑架了呢。"

"我们飞了大约有半小时，飞机在另一个地方降落下来等候指令。我到现在也不知道这究竟是怎么回事，但是他们一再告诉我，如果我不打退堂鼓，就能挖掘到某种惊人的内幕，而且肯定是独家报道，没人能和我竞争。"他停顿下来，似乎是在权衡是否继续说下去。"说这些够了吧？"

乔纳森点头道："我认为你说的都是实话。"他吸了口气，为自己即将要做出的独白定了定神，"嗯，今晚我们所经历的，可以说就是一场战争——"

他谈了下去。对于整个事件的叙述并没有占用太长的时间，谈的都是些干货，具体的细节可以在以后的采访中补充。

威尔·乔伊斯认真地听下去，时不时地检查一下自己的录音笔，确保它还有容量继续录下去。乔纳森说完后，威尔问道："这个叫GVX的东西就在这里吗？"

"就在那边。"乔纳森指了指仓库。

"你把这件事告诉我的原因是——"

威尔的问话还没结束，一架驶近的直升机发出了震耳的轰鸣。

乔纳森对着发出轰鸣的方向点点头说："我对你说这件事的理由就在那里。"

夜空突然间变得如同白昼，百万烛光度的探照灯来回划过近旁的森林。

"这是什么人？"盖尔问道。这是她被地雷震晕后说出的第一句话。

"应该是联邦调查局。"乔纳森解释道。他又对威尔说，"我不得不警告你，FBI对这里发生的一切肯定很恼火。这类机密的泄露，会让山姆大叔觉得很没有面子。他们将动用强大力量阻止这些消息进一步扩散。"

"什么样的强大力量？"威尔问道。他在直升机旋翼刮起的大风中竖起耳朵等待着回答。探照灯发现了他们，把他们罩进了令人目眩的一圈强光当中。

"费边·康格在一件事上是正确的，"乔纳森用手遮住眼睛，转过脸喊道，"最有力的武器是事实。一旦秘密被揭露，再去千方百计守护这个秘密就没意义了。正因为这样，我才请一位记者光临了今天的晚会。"

鲍克瑟走上来站到了头儿的身边。"看起来这场晚会越来越有意思了。"他说。

直升机快要降到地面了。一只扬声器里喊道："立即趴到地上，伸开双臂和双腿，不准再动。"从它的音量判断，想必这就是上帝的声音了。

威尔的脸上充满了恐惧。"天啊,他们一定认为我也是绿色旅一伙的。"

乔纳森张开双臂,缓缓地也是故意地双膝跪在地上。"就目前而言,是的,他们会这么认为。"他对威尔喊道,"你应该完全按他们的要求去做。"

盖尔已经先于他们趴在了地上。"就听他们的吧。"她提议道。

威尔·乔伊斯怀着无比的紧张趴了下去,肢体摆出了一个大大的X。他的动作太匆促也太不协调,没引起误会挨上一枪算是幸运了。既然乔纳森全身都缀饰着武器,他不能像威尔那般愣头愣脑。当自己的脸颊终于贴在地面时,他对那个记者喊道:"相信我,威尔,十分钟后就没事了。然后你就会看到我们的计划是如何实施的。"

乔纳森听到了杂沓的靴子声,FBI的突袭队员涌上来包围了他们。乔纳森忍受着他们威胁性的叫喊,顺从地按照他们的命令趴着一动不动,甚至在他们粗暴地把他的胳膊拧到身后并用尼龙铐条铐住手腕时,他也未做任何抵抗。乔纳森听见威尔在旁边发出叫喊,后来又听见他连连道歉,至于其中的原因就不得而知了。在他的左侧,鲍克瑟也规规矩矩地任人制服了自己——毫无疑问这会省去大家的许多麻烦和子弹。

在这个过程中,大部分时间里乔纳森都闭着眼睛,以防他们的靴子把尘土踢到脸上。不过他还是瞥见了这些靴子裹着橡胶鞋套,而且他们的话音是从呼吸器里发出的,听起来就像是电影《星球大战》里的黑武士达斯·维德。显然这些家伙都穿上了全套的防化服,这表明多姆准确地传递出了消息。

铐上乔纳森的双手后,FBI的特工割断枪带,收走了他的突击步枪和霰弹枪,接着是点45手枪和卡巴军刀,然后又在裤腿口袋里搜出了点38手枪。最后他们一把扯下乔纳森的无线话机,把他扔在那里不管了。

即使呼吸器造成了失真,但是听着依然熟悉的一个女声说道:"让他们坐起来。"

有人把手插进他的腋下，扶起他变成了坐姿。尽管算不得特别惊讶，乔纳森对于FBI使用与军队同样的A级防化服还是留下了挺深的印象。至于记者威尔，坐起来看到自己被一群好似外星人穿戴的家伙团团围住，早已吓得魂飞魄散了。

乔纳森露出了他最为自命不凡的笑容。"是您吗，金刚狼？我喜欢您这套行头。不过您在这儿还用不着它，那些GVX贮存罐没有遭到损坏。"

外星人的头头向举着仪器的一个部下看了一眼。那是一种空气检测仪，专门用来检测化学或生物危害的。

"各项指标均为零。"那个手下人答道。

金刚狼命令道："防护标准降为D级，但是随时准备重新穿上防护服。"说完，她从脑袋上摘下兜帽，甩出了齐肩的头发。乔纳森知道她的发色是红的，不过在目前的光线下，你可以把它说成是任何颜色。

"好家伙。"威尔·乔伊斯认出了这个女人的面孔，不禁叫出了声。

乔纳森微笑着介绍："这是威尔·乔伊斯，《华盛顿邮报》的记者。威尔，请允许我介绍美国联邦调查局的局长艾琳·瑞夫斯。"

没人伸出手来握。威尔扬起头。"金刚狼？"

"那是过去传下来的称呼，"乔纳森耸耸肩说道，"局长喜欢我用动物的名称来称呼她。"

艾琳用一只胳膊夹住防护帽，另一只手叉在了可能是腰间的地方，有这套松垮的绿色防化服罩着，看不那么分明。乔纳森从她的眼睛里看到了怒意。"一个记者？"她说。

"不仅是记者，"乔纳森说，"他是蒂伯·罗斯曼的朋友，报道和蒂伯的死亡有关的消息。"

艾琳轮流打量着这两个男人，嘴唇抿得很紧。"你今晚杀了好多人，迪格。"她说。

"他们不向我开枪才对。"

"是你有意给他们设置了圈套。你这是一级谋杀罪，我应该逮捕你。"

乔纳森笑道："您也许是该这么做。我们可以请首席检察官和我的律师一道在会议室谈一谈，同时准备开个新闻发布会。"

"你应该给我们打个电话。"艾琳说。她又看着盖尔说，"你作为警官，当然更应该打电话报告。不过，你跑到这儿来究竟是怎么回事？"

"在过去的八个小时里，我每分钟三次向自己提出了同样的问题。"盖尔回答。

"我确实是向您报告了，"乔纳森把她们拉回了原来的话题，"不然您怎么会来这么个地方？还要说一句，欢迎光临。"

"你应该更早一点向我们报告。GVX样本在什么地方？"

乔纳森用头朝后摆了一下说："在那边的仓库里。"

"所有的样本都在吗？"

"据我所知是这样。"

"休斯一家人呢？"

乔纳森顿了顿，答道："不在这儿了。"

"在哪儿？"

他扬起了眉毛，等着艾琳自己把零散的一些图块拼起来。其中一些细节肯定是艾琳不愿意当着她的属下公开议论的。

艾琳对一个特工说："给他们松绑。"

那个特工有点迟疑，却并未提出异议。乔纳森感觉冰凉的钢丝钳触到了他的皮肤。咔咔两声，他自由了。又是两声，威尔也解脱了。接着是盖尔，最后是鲍克瑟。

"我需要我的无线通讯工具，请把它还给我好吗？"乔纳森知道现在先不要提他的武器。

艾琳点点头。话机回到了乔纳森手里。他重新戴上了耳机。

"让我们单独待一会儿。"艾琳对近旁的特工们说，"恢复A级防护标准。穿戴好服装，去搜查那个仓库。"

那个特工又踌躇了。"局长，我觉得——"可是他看到了艾琳的目光，"是，局长。"

"我们走走吧。"艾琳说完，沿着山坡向乔纳森刚才设伏的方向走了下去。

"你也来。"乔纳森对威尔说，盖尔的参与就自不待言了。乔纳森又向艾琳问道："又回到一线的行动现场了，感觉如何？"

她打开一只手电照着脚下的路，回答说："有好一阵没来过现场了。我喜欢这种感觉，可是突袭队的特工们却紧张得不得了。"

"没有人希望他们在场时让头儿出现意外。"乔纳森说。

走了不到三十米，艾琳站住脚，压低嗓门说："好吧，说出来让我听听。我知道你们有一个计划，而且是精心考虑的，现在就说说吧。"

乔纳森从来都十分欣赏艾琳的不绕弯子。他转向威尔提醒道："别忘了你的承诺。"然后，他对艾琳说："第一，您应当确保休斯一家不再被人打扰，立即停止对他们的所谓杀人罪行的侦查和起诉。"

艾琳摇起了头。"我不认为你有这个——"

"我没说完，"乔纳森继续道，"第二，凯雷工业集团签订了一些秘密合同，研发和生产各种生化武器，只有上帝知道这种行径违背了多少国际条约和国内的法规。我的朋友威尔打算对这件事予以报道，它的轰动效应是不言而喻的，您应当让有关方面做好充分的准备。"

艾琳看了看那位记者。他似乎已经还阳了，正在他们两人中间举着一部微型录音机忙乎着。"还有别的吧？"艾琳问道。

"噢，别这样，艾琳，您明白这是一劳永逸地剜去了一个毒瘤，而且秘密一旦公之于众，那些人也就没必要为了保住这个秘密而杀人灭口了。让真相大白于天下，会省去你们今后的许多麻烦。"

"还有别的吧。"艾琳重复道。这次的语气不是恼怒的质问，而是一种理性的推断。

"还有两件事。"乔纳森说，"一是，您应当让世人知道绿色旅究竟想干些什么，它作为一个原本出于善意从事环境保护活动的团体，是如何被伊万一步步蜕变成今天这样一个自私残忍的准军事化组织的。如果您深入挖掘下去，我保证您还会发现他们长期非法从事武器交易的证据，而且我敢打赌，由于他们的交易最后竟然发展到了以生化武器为对象，才出现了今天的这样一场混战。"

"还剩下了一件事。"艾琳提示说。

"是的，还有一件。我希望您让我的朋友威尔成为官方指定的唯一的特约记者，有关这起事件的所有爆料都出自于这一个口径，我们也好见识一下他如何上台去领取普利策奖。"

艾琳把双手叉在腰上，难以置信地摇着头说："规模罕见的枪战，漫山遍野的尸体，但是不用再去追究任何人的责任，这就是我从你的嘴里听到的？"

乔纳森笑出了声，明白自己赢了。"如此的结局应该让您满意才是，艾琳。"

艾琳对着盖尔问道："我们这位完全有资格主演电视剧《法律与秩序》的女警长有什么见解？你打算怎么办？"

盖尔好一会儿没说话。她望望乔纳森，又转过身凝视硝烟未尽的战场。当盖尔收回目光时，她已经做出了决定。"我要回到印第安纳州掩埋我的好朋友。"她用泪光闪烁的双眼锁定了乔纳森的目光，假如换了一种场合，乔纳森一定会握住她的手。盖尔接着说道："然后我将配合你们这些任意描绘案件的专家，把我这位朋友杰西·克莱尔塑造成为在一场和恐怖分子的战斗中牺牲的英雄。"

乔纳森不禁露出了微笑。任何一条生命都不应该做出无谓的牺牲。

艾琳本想保持一副严厉的面孔，却以一种哭笑不得的表情而告终。"迪格，我算是服了你了。"

"这么说您同意了？"威尔盯住艾琳追问。

她缓缓地答道："我想是的。"

乔纳森的耳机忽然被噼啪的响声激活了。"猛蝎，我是鸡妈妈。我们搞丢了一辆车。"

他立刻按下送话键："什么车？"急促的语气吸引了在场所有人的注意力。

"那些坏蛋停在山顶上的车少了一辆。"维妮丝说，"我以为你那边该收场了。就没再始终盯着卫星图像，刚才一看，有辆车不在了。"

　　"是被人开跑了吗？"乔纳森问道。他的脑海中出现出可怕的图景。

　　"还能有别的可能吗？"维妮丝反问道，"猛蝎，真是对不起，我应该——"

　　黑夜刹那间又一次变成了白昼，翻卷的火球裹挟着无数的碎片在那间仓库腾空而起，伴随着爆炸的巨响，他们四个人都被猛烈的冲击波掀翻在了地面上。

48

只要你听见了爆炸的声响，就说明你还没被炸死。

根据军事学上的这条经验法则，没等炸碎的木块、铁板和橡胶轮胎的残骸砸落地面，乔纳森就明白他还能活到新的一天，哦，至少是活到下一刻钟。他也明白到底是发生了什么，伊万没有死，也没有仓皇逃窜。如果伊万曾打算在乔纳森摆下的战场上一试身手的话，随着战况的发展，他的计划也修正了。

伊万指使众人攻打这里，是为了掩护他夺取GVX后逃之夭夭。只有上帝明白，出于这个目的，他把多少喽啰的尸体抛弃在了这片山野。

"他是来偷GVX样本的！"盖尔喊道，"就在克雷默地雷将要爆炸的时候，我猜出了他的目的。他们的火力进攻是一种掩护，我发现他们的进攻阵型——"

盖尔继续解释着，乔纳森却没有顾及她，而是把艾琳·瑞夫斯扶了起来。"你没事吧？"

艾琳已经在用对讲机发出一连串的命令。她要求手下迅速恢复A级防护标准并查明伤亡情况。她暂时还顾不上乔纳森他们。

鲍克瑟从后面跑了上来。他看上去还不要紧，或者说他看上去很生气。"这又是怎么了？"

"一会儿再解释，在飞机上。"乔纳森说着，指了指FBI停在那里尚未熄火的直升机。

鲍克瑟乐了，明白有新的刺激等待着他。当他们沿着平缓的山坡跑向那架飞机时，乔纳森先是感觉到，回头又证实了盖尔也跟在他们后面跑着。在另外的场合，乔纳森是一定要制止她的。然而此时此地，那又何必呢？盖尔亲眼见证她的朋友牺牲在了战场，就凭这一点，她就有足够的资格来参与这场游戏了。

离飞机只剩四五步远的时候，驾驶员从机舱里走出来拦住了他们。"你们站住，不要动。"他命令道。

鲍克瑟二话不说，上去就是一拳。可怜的家伙一头扎在了地上。

"他是联邦特工，"盖尔厉声喝道，"你不能这么干。"

"我当然可以这么干，"鲍克瑟边说边爬进了驾驶员的座位，"他又没向我亮徽章。"

乔纳森把盖尔推进敞开的舱门后，自己也紧跟着跳进机舱，大喊道："快点离开地面。"那些联邦特工在二十米开外的地方忙碌着，不知道这边发生了什么，可是一旦发动机加速，他们就会注意到了。

鲍克瑟顾不得系上安全带，用手拉起了旋翼总距操纵杆，同时加大了油门。旋翼的叶片开始转起来了，发出了黑鹰特有的啪啪的声响。正如乔纳森所料，FBI的人们马上就注意到了这里的异常。他看到有人在下命令，许多特工向飞机跑了过来。

"快升空，鲍克瑟！"乔纳森喊道。

特工们离飞机只有十多米，而且都掏出了枪对着乔纳森瞄准。乔纳森立即趴到了机舱地板上。旋翼获得了升力，发动机发出了大声的吼叫，他们开始脱离了地面。但是，特工们只差七八米远了，有人开始射击，不过乔纳森搞不清子弹飞到了哪里。

天啊，他想，难道他们真要击毁自己的飞机？

还差四米。

直升机离地面刚有一米多高，最先赶到的那个特工一跃而起扑向了舱门。他的一只胳膊肘和手按住了机舱的地板，可是随着

403

机身的升高，他的双腿却悬空了。从一个战术家的角度，乔纳森庆幸有了他这么一面盾牌，地上那些特工不敢再开枪了。可是从一个人道主义者的角度，乔纳森觉得尽管这个过于热忱和短视的小伙子犯了个愚蠢的错误，却也罪不当死。

鲍克瑟的升空动作有点迟疑了。他喊道："我们要带上他吗？"

"我们不是已经带上他了吗？"乔纳森也喊着，"快飞！"

他们越飞越高——高出了地面十五米，接着是三十米——那个特工的表情变得越来越绝望，脸上没有了一点血色，眼睛里充满了恐惧。当他们爬升的高度和前进的距离足以避开子弹的时候，乔纳森站了起来，向夜空探出身子，用力攥住特工的腰带把他向上拉。这家伙终于瘫倒在机舱的地板上，两只腿还悬在舱外，可是他却挣扎着想举起手中的武器。

乔纳森用靴子踩住了他的脖子。"嘿，你个混蛋，"他的嗓音盖过了黑鹰的噪声，"我刚刚救了你的命，你想让我改主意吗？"

盖尔弯腰过来缴下了特工的格洛克点40手枪，又用他自己的领带把他的双手绑了起来。"你还有别的武器吗？"她问道。

这个小伙子选择的是保持气节的路子，尽管他的目光在渴盼着马上见到自己的亲妈。乔纳森对此不持异议，保持气节就意味着保持沉默，这最好不过了。

乔纳森从舱壁的挂钩上摘下了一副耳机。他又给鲍克瑟递过去另一副，盖尔则自己摘下耳机戴上了。还好，耳机里的噪音很小。乔纳森按下内部通话键问道："能听见吗，鲍克瑟？"

"没问题，"鲍克瑟答道，"我们是自由自在地兜兜风，还是去一个特定的地方？"

"我们这架飞机有前视红外仪吗？"他指的是能对航空器前方一定范围进行夜间红外成像的机载探测系统。

"我们有，而且已经启动了。"

"寻找一辆正在逃窜的汽车，"乔纳森说，"最多是比我们提前十分钟出发的。"

"反正就是那么一条路，对不对？"鲍克瑟转过机头，向他们白天驶入的那条路上空飞去。从目前的高度他们已经能看到几英里长的路段了，用不了很长时间就会有所发现。

乔纳森在鲍克瑟身后盯着屏幕，却什么都没看到。

"等等，"乔纳森用手有力地拍了一下鲍克瑟的肩膀，"往回飞。"

"去哪儿？"

"回到小木房上空，从那里飞向山顶的防火道。休斯说他们不知道那条小路通向什么地方，可是伊万也许知道。"

"或者他是想通过这次机会搞清楚它到底通往哪里。"盖尔补充道。

鲍克瑟不作回答，只是猛力踩向控制尾翼的脚舵，来了一个急转弯，几乎把大家全都掀倒在机舱地板上。当乘客们叫嚷着提出抗议时，这位飞行员大笑着说："噢，我太喜欢这活儿了。"

他们以一百五十米的高度和越来越快的速度向刚才那片战场飞去。当他们自上而下俯瞰木房子和仓库一带的时候，乔纳森对这场战斗的惨烈程度有了更形象的体会。血液已经冷却了，难以在成像仪中显示出来，可是尸体还没冷却到那种地步。他忍住了自己，没有查点尸体的数量。不知怎么，他觉得这么做不大好。

战场的景象很快退出了视野，他们重新在无边无际的森林上方飞翔。

乔纳森和鲍克瑟同时发现了目标，也同时指着屏幕喊道："在那儿！"考虑到下面的路况，这辆车开得算是很快也很莽撞了。在目前的高度，成像仪放大图像的功能是有限的，但是他们也不难看出这辆SUV正在坑坑洼洼、杂草丛生的小道上吃力地颠簸着。

"有什么办法把它截住吗？"鲍克瑟问道，"看起来再有三英里他就能开到真正的公路上去了。按照现在的速度，我们还有七分钟时间想出个主意来。"

乔纳森和盖尔互相看了看。她只是耸了耸肩，倒也表达了乔纳森同样束手无策的感觉。

他环视机舱，寻找能派上用场的装备。座位和地面上堆着那些特工冲向现场前抛下的各种杂物。他看到了两只头盔和几件多余的芳纶面料防弹背心。当然了，如同部队的优秀士兵一样，FBI特工们上阵时没有丢下一件武器。好在扒飞机的英雄至少给他们提供了一支格洛克。还很不够，不过比没有强。他把手枪滑进了裤腿上的口袋里。

乔纳森的目光落到了机舱里的一大盘绳索上。于是，他知道该怎么做了。

"你知道你这么干简直是疯了，是不是？"鲍克瑟通过内部对讲机向正在做最后准备的乔纳森喊道。

"欢迎新的一天来临。"乔纳森嘟囔道，在旋翼的轰鸣声中没人听到他说了什么。他又对着盖尔说："你要当好他的眼睛。"

盖尔点点头。可是她的神情表明，她对鲍克瑟的看法百分百地赞同。这么干的确是疯了。

乔纳森补充道："鲍克瑟无法在观察前方的同时又观察下面。"

"我过去接受过快速索降的训练。"盖尔说，"我曾是FBI人质救援队的，记得吧？"

"那更好了，"乔纳森说，"考虑到其中的风险，我要把话说明白。一定要注意速度和高度。鲍克瑟会带我飞到它的上方，剩下的就全靠你了。"

"我能行。"盖尔说，可是她的心里在打鼓。

"当我对你用手势发出信号时，你要坚决照作，不能犹豫不决。如果信号是向下降绳，你就马上降下去，明白吗？"他已经把那一盘绳索摊在机舱里，逐段检查有没有破损或扭结的地方。既然这个疯狂的主意出自于自己，他可不想由于疏忽而让大家遭遇意外。

"我都明白，格雷夫。"

鲍克瑟插进来说道："还有三分钟就到公路了。如果你非要自杀不可，就该抓紧行动了。"

"明白。"乔纳森答道。他伸手去摘自己的耳机，又停住了。

"你叫我迪格好了。"他对盖尔说的同时还做了个鬼脸，这才扯下耳机扔在了地板上。他起身打开舱门，把已经拴在绳索收放装置上的那根直径四公分的粗绳索抓了起来。他面朝漆黑的夜空跨出舱外，投进旋翼的气流之中，双腿和两只靴子紧紧夹住绳子开始了滑降。

狂风的暴烈程度大大超出了他的想象。处在旋翼的气流和机身前行的冲力之间，乔纳森觉得他就像是吊在了飓风中来回摇摆的一根旗杆的顶端。在他交叉的双脚下面，在15米长的绳子尽头目前还够不到的地方，茂密的树冠在快速地掠去，映入眼帘的只是一大片混沌的黑色，如果不知道那是森林，把它看成是旷野或是海面也不为过。事实上，快速索降或者说所有空降接敌战术的运用都要注意这个问题。你不能向下死死地盯住地面，否则你就失去了方向感和距离感，直到撞在地上来不及做出反应。为了避免视觉上的差错，你应该用45度角向下观察，让远处的地平线为你提供必要的空间参照符号。

乔纳森从这个角度望下去，只见防火道在密林里宛如是一道狭缝，那辆车就在这道狭缝里没命地向前疾驶。根据它的非常不稳定的行进状态，乔纳森判断伊万——他确信这一定是伊万——已经听到了直升机迫近的轰鸣，而且陷入了恐慌之中。汽车走的不是直线，而是接连不断地画出S形。看着在路面上不停地跳动的车灯，乔纳森不禁想到，经历了如此颠簸的旅行，这辆SUV的减震系统恐怕要彻底报废了。

他继续滑降。在离绳索的尽头剩不到两米的时候，他举头看了看黑鹰。快速索降通常都是在直升机空中悬停的状态下进行，乔纳森这还是第一次在全速航行的过程中顺着绳子爬下来，所以他不是垂直悬在黑鹰的腹部下面，而是像一条尾巴拖在后头，和前方的飞机相距之远给乔纳森留下了深刻的印象。他怀疑自己的冒险究竟有没有一丝成功的前景。

盖尔发现自己在机舱内部通话系统里大喊大叫，虽然她知道这种减除噪音的悬挂式麦克用不着她这么做。"再快点，"她喊道，"他还在汽车后边。"

直升机加快了速度。

机身下，迪格的绳索远远地悠在后面，给人的感觉是黑鹰正在无情地弃他而去。

"他现在超过了汽车，"盖尔看到下面猛蝎的黑色人影掠过了那辆SUV浅色的顶棚，"他跑前面太远了，减速。"

他们的计划是，让直升机的速度与正在逃窜的汽车实现同步，但是要保证猛蝎的位置在汽车前方不太远的地方。按照这个标准，目前他们过于超前了。

"减速不要过分。"盖尔见两者的距离在缩短，便警告道。

突然，她发现越野车里闪出了一道道火光。

"他们在向猛蝎开枪！"盖尔喊道。

光是顶着强风悬挂在绳索上就已属不易，而随着地平线的逐步靠近，重力法则又成为了乔纳森的主要敌人。尽管他的双腿仍然紧紧地夹绕着绳索，但是整个过程越来越变成了一场耐力的竞赛。左手和小臂由于用力过度出现了颤抖，于是他把绳子更深地夹紧腋窝，让胳膊得到一点点放松。他明白，这种放松仅仅是一个转瞬即逝的过程。

鲍克瑟对于直升机的驾驭堪称是一门艺术。他打算追上越野车后进一步降下绳索。当黑鹰一下子窜到前面越过汽车太远时，他心里暗骂盖尔缺乏做个领航员的能力。他放慢了速度，明白关键的时刻来到了。

随着减速，乔纳森的绳索荡过了一片树冠。他揭开了右腿裤袋的尼龙搭扣，里边是从FBI小伙子手里夺来的那支格洛克。他用力攥住枪柄，清醒地意识到这是他目前唯一的武器，而且它的击发装置十分敏感，保险开关也不是乔纳森用起来感觉舒服的那一种。他注意把指头放在扳机护圈的外面，从裤袋里拔出了武器——

一阵灼烈的痛感突然爆发在他的右腹部紧靠扎腰带的地方。

乔纳森全身一震，肺部的气体仿佛瞬间被榨干，手脚险些松掉了绳索。甚至在看到车上子弹出膛的火光之前，乔纳森就明白自己中枪了。

"该死！"他喊道。枪法不错——也许是运气不错——这个混蛋竟然先胜了一筹。乔纳森在狂叫，在怒吼，在撕心裂肺地呐喊。疼痛和愤怒交织在一起，唤起了一种动物的野性，一种原始的生猛。

乔纳森伸直右臂，格洛克的枪口对准了斜下方驶来的越野车。他连续扣动扳机。六发子弹，十发子弹。他没有过多地瞄准，那支枪似乎成了他的手臂自然延伸出来的一个有血有肉的部分，一粒粒子弹倾泻在汽车的风挡玻璃和发电机缸体上。即使是在黑暗中，乔纳森也看得到发动机喷出了白色的烟雾，一根被击穿的油管燃起了火苗。

鲍克瑟进一步减速，SUV在乔纳森的脚下向前窜出了十多米，S形的轨迹已经失去控制，车身重重地撞在一棵树上，又翻了两个滚，最后四轮朝天停在了小路的中央。乔纳森再次飞过了汽车，这次的速度缓慢多了。发动机机罩里已经升腾出熊熊的烈焰，乔纳森缠绕绳索的双腿感受到了它的热度。

地面的景物开始拉开了距离。鲍克瑟显然是以为大功告成，已经升起了绳索。

"不！"乔纳森喊道。他扬起脖子向盖尔用力摆手，以至于腹部的疼痛骤然加剧了。"把我往下放！"他声嘶力竭地叫喊，"往下！快点！"

他觉得绳子上端的盖尔在摇头。他们是在救他的命。一片好意，可是乔纳森对他们痛恨不已。

他已经升到离树冠三米多高的地方了。突然，他松开了手脚，踢走了绳子。

"噢，上帝啊！"盖尔发出尖叫，面如死灰地看着猛蝠掉进了森林。"他跳下去了！"

"他不跳下去才怪呢，"鲍克瑟气得直吼，"我们快点找地方把

409

这玩意儿落下来。"

他旋即加大了油门，引擎发出了震耳欲聋的轰鸣，空中突然加速的G力让盖尔的膝盖打颤。直升机疯狂地向前飞去，下面的景色变得一片模糊。

这只铁鸟突然在空中一个刹车，然后开始快速下降。刚刚体验了G力作用的盖尔转而又经受了近乎完全失重的状态，简直像是坐过山车。她感觉到了砰的一声撞击，往外一看，他们已经降落在了那条小路的中央。可是，迎面有三辆车正在飞驰而来。

"天啊！"她惊呼道，"快离开路面！"鲍克瑟却不仅没有加大油门，相反，他干脆关掉了引擎。"你这是干什么？"盖尔一边喊着一边从右舷舱门惊恐地望出去，只见最前面的那辆车为了躲开直升机一头冲向路边，失控打转的车身正好被第二辆车的车头重重地撞上。两辆车在相撞的冲力支配下共同闪到了一旁，直升机竟然有惊无险，毫发未损。

困在撞瘪的汽车里的FBI特工那双惊恐的眼睛有冰球那么大，和他吓得像球场冰面一样煞白的肤色倒是很搭。"这家伙真他妈的疯了！"那个特工吼道。

盖尔刚要对此表示赞同，忽然想到她应该把鲍克瑟出演的下半场看完。鲍克瑟从飞行员的座位上起身，迈出机舱走向第三辆车——这是一辆尼桑轻卡，虽然没撞在任何东西上，却也停在了路边——拉开了驾驶员一侧的车门。盖尔没看见也没听到他们的谈判过程，但是发现那人很麻利地离开了车子。

盖尔明白了鲍克瑟要干什么，连忙爬出机舱追了过去。直到鲍克瑟在她身旁紧急刹车的那一刻之前，盖尔以为他是想开着这辆尼桑从她的身上碾过去。

为了不摔折自己的四肢，乔纳森用双臂抱紧双腿，如同一个大铁球从高处砸了下来。非常高、非常高的高处。

在乔纳森从树冠上砸落下去的时候，形状各异的枝枝杈杈狂暴地撕扯和击打着他。然而，即使腹部的伤口在这种猛烈的对撞中剧痛不已，乔纳森却不断提醒自己，全靠这样他才能活下来。如果没有树冠的缓冲，从这种高度摔下来的生存概率是很小的，至于重伤则是在劫难逃的事情。

坚硬的地面终于出手欢迎他，一下子狠狠夯实了他的全身。乔纳森痛得发出了狼一样的长嚎。他过去多次负过枪伤，不过当时的记忆已经钝化了，而这次的感觉就像是有人在他的肚子里塞进了许多滚烫的煤块。他靠在一棵树下喘息着，试了试自己的胳膊和腿脚。全身上下似乎没有特别严重的跌伤，而且他还设法把格洛克手枪一直带到了地面。

乔纳森强迫自己站起来，努力去辨别所在的方位。在黑暗里，那辆燃烧的越野车就像是茫茫大海中的一座灯塔。乔纳森朝着火光走去。

他不想让伊万·帕特里克烧死在汽车里，那太便宜他了。他希望这个家伙在更难忍受的，而且是他乔纳森亲手制造的痛苦中死去。

走了不到一百步，乔纳森来到了路边的斜坡，已经能感受到SUV燃烧的热量了。这辆车的模样让乔纳森联想到了四脚朝天躺在地上的死昆虫。他走向车旁，炽烈的火光迫使他眯起了眼睛。离车身只差几步的时候，他忍住疼痛蹲了下来，透过碎裂的窗玻璃打量车里的状况。他首先注意到的是四只GVX贮存罐散落在车的棚顶，也就是目前的地板上。其次他发现的是车里空无一人。

乔纳森变得像猎人一样警觉，身上的毛发当即竖立了起来。突然一颗子弹从他身后飞来，他立刻向右卧倒。肚子里的煤块依旧滚烫，却似乎又多了根冰锥，如同在厨房里碎冰一样对着那些煤块连捅带刺。他没有停顿，立即向一旁翻滚，子弹紧接着就击中了他刚刚离开的位置。乔纳森又滚回原来的地方，以求出乎敌人意料的效果。第三枪果然射偏了。

乔纳森暗暗地诅咒自己的愚蠢。愤怒、疼痛和失血的叠加效应并不能成为他把后背暴露给敌人的借口。如果他死在了这里，那是他咎由自取。这是一个新手才犯的错误，这种错误所付出的往往是死亡的代价。

他从地上爬起来，准备跑向刚才走出来的那片森林的边际。然而他首先拐向了左边，让燃烧的汽车成为他和那个杀手之间的遮挡。在这个位置对方看不到他，当然这只是暂时的。光亮毕竟是光亮，一旦伊万重新调整了位置，躲在光亮下的乔纳森就会像站在舞台上一样引人注目。

他需要隐蔽。他低下身子，蹒跚地跨上路边的矮坡，消失在了林木之间。他蹲伏在树下，迅速计算着敌我双方的优劣高下。

眼下的局面对他非常不利。乔纳森本来的打算就是吊在绳索上隔着风挡玻璃击中对方，然而却是伊万抢先开枪打伤了他。他把手枪换到左手，用右手去探查自己的伤口。他不情愿地发现子弹入口周围的衣料都是湿漉漉的，失血太多了。怀着更加不安和焦虑的心情，他又鼓起勇气把手伸向背后，果不其然，还有一处子弹射出的伤口。这一发现让乔纳森感觉煤块烧得更烫，冰锥刺得更狠了。

"好啊，"乔纳森喘口粗气，对自己低语道，"先别慌，想想有利的因素有哪些。"尽管伊万没有死，至少他已经受伤了的可能性还是非常大的，事实上，只有这个原因才能解释为什么一分钟前他在乔纳森身后开枪竟然未能击中。还有就是子弹在乔纳森背后穿出的那个弹洞。黑夜里只靠用手触摸，很难说清伤口的具体尺寸，然而他感觉弹洞的大小和腹部的子弹入口差不太多。这表明子弹造成的是一个纯粹的贯通伤。如果它在体内撞上了坚硬的骨骼或是固体的器官，弹头就会炸裂，穿出身体时留下像是火山口一般的大洞。目前看不是这种情况，这大概是他最好的消息了。

从坏处分析，伊万也许仍然戴着夜视镜，而乔纳森却没有，这就使天平明显地朝着对他不利的方向倾斜过去了。

可是，真的是这样吗？

乔纳森想到了那辆正在燃烧的汽车。只要他与大火保持一个很近的距离，伊万的夜视镜就非但不成其为优势，反而成为了一个累赘。火焰的热浪和强光会让它变得毫无用处。

他挪到更加靠近路边的地方，人虽然还躲在树木下的暗影里，却很好地利用了大火提供的屏障。"嗨，伊万！"他对着夜幕喊道，"我把你伤得不轻吧？"他观察周围是否有人移动，或是有枪口喷出火光。

只有燃烧的汽车在噼啪作响。

"我让你个先手吧，你这个混蛋！"乔纳森喊道，"顺着我的声音开枪吧，最好瞄得更准点，看看你的运气怎么样。"乔纳森想象得出，鲍克瑟这时如果在旁边，一定会用责怪的神情瞪着他。不论从哪个角度说，目前最聪明的做法是隐藏在原地，静待对手露出破绽。但是乔纳森现在最缺乏的是时间。他觉出身上一阵阵发冷，嗓子渴得在冒烟——这都是严重失血的特征。假如不迅速打破僵局，等到伊万出手的时候他也许早就昏迷过去了。

伊万有可能隐藏在任何一个地方。他有足够的时间来迂回和包抄。要在黑夜里捕捉他移动的踪迹是十分困难的。这么多他可能出现的方向，乔纳森无法在同一个时间里对它们都予以监视。还是要速战速决。

"你干得不错，让你的那么多手下人都死在了那道山坡上。你这个胆小如鼠的家伙！"乔纳森继续喊道，"我明白为什么部队把你踢出来了。你从来就不具备一个真正的军人的胆量，对不对？你只会欺负那些可怜的小姑娘和小伙子。你知道吧？在你被开除以后，你的名字已经成了游骑兵部队的一个笑柄，人人都说你是个——"

乔纳森看到枪口闪出了火光，半秒后听到子弹击落了他左侧的枝叶。这个该死的杂种就在小路的对面。

乔纳森没有片刻的迟疑。他像一头受伤的野兽发出长啸，从隐身的地方一跃而起冲向对面断续喷射的火焰，在跑动中一股脑打光了格洛克的弹夹。

鲍克瑟的疯狂驾驶早已超出了这辆车能够承受的极限。盖尔的右手一直牢牢抓着尼桑的扶手，左手举起来按住车棚，以防在颠簸中弹出座位。鲍克瑟的眼睛喷射着火焰，透出盖尔未曾见过的、由愤怒和恐惧混合产生的一股凛凛杀气。他一言不发，油门一踩到底，在崎岖的山路上左冲右突，朝着汽车燃烧的火光驶去。

在发动机的轰鸣和减震器撞击硬物的声响中，盖尔听到了枪响。

她不敢相信这是真的，可不管怎么说，鲍克瑟的车开得更快了。

"打开你前面的杂物箱。"鲍克瑟命令道。

"为什么？"这意味着盖尔要松开扶手。她连安全带都没顾上系，松手就有撞到棚顶的危险。

"你快打开！"

完全如同盖尔担心的一样，她一松手，就觉得是骑上了一匹没有缰绳的烈马。她把左手按在仪表盘上撑住自己，右手拉开了杂物箱的抠手。立刻，一支点357玛格南左轮手枪随着箱盖滑了出来。盖尔望着鲍克瑟问道："你是怎么知道的？"

"在这种地方，十辆轻卡里有九辆在杂物箱里存放着武器。"他咆哮着答道。

在我们印第安纳州也一样，盖尔心想，只不过在那里你想搜查枪支，需要拿到法院的许可令。

伤口的疼痛已经无所谓了，实际上，乔纳森根本就没感觉到疼痛。跑到路中央的时候，格洛克的套筒卡住了，子弹已经打光，他把手枪抛在了一旁。他的速度一点没有减慢，跨上路对面的斜坡和奔进密林的时候脚步丝毫不显跟跄，连他自己也没想到在内脏中了一枪以后还能有如此敏捷的身手。

伊万·帕特里克——跳荡的火光映照着他的眼部那道丑陋的伤疤，确凿地证明了这就是他——有气无力地靠在树干上，两腿劈开，握枪的那只手继续扣动着扳机，妄图从那支空枪里再挤出新的子弹来。他的胸口和脑袋上流淌着深色的血液。

乔纳森不再跑动了，而是快步走到近前，一掌把伊万的手枪打落在地，紧跟着朝他的裆部狠狠踢了一脚。随着靴头命中目标，伊万发出了杀猪一般声嘶力竭的嚎叫。乔纳森隐约地产生了快意，因为这个理当千刀万剐的家伙仍然能感受到疼痛。伊万还知道疼，这很重要。

他扬起手朝伊万的脸上重重地捆了一巴掌，立即有新的血液在这张脸上淌了出来。他用手背又捆了一掌。当他第三次扬起手臂时，伊万抬起胳膊央求道："请别打了，求求你。"

乔纳森大笑了起来。这正是他希望看到的对手的恐惧，美中不足是表现得还不甚充分。他伸手攥住伊万的衬衫领子，半是向上拉半是往前拖，要把这家伙拽到路面上去。

"停下吧！"伊万再次哀求道，"看在上帝的分上，我受伤了。"

"是呀，我也一样。"乔纳森故意靠近了一棵大树，把他的脑袋往树干上使劲撞了一下，又拖着他的身体在嶙峋斑驳的树皮上蹭了过去。伊万痛得又发出了尖叫。"不错，我打赌你不会好受的。"乔纳森说。

那辆SUV已经变成了一团巨大的火球，只是从还没彻底烧塌的车身骨架上依稀能辨认出它原来的身份。他们出了密林来到了小路上。伊万使劲扭动着上身，企图挣脱乔纳森攥住衣领的那只手，他的两条腿也在路面上胡乱地蹬踏，而这种挣扎进一步加剧了他的伤痛，使他忍不住再三哀嚎。"我不想烧死！"他喊道，"上帝啊，我可不想烧死！"

"烧一烧才好，伊万，"乔纳森笑了起来，"人家告诉我地狱里到处都是火焰，你就好好享受吧。"

然而，随着乔纳森体内一时唤起的大量肾上腺素逐渐地耗尽，滚烫的煤块和锐利的冰锥又完成了复辟。乔纳森把俘虏拖向路中央，发现这个家伙越来越沉了，迈出一步就增加了五十公斤，下一步一百公斤，再往下一千公斤。终于，在他们正好到达小路的中间地带时，乔纳森止不住一阵晕眩，忽地倒向了路面。

他用空着的左手在地上撑住了自己，他和伊万两人的鼻子相距只有两三厘米。

乔纳森的猎物意识到了这是一个机会。伊万突然像条狗一样张开牙齿，一口咬向乔纳森的脸庞。

乔纳森朝后一缩，再差一毫米就被伊万咬到了。距离是这样近，乔纳森嗅到了他嘴里难闻的气味，还听见了他的上下颚骨对撞的声音。他用胳膊按住伊万的胸膛打算支起身体，可是腹部伤口的一阵痉挛使他半途而废了，他重新倒了下来。这一次倒下时他还记得要提防伊万的嘴巴，所以把自己的前臂挡在了对方的脸上。

伊万的反应之快只能以光速来计算。他的脸先是向旁边躲了一下，随后又一口咬了过来。这次他的牙齿死死咬住了乔纳森的左前臂，两排门牙深深地陷进了皮肉里，露出的几乎只剩下了牙床。伊万的头部开始快速地前后晃动，活像是大狗乔在消防站的起居室撕咬玩具的动作。前臂的痛感来得非常强烈和锐利，甚至超过了腹背的弹洞。乔纳森的肘部是弯曲的，被咬住的胳膊无法动弹。伊万不断摆动脑袋撕扯筋肉，使他的身体失去了平衡。他用拳头击打伊万的脸，但是由于抬不起身而发力有限，不过是让这个恶棍多流了一点鼻血，效果并不明显。

在不远处继续燃烧的那团火球跳动的光亮中，乔纳森发现了鲜血——他自己的鲜血——正在从伊万的嘴角里淌了下来。对手这种丑恶的、狰狞的、野性的形象彻底地激怒了乔纳森。他用一声原始的呐喊聚集起尚存无几的所有气力，用被咬得死死的那只胳膊撑起了身体，而他的动作乍看去仿佛是要把胳膊硬塞进伊万的喉咙里。伊万的牙齿咬得更深了，乔纳森的胳膊压得更狠了。

"来吧，你个杂种，"乔纳森咆哮道，"咬吧，吞下去吧，噎死你吧，你这个混蛋王八蛋。"支撑起的身体角度终于让他挥开了拳头，对准敌手的鼻子全力砸了下去。鲜血的喷泉淋湿了伊万的整个脸庞，可是他的牙齿没有丝毫的松动。如果说有点变化，那就是他的牙关正在进一步用力。

在火光映照的血色面罩下面，伊万的眼睛在恶狠狠地瞪着乔纳森。这是他活下来的唯一机会，只要他还有一口气，他就绝不会松开牙齿，白白失去这个机会。

他的眼睛。一只已经瞎了，只剩下另一只还闪动着邪恶的目光。安吉拉·考德威尔在目睹她的孩子被折磨致死后，自己最终也死于了伊万的魔掌。她临死之前最后一刻所面对的，就是这双眼睛吗？爱伦在遭到伊万的强奸和殴打时，见到的同样也是这双眼睛吗？

他的眼睛。

乔纳森的目光盯住了那只假眼，可是他的大拇指却抠进了另外一只正常的眼睛。这是他在布莱格军事基地学习和讲授过的格斗训练教程中的一个招数。由于害怕伤到眼睛，对手肯定要用尽全力紧紧闭合眼睑，而这时你需要对准他的下眼睑下手，比起上眼睑来，从这里更容易直取敌人的眼球。

没等乔纳森大拇指上的手套面料触到光滑湿润的眼睛球面，伊万就没命地叫喊起来。牙关松开了，乔纳森的胳膊解脱了。

"不！"伊万叫道，"不！不！不！"啮咬已经不重要了，抵抗已经不重要了，噢，只要能保住这只好眼睛，伊万愿意成为乔纳森最亲近的朋友。

乔纳森继续用力，他的指头感觉出这只眼球正在挤压下改变着形状。此刻他的左手也能派上用场了，他要再抠伊万的假眼，让他在一命呜呼之前尝尽被人折磨的滋味。他骑上了伊万剧烈起伏的胸膛，正要——

"猛蝎！"

盖尔的喊声让他吃了一惊，但是乔纳森没有转身。他明白这是怎么回事。鲍克瑟想法子搞到了一辆车，他们在防火道上急忙赶过来提供救援。

只是乔纳森不需要救援。他正忙着呢。

"乔纳森·格雷夫，快住手！"盖尔的口气像是生了气的妈妈。她从乔纳森的身后转到前边，让他面对着自己。"快住手吧。"她重复道。

"去你的！"他的回答。

"别再碰他了，迪格，"她说，"你不是这种人。一切都结束了。我们抓到他了。"

417

"她说得对，迪格。"鲍克瑟说着，把一只手按在了乔纳森的肩膀上，"你不是一个杀人狂。记得吗？你也不是一个虐待狂。这都是你自己的话，你都说过一千遍了。"

这些话语起作用了。这些话语，加上按在他肩膀上的这只有力的手。

乔纳森的双手脱离了伊万的脸庞。他滚落到一旁躺在了路面上，留下伊万在那里大口地倒气。

乔纳森开始正视他的伤情了。他感到了虚弱和寒冷。他觉得恶心，很想呕吐。今晚他和伊万把账算清了。他看着从自己的胳膊上流出来的鲜血，注意到鲜血的颜色，还有周围各种景物的颜色正在渐渐变淡。他很想知道，传说中的吸血鬼有时候是不是也会借用伊万这种凡夫俗子的嘴巴来造孽。当他凝视仿佛是罩上了一层浓雾的夜空时，他知道自己很快就要失去意识了，而他最担心的就是伊万那副牙齿携带的毒素会不会进入了他的血管，和他的血液混合在了一起。

一声枪响，给了乔纳森一个冷不防。

紧接着是盖尔的尖叫声："你这是干什么？"

鲍克瑟在回答："让我来当个杀人狂好了，我可是一点也不在意。"

乔纳森露出了笑容，随言便陷入了昏迷。

五　月　底

49

　　玛恩特墓园是蒂伯·罗斯曼家族由现在上溯的至少三代人固定不变的下葬地点。多姆驾驶着自己的雪佛兰绕过转盘路，瞥了一眼旁边的乘客。这是在评估我的情感稳定程度，乔纳森得出了结论。

　　"你的关心是出于一个牧师的角度，还是一个心理医生的角度？"乔纳森问道，依然目不斜视地盯着车的前方。

　　"让我们把它看成是从一个朋友的角度吧。"多姆答道。

　　说得好。"那就谢谢你。不过你不用紧张，我挺好。"

　　"那好啊，"多姆说道，尽管下巴已基本治愈，可是他说起话来还是有点不够畅达，"不过如果不介意的话，你的状态是不是真的挺好还是你的心理医生说了才算数。"

　　挺公道，乔纳森暗想。不管怎么说，作为牧师，多姆已经听过了他的忏悔。

　　森林里的那场战斗已经过去一个月了，而这是乔纳森第一次尝试着走出家门。毫无疑问，他已经做不到像过去那样快速地康复了。他还需要两周时间才能自己开车，而他被允许坐上别人的汽车也仅仅是一周前的事情。医生们的小题大做是很烦人的，他这么想。不过别人告诉他，那些医生为了抢救他所做的一切堪称为可歌可泣，所以他觉得至少对医生的术后要求是应当听从的。

在等待康复的日子里，乔纳森错过了不少事情。事实上，在事件过后的头两个星期，当时在现场的所有人都错过了不少事情。这要归功于当局对大家采取的紧急隔离措施。经过严密的观察和检测——没有人表现出感冒的症状，更没有谁感染了天花病毒之类的东西——检疫行动的负责人断定，猛烈的大火完全剥夺了那些GVX细菌的生存能力。然而公众——噢，公众——反应是极其强烈的。直到今天，报纸、广播和电视上仍然充斥着有关这起事件的各种报道和评论，而这些东西说来说去，不过都是对威尔·乔伊斯藏在某个无人知晓的地方向外界提供的权威性消息的具体解读。国际社会表示震惊——是的，他们十分震惊——在已经订立了那么多的条约和协议的情况下，美利坚合众国竟然还在研发和制造新的生化武器，这是绝对不能容忍的。美国国防部尤其遭到了重创——好像他们的麻烦还不够多似的——有关五角大楼如何默许这种无法遏制的天花病毒落入恐怖分子手中，坊间有各种各样的猜测和指责。这方面的真相恐怕不会很快大白于天下，特别是由于查理·沃伦，凯雷工业集团公司的安保部前主管，已经和检察官做成了交易。他原来的许多同事都在他的供认和指证下遭到了拘捕，作为回报，沃伦也许在他的晚年会重获自由。

　　如果说在这样一场事件中也会有人获益的话，首推的便是艾琳·瑞夫斯和她的联邦调查局了。威尔·乔伊斯的报道生动地描绘了FBI如何对宾夕法尼亚州一处森林中的蛛丝马迹做出快速反应，成功化解了绿色旅企图制造的一场巨大危机。多亏了艾琳的机智和果断，报道中强调，在她的命令下，一部机器人打开了卡车车门，引爆了仓库的炸弹，从而保住了赶赴现场的许多救援人员的性命。机器人的助演丝毫没有减弱FBI特工们在当晚行动中勇敢无畏的形象。

　　人们需要仰视英雄，而艾琳就是人们眼里再理想不过的英雄了。想想吧，你什么时候听说过联邦调查局的局长——女局长——竟然出现在白热化的战场上亲自指挥和冲杀呢？乔纳森由衷地为艾琳而高兴。

在那条防火道上出演的最后一幕，被处理成了从来没有的事情。有些当地人注意到了黑鹰直升机在那个夜晚的几起几落，然而当时的其他情节则永远不会出现在媒体和公众的视野当中了。

至于休斯一家，乔纳森听到的消息是，经过医院一段时间的隔离治疗后目前已经回家了。托马斯的大腿上骄傲地多出了一根钛合金的骨钉，然而正如鲍克瑟预料的，他完全可以自如地行走，就同大个子本人一样。朱莉脑袋上的伤口只是缝了几针，留下的一道小伤疤被她的头发完美地遮盖住了。凯雷公司新的管理层拿出了一份向斯蒂芬森提供经济补偿的协议，条件是他永远放弃对公司提出法律诉讼的权利，斯蒂芬森接受了。

多姆把车停在了路牙边。"我们到了。"他说。

乔纳森变得迟疑了。他的心里七上八下。他觉得如果这时伸出手来，他也许会发现它们在发抖。

"葬礼会很隆重吗？"他问道。

"相当隆重。"多姆回答。

"是因为蒂伯？"

神父哼一声说："他是个很有名的家伙，很多新闻界的人都会来悼念他。"

"也许只是想来确认一下这个混蛋当真是死了吧？"乔纳森用嘲讽的语气说。

"我不赞成你这种态度，迪格。也许在他一生中百分之九十九的时间里，他都是个令人不能忍受的大混蛋，但是他毕竟是为了公众的利益而死去的。你尤其应该——"

"我明白，多姆。我只是一时很难接受这样的观点。"

"你在拖延时间呢。"多姆指出。

乔纳森苦笑了一下。他望了多姆一眼，希望自己的眼睛没像感觉的那样变得湿润。"你能相信我现在有点害怕吗？"

"告别从来都是一件艰难的事情，我不敢说世上还有比它更难的了。"多姆伸出手搭在乔纳森的肩膀上，"希望我陪你一道去吗？"

乔纳森没有回答，因为他担心自己的声音哽咽。他只是打开车门，费力地跨出来站到地面，按照指示牌的提示蹒跚地向前走去。他将和爱伦单独相会在一起。

他陪伴爱伦的时间只有半个小时。凝视着并排挖好的两个墓穴——蒂伯在左，爱伦在右——乔纳森意识到，可能是平生第一次意识到，爱伦已经在多年前离开了他。她没有踯躅于旧日，而是开始了新的生活。而且不可思议的是，乔纳森现在相信，爱伦是真心爱着蒂伯·罗斯曼。他们两人执手同行，去天堂里相依为伴，彼此都算有了一个适宜的归宿。

乔纳森也应该告别过去，开辟属于自己的新的生活了。事实上，在返回渔人湾的两小时车程里，他和多姆谈论的就是这个话题。多姆开着雪佛兰把乔纳森送到了消防站的前门，他们惊讶地发现，老战士公园的那条长椅上坐着一个熟悉的身影。

多姆笑出声道："只要你众里寻他千百度，知道吗，迪格？"

盖尔·博纳维莉在长椅上站起身迎接刚刚下车的乔纳森。"和我们上次分手的时候相比，你的模样可是好看多了。"她说。

乔纳森微笑着，用头示意她一起进门。"往你的血管里输进大量的血液还是管用的，"他边掏钥匙边说，"毕竟要比在山坡上到处洒血强得多。"

"你现在怎么样了？"

乔纳森推开门，让她走在了前面。他防备着大狗乔扑上前来，忽然想起这些天道格·克莱默警长已经把它领到警局去照顾了，要等到乔纳森的体力恢复到足以抵挡它的亲昵时才会送回来。

"我还不错，"乔纳森说，"经过这次的事情我才知道，原来上帝给我们留下的肠子比我们实际需要的还多出了一大截。切掉了有一两尺吧，可是你根本感觉不到。我给你拿点喝的吧？"

"不用了。"

"啤酒？红酒？苏打水？"他的眼睛眯了起来，"或者是你拿出手铐？"他引导盖尔来到客厅的深处，自己拉了一把椅子坐了下来。

"谢谢了，我都不喝，而且我也没带手铐。"盖尔说，"不巧的是，我已经不在政府的执法机构里工作了。"

乔纳森的眉毛扬了起来。"你辞职了？"

她耸耸肩说："我不能再待下去了。我违背了我对选民的诺言，我没有依照法律逮捕你，而且我还没能保护好一位最好的副警长的生命。概要地说，我已经没有资格再去做一个警长了。"

乔纳森觉察到了他们之间的谈话正在朝什么方向进展。他抬起头问道："那么，你认为你有资格做什么呢？"

盖尔在沙发上坐了下来，一条腿落在了另一条腿的膝盖上。她今天穿的是一件裙子，乔纳森满意地发现，他过去对这双腿的形状所做的估计被证明是完全正确的。盖尔说："我一直认为我是个不错的调查员。我能够查出不愿意暴露行踪的那些人的下落，你懂的。"

乔纳森忍不住笑了起来。"上帝明白，我对你的这种特长是无权质疑的。"

她放下架在上面的腿，向前探过身来问道："你知道有哪一家机构也许碰巧需要具备这种特长的人才吗？"

"我或许知道，"他说，"我们今晚一起吃饭，聊聊这件事怎么样？"

"我已经定下了座位。"她的脸上绽放的笑容实在是太美了。